二 見 文 庫

夜霧は愛とともに

クリスティン・フィーハン／島村浩子＝訳

Dark Gold

by

Christine Feehan

Japanese translation rights arranged with Avon,
an imprint of HarperCollins Publishers
through Japan UNI Agency, Inc., Tokyo

娘、ドミニに。彼女が自分の息子、メイソンを無心に愛する姿が本書のヒロインを創造する上でインスピレーションを与えてくれました。

新人作家に賭けてみてくれたアリシア、そして気まぐれなわたしに辛抱強くつき合ってくれる編集者のレスリーに。ふたりとも本当にありがとう。

夜霧は愛とともに

登　場　人　物　紹　介

アレクサンドリア（アレックス）・ハウトン	グラフィック・デザイナー
エイダン・サヴィジ	カルパチアンの男。ハンター
ジョシュア（ジョシュ）	アレックスの弟
トーマス・アイヴァン	ゲーム開発者
マリー	エイダンの家政婦
ステファン	マリーの夫
グレゴリ	カルパチアンの男。エイダンの師

1

「ジョシュア、きょうはとっても大事な仕事の打ち合わせなのよ」アレクサンドリア・ハウトンはレストラン裏の大きな駐車場にオンボロのフォルクスワーゲンを駐《と》めながら、幼い弟に念を押した。弟の巻き毛に手を置き、明るい瞳を見おろす。たちまち愛情がこみあげてきて温かな気持ちになり、不安やいらだちを忘れて口もとをほころばせた。「あなたはもう大きいのに、ジョシュ、わたしったら、どうして同じことを何度も言っちゃうのかしらね。でも、こんな夢みたいなポジションを手に入れられるチャンスは今度だけなのよ。なんとしてもこの仕事を手に入れなきゃならないの、わかるでしょ？」

「うん、アレックス。心配しないで。ぼくはここに残っておもちゃのダンプカーで遊んでるからさ」ジョシュアは愛する姉を見あげてにっこり笑った。彼が二歳になる前に両親が自動車事故で死に、それ以来、ジョシュアにとっては姉がたったひとりの親代わりだった。

「ベビーシッターが来られなくなってごめんね。彼女は……その、病気になっちゃって」

「酔っぱらっちゃったんでしょ、アレックス」ジョシュアはバックパックとおもちゃを持ちながら、まじめくさった顔で言った。

「どこでそんなことを聞いたの?」六歳児が酔っぱらうなんてことを知っているとは。アレクサンドリアはぞっとして聞き返した。車からおり、一張羅のスーツを注意深く撫《な》でつけた。このスーツには一カ月分の収入をはたかなければならなかったが、それは必要投資と考えていた。彼女は実際の二十三歳よりもずっと若く見えるので、洗練された高価なスーツの威力を借りる必要があったのだ。

ジョシュアはお気に入りのおもちゃ、くたびれた〈トンカ〉のダンプカーを胸に抱えた。

「アレックスがシッターさんに、帰ってちょうだい、あなたは酔っぱらってるから弟を預けられないって言ってるのが聞こえたんだ」

自分の部屋に行ってなさいと命じたのに。それなのに、弟は隠れて盗み聞きをしていた。そうすれば、姉が自分には聞かせたくないと思った情報も手に入れられると知っているのだ。とはいえ、アレクサンドリアは弟のいたずらっぽい顔を見てにやりとせずにいられなかった。

「油断も隙もないわね」

ジョシュアはきまりが悪そうな顔をした。

「いいのよ、ジョシュ。わたしたちふたりだけのほうが楽しいでしょ?」彼女は確信に満ちて聞こえるように言った。ふたりが住んでいるのは、娼婦《しょうふ》やアルコール依存症患者、麻薬常習者がおもな住人という下宿屋だ。アレクサンドリアはジョシュアの将来を強く心配していた。

きょうの打ち合わせにすべてがかかっている。

トーマス・アイヴァン。ヴァンパイアや悪魔を題材とした、きわめて独創的なベストセラー・テレビゲームを開発している人物。彼が新しいグラフィック・デザイナーを探しているのだ。アイヴァンはありとあらゆる有名誌の表紙を飾ってきた。その彼がアレクサンドリアのデザインサンプルに興味を持ち、直接会おうと提案してきた。彼女は自分の才能には自信がある。見た目の若さだけで判断されないよう祈るばかりだ。競争相手が多いことはわかっている。

アレクサンドリアは薄い作品ファイルを車からおろし、ジョシュアの手を取った。「ちょっと時間がかかるかもしれないの。バックパックにスナックがはいってるわよね?」

弟がうなずくと、つやつやした巻き毛が額の上で揺れた。弟の手をぎゅっと握る。ジョシュアは彼女にとってすべてだった。ただひとりの家族。もっと環境のいい場所に引っ越そう、もっといい暮らしをしようとこんなに必死になっているのもジョシュアのためだ。ジョシュアは頭がよく、感受性が鋭くて思いやりのある子だ。幸せになる資格があるし、彼女はこの子をなんとしても幸せにしたかった。

アレクサンドリアは弟の手を引いてレストランの裏の木立のほうに歩いていった。海を見晴らす崖へと続く小径《こみち》が見える。「崖のほうに行っちゃだめよ、ジョシュア。危ないから。端っこのほうは崩れやすいし、滑って下に落ちちゃうかもしれないわ」

「わかってるよ、前にも注意されたもん」弟の声にはいらだちがにじんでいた。「約束は憶《おぼ》えてるって」

「今夜はヘンリーがここにいて、あなたのことを見ていてくれるから」ヘンリーというのはレストラン裏の木立を根城《ねじろ》にしている年配のホームレスだ。アレクサンドリアは彼にたびたび食べものや小銭を渡しているし、つねに敬意を持って接している。そのお返しにヘンリーは彼女の頼みを聞いてくれるのだ。

アレクサンドリアはこちらに足を引きずりながら近づいてくる、やせて腰の曲がった老人に手を振った。「ハイ、ヘンリー。きょうは本当に助かるわ」

「あんた、さっきおれとマーケットでばったり会って運がよかったよ。おれは今晩、橋の下で寝ようと思ってたからね」ヘンリーは色褪《いろあ》せた青い瞳で周囲を用心深く眺めわたした。

「最近この辺じゃ奇妙なことがあってな」

「ギャング？」アレクサンドリアの声に不安がにじんだ。そういったたぐいの危険に、ジョシュアをさらしたくない。

ヘンリーは首を横に振った。「そんなことじゃねえ。ああいうやつらは警官がこのあたりに立ちいらせないからな。だから、おれはここを根城にしてるんだ。実のところ、ばれたらおれも叩《たた》きだされちまう」

「それなら、奇妙なことってなに？」

ジョシュアがアレクサンドリアのスカートを引っぱった。「約束に遅れちゃうよ、アレックス。ヘンリーとぼくなら大丈夫だから」姉が心配しているのを読みとって、ジョシュアは言った。木の天蓋の下、崖へ続く踏みわけ道の横にあぐらをかいて座る。

膝を軋《きし》ませながら、ヘンリーがジョシュアのとなりに腰をおろした。「そうとも。行きな、

「アレックス」節くれだった手を振る。「おれたちはこのかっこいいダンプカーで遊んでるから。なあ、ぼうず？」

アレクサンドリアは急に迷いが生じて唇を噛《か》んだ。ジョシュアをこの関節炎持ちのくたびれた老人にまかせていって大丈夫だろうか？

「アレックス！」彼女の不安を読みとったかのように、ジョシュアが男としてのプライドを傷つけられたような顔で姉をにらみつけた。

アレクサンドリアはため息をついた。周囲のすさんだ生活を目の当たりにしてきた弟は、年齢よりもずっと大人びている。残念ながら、ジョシュアの言うとおりだ。きょうの約束は大事。結局のところ、ジョシュアの将来のためなのだし。「ありがとう、ヘンリー。助かるわ。この仕事、なんとしても手に入れたいの」アレクサンドリアはかがんでジョシュアにキスした。「愛してるわ、おちびさん。気をつけてね」

「愛してるよ、アレックス」ジョシュアも言った。「気をつけてね」

いつものあいさつを交わすと気持ちが落ち着き、アレクサンドリアは糸杉の木立を抜け、レストランの厨房《ちゅうぼう》の外をまわって、崖に張りだしているバルコニーへと続く階段をのぼった。このレストランは白波立つ海を眼下に見わたせることで有名だ。シニヨンにまとめた髪に風が吹きつけ、波しぶきがかかる。アレクサンドリアは複雑な彫刻の施されたドアの前で立ち止まり、深呼吸をして顎をあげた。実際は緊張で胃がキリキリしていたが、自信に溢《あふ》れた態度でなかに足を踏みいれる。

柔らかな音楽、クリスタルのシャンデリア、美しい植物の巨大なアレンジメントが、別世界に足を踏みいれたかのような錯覚を起こさせた。店内は個室のようなコーナーに分かれていて、火のはいった大きな暖炉が温かく親密な雰囲気を醸しだしている。

アレクサンドリアは給仕長にほほえみかけた。「ミスター・アイヴァンと約束なんだけれど、いらしてるかしら？」

「こちらでございます」給仕長は一目置くような目で彼女を見ながら答えた。

スコッチを飲んでいたトーマス・アイヴァンは、彼のテーブルに近づいてくる美しいアレクサンドリア・ハウトンを見てむせそうになった。この居心地のいいレストランにはデート相手をたびたび連れてきているが、アレクサンドリアは間違いなく格が違った。小柄でほっそりしている。しかし、女性らしい体つきをしていて、ふるいつきたくなるほどすばらしい脚をしていた。大きなサファイア色の目は黒いまつげで縁取られ、唇はふっくらとしてセクシーだ。きっちりまとめた金髪が頬骨の高い美しい顔だちを際立たせている。ほかの客が彼女を振り返った。本人は自分が引き起こしている騒ぎに気づいていないが、給仕長はまるで王族をエスコートしているかのように見えた。彼女には間違いなくどこか特別な雰囲気がある。

トーマスは声が出るように咳払《せきばら》いをした。立ちあがり、差しだされたアレクサンドリアの手を握りながら、自分の幸運を思ってほくそえんだ。このゴージャスな若い女はおれを必要としている。十五歳も年上で金と影響力と名声を持つおれは、彼女をグラフィック・デザイナーとして成功させることも破滅させることもできる。この非常に有利な立場を徹底的に利用しない手はない。

「はじめまして、ミスター・アイヴァン」彼女は静かに言った。耳に心地よい声を聞くと、すべすべした指先で肌を撫でられたように感じる。

「ようこそ」トーマスは必要よりも長いあいだ彼女の手を握っていた。愛らしく無垢《むく》な瞳の表情が、もともとセクシーな彼女をさらに誘惑的に見せている。トーマスは彼女が欲しくてたまらなくなり、かならずや手に入れようと決意した。

アレクサンドリアは緊張がばれないように震える手を組み合わせて膝に置いた。トーマス・アイヴァンのような有名人と一緒にいることが信じられなかった。そのうえ、彼はつぎのプロジェクトに彼女をデザイナーとして起用することを考えている。これは一生に一度のチャンスだ。トーマスがなにも言わずにただじっと見つめているので、アレクサンドリアはなにか礼儀正しく知的な言葉を言おうとした。「とてもすてきなレストランですね。こちらにはよくいらっしゃるんですか？」

トーマスは心臓が跳びはねた。彼女はおれをひとりの男として見ている！　そうでなければ、どうしてそんなことを尋ねるだろう？　一見クールで無関心そうに、やや高慢そうにさえ見えるが、おれの個人的な交友関係についで情報を引きだそうとしている。トーマスは片方の眉をあげ、女たちにはっと息を呑《の》ませる洗練された笑みを浮かべた。「贔屓《ひいき》にしてますよ」

アレクサンドリアはトーマスの目に突然うぬぼれの色が宿ったのが気に入らなかったが、とりあえずほほえんだ。「スケッチを何枚か持ってきました。お話しになっていたつぎのゲームのストーリーに沿ってサンプルを描《か》いてみたんです。お話を聞いてすごく鮮やかにイメージが湧きました。〈ナイトホークス〉にドン・マイケルズを起用されたのは知っています。彼はとてもいいデザイナーですけれど、あなたの思い描いたイメージを正確にはとらえていないんじゃないでしょうか。わたしならもっと細部にいたるまで、もっとパワフルに描くことができます」テーブルの下で指をより合わせながらも、外見は落ち着いて見えるよう努力した。

トーマスは当惑した。まったく彼女の言うとおりだ。マイケルズは大物デザイナーだが、トーマスが抱いているイメージを完全には理解していなかった。しかし、アレクサンドリアのプロ意識の高さに、トーマスはいらだった。おれを相手に仕事の話をしたがるとは。たいていの女は身を投げださんばかりになるのに。

アレクサンドリアはトーマス・アイヴァンの顔にいらだちを見てとった。爪が食いこむほどぎゅっと手を握りしめる。わたしのなにがいけなかったのだろう？　きっと出方が強すぎたにちがいない。こういう浮いた話の多い華やかなタイプの男性は、もっと女性的なアプローチを好むのだろう。わたしにはこの仕事が必要だ。彼を怒らせてはまずい。ちょっと媚《こび》を売るぐらいなんでもないじゃない？　お金持ちでハンサムな独身男性のトーマスは、わたしが惹《ひ》かれて当然のタイプだ。アレクサンドリアは心のなかでため息をついた。わたしは男性に心から惹かれたことが一度もない。これまでは、近所に住むよからぬ男たちのせい、ジョシュアを育てるという重い責任を負っているせいだと考えていた。でもいまこうしていると、自分には性的欲求というものが完全に欠如しているのかもしれないという気がしてきた。それでも、必要なら、あるふりはできる。

トーマス・アイヴァンのつぎの言葉が、アレクサンドリアの読みが正しかったことを証明した。

「せっかくのディナーを仕事の話で味気ないものにするのはやめよう」チャーミングな笑顔で彼は言った。

頭に浮かんだ〝貪欲で油断できない男《バラクーダ》〟という言葉を振り払い、アレクサンドリアは口もとに柔らかな媚《こ》びるような笑みを浮かべた。長い夜になりそうだ。トーマスがワインを注《つ》ごうとすると、首を横に振ってシュリンプ・サラダに手をつけ、数少ないデート経験で相手に喜ばれた他愛《たわい》ないおしゃべりをした。トーマスは身を乗りだし、たびたび彼女に触れては伝えたいことを強調しようとした。

途中、アレクサンドリアはジョシュアのようすを確かめるためになんとか席をはずした。ジョシュアとヘンリーは入り日に照らされながら、ぼろぼろのトランプでブラックジャックをしていた。

ヘンリーが顔をあげてにやりと笑い、アレクサンドリアがこっそり持ちだしてきた食べものをありがたく受けとると、とっとと行けというように手を振った。

「おれたちなら大丈夫だ、アレックス。戻って、喉から手が出るほど欲しい仕事をものにしてきな」彼は言った。

「ジョシュにギャンブルを教えてるの？」アレクサンドリアはふざけて険しい表情を作り、詰問口調で訊《き》いた。罪人ふたりは声をあげていたずらっぽく笑い、アレクサンドリアはジョシュアを抱きしめたくなった。

「このゲームを憶えれば、ぼくがアレックスを養えるようになるってヘンリーが言うんだ。いつもぼくが勝つから」ジョシュアは自慢げに言った。「そうなったら、アレックスはもう二度と能なしの女好きのためにおめかしする必要なんてなくなるって」

アレクサンドリアは唇を噛んで、笑いと溢れるような愛情を抑えこんだ。「あら、でもあなたが一人前のトランプ詐欺師になるまでは、わたしが生活を支えないとね。そろそろなかに戻るわ。寒くなったら、トランクに毛布がはいっているから」車のキーをジョシュアに渡す。「なくさないでね。もしなくしたら、わたしたちもヘンリーと一緒に外で寝ることになるわよ」

「かっこいい《クール》じゃん！」ジョシュアが青い瞳をきらきら躍らせながら言った。

「とっても涼しい《クール》わよ。それどころか、寒いくらいでしょうね」アレクサンドリアは警告した。「気をつけてね。できるだけ早く戻るけど、相手があんまり協力的じゃないの。今夜、わたしを落とせると期待してるみたい」顔をしかめてみせる。

ヘンリーが節くれだった手をこぶしに握って振った。「そいつが変なことをしたら、おれのところに連れてきな」

「ありがとう、ヘンリー。ふたりとも、わたしががんばってるあいだ、おとなしくしていてね」アレクサンドリアはくるりと向きを変え、レストランへと歩きだした。

風が強くなり、波が岸に激しく打ちつけてしぶきが舞いあがる。霧が出てきて、憂鬱な雰囲気の白い帯が木々を包むようにたなびいていた。アレクサンドリアはぶるっと身震いして、両手で腕をこすった。本当は寒さではなく、霧と謎めいた気配が彼女を不安にさせていた。

木々の後ろに邪悪なものがひそんでいる。そんな考えを頭から振り払った。どういうわけか、今夜は特に神経がピリピリしている。きっと大事な面談に臨んでいるせいだろう。

レストランに戻ると、鉢植えやハンギングタイプの蔓《つる》植物のあいだを縫うように歩いていった。

トーマス・アイヴァンははじかれたように立ちあがって、アレクサンドリアを椅子に座らせた。自分が店内の男たちから羨望の目で見られているのはよくわかっていた。アレクサンドリア・ハウトンには、熱く奔放な情熱の夜を想像させる特別な魔力のようなものがある。

彼女の手の甲に指を滑らせた。「冷えてるじゃないか」わずかにだが声がかすれた。アレクサンドリアといると、間抜けな中学生になったような気分になる。彼女のほうはちょっと高慢でよそよそしい態度を崩さず、なにごとにも動じない妖婦さながら、こちらがもじもじするのを眺めている。

「お化粧室から戻る途中にちょっと外に出てみたんです。そうしたら夜の景色がとても美しくて。つい海を見にいってしまったの。少し荒れてきているみたい」彼女の瞳は千もの秘密をたたえていて、長いまつげがありとあらゆる感情をおおい隠そうとしているように見えた。トーマスはごくりと唾を飲み、目をそらした。自制心を取り戻さなければ。いつも周囲から魅力的と言われてきた彼は、アレクサンドリアを楽しませるために、エピソードの引き出しから彼女の興味を引きそうな話題を引っぱりだして話しはじめた。

アレクサンドリアはトーマスの話に耳を傾けようと努力したが、彼がどうやってキャリアを築いたか、いかに多くの社会的な責任を負っているか、金目当ての女たちが引きも切らないといった逸話に気持ちを集中できなかった。徐々に不安感がつのってきて、手が震えだした。一瞬、氷のように冷たい手に喉をつかまれた気がして、恐怖から体に震えが走った。ものすごくリアルな感覚だったので、実際に首に手をやって確かめずにいられなかった。

「ワインを軽く一杯飲むぐらいいいだろう。これはすばらしく出来がいい年のワインだ」トーマスがボトルを持ちあげ、アレクサンドリアの注意を引き戻そうとした。

「いいえ、結構です。お酒はめったに飲まないので」そう答えるのは三度目だったので、彼女はトーマスに、あなたは耳が聞こえないのかと尋ねたくなった。こんなに大事なチャンスの場でアルコールを口にして頭をぼんやりさせたくない。それに車を運転するときやジョシュアが一緒のときは絶対に飲まないと決めているのだ。下宿屋の廊下や表の通りで、ジョシュアは充分すぎるほど酒飲みを目にしている。

アレクサンドリアは拒絶がとげとげしくならないようににっこりほほえんだ。ウエイターが皿を片づけると、断固とした態度で作品ファイルに手を伸ばした。

トーマスは大きくため息をついた。ふつうの女ならいまごろおれに媚びへつらっているんだが。ところが、アレクサンドリアは彼にまったく魅力を感じないらしく、よそよそしいままだった。それでも、トーマスは彼女にすっかり魅せられ、なんとしても自分のものにしたいと思っていた。この仕事が彼女にとって重要なのはわかっている。必要とあれば、そのことを利用しよう。アレクサンドリアはゆったりした笑顔とクールなサファイア色の瞳の奥に情熱を隠し持っている。彼女とホットで激しいセックスをするのが待ち遠しくてたまらない。

しかし、アレクサンドリアのスケッチを目にするやいなや、プライドや欲望は吹き飛んだ。彼女はトーマスが言葉で説明したよりもずっと適確に彼の思い描いているイメージをとらえていた。興奮のあまり、小躍りしそうになった。彼女こそ、今度のゲームに必要な人材だ。今度開発するのは背筋も凍るほど恐ろしく、難易度が高く、刺激的なゲームで、ライバルの追随を許さないはずだった。アレクサンドリアの斬新で創意に富んだ観点は、まさに彼が求めていたものだ。

「用意してきたのは簡単なスケッチだけで」アレクサンドリアは静かに言った。「動きはありませんけど、イメージはつかんでいただけると思います」彼女の作品を賞賛の目で見つめているトーマス・アイヴァンを見ていると、彼にあまり好感を持っていなかったことを忘れた。

「きみはディテールを描きこむのがうまい。すばらしい想像力に加えて、技術的にも申し分ない。まるでわたしの頭のなかをのぞいたみたいだ。この絵なんて、本当に飛んでいるように見える」トーマスは指差しながら言った。絵だけで人をこんなにどきどきさせられるとは感動だ。わが社の豊富な機材とデザイン・プログラムを使わせたら、どんなものを生みだしてくれるだろう？

一枚のスケッチを、彼はまるでその場面を実際に体験しているような気分で検《あらた》めた。アレクサンドリアの絵は、戦うヴァンパイアをとらえた写真のようだった。非常にリアルで、恐怖感に満ちている。彼女のスケッチがゲームのストーリーラインと、トーマスが抱いているイメージをあまりに適確にとらえていたので、今夜アレクサンドリアとのあいだになかなか結ぶことができなかった絆《きずな》が即座に結ばれた気がした。

アレクサンドリアは自分の手に触れるトーマスの手を急に意識した。彼の力強い腕。広い肩。いかつい感じのハンサムな顔。期待に心臓が跳びはねる。これは、わたしが肉体的に反応しているということ？　共通の情熱は驚くほど大きな威力を持つ。アレクサンドリアは誇らしかった。想像上の生きものを描きだす彼女の手腕を、トーマスは見るからに賞賛している。

ところが、突然店内を冷たい風が吹き抜けたかと思うと、邪悪な空気が漂った。まるで虫が這《は》ったかのように肌が粟立《あわだ》つ。嫌悪感がこみあげてきて、アレクサンドリアは椅子に座ったまま身を固くした。顔色が悪くなり、体が震えだす。周囲を注意深く見まわした。ほかには誰も空気の変化や邪悪なにおいに気づいていないようだ。まわりからは笑い声と低い話し声が聞こえてくる。おかしなところはまったくなく、安心できて当然のはずなのに、体の震えは激しくなるばかりだった。額に、胸の谷間に汗が噴きだし、心臓がどきどきする。

トーマスはスケッチを検めるのに夢中になっていて、アレクサンドリアがそわそわしていることに気がつかなかった。絵のすばらしさに目を奪われ、うつむいたまま賞賛の言葉をつぶやいている。

しかし、なにかがおかしい。絶対に。アレクサンドリアにはわかった。いつもわかるのだ。彼女には両親が死んだ瞬間がわかった。近所で暴力的な犯罪が行われたときもわかった。ドラッグの売人や嘘《うそ》をついた人間がわかる。とにかくわかるのだ。そしていま、店内のほかの客が食べたり飲んだりしゃべったりして楽しんでいるときに、彼女は近くにとても邪悪な存在がいることを感じとっていた。こんな気配を感じるのは初めてだ。

広い店内にゆっくりと慎重に目を走らせる。いちばん近いテーブルに座っている三人の女性が乾杯しながら大笑いした。アレクサンドリアは心臓が早鐘を打ち、口が乾いた。恐怖で体が凍りつき、動くことも話すこともできない。トーマスの後ろの壁に黒い影が浮かびあがり、ほかの人には見えないおぞましい亡霊さながら、鉤爪《かぎづめ》の伸びた手を彼女のほうへ、三人の女性客のほうへと伸ばしてきた。アレクサンドリアの頭のなかにコウモリの羽ばたきに似た不気味な囁《ささや》きがこだまし、彼女を思いどおりに操ろうとした。

おれのもとへ来い。おれのもとへ。おれがおまえを堪能してやろう。おれのもとへ来い。

そんな言葉がアレクサンドリアの頭のなかで鳴り響き、ガラスの破片のように頭蓋骨に突き刺さった。壁から伸びた鉤爪が彼女を手招きする。

右手の椅子がキキーッという音を立て、アレクサンドリアは現実に引き戻された。まばたきすると、狂気に満ちた笑い声のこだまを残して、例の影は消え去っていた。動けるようになったので、もう二脚の椅子が軋る音が聞こえたときにそちらを振り向いた。三人の女性がいっせいに立ちあがり、テーブルにチップを置いて、突然、不気味に静まり返った店内を出口へと向かった。

アレクサンドリアは行かないでと叫びたくなった。なぜかはわからないが、実際に口をあけて叫ぼうとした。喉がふさがり、息ができなくなる。

「アレクサンドリア!」トーマスが彼女を助けようと慌てて立ちあがった。アレクサンドリアは灰色の顔をして額に小さな汗の玉を浮かべていた。「どうした?」

アレクサンドリアはスケッチを無理やりファイルにしまおうとしたが、手が震えてスケッチをテーブルに、床にとばらまいてしまった。「すみません、ミスター・アイヴァン、わたし失礼します」突然立ちあがったので、トーマスを後ろに突き倒しそうになった。油の膜が張りついたかのように、頭がぼんやりとして重くなり、胃がむかむかした。

「具合が悪そうだ、アレクサンドリア。家まで送らせてくれ」トーマスは貴重なスケッチを拾い集めるのと同時に彼女の腕をつかもうとした。

アレクサンドリアは腕を引っこめた。いますぐにジョシュアのところに行かなければ。邪悪な存在の正体がなんであれ、なにが夜の闇を徘徊《はいかい》しているにしろ、あの女性三人とヘンリー、ジョシュアはとてつもない危険にさらされている。外に、店の裏にそれはいる。魂に黒いしみができたかのように、彼女はその存在を感じることができた。

くるっと向きを変えて走りだした。好奇心に満ちた視線やトーマス・アイヴァンの当惑ものともせずに。階段でころびそうになり、スカートの裾をつかんだとき、なにかが引き裂かれる音が聞こえた。痛みと恐怖が体を駆け抜ける。あたかも心臓がはじけ、ずたずたになって血を流しているかのように感じた。ものすごくリアルな感覚だったので、胸を押さえ、血がついているにちがいないと思いつつ手を見おろした。彼女ではなかった。誰かほかの人が血を流しているか――もっと悪い状態に陥っている。

唇が切れるほどきつく噛んだ。この痛みは本物で、感じているのは彼女だけだ。意識を集中することができる状態で、アレクサンドリアは走りつづけた。正体がなんであれ、邪悪な存在は誰かを殺した。いまや血のにおいが鼻を衝《つ》き、暴力のあとの波動が感じられる。どうかジョシュアではありませんように。むせび泣きながら、彼女はレストランをめぐる小径を走りはじめた。ジョシュアを失ったりしたら、耐えられない。どうしてあの子を老人ひとりにまかせて置いてきたりしたのだろう?

アレクサンドリアは霧に気がついた。濃く、厚く、不気味な白い壁さながら、木々のあいだに立ちこめている。三十センチ先も見えなかった。流砂を踏んでいるような錯覚を覚える。息を吸おうとしても、なかなか吸えない。ジョシュア、と大きな声で呼びたかったが、直感的判断からこらえた。正体不明の相手は、他人が苦しみ、怯《おび》えるのを楽しんでいる。残酷趣味を満たしてやるのは悔しい。

木々のあいだをそろそろと進んでいくと、死体につまずいた。「ああ、嘘」囁きながら、ジョシュアではないように祈った。身を乗りだしたところ、遺体が大きすぎることがわかった。冷たく動かなくなった彼は、あたかもごみのように無惨に打ち捨てられていた。「ヘンリー」深い悲しみがこみあげてきて、遺体をひっくり返した。ずたずたになった胸を見てぞっとした。彼女はヘンリーの肩をつかみ、動かなくなった心臓がつかみだされている。慌てて離れてしゃがみこむと、吐かずにいられなかった。ヘンリーの首には動物に噛まれたような傷痕があった。

脳裏に嘲笑がこだました。手の甲で口をぬぐう。こんな陰惨なことをした狂人がジョシュアに危害を加えようとしているのだ。直感的に崖に向かって決然と歩きだした。崖下の岩場に波が大きな音を立てて砕け、風が吹き荒れているせいで、ほかの音はなにも聞こえない。見ることも聞くこともできぬまま、アレクサンドリアは本能に導かれ、残忍な殺人犯のほうへと着実に進んでいった。相手はわたしが近づいていることを知っている。待ちかまえている。さらに、わたしを操り、思いどおりにおびき寄せていると信じている。

強い風が吹いているのに、霧は濃く立ちこめたままだったが、その霧を通してさらなる恐怖の場面がくり広げられているのが見えてきた。レストランで右のテーブルに座っていた三人の女性がじりじりと崖に近づいていく。三人は一種のトランス状態にあり、崖の端にシルエットが浮かびあがっている男を恍惚《こうこつ》とした表情で見つめていた。

男は背が高く、細身だったが、ものすごく力がみなぎって見えた。顔はギリシア神話のアドニスのように美しく、肩までの髪はウェーブがかかっている。ほほえむとまっ白な歯がのぞいた。

捕食者のような歯。そう思った瞬間、美男子という幻影が消え、アレクサンドリアは彼の手に血がついているのに気がついた。歯と顎にもついている。親しげな笑顔は実際は歪《ゆが》んでいて、恐ろしい牙があらわになっていた。三人の女性に注がれた目は、暗闇で赤く光るうつろな穴のようだった。

女性三人は惚《ほう》けたように笑いながら、彼に向かって手を伸ばしている。男が片手をあげてから地面を指差した。三人は命じられたとおりに膝をつき、身をよじったりあえいだりしながら、官能的な動きで這い進みはじめた。一瞬、霧が淫《みだ》らな光景をおおい隠したが、ふたたび晴れると、女性のひとりが男の前にたどり着き、膝にまとわりついているのが見えた。彼女はブラウスを引き裂いて乳房をさらし、体をまさぐりながら、男に奪ってくれと懇願している。ふたりめの女性も崖の端までたどり着き、男のウエストに腕をまわして、誘うような目で見あげた。

この操り人形と化した女性たちにどんな恐怖が降りかかるのか、アレクサンドリアは見たくなかった。しかし、男に向かってゆっくりと歩いていくジョシュアの姿が目にはいった。女性三人のことは見えていないようだ。ジョシュアは右も左も見ずに、夢のなかにいるかのような足取りで前へ進んでいく。

トランス状態。催眠状態。アレクサンドリアの心臓が胸に激しく打ちつける。この殺人者はどうにかして女性三人とジョシュアを催眠術にかけた。ジョシュアたちは愚かな羊のように男の命じるがままになっている。あのモンスターのところにたどり着く前にジョシュアをつかまえなければと焦りつつ、男がどうやってこんなことをやってのけたのか、アレクサンドリアは分析しようとした。ありがたいことに、ジョシュアの歩みは遅く、いやいやながら前に引っぱられているという感じだった。

霧のベールに隠れていても、アレクサンドリアはこの世のものとも思えない、敵意に満ちた男の目の力を感じた。彼がこちらに首をめぐらすと、爬虫類《はちゅうるい》のように首がうねった。濃い霧を通して男にじろじろ見られたアレクサンドリアは、コウモリの羽で頭を叩かれたように感じた。ガラスの破片がくり返し突き刺さる。柔らかく誘惑的な声が、脳裏でしつこく囁《うず》きつづけている。疼くような頭痛をこらえて、アレクサンドリアはジョシュアをつかまえることに意識を集中した。

ジョシュアのシャツに手が届いた。弟の足は前進を続けようとしたが、アレクサンドリアは足を踏ん張って弟を引き留めた。ジョシュアの体に腕をまわし、五メートルと離れていない場所にいるモンスターと向き合った。

男は崖の端に立ち、操り人形と化した女性たちにまとわりつかれている。しかし、女性たちのことは気に留めず、全神経をアレクサンドリアに注いでいるように見えた。牙を剝《む》きだしてほほえみかけてくる。

男の唇と歯にヘンリーの血がついているのを見て、アレクサンドリアはぶるっと身震いした。この狂人がやさしく罪もないヘンリーを殺したのだ。

「こっちへ来い」男が手を差しだした。

男の声が体の奥まで響いて、アレクサンドリアを思いどおりに動かそうとする。彼女はすばやくまばたきをくり返し、男の手と短剣のように長い爪についた血痕に焦点を合わせようとした。鉤爪を見つめていると、男の声が美しさを失い、いらだたしげで不快な声に変わった。

「いやよ。わたしたちを放っておいて。ジョシュアはわたしが連れて帰るわ。この子を渡すわけにはいかない」アレクサンドリアは決然と言い放った。背中に力がはいり、青い目が挑戦的に輝いた。

男は彼のウエストを撫でている女を淫らな手つきでおざなりに愛撫《あいぶ》した。「こっちへ来い。この女たちを見るがいい。三人ともおれを求めている。おれを崇拝しているのだ」

「勘違いを続けていればいいわ」アレクサンドリアは後ろにさがろうとした。ジョシュアがあらがう。腕に力をいれて、弟が前へ進むのを阻んだが、彼女が一歩後ろにさがると、ジョシュアが暴れだし、立ち止まらざるをえなくなった。

崖に立つモンスターが片眉をつりあげた。「おれを信じないのか？」腰にまとわりついている女に目を向ける。「さあ、来い、女。おれのために命を捧げるんだ」彼は後ろに向かって手を振った。

恐ろしいことに、女性は男が広げた手を舐《な》めたかと思うと、にたにた笑いながら彼の横を這い進んだ。「だめ!」アレクサンドリアは叫んだが、女性はすでに宙へと飛びだしていて、鋸《のこぎり》の歯のように尖《とが》った岩と荒れる海が待つ崖下へと落ちていった。アレクサンドリアがまだ呆然《ぼうぜん》としているあいだに、男はふたりめの女性の髪をつかんで口にキスをし、彼女をのけぞらせてから、首におぞましい歯を突き立てた。

アレクサンドリアはトーマス・アイヴァンのホラーストーリーをあざやかな絵に描きだしたが、それがいま目の前で現実の光景となりつつあった。けだものは女性の喉を流れる血を堪能し、そのあとは浜で拾った貝殻さながら、崖下へと投げ捨てた。わざとらしくグロテスクに、唇についた血を分厚い舌で舐めとる。

アレクサンドリアは息をひそめ、祈りの言葉を何度もくり返しつぶやいていた。このけだものがなんであれ、想像を絶するほど危険で異常なのは明らかだ。彼女はジョシュアの体をさらにしっかりとつかんで持ちあげた。

ジョシュアは脚を乱暴に蹴りだし、唸《うな》るような声を漏らしてアレクサンドリアに嚙みついた。彼女はどうにか五十センチほど後ろにさがったものの、そこで弟をおろさずにいられなくなった。弟が目指すものから遠ざかろうとしないかぎり、抵抗はおさまった。

モンスターがふたたび顔をあげ、指を舐めてからぞっとするような笑みを浮かべた。「わかったか？　こいつらはおれのためになんでもする。おれを崇拝しているんだ。そうだろう、おまえ?」男は最後の女性を立ちあがらせた。たちまち女性は挑発的に体をこすりつけ、男に触れたり愛撫したりしはじめた。「おまえはおれを悦《よろこ》ばせたいんだろう？」

　女性はキスを始めた。男の首から胸へとどんどんさがっていき、手はズボンをいじくっている。男は女性の首を撫でた。「おれの力がわかったか？　おれが仲間にしたいのは、この力を分かち合いたいのはおまえなんだ」

「その女性はあなたを崇拝してなんていないわ」アレクサンドリアは反論した。「催眠術で操り人形と化しているだけよ。彼女には自分の意思がない。それをあなたは力と呼ぶの？」

震える声に可能なかぎりの軽蔑を込める。

　男は低く不快な声を漏らしながらも笑顔は崩さなかった。「ひょっとしたら、おまえの言うとおりかもしれないな。この女は生きていてもしかたがない。違うか？」笑顔のまま、アレクサンドリアの目を見つめたまま、男は両手で女の頭を挟み、ぐいとひねった。

　ボキッという音が聞こえ、その振動がアレクサンドリアの体にも伝わってきたように感じられた。けだものは骨が折れた女性の体を片手で軽々と崖の先に突きだした。首がおかしな角度に曲がって、ぬいぐるみのようにだらんとした体。美しかった女性がいまや生命を奪われ、抜け殻となっていた。男はただ手をひらいて彼女を崖下の海へと落とした。

「これでおまえはおれをひとりじめできるぞ」男は柔らかな声で言った。「こっちへ来るがいい」

　アレクサンドリアは首を激しく横に振った。「いやよ。わたしはあなたのところへは行かない。わたしにはありのままのあなたが見えている。あなたがさっきのかわいそうな女性たちに見せていた姿ではなく」

「おまえはおれのところへ来る。それも自分の自由意思で。おまえなんだ。おれが世界中探しまわったのは。おまえはおれのところへ来なければならない」男の声は柔らかかったが、鋭い警告と不快な命令を含んでいた。

アレクサンドリアは後ろにさがろうとしたものの、ジョシュアが唸ってめちゃくちゃに暴れだした。立ち止まり、逃げられないようさらにしっかりと弟を抱える。「あなたは具合が悪いのよ、ジョシュア。お医者さんか誰かに診てもらわなきゃ。わたしじゃどうにもできないの」この悪夢から脱出する方法を必死に探しながら、誰か助けが来てくれることを祈った。警備員でも誰でもいい。

「おれが何者かわかっていないな?」

アレクサンドリアは恐怖で思考が麻痺《まひ》しかけていた。トーマス・アイヴァンにスケッチを描いてみせるため、彼女はヴァンパイアに関する古くからの伝説をかなりの時間をかけて読みこんだ。このモンスターはまさにあの伝説上の生きものそのものだ。人の血を糧にし、催眠術で無力化した人間を邪悪な命令に従わせる。アレクサンドリアは深呼吸をして落ち着こうと、現実の世界に戻ろうとした。きっと、霧と風、星の見えない夜空、そして崖に打ちつける不気味な波の音のせいでありえないことを考えてしまっているにちがいない。この男は伝説上の生きものなどではなく、二十一世紀の社会病質者にすぎない。正気を保って、恐怖感から想像をたくましくしないようにしなければ。

「あなたが自分を何者だと思っているかはわかってるわ」冷静に言った。「でも、実際はあなたは凶悪な殺人犯というだけよ」

男は低く不快な声で笑った。黒板を爪で引っ掻《か》いた音に似ていて、アレクサンドリアは実際に冷たい指が肌に触れたように感じた。

「おまえは真実を知らないガキだ」ぎらぎらと輝く瞳をジョシュアの顔に注ぎ、片手をあげて差し招く。

ジョシュアが激しくもがき、自由になろうとしてアレクサンドリアの腕に嚙みついた。

「この子に手を出さないで!」彼女は弟を押さえこむことに集中したが、トランス状態のジョシュアは力があり、身をくねらせて姉の腕から逃れた。すぐさまモンスターに駆け寄り、膝にしがみついて崇拝の目で見あげた。

2

アレクサンドリアの心臓が一瞬止まった。彼女は非常にゆっくりと体を伸ばした。鉤爪のような指が弟の肩に食いこむのを見て、恐怖のあまり口がからからに乾く。

「さあ、こっちに来る気になっただろう?」モンスターが柔らかな声で尋ねた。

アレクサンドリアは震える顎を突きだした。「あなたはこれを自由意思と呼ぶの?」脚がゴムになったように感じられ、二、三歩前へ進んだものの立ち止まらずにいられなかった。「ジョシュアを使ってコントロールしたら、わたしが自由意思であなたのところへ行くことにはならない。そうでしょう?」挑むように問う。

男が長くいらだたしげな息を吐いてから、ジョシュアの片脚をつかんだかと思うと、崖の向こうに突きだした。「おまえは自由がたいそう好きなようだから、この子どもに対する支配を解いて、いまなにが起きているか、こいつが見て聞いて理解できるようにしてやろう」牙を軋らせ、氷のように冷たくはっきりした声で言った。

男の言葉を聞いて、アレクサンドリアはふたたび前へと歩いた。モンスターから一メートルほどのところまで近づき、ジョシュアに手を伸ばす。「ああ、お願い、やめて、その子を落とさないで！　わたしに返してちょうだい！」声に苦悩と恐怖がにじみ、それがモンスターを興奮させた。

ジョシュアが突然われに返り、悲鳴をあげながら恐怖に顔を歪めるのを見て、男は低く笑った。ジョシュアはただひとりの救世主である姉に助けを求め、彼女の顔を見た。モンスターはいっぽうの手をひと振りして、アレクサンドリアを遠ざけた。もういっぽうの手はジョシュアをやすやすと崖の先に突きだしたままだ。

アレクサンドリアは男の前から動かず、身じろぎもしなかった。「とにかくその子を返して。あなたにその子は必要ないでしょう。まだほんの子どもなんだから」

「いや、必要だとも――おまえの協力を確実なものにするために」狂人はにやりと笑って、ジョシュアを比較的安全な崖の端まで戻した。片手を振ると、ジョシュアが暴れたり、叫んだりするのをやめて、ふたたび男の悪魔的な支配の下にはいった。「おまえはおれの仲間になるのだ。一緒になれば、おれたちはおまえが想像もできないような力を手にできる」

「でも、わたしは力なんて欲しくない」アレクサンドリアは男からジョシュアを奪い返すため、じりじりと近づいた。「わたしを世界中探しまわったというのはどういうこと？　今夜まで、あなたはわたしの存在を知らなかったはずよ。わたしの名前だって知らないでしょ」

「名前はアレクサンドリア。ジョシュアの頭のなかをのぞくのは簡単だ。おまえはおれを単なる人間だと思おうとしているが、おれはもっとずっと強力な生きものだ」

「それなら、なんなの？」アレクサンドリアは答えを聞くのが恐ろしくて息を詰めた。このけだものが人間ではないこと、例の伝説上の強力な生きものであるのは間違いないとわかっていたからだ。彼は人の心を読み、コントロールし、遠くにいても獲物をおびき寄せることができる。ヘンリーの胸を引き裂いた。女性の首をへし折り、別の女性の血をアレクサンドリアの目の前で飲んだ。何者にしろ、人間でないことは確かだ。

「おれは愚かな人間の悪夢、生者を貪るヴァンパイアだ。おまえはおれの花嫁となり、おれと力を、人生を分かち合うのだ」

男は真剣そのものだったので、アレクサンドリアは泣きたくなるのと同時にヒステリックに笑いたくなった。この男は本気で言っている。さらに悪いことに、アレクサンドリアも彼の言うことを信じはじめていた。

「わたしは……そういう生き方を望んでないの」かすれた囁きのような声になった。こんな愚かな台詞《せりふ》で自分とジョシュアの命乞いをしているのが信じられない。でも、こんな異常なことを述べるのに、どんな言いようがあるだろう？

「おれを騙《だま》せると思っているのか？」ジョシュアの肩をつかむ手に力がはいり、いまにも骨を砕きそうだった。

時間を稼ぐために、アレクサンドリアは首を横に振った。「いいえ、本気よ。わたしは日の光が好き。ヴァンパイアは夜に活動するでしょ。わたし、血はおろか、ワインすらめったに飲まないの。風変わりなことが好きな若い娘たちが集まるバーは知ってるわ。彼女たちが黒い服を着て悪魔を崇拝し、おたがいの血を飲むと言ってることも。でも、わたしはそういうことはしない。超保守的なの」

殺人犯とこんな奇妙な会話をしているなんて信じられない。警備員はいないの？　誰もまだヘンリーの遺体を発見していないのだろうか？　わたしはいつまでこのけだものにしゃべらせ、時間稼ぎをしていられるだろう？

「どうしてわたしなの？」

「おまえのような存在は少ない。おまえの心は非常に強く、だから他人にコントロールされないんだ。おまえは本物の超能力者だ。そうだろう？　それが、おれたちがパートナーに求める資質だ」

「わからないわ。ほかの人が察知できないことを察知できる場合はあるけれど」アレクサンドリアは不安そうな手つきで髪をかきあげながら認めた。「あなたがここにいることは察知できたわ。あなたが言いたいのがそういうことなら」もうすぐ誰かが助けにきてくれるはず。トーマス・アイヴァンはわたしを捜しているにちがいない。「お願い、ジョシュアを連れて帰らせて。あなたに必要なのはわたしだけでしょう。約束するわ、あすの夜かならず戻ってくると。それに、あなたが本当に強力なら、わたしが戻らなかった場合でも、居場所を突きとめられるはずよ」ジョシュアに近づくために、彼女は必死だった。目がガラスのようになり、体から力が抜けている弟を見るのはつらかった。ぎゅっと抱きしめ、もう安全だ、このけだものに触れられることは二度とないと安心させてやりたかった。ジョシュアを救えるなら、あとはどうなろうとかまわない。

「おまえを目の届かぬところへやるわけにはいかない。おまえを捜しているやつがほかにもいる。おれはおまえを守るため、つねにそばにいなければならない」

アレクサンドリアは疼くこめかみを揉《も》んだ。けだものが彼女の頭に侵入しようとしていて、それに抵抗を続けているのがひどく負担になりはじめていた。「ねえ――ところで、あなたの名前はなんていうの？」

「礼儀正しく、品よくいこうってわけか？」男がばかにしたように笑った。

「ええ、そのほうがいいと思うわ」アレクサンドリアは自分をコントロールできなくなりつつあった。ジョシュアを男から引き離す方法を見つけなければ。なんとしても、ジョシュアは生かさなければならない。アレクサンドリアは爪が食いこむほど手のひらを握りしめ、その痛みに意識を集中することで頭をはっきりさせようとした。

「それなら、品よくいこう。おれはポール・ヨヘンストリア。カルパチア山脈から来た。おまえはおれの訛《なま》りに気づいたかもしれないな」

アレクサンドリアは思わず弟に向かって両手を広げた。「ジョシュアを返して、ミスター・ヨヘンストリア。その子はまだほんの子どもよ」

「こいつを生かしておきたければ、おれと一緒に来い。おれたちはたがいに利益となる関係を築ける。そう思わないか？」

アレクサンドリアは空っぽの手を両脇にだらりと垂らした。疲労と恐怖に苛《さいな》まれ、耐えられないほど頭が痛い。男は彼女の不快感を増幅させる。頭のなかで男の声が響きつづけ、気が変になりそうだ。「あなたと一緒に行くわ。だから、弟はここに置いていって」

「だめだ、おれの愛《いと》しい女。それはできない。さあ、こっちに来い」

気が進まないながらも、言われたとおりにした。ほかに選択肢はない。ジョシュアはわたしの命だ。なによりも愛しい。弟を失ったら、わたしにはなにも残らない。ヨヘンストリアに触れられたとたん、吐き気に襲われた。血に汚れた手がアレクサンドリアの腕をつかんだ。短剣のように長い爪に血がこびりついている。ヘンリーの血。ヨヘンストリアがジョシュアを地面に落としたが、ジョシュアは落とされた場所から動かなかった。

「つかまえていなくても大丈夫よ。わたしはジョシュのようすを確かめたいだけだから」アレクサンドリアは言った。こんな邪悪な生きものに触れられていると、胃がむかむかしてくる。また吐いてしまうかもしれない。

「いまは放っておけ」ヨヘンストリアが万力のような力で彼女をつかみ、体が触れ合うほど近くまで引き寄せた。くさい息、血と死のにおいが鼻を衝く。肌はじっとりとして氷のように冷たい。

アレクサンドリアは逃げようとしてもがいたが、ヨヘンストリアにつかまれていては望みがないとわかっていた。彼が首に顔を寄せたので、熱くくさい息が肌にかかった。

「やめて。ああ、お願いだからやめて」アレクサンドリアは声が出ず、囁き声になった。膝から力が抜ける。いま放されたら倒れるだろうが、男は彼女を抱いたまま、さらに顔を寄せてきた。

「神はおまえを見放した」喉に歯が深く突き立てられ、強烈な痛みに、アレクサンドリアは視界がまっ暗になってぐるぐるまわりだした。ヨヘンストリアは彼女を抱きしめて、芳醇《ほうじゅん》な血をごくごくと飲んだ。小柄なアレクサンドリアは、男の腕のなかで押しつぶされそうだった。牙が刺さり、邪悪な忌まわしい形でふたりがつながっているのを感じていた。体に力がはいらない。まぶたが重くなり、ジョシュアのために戦わなければと思いながらも、目の前で黒い点がぐるぐると渦を巻いた。彼女はヴァンパイアのやせた体にぐったりともたれかかった。

ヴァンパイアは口の両端から血を垂らしながら顔をあげた。「今度はおまえが、生きるために飲むのだ」みずからの手首に歯を突き立ててから、アレクサンドリアの唇に手首を押し当て、自分の血が彼女の口に滴るのを見つめた。

アレクサンドリアの体には、そのおぞましい液体の摂取を拒もうとするだけの力が残っていた。顔をそむけ、口を閉じようとした。しかし、ヴァンパイアはやすやすと彼女を押さえこみ、有毒な液体を唇のあいだに落とすと、アレクサンドリアがごくりと飲みこむまで喉を撫でつづけた。しかし、自分が奪った量を補うことはせず、意図的に彼女を弱ったままにして命令に従わせやすいようにした。

ポール・ヨヘンストリアはアレクサンドリアを弟のとなりに落とし、勝ち誇ったように月のない暗い夜空に顔を仰向けた。ついに見つけた。この女の血は熱く、甘く、体は若くてしなやかだ。この女なら、おれに感情を取り戻させてくれる。ヨヘンストリアは天に向かって勝利の雄叫《おたけ》びをあげ、こぶしを突きあげて神に挑んだ。おれは魂を捨てる道を選んだが、結局どうということはなかったではないか。特別な女を見つけ、彼女はおれをよみがえらせてくれる。

アレクサンドリアがとっさによろよろと逃げようとしたので、ヴァンパイアは注意を戻した。彼女はジョシュアの横に這っていくと、かばうように弟を抱き寄せた。ヴァンパイアは嫉妬の唸り声を漏らした。この女を欲しがる者はあまたいるはずだが、もうおれのものだ。誰とも分かち合うつもりはない。転化が完了し、アレクサンドリアがおれに依存するようになったら、このガキは始末する。ヴァンパイアはジョシュアのシャツをつかんでアレクサンドリアから引き離した。

アレクサンドリアはなんとか上半身を起こしたが、めまいがひどくて自分の居場所が把握できなかった。しかし、ジョシュアのいる場所は正確にわかった。弟に自分と同じ運命を背負わせるわけにはいかない。この殺人鬼が本当に彼女たちを仲間にできるなら、死んだほうがましだった。

彼女は突然、前に身を投げた。両手を広げ、ジョシュアをつかまえると胸に抱きしめた。その勢いでふたりは崖の縁までころがった。風が吹きつけ、塩を含んだしぶきがかかる。波が高く盛りあがり、水中の墓場へふたりを迎えいれようとした。

鉤爪がアレクサンドリアをつかんだ。激しい羽ばたきが聞こえ、熱く不快な息が敵の到来を告げた。アレクサンドリアは悲鳴をあげたが、鉤爪が体に深く食いこんで、唯一の救いの道から彼女を遠ざけた。ジョシュアを放すわけにはいかない。もしかしたら、チャンスが、このヴァンパイアが見ていないときにこの子を逃がせるときが来るかもしれない。弟のブロンドの巻き毛に顔をうずめて目を閉じ、彼女は囁いた。あなたを死なせてあげる勇気がなくてごめん。泣きたくて喉の奥が熱くなる。自分が邪悪なモンスターに穢《けが》されたことが、いまやモンスターが自分のなかにいることが、アレクサンドリアにはわかった。ふたりが永遠に結ばれたことが。

アレクサンドリアたちが連れていかれたのは崖が深くえぐられた、暗くてじめじめした洞窟だった。一見したところ、逃げ道はない。ヴァンパイアは洞窟の入口の湿った砂の上にふたりの体をほうり投げた。アレクサンドリアに反抗された怒りを静めるため、行ったり来たりを始める。

「いまみたいなことは二度とするな。さもないと、おまえが想像したこともないような苦しみをそのガキに味わわせるぞ。わかったか?」彼女を見おろし、強い口調で訊いた。

アレクサンドリアは上半身を起こそうとした。体中が痛いし、血を失ったせいで力がはいらない。「ここはどこ?」

「おれのねぐらだ。海に囲まれているせいで、ハンターもここまでは追ってこられない」ポール・ヨヘンストリアは不快な笑い声をあげた。「やつはおれの仲間を何人も倒したが、おれは見つけられまい」

アレクサンドリアは注意深く周囲を見まわした。遠くに目をやっても、荒れる海しか見えない。険しい崖が頭上高くそびえ立ち、草木も生えておらず、どれぐらいの高さがあるのか見当もつかない。牢獄《ろうごく》さながらに脱出不可能だ。そのうえ寒い。凍《い》てつくような寒さ。かすみがかかっていて、アレクサンドリアはジョシュアを抱いて、自分の体で弟を守ろうとした。

しかし、潮が満ちてきつつあり、彼女たちがいる砂地はすでに海水に浸っていた。「このままここにはいられないわ。潮が満ちてきている。溺《おぼ》れてしまう」ジョシュアの頭を膝に載せる。弟はなにが起きているかわかっていないようすで、アレクサンドリアにとってはありがたかった。

「洞窟は曲がりくねりながら、のぼり坂になっている。奥へ行けば行くほど、乾燥している」ヴァンパイアは首をかしげ、血走った目でアレクサンドリアを見た。「おまえにはいささか居心地の悪い一日を過ごしてもらうことになる。眠っているあいだ、おれに近づくことを許すほど、まだおまえを信用できないからな。とはいえ、勝手にうろつかせるわけにもいかない。逃げ道はないと思うが、おまえはおれが考えていたよりもずっと頭がいい。洞窟のなかに鎖でつながざるをえない。水がはいってくるが耐えられないことはない」

「どうしてこんなことをするの？　どうしてわたしをひと思いに殺してしまわないの？」

「おまえを殺す気などさらさらない。おまえはおれと同じように、強力で飽くことなき生きものになるのだ。無敵のわれわれはともに支配者になる。誰もおれたちを止められない」

「でも、わたしは自分の自由意思であなたのところへ来なければいけないんじゃなかった?」アレクサンドリアは急いで反論した。この男の生き方を受けいれるなんて絶対にできない。しかし、そんなことを考えていると、ジョシュアが彼女の腕のなかで身動きした。ヴァンパイアは彼女を見おろした。「ああ、そうだ。最終的には、おまえはおれの歓心を買おうとするようになる。かならずな」手を伸ばし、アレクサンドリアを片手で抱えて立ちあがらせる。

強風と水しぶきのなかでよろけたが、アレクサンドリアは全身の力を振りしぼってジョシュアを抱きかかえた。

ヨヘンストリアは首を振った。「人間にしては、おまえは強すぎる。おまえの心はコントロールも説得も受けつけない。興味をそそられる。だが、あまりおれをいらだたせるなよ。頭にくると、おれはどこまでも残酷になれるからな」

ヒステリックなむせび泣きがこみあげてきて、アレクサンドリアは息ができなくなった。男がまだ我慢しているというなら、残酷さを見せていないというなら、本気になったときのことは考えたくなかった。「誰かがあの女性三人が消えたことに気づくわ。遺体が発見される。ヘンリーも発見される」

「ヘンリーというのは誰だ？」嫉妬から顔を歪めて、ヴァンパイアが尋ねた。

「知ってるでしょ。あなたが殺したんだから」

「あの愚かな年寄りか？　あいつはおれの邪魔をした。それに、レストランにいるおまえがおれを無視しようとしているのを感じて、注意を引く必要があったんだ。あの年寄りとこの子どもはおまえのものだったから、おれの目的にちょうどよかった」

「それが彼を殺した理由？　わたしが彼を大事に思っているとわかったから？」アレクサンドリアはますます恐ろしくなった。穢れた血のせいで、まるで携帯用バーナーを当てられているみたいに内臓が熱くなり、やさしかったヘンリーを思うと胸が疼いた。

「おまえの忠誠心が過去の生活の残片にわずかでも向かうことは許せない。おまえはおれのもの、おれだけのものだ。誰とも分かち合うつもりはない」

胸の鼓動が激しくなり、アレクサンドリアは思わずジョシュアをきつく抱きしめた。ヴァンパイアは最終的にはこの子を殺すつもりだ。ジョシュアを逃がす方法を見つけなければ。アレクサンドリアはふたたびふらつき、倒れそうになったが、ヨヘンストリアが彼女の腕をつかんだ。

「洞窟の奥まで行けば、光がはいらないから、肌が焼けることもない。さあ、夜明けが来る前になかにはいるんだ」

「わたしは日の光を浴びられないの？」

「簡単に火傷《やけど》をするようになる。しかし、おまえの転化はまだ完全ではない」彼女がひどく弱っていることにはかまわず、ジョシュアを抱きしめたままのアレクサンドリアを、ヴァンパイアは陰鬱な洞窟のなかへと引きずりこんだ。

アレクサンドリアは何度かころび、満ち潮のせいで服を濡《ぬ》らした。ヴァンパイアは立ち止まることなく、ときには彼女をずるずると引きずって歩いた。アレクサンドリアはジョシュアを抱きしめ、震える弟の体を少しでも温めてやろうとした。考えようとしても、脳の働きがついてこない。いまはとにかく横になりたかった。

洞窟に数メートルはいったところでヴァンパイアは立ち止まり、アレクサンドリアを岩壁に押しつけた。壁に太い鎖と手枷《てかせ》がボルトで打ちつけられている。手首に枷をはめられるとき、鋼《はがね》が血で汚れているのが目に留まった。前にも一度ならず犠牲者がここに連れてこられたのは明らかだ。柔らかな肌に金属が食いこむ。海水が満ちてくると膝まで水につかったが、アレクサンドリアはかまわず地面に腰をおろした。岩壁に背中をもたせかけ、弟を腕に抱く。体の震えが止まらず、歯がカチカチと鳴る。

ヴァンパイアが低い声で笑った。「おれはこれから休む。その体勢でいるのはすぐにむずかしくなると思うぞ」くるりと背を向けると嘲笑を響かせながら歩き去った。

アレクサンドリアの膝の上で、ジョシュアが急に身動きし、体を起こすと目をこすった。トランス状態から解放されたジョシュアは、悲鳴をあげてアレクサンドリアにしがみついた。「ヘンリーが殺された。ぼく、犯人を見たんだ、アレックス。あいつはモンスターだ」

「知ってるわ、ジョシュ。残酷な場面を見て怖かったでしょう」アレクサンドリアは弟の巻き毛に頬をこすりつけた。「隠しごとはしないことにするわね。わたしたち、困ったことになってるの。ここから逃げだせるかどうかわからない」ろれつがまわらなくなり、まぶたが勝手に閉じようとする。「水位があがってきたわ、ジョシュ。いまのうちにまわりをよく見て、あなたが避難できる岩棚がないか探してちょうだい」

「アレックスを残していきたくない。ぼく、怖い」

「わかってるわ、おちびさん。わたしも怖い。でも、勇気を出して、わたしのためにそうしてほしいの。まわりを見てきて」

波が寄せてきて、アレクサンドリアの顎までしぶきをあげたかと思うと、泡の絨毯《じゅうたん》となって引いていった。ジョシュアは悲鳴をあげて姉の首にしがみついた。「できないよ、アレックス。本当に」

「洞窟の外に出て、海水が来ない場所がないか探してみて」

ジョシュアはブロンドの巻き毛がはずむほどかたくなに首を振った。「いやだよ、アレックスを置いてなんていかない。ここに一緒に残る」

アレクサンドリアには口論するエネルギーが残っていなかった。考えることに集中しなければ。「わかったわ、ジョシュ。心配しないで」壁に手を置いてよろよろと立ちあがった。するど、水はふくらはぎまでしか来なかった。「ふたりでやりましょう。まわりをよく見て」

薄暗い洞窟の内部はほとんどなにも見えず、岩に砕ける波の音が耳を聾《ろう》した。アレクサンドリアの髪と肌には塩がこびりつき、首の傷は燃えるようだった。苦労して唾を飲みこむと泣かないよう努力した。ジョシュアがはいれそうなくぼみは、彼女の頭よりもずっと高い位置に一カ所あるだけだった。背がもう少し高ければ、そこまでジョシュアを押しあげられたかもしれないが。

つぎの波にジョシュアは足をさらわれそうになり、アレクサンドリアの腰にしがみついた。

彼女は目を閉じて壁にもたれた。「がんばれるかぎり立っていてもらわないとだめだわ。そのあとは、わたしががんばれるかぎりあなたを抱きかかえている。そのあとは肩車。いい？　そんなにたいへんじゃないはずよ」精いっぱい元気な声で言った。

ジョシュアは怯えた顔つきをしていたが、姉を信じてうなずいた。「あの男、ぼくたちを殺しに戻ってくる？」

「戻ってくるわ、ジョシュ。わたしから手に入れたいものがあるから。わたしが持ちこたえられれば、時間稼ぎをしてここから逃げだす方法を考えられるかもしれない」

ジョシュアはしかつめらしい顔つきで姉を見あげた。「あいつがアレックスに噛みついたとき、ぼく、頭のなかであいつが笑うのが聞こえたんだ。あいつ、アレックスの手でぼくを殺させるって言った。アレックスがあいつと同じになったら、ぼくが邪魔になって殺したくなるって。ぼくの血を一滴残らず吸いとるだろうって」さらにきつくしがみつく。「そんなの嘘だってわかってた」

「いい子ね。あの男はわたしたちにおたがいを怖がらせようとしてるの。でも、わたしたちはひとつのチームよ、ジョシュ。絶対、それを忘れないで。なにがあっても、わたしがあなたを愛してるのはわかってるでしょう？　なにがあっても」ジョシュアの頭に頭をもたせた。

波が脚に打ち寄せる。アレクサンドリアは疲れきり、ヴァンパイアとふたたび対峙《たいじ》することはおろか、きょういっぱい持ちこたえられるかどうかもわからなかった。

ジョシュアが追いつめられたような悲鳴をあげたので、立ったまま眠っていたアレクサンドリアは目を覚ました。胸まで水につかったジョシュアはいまにも倒れそうだった。勢いのある波に押し流されまいと、姉の脚にさらにきつくしがみつく。

「起きてるわよ、ジョシュ。ごめんね」アレクサンドリアは囁いた。洞窟の入口から光が差していて目が痛い。潮水が肌にひりひりする。深く息を吸ってからジョシュアを抱きあげ、水位を増す海から守ろうとした。

長時間弟を抱いているのは絶対に不可能だが、寄り添っているとおたがいにいくぶん心が安らいだ。

「すごく寒い」ジョシュアはアレクサンドリアと同様、全身びしょ濡れで震えていた。

「そうね、おちびさん。お眠りなさい」

「痛いでしょ？」

「なにが？」波に押されて岩壁にぶつかり、もう少しでジョシュアを放しそうになった。

「あいつが嚙んだところ。眠ってるあいだ、苦しそうな声を出してたよ」

「ちょっと痛いわ。ねえ、これからあなたを肩車しようと思うの。あなたに自分でよじのぼってもらわなきゃならないかもしれない。できる？」

「できるよ、アレックス」

アレクサンドリアは体にほとんど力がはいらず、何度も波によろけたが、ジョシュアはどうにか彼女の肩までのぼることができた。弟の重みで膝をつきそうになった。シニヨンが崩れ、長い髪が弟の脚に絡まって痛い。しかし、彼女は文句を言わなかった。水位が徐々にあがってきて、いまやアレクサンドリアのウエストまで達していた。首の傷がひりつき、体の内側が疼いている。なにかが脚に触れては肌をかじるような感じがする。耐えられないほど気持ち悪かったが、弟のために気を確かに持たなければと決意していた。

「わたしたちは大丈夫。大丈夫よね、ジョシュ？」ジョシュアはふたりが海水のたえまない攻撃に負けてしまわないよう、岩壁に体重を預け、太い鎖に腕を絡めた。

「うん、大丈夫だよ、アレックス。心配しないで。アレックスのこともぼくが守るから」ジョシュアは断固とした口調で言った。

「頼りにしてるわ」アレクサンドリアはふたたび目を閉じ、休息しようとした。

ときどきうとうとしながらも、喉の渇きを覚えた。唇は水泡ができて腫れていた。

ついに潮が引きはじめ、たえまない波の攻撃が弱まった。ジョシュアは自力で下におりなければならなかった。アレクサンドリアはもはや腕をあげることもできなくなっていた。最初に姉に言われたように、彼はこの牢獄について調べるために洞窟の出入口に向かった。ふだんは口を酸っぱくして安全について注意するアレクサンドリアだが、きょうはぼんやりとした目でただ弟を見守っていた。

ジョシュアはなんとかよじのぼれるところはないかと調べたものの、岸壁は険しすぎたし、滑りやすかった。ひどく喉が渇いていたので、清水が岩を流れていないかと探したが、見つからなかった。濡れて冷えた肌に日射《ひざ》しが心地よく、彼は服を乾かし、体を温めるために砂浜に横になった。

立っていられなくなったアレクサンドリアは岩壁に頭をぶつけた。急に目が覚め、慌てて周囲を見まわした。ジョシュア！　いなくなっている！　わたしが眠っているあいだに波にさらわれたんだわ！　手首の枷に邪魔されながら、必死で立ちあがり、弟の名前を叫んだ。声がかすれてほとんど出ず、洞窟の入口までしか届かない。わずかに差しこんでくる日射しに、目が、肌が焼けつくようだ。それでも、彼女は鎖を精いっぱい引っぱってジョシュアの名前を何度も呼んだ。

ジョシュアが走って戻ってきたときには、岩壁にもたれて丸くなり、すすり泣いていた。

「どうしたの、アレックス？　あいつが戻ってきて、またひどいことしたの？」

アレクサンドリアはゆっくりと顔をあげた。ジョシュアが血のにじんでいる彼女の手首に触れた。「あいつが戻ってきたのに、ぼくはいなくて守ってあげられなかった」

涙にかすむ目で、彼女は弟を見あげた。本物の弟だ。想像力が創りあげた幻ではない。ジョシュアをぎゅっと抱きしめ、手を滑らせて怪我《けが》をしていないことを確かめる。「いいえ、あの男は戻ってきてないわ。来られないんだと思う、太陽がのぼってるから」

「見てこようか？　ぼく、足音を立てずに行けるよ」日光が彼を大胆にしていた。

「だめよ！」アレクサンドリアは弟の腕をぎゅっとつかんだ。「あの男に近づいちゃだめ」腫れた唇を袖でぬぐう。水泡が割れて血が出た。「逃げ道は見つかった？　崖はのぼれそう？」

「ううん。足場がどこにもない。隠れ場所もなかった。洞窟の奥はまだ見てない。もしかしたら、あっちに抜け道があるかも」

「探しにいかなくていいわ、ジョシュ。あっちであの男に見つかったら、あなたを助けられない」ポール・ヨヘンストリアが正真正銘、本物のヴァンパイアかどうかわからないが、何者であれ、ジョシュアの歯が立つ相手ではない。棺《ひつぎ》のなかで眠るヴァンパイアを六歳児が発見する光景が目に浮かんだ。ヴァンパイアは本当に棺のなかで眠るのだろうか？

「でも、アレックスは本当に具合が悪いよね。ぼくにはわかる。それにあいつはここにかならず戻ってくる。だからアレックスを鎖につないでいったんだ。また戻ってきて、もっとひどい目にあわせるために」ジョシュアはいまにも泣きだしそうだった。

「あの男はすごくいかれているのよ、ジョシュ」アレクサンドリアは弟の顔から親指で涙をぬぐってやり、頭のてっぺんにキスした。「あの男の前ではお芝居をしないといけないかもしれない。あいつはわたしを自分の結婚相手だと思ってるの。ばからしいと思わない？　おたがい、相手をよく知りもしないのに。きっと頭に怪我をしてるんだと思うわ。脳みそがどこかおかしくなってるのよ」

「あいつはヴァンパイアだと思うんだ、アレックス。テレビに出てくるような。アレックスは、そんなの本当はいないって言ったけど、ぼくはいると思う」

「かもしれない。正直、もうわからないの。でも、わたしたちチームを負かすのは簡単じゃないわ」実際は、疲労のあまり、立っていることもできなかったし、立とうとすら思わなかった。いまヴァンパイアが戻ってきたら、あっさり負かされてしまうだろう。「わたしたちのほうがずっと頭がいいから。そう思わない？」

「あいつはぼくたちを食べちゃうと思うよ」ジョシュアが正直に言った。

「あの男はハンターがどうとか言ってたわ。聞いてた？　誰かに追われているのよ。そのハンターが来るまでがんばりましょう」

「怖いよ、アレックス。ハンターは来てくれるかな？　ヴァンパイアが目を覚まして、ぼくたちが殺されちゃう前に？」ジョシュアの下唇と声が小刻みに震えた。

アレクサンドリアは必死にみずからを奮いたたせた。「来てくれるわ。待ってなさい。彼は夜、ヴァンパイアが予想もしないときにやってくる。髪はあなたみたいなブロンド。大きくてたくましくて強いの、ヤマネコみたいに」弟のためにヒーロー像を描きだそうとすると、その姿がありありと目に浮かんだ。

「ハンターはヴァンパイアよりも強い？」ジョシュアが期待のこもった声で訊いた。

「ずっとね」アレクサンドリアはきっぱりと言った。幼い弟のためにおとぎ話をつむぎながら、自分でもそれを信じたかった。「彼は輝く金色の目をした、魔法を操る戦士なの。ヴァンパイアは彼を見ることができないのよ。なぜならハンターの燃えるような瞳に自分の醜い姿が映って、それを見るのが耐えられないから」

短い沈黙が流れたあと、ジョシュアが指先でアレクサンドリアの顔に触れた。「本当？　ハンターは本当にぼくたちを助けにきてくれる？」

希望を与えて害になることはない。「勇気を出して、心を強く持つのよ。彼はかならず来てくれるわ、ジョシュア。一緒にあの年寄りヴァンパイアを出し抜いてやりましょ」アレクサンドリアはろれつがまわらず、血が足りないせいで体温もさがっていた。日没まで持ちこたえられるだろうか。ふたたびまぶたが重くなり、あまりの重さに持ちあげることがどうしてもできなかった。

ジョシュアは黙っていたが、姉はひどいありさまだった。恐ろしいと言ってもいい。口は腫れあがって黒く、肌は白い塩におおわれ、まるで怪物みたいだ。髪は灰色がかった白い束になって顔を囲んでいて、もとの色がわからない。服は破れて白い筋の汚れができ、スカートと穴の開いたストッキングから海藻が垂れている。脚はなにかにかじられ、何百カ所も血が玉となって噴きだしていた。声も変な感じで、首は腫れて傷がふさがっていない。でも、本人は気がついていないようだった。ジョシュアはすごく怖かった。姉の横に座り、手を握って、太陽がゆっくりと沈むのを待った。

アレクサンドリアには太陽が沈んだ瞬間がわかった。大地の不穏な動きを感じとり、ヴァンパイアが目覚めたことを知った。肩に腕をまわしてジョシュアを抱き寄せた。「あの男が来るわ」弟の耳に囁く。「洞窟の外に出て、見えないところで静かにしているのよ。あいつはあなたを使ってわたしに言うことを聞かせようとする。あなたに危害を加えようとしてね。見えないところにいれば、あなたのことは忘れているかもしれない」

「でも、アレックス」ジョシュアは反論しようとした。

「わたしのために、そうして、ジョシュ。なにがあっても音を立てないで」すばやくキスをした。「さあ、行って。愛してるわ、ジョシュ」

「愛してるよ、アレックス」彼は洞窟から飛びだし、岸壁に張りついた。

アレクサンドリアは走り去るまだ六歳の弟を不安げに見送った。ふたたび潮が満ちてきている。ジョシュアはまだほんの六歳だ。つぎの瞬間、音は聞こえなかったものの、ヴァンパイアに見つめられているのが急にわかった。首をめぐらすと、目が合った。

「少々くたびれたようすだな」ヴァンパイアが愛想よく言った。

アレクサンドリアはなにも言わず、ただヴァンパイアを見つめた。ヴァンパイアの顔にグロテスクな笑みが広がる。彼はアレクサンドリアの前まで歩いてきて、彼女の両手首をもちあげ、検めた。片方を口に運び、彼女の目をじっと見つめつつ、痛む傷口から血を舐めとった。

アレクサンドリアははっきりと顔を歪めて手を引っこめようとした。ヴァンパイアは骨が砕けそうなほど手に力を込めた。「枷をはずしてほしいんだろう?」

アレクサンドリアは身動きせずに、ヴァンパイアのおぞましい感触に耐えようと努力した。手枷が地面に落ちると、立ちあがろうとした。

「ここを去りたいのか?」

「わかりきったことでしょう」

ヴァンパイアは鉤爪の伸びた手で彼女の首をつかみ、アレクサンドリアをぐいと引き寄せた。「おれは飢えてるんだ、愛しい女。おまえはあのガキをもうひと晩生かすか、殺すか選択しなければならない」

あらがう力が残っていなかったので、彼女は努力すらしなかった。首に牙が深く突き立てられると、悲鳴が漏れるのをこらえられなかった。ヴァンパイアは彼女のもつれた髪に手を突っこんで押さえつけ、唸るような声を漏らしながら血を貪った。アレクサンドリアは自分の生気が徐々に奪われていくのがわかった。血が不足し、低体温症の症状が出てきている。なにがどうなってもかまわないように思えてきた。

彼女の体から力が抜けるのを感じたヨヘンストリアは、アレクサンドリアが倒れないように抱きとめた。鼓動が弱く、息が浅くなっている。また血を奪いすぎてしまった。自分の手首に歯を立て、アレクサンドリアの口に押し当てて、暗赤色の液体を無理やり喉に流しこむ。生死のふちをさまよっているにもかかわらず、彼女は抵抗した。彼にはアレクサンドリアの心を完全に支配することができない。穢れた血をいくらか飲ませることはできたが、それは彼女がひどく衰弱しているからだ。とはいえ、血を与えるたび、彼女を暗黒の世界へと引き寄せることができているのは確かだ。彼女は死なない。おれが死なせない。生かしつづけるには、血をもっと飲ませなければ。

しかし、そう決意するのとほぼ同時に、彼は大気の乱れを感じた。いらだたしげな声を漏らし、ゆっくりと頭をめぐらせた。「やつが来るぞ、愛しい女。来い、ハンターがどんなやつか見せてやる。あんなやつはこの世にふたりといない。情け容赦のない男だ」ポール・ヨヘンストリアはなかば引きずり、なかば抱えるようにしてアレクサンドリアを洞窟の外に連れだした。

見まわすかぎり、波が白いしぶきをあげて浜に打ち寄せ、岸壁を泡まみれにしていた。ヴァンパイアはアレクサンドリアを地面に突き倒し、ひらけた浜の真ん中に立つと、空に目を走らせた。

アレクサンドリアはジョシュアのところまで浜辺を這った。弟は暗がりで丸くなり、体を前後に揺すって落ち着こうとしていた。アレクサンドリアは弟のかたわらまで必死に這い進み、ヴァンパイアと弟のあいだにはいった。これから恐ろしいことが起きようとしている。周囲の大気が緊張しているのがわかる。風が渦巻き、霧が洞窟を包み隠す。

深い霧のどこかでなにかがすばやく動き、ヴァンパイアが恐怖と怒りに満ちた甲高い声をあげた。なにがいるのかわからないが、アレクサンドリアにとっても恐れるべきものであるのは確かだ。彼女はジョシュアを抱きしめ、弟の目を手でおおった。ぶるぶる震えながら、たがいにしがみつく。

霧のなかからとてつもなく大きな金色の鳥が姿を現わしたように見えた。鉤爪を広げ、金色の目をきらめかせ、目にも留まらぬ速さで浜辺に舞いおりた。濃い霧が渦巻いたかと思うと、半分人間、半分鳥の形をした生きものが現われた。アレクサンドリアは悲鳴をあげそうになるのをこらえた。

生きものは男性の姿になった。背が高く、大柄で筋肉が発達し、腕が太く、胸が厚い。ブロンドの長髪が風になびいている。彼の体は獲物をつけねらうヤマネコさながら、流れるようにしなやかに動いた。顔は陰になっているが、ぎらつく金色の瞳がヴァンパイアを釘《くぎ》づけにしているのは見えた。

「ポール、やっと会えたな」彼の声は美しく、とても澄んでいて、アレクサンドリアの魂にしみこむように感じられた。くつろいで立っている彼は、さながらバイキングの戦士がよみがえったかのようだった。「おまえがわたしの街をあちこち荒らしてくれたおかげで、処理に時間がかかった。わたしへの挑戦ははっきりしている。受けて立とうではないか」

ヴァンパイアは後ろに跳びのいて、ハンターと距離を置いた。「おまえに挑戦をしたことなどない。おれはちゃんと距離を置いていた」ヴァンパイアの声がまるで媚びるようになったので、アレクサンドリアは寒気を感じた。このハンターがあまりに強力なために、ヴァンパイアは恐怖を覚えている。

ハンターは首をかしげた。「おまえは禁を破って人を殺した。決まりは知っているはずだぞ、穢れし者」

ヴァンパイアがハンターに飛びかかり、目にも留まらぬ速さで鉤爪と牙を一閃《いっせん》させた。ハンターはこともなげに攻撃をよけ、ヴァンパイアの喉に爪を突き立て、引き裂いた。火山が噴火するように赤い血が噴きだした。

アレクサンドリアが恐怖に目を見ひらいていると、金色の頭が変形し、顔が前に伸びたかと思うと、狼《おおかみ》の口になって牙が突きだした。ハンターはヴァンパイアの大腿骨《だいたいこつ》を小枝のようにぽきんと折り、その音は浜辺に響きわたると同時にアレクサンドリアの体に共鳴した。

彼女は体をすくめてジョシュアを抱きしめ、弟がこの陰惨な光景を目撃しなくてすむように下を向かせた。

ヴァンパイアは胸を流れる血をぬぐい、金色のハンターを憎しみの目で見た。「おまえはおれと違うと思っているようだが、エイダン、実際は同類だ。おまえは殺し屋。戦いに喜びを覚える。おまえが唯一、生を感じられる瞬間だ。おまえのようになりながら、命を奪うことに喜びを感じないわけがない。答えろ、エイダン。おまえにはもう色が見えないだろう？戦っているとき以外になにか感じるか？おまえは究極の殺し屋だ。おまえとグレゴリ、そしておまえの双子のきょうだいのジュリアンは、この世でもっとも邪悪な影だ」

「ポール、おまえはわれわれの掟《おきて》を破った。おまえは魂を売った。闇を受けいれる代わりに幻の力を望んだ。おまえは人間の女を病んだ女ヴァンパイアに変え、罪なき子どもの血を吸わせようとしている。さらにはわれわれの掟を破った。どのような報いを受けるかはわかっているはずだ」澄んでいて、清流のように美しい声だった。彼の声が心に流れこんでくるように感じられて、アレクサンドリアは彼の命令ならどんなことでも聞きたくなった。「わたしを倒せないことはわかっているだろう」ハンターが言葉を継ぐと、アレクサンドリアは彼を信じた。とても柔らかくやさしく、そして真実に満ちた声。彼にはむかって勝てる者はいない。この人は正真正銘の無敵だ。

「おまえも遠からず狩られる日が来る」ポール・ヨヘンストリアはあざけるように言いながら、必死に踏ん張った。姿が揺らいで溶けるように見えたが、変身が終わらぬうちにハンターにふたたび攻撃された。

身の毛もよだつような声があたりに響いた。実際の攻撃は霧に包まれて見えなかったし、ハンターの動きは目にも留まらぬほどすばやかった。しかし、霧のなかから忌まわしいものがころがりでてきた——ヴァンパイアの頭だ。髪は血まみれ、目はかっと見ひらいたまま凝視している。頭は深紅の軌跡を描きながら彼女のほうにころがってきた。

アレクサンドリアはよろよろと立ちあがった。グロテスクな塊がほんの数センチ先まで近づいてきたので、弟の目をおおったままでいた。霧が渦巻き、濃さを増し、恐ろしいことに、ハンターがくるりと振り向いたかと思うと、その熱い金色の瞳が彼女の顔をとらえた。

3

幼い少年を抱きしめている女ヴァンパイアを見て、エイダン・サヴィジは心のなかでため息を漏らした。きょうは彼のなかの悪魔が自由を求めて暴れ、脳裏にかかった赤いかすみが主導権を握りたがっている。ヴァンパイアの言ったとおりだ。内なる殺人者を抑えこむのが日に日にむずかしくなってきている。戦うとき、彼は力と喜びを感じ、なにかを感じられるのはそのときだけなので、戦うことに病的に惹かれるようになっている。彼は冷たく不毛な、色のない世界に何世紀ものあいだ耐えてきた。

浜辺をさっと見わたしてから、少年を脅かしている女ヴァンパイアに目を戻した。突然、彼は動けなくなった。六百年以上も色のない世界で暮らしてきたというのに、いま彼の目には、ポールの首から流れだした穢れた血が黒い筋ではなく、あざやかな深紅の筋として映っていたからだ。

ありえない。色彩と感情を取り戻せるのは、運命の伴侶《ライフメイト》に出会ったときだけだ。ここにはポールが転化させようとした哀れな人間しかいない。重い気持ちで女を見た。哀れな女に同情に近いものを感じた。何世紀もたったあとで、思いがけず同情が、感情がこみあげてきたことに当惑したが、女の観察を続けた。年齢はわからない。子どものように小柄だが、びしょ濡れの破れたスーツが張りついている体は豊かな曲線を描いていた。脚は血がにじむみず腫れだらけ、口は割れた水疱《すいほう》のせいで腫れて黒くなっている。海藻が絡みついた髪がもつれた束になって腰まで垂れている。青い瞳は恐怖と同時に挑むような色を宿していた。

この女は少年を殺す。カルパチアンに転化できる女はめったにいない。広く知られている伝説とは異なり、人間の女を転化させようとすると、ほとんどの場合は悲惨な結末を迎える。彼女たちは正気を失い、罪のない子どもを捕食するようになる。この女はひどい目にあった。首の惨《むご》たらしい傷が、ヴァンパイアに乱暴に血を吸われた証《あかし》だし、手首の傷もひどく深い。できるだけ苦しませずに殺すため、エイダンは彼女を心的に操作しようとした。しかし、強い抵抗にあって驚き、警告するように一歩前へ出た。この女は信じられないほど強い。生まれつき、ある種の心的バリアを備えていて、エイダンの意のままになることを拒んだ。彼が命じたとおりに子どもを砂浜におろすのではなく、脇に押しやって、大きな流木を拾ったかと思うと殴りかかってきた。

エイダンは前へ飛びだして流木を彼女の手からはたき落とした。女の骨が折れた――音が聞こえたし、彼女の目を苦痛がよぎった――が、悲鳴はあがらなかった。もう悲鳴もあげられないのだ。苦しむことなく逝かせてやろうと、エイダンは女に手を伸ばした。彼女はあらがい、心的な強要にも抵抗しつづけた。エイダンは彼女の喉に顔を近づけた。

小柄で冷えきり、抑えようもなく震えている。エイダンの胸に保護本能が、過去に感じたことのない感情が湧きおこった。彼女をこの温かな腕に抱き、守ってやりたい。柔らかな喉に歯を立てると、たちまちすべてが永久に変化した。彼の世界全体が。色彩が躍り、あまりの美しさ、あざやかさに圧倒されそうになった。遠い昔、まだ感情を持っていたときにも想像すらしなかった激しさで体が反応した。

彼女の血は熱く、香ばしく、エイダンの疲れた体にとって癖になる甘美さを持っていた。狩りと戦いは体力を消耗する。そのうえ、彼は今夜、糧を得ていなかった。意識のどこかで、彼女が抵抗をやめ、静かにもたれかかってきたのを感じとった。血を飲みながら、彼女を軽々と胸に抱きあげた。するとなにかに脚を叩かれた。驚き、舌で撫でるようにして傷口を閉じると少年を見おろした。子どもの存在をすっかり忘れていた自分にいささか困惑した。近づいてくる音すら聞こえていなかった。

ジョシュアは頭にきていた。ハンターの脚に流木をできるかぎり強く打ちつけた。「お姉ちゃんをいじめるな！　ぼくたちを助けにきてくれたんだろ！　がんばって待ってれば、助けが来てくれるってアレックスは言ってた。おじちゃんはぼくたちを助けてくれなきゃいけないのに、あいつと同じじゃないか！」

子どもの顔を涙が伝い落ちる。エイダンの目には、少年がブロンドの髪と青い目をしているのがはっきりと見えた。色彩に目がくらみそうだ。腕のなかにいる女の憔悴《しょうすい》した顔を見た。心臓の鼓動は遅く、息は苦しそうだ。死にかけている。

「わたしは間違いなくきみたちを助けにきたんだ」ほとんど心ここにあらずといった状態で、

エイダンは少年につぶやくように言った。自分の内面を探り、穏やかで静かな泉を見つけ、今度は自分の外に出て女の体にはいった。これほど長い時が過ぎてから、彼女を見つけられたことが信じられなかった。しかし、間違いない。こうした驚くような変化はライフメイトを見つけたときにだけ起こるものだ。

彼女はもはや生きるための努力をやめていて、命が消えかかっていた。エイダンの意思が彼女を包みこむ。**わたしを残して逝くな。惜しみなく差しだすわが血を飲め。生きるために飲むんだ。**

彼女の心はエイダンから遠ざかろうとした。彼の強制を避けようとするだけの力がまだ残っている。エイダンは戦法を変えた。**弟にはきみが必要だ。弟のためにがんばれ。弟はきみなしで生きられない。死んでしまうぞ。**

爪で胸の厚い筋肉を切り裂くと、そこに彼女の口を押しつけた。最初、彼女はあらがったが、エイダンは執拗《しつよう》に彼女の意思に働きかけ、心の壁を攻めつづけた。衰弱している彼女は、ついにエイダンの誘惑に屈し、血を飲んだ。

「なにをしてるの?」ジョシュアが強い口調で訊いた。

「きみのお姉さんは血をたくさん失った。それを補う必要があるんだ」この悪夢については、あとで少年の記憶から消すつもりでいた。この時点で納得のいく説明をしても害にはならないだろう。少年は非常に勇敢だった。ただならぬ恐怖感を静めてやるべきだ。

ヴァンパイアを見つけるには注意深い追跡が必要だった。ポールはいつも血まみれの混乱をあとに残していったが、つねにエイダンの一歩先を行っていた。昨夜もエイダンは到着が間に合わなかった。大気の乱れを追って崖の上のレストランまで行ったものの、ポール・ヨヘンストリアはすでに老人をひとり殺して心臓をつかみだしていた。残された遺体の状態は、異常すぎて警察に発見させるわけにいかなかった。エイダンは老人の遺体を処分し、女性の犠牲者三人もけっして見つからないようにした。夜明け前にヴァンパイアの足跡を見失ったが、ポールのねぐらに近づきつつあるのは確かだったので、ようやく彼を見つけ、倒すことができたのだった。

いまエイダンに求められているのは、ヴァンパイアの死骸を焼き、行き場をなくしたふたりを家に連れ帰ることだ。この哀れな、もとの姿がわからないほど痛めつけられた女は、彼が八百年間探し求めてきたライフメイトにちがいない。彼女に対する強烈な反応がその証拠だ。どんな女性なのか、外見すらもよくわからないが、彼女はエイダンの心と体を生き返らせてくれた。彼女こそ、運命の伴侶だ。

「名前は？」エイダンは少年に訊いた。そのほうが単に心を読むよりもやさしさがあるように思えたからだ。以前ならやさしさなどたいして考慮しなかったのだが。

「ジョシュア・ハウトンだよ。アレクサンドリアは元気になる？　顔が白くてひどく具合が悪そう。あの悪いやつに、本当にひどい目にあわされたんだと思う」

「わたしは一族の癒《いや》し手だ。どうしたらきみのお姉さんが元気になるか知っている。心配するな。いまから、あの悪者がもう誰ひとり傷つけられないようにしてやる。それがすんだら、わたしの家に行こう。わたしの家に行けば、きみたちは安全だ」

「アレックスは悲しむと思う。スーツがぼろぼろになっちゃって。いい仕事とお金をいっぱいもらうには、このスーツがないとだめなんだ」ジョシュアは途方に暮れたようすで、いまにも泣きだしそうだった。慰めを求めてハンターを見あげた。

「きみとわたしでお姉さんに新しいスーツを買ってあげよう」エイダンは少年に約束した。そっと彼女が血を飲むのをやめさせる。ふたりを連れて無事家まで帰るには体力がいるし、傷ついた者を癒すのにもたいへんなエネルギーが必要になる。栄養を摂《と》るために、今夜は狩りに出る時間を作らなければならない。

アレクサンドリアを砂の上に寝かせ、ジョシュアをそっと彼女のかたわらに引き寄せた。

「お姉さんはとても具合が悪いんだ、ジョシュア。きみはお姉さんのすぐそばにいて、きみは無事だ、そばにいるということをわかるようにしてあげてくれ。しばらくのあいだ、きみとわたしでお姉さんの面倒を見なければならない。きみはもう大きい。たとえお姉さんがなにか怖いことを言っても、できるね？」

「どうしてアレックスが怖いことを言ったりするの？」ジョシュアが怪訝そうに尋ねた。

「ひどく具合が悪いと、人は熱のせいでうわごとを言う場合がある。自分がなにを言っているかわからないんだ。特に理由もなく、人やなにかを恐れたりする。わたしたちはアレックスから目を離さず、彼女が自分を傷つけたりしないようにしなければならない」

ジョシュアは真剣な顔つきでうなずき、アレクサンドリアのかたわらの湿った砂に腰をおろした。彼女は目を閉じていて、ジョシュアが顔を寄せて額にキスをしても反応しなかった。肌に砂と塩がこびりついている。彼は姉の濡れた髪をそっとかきあげ、自分が具合の悪いとき、よくしてもらったように小さい声で歌を歌いはじめた。姉はとてもとても冷たくなっているように思えた。

ふたりを見ていると、エイダンは胸が詰まった。これこそ家族の姿だ。家政婦のマリーもふたりの息子を育てるとき、息子たちをああいう目で見ていた。わたしのことも。しかし、わたしはけっして彼女に報いることができない。ため息をつき、エイダンはヴァンパイアの死骸を片づけるという陰鬱な仕事に取りかかった。ヴァンパイアは死んだあとでも油断できない。エイダンがつかみだした心臓はまだ鼓動していて、ヴァンパイアに自分の位置を知らせ、ふたたび形を成す可能性があることを伝えていた。エイダンは空に気を集中して嵐を起こした。稲妻が走って地面を打ち、深紅の血痕に沿って炎が駆けたかと思うと、あとには黒い灰が残った。ヴァンパイアの死骸が縮み、青とオレンジ色の炎があがり、風が吹くなか、低い悲鳴が響いたように聞こえた。

きつい腐敗臭が漂い、ジョシュアは鼻をつまんで目を見はり、ヴァンパイアが黒い煙となって消え去るのを見つめた。ハンターがオレンジ色の炎のなかに手を突っこんだときはびっくりした。ハンターは火傷を負わなかった。

エイダンは疲れたようすで両手をズボンで拭いてから、姉を守ろうとがんばっている少年のほうを振り向いた。彼の険しい口もとにかすかな笑みが浮かんだ。「わたしが怖くはないな、ジョシュア？」

ジョシュアは肩をすくめて目をそらした。「怖くない」挑戦的と言ってもいいような短い間があった。「その、少しだけ怖いかも」

エイダンは少年の横にしゃがみこみ、青い瞳をまっすぐ見た。一オクターブ声を低くする。澄んだ美しい声がジョシュアの心のなかへはいっていき、支配した。「わたしときみとは昔から家族ぐるみの友だちだ。おたがいをとても大事に思っていて、一緒にさまざまな冒険をしてきた」エイダンは自分の体から抜けでて少年の体にはいり、少年のまだ短い人生の記憶を調べた。彼自身が登場するいくつかの記憶を埋めこむのは簡単だった。

エイダンは少年と目を合わせたまま言った。「きみの友だちのヘンリーは心臓発作を起こして亡くなった。とても悲しいことだった。きみはお姉さんの具合がとても悪くなったので、わたしに助けを求めた。きみとアレクサンドリアはわたしのところへ引っ越してくる予定になっていた。ふたりとも、すでにわたしの家に荷物を一部運びこんでいて、家政婦のマリーとも会っている。きみは彼女が大好きだ。彼女の夫のステファンは仲のいい友だちだ。わたしたちは何週間も前から引っ越しの準備をしてきた。憶えているかな？」家政婦と管理人の記憶と映像を埋めこみ、ジョシュアが彼らに安心感を抱くようにする。

少年は非常にまじめな顔でうなずいた。

エイダンはジョシュアの髪をくしゃくしゃと撫でた。「きみはヴァンパイアが出てくる悪い夢を見た。しかし、もうあまりよく憶えていない。きみはわたしに夢の話をした。もしまた思いだしてしまったら、わたしのところへおいで。話をしよう。おかしなことが起きたら、きみはわたしのところへ来る。わたしにお姉さんとつねに一緒にいてほしいと思っている。一緒に話し合って、お姉さんが妻としてわたしと一緒に暮らしたいと思うようにしむける。きみとわたしは親友だ。いつもふたりでアレクサンドリアを守る。彼女はわたしのもので、わたし以上にきみたちを思い、守れる者はいない。これはきみにとって、わたしたちふたりにとってとても大事なことだ」

ジョシュアは同意のしるしににっこり笑った。エイダンはもうしばらく少年の心をとらえたままでいた。少年が彼のマインドタッチに慣れ、それを心地よく感じるようにするために。ジョシュアは深刻なトラウマを負った。家までの移動法についてはすぐに忘れさせ、ジョシュアが好きなはずの黒い大きな車が記憶に残るようにした。

彼らは嵐に乗って帰宅した。せんさく好きな目があったとしても、黒雲が天翔《あまかけ》る金色の大きな鳥と彼の乗客を隠してくれた。姉弟を運びこむ際、隣人たちに見られることを避けるため、エイダンは三階建ての家のバルコニーからなかにはいった。

「エイダン！」彼が階段をおりていくと、家政婦のマリーが駆けつけてきた。「この若い人たちは？」アレクサンドリアの腫れあがった顔と水疱、いくつもの傷に目を留める。「ああ、なんてこと。ヴァンパイアと戦ったんですね。大丈夫ですか？　怪我は？　ステファンを呼びましょう」

「わたしなら大丈夫だ、マリー。心配しないでくれ」そう言いながらも、エイダンにはマリーが心配をやめないのがわかっていた。マリーたち夫婦は四十年近くにわたって家を切り盛りしてきてくれた。マリーの前には彼女の両親が。彼女の一家は代々、マインドコントロールなしに、みずからの意思でエイダンに仕えてきてくれた。エイダンは一生働かなくてもいいような金を彼らに与えたのだが、エイダンと双子のきょうだいのジュリアンに対する彼らの忠誠心は変わらない。エイダンの正体を知っても——そこまで知ることをエイダンが許した人間は彼らだけだった——そんなことは彼らにはどうでもいいことだった。

「ヴァンパイアにやられたんですか？」

「そうだ。この少年の面倒を見てくれ。名前はジョシュアだ。友だちづき合いをしてきた記憶を頭に埋めこんであるから、ここを怖がることはない。ステファンにはふたりの下宿に行って、荷物を取ってきてもらわなければならない。彼女の車はレストランの駐車場に駐めたままだ」エイダンは場所を教えた。「車も取ってこなければ。この子のポケットに車のキーがはいっている。彼女を癒すには時間がかかる。この子がどんな形の邪魔もしないようにしなければならない。わたしは糧を得に出かける。彼女を癒すには体力がいる」

「この女《ひと》が不浄の生きものでないことは確かなんですか？」マリーがひどく不安そうに尋ねた。ジョシュアと手をつなぐ。

少年はマリーが誰か理解したようすで手を取った。すり寄っていたずら仲間のようにエプロンを引っぱりさえした。「エイダンはアレクサンドリアを元気にしてくれるんだ。アレックスはひどく具合が悪いんだよ」

マリーは自分の不安をひとまず脇に押しやり、うなずいた。「エイダンは奇跡を起こせる人ですからね。あなたのお姉さんをすぐに元気にしてくれるわ」少年にクッキーとミルクを与えてキッチンテーブルに座らせると、彼女はエイダンの前に行って片方の眉をつりあげ、無言で問いかけへの答えを要求した。

「ヴァンパイアは彼女を転化させられなかったが、わたしが意図せずに転化させてしまったかもしれない。アレクサンドリアが弟を守ろうとしたのを誤解してしまったんだ、少年を殺すつもりだと」家政婦から二歩離れたところでもう一度彼女を振り返った。「マリー？ わたしは色が見えるようになったんだ。きみはブルーとグリーンの服を着ている。きれいだ。それと、わたしは感情を取り戻すこともできた」マリーにほほえみかける。「長年一緒に過ごしてきながら、一度も口にしたことがなかったが、わたしはきみたちのことを心から愛している。前は魂を失いかけていて、愛情が感じられなくなっていたんだ」

マリーがああ、というように口をあけて目に涙を浮かべた。「よかった、エイダン。わたしたちはずっと祈ってきましたけど、その祈りがついに聞き届けられたんですね。すばらしいニュースです。さあ、行って。彼女の世話をしてあげてください。ここはわたしたちにまかせて。このぼうやはきっとひどくおなかが空《す》いて、喉も渇いているにちがいありませんからね」

マリーの顔は喜びに輝いていて、エイダンは自分もつられてうれしくなった。喜怒哀楽が感じられるというのはなんとすばらしいことか。ライフメイトがいないと、カルパチアンの男は二百歳を超えたところであらゆる欲望と感情を失う。エイダンはまっ暗な闇に沈み、同時にヴァンパイアに変異するリスクに脅かされてきた。長生きすればするほど、数百年という時が過ぎるほどに、カルパチアンの男は一族のコミュニティと距離を置くようになる。絶望と虚無の運命から救われる道はふたつ。ひとつは陽光のなかへ歩みでて命を絶つこと。もうひとつは奇跡が起きて、ライフメイトを見つけること。

探し求める相手を見つけられるのは、ひと握りの非常に幸運なカルパチアン男性だけだ。カルパチアンの男はもともとが暗く危険な捕食者であり、運命の伴侶にバランスを取ってもらう必要がある。自分の魂を完全に補ってくれる女性を見つけなければならない。相性は完璧でなければならない。エイダンはついにその相手を見つけたのだ。

彼は静かな流れるような足取りで家のなかを歩いていった。アレクサンドリアの体重は無に等しかった。寝所は一階よりもずっと深い位置にある。贅《ぜい》を凝らした長方形の地下室だ。ベッドにアレクサンドリアを横たえると、ぼろぼろのスーツを脱がした。彼ははっと息を呑んだ。彼女の体はとても若々しかった。豊かで張りのあるバスト。美しい肌。あばらは幅が狭く、ウエストは信じられないほど細い。ヒップはまるで少年のように小さかった。長時間、潮水に洗われていたせいで顔も手脚も傷だらけだが、もしかするとアレクサンドリア・ハウトンは美人なのかもしれない。

肌と髪にこびりついた塩をそっと洗い落とし、彼女の下から濡れた上掛けを抜きとった。

髪をタオルにくるまれ、シーツの上に横たわったアレクサンドリアはつらそうながらも安定した呼吸をしていた。深刻な脱水状態にあり、もっと血が必要だった。彼女が意識を失っているあいだに、エイダンはさらに血を分け与えた。体力がひどく落ちているのを別にしても、アレクサンドリアの体はこれからたいへんな変化を経験することになる。意識がないうちに彼女の心に触れ、傷ついた体を修復しておくほうが容易だ。

アレクサンドリアが小さくうめき、居心地悪そうに身動きした。エイダンは古《いにしえ》の言葉で何世紀にもわたって伝えられてきた治癒の詠歌を歌いながら、ハーブをつぶして部屋に散らした。

アレクサンドリアは長いまつげを震わせて目をあけた。一瞬、悪い夢を見ているような錯覚を覚えた。体中が打ち身で痛い。見慣れぬ部屋を見まわす。

すばらしい部屋だ。持ち主が誰であれ、優雅さを理解し、その好みを満足させるだけの財産を持つ人物にちがいない。彼女はシーツをつかんだ。力がはいらず、体を動かせない。

「ジョシュア?」弟の名前を呼んだ。これは夢ではない、自分は目覚めているのだとわかると、不安から心臓が早鐘を打ちはじめた。

「ジョシュアなら大丈夫だ」またあの声。どこで聞いてもこの声はわかるだろう。この世のものと思えないほど美しい。まるで天使に語りかけられているみたいに。でも、わたしは真実を知っている。この男は超常的な力を持ったヴァンパイアだ。姿形を変えることができ、人を殺すことに躊躇《ちゅうちょ》しない。人間の血を飲み、人の心を読み、自分の思いどおりに操ることができる。

「ジョシュアはどこ？」彼女は動こうとしなかった。そんなことをしたところで意味はない。この男が優位に立っているのは明らかだ。こちらは彼の出方をうかがうしかない。

「いまごろは家政婦が作った栄養たっぷりの夕食を食べているところだろう。きみの弟は安全だよ、アレクサンドリア。この家の人間は絶対にあの子を傷つけたりしない。それどころか、全員が命がけで彼を守る」彼の声はとても柔らかく、やさしさに満ちていたので、アレクサンドリアは心が癒されるのを感じた。

疲れのあまり、目をあけたままでいられない。「あなたは誰？」

「エイダン・サヴィジ。ここはわたしの家だ。わたしはハンターであると同時に癒し手でもある」

「わたしをどうするつもり？」

「ヴァンパイアがきみにどれだけの血を飲ませたか知りたい。ヨヘンストリアはきみを弱らせておくためにきわめて少量の血しか与えなかったはずだ。きみは重い脱水状態にある。目は落ちくぼんで隈《くま》ができているし、唇は割れて、細胞という細胞が滋養を求めている。しかし、どんなに少量でも、あの男から与えられた血は穢れていた。それに、きみの体はこれから転化を経験する」彼はアレクサンドリアの荒れた唇に痛みをやわらげる軟膏《なんこう》をそっと塗った。

かすみがかかったような脳裏に彼の言葉が突き刺さった。ぞっとして、まばたきをくり返しながら、アレクサンドリアはエイダンを見あげた。「転化ってどういうこと？　わたしはあなたみたいになるの？　あの男みたいに？　あなたたちの仲間になるの？　それなら、殺して。あなたたちみたいにはなりたくない」喉が痛くてかすれた囁き声にしかならなかった。

エイダンは首を横に振った。「きみはわかっていない。しかし、教えている時間もない。きみの心は大半の人間とはまったく違う強さを持っている。マインドコントロールを受けつけない。わたしはきみが転化を乗り越えるのに手を貸したいんだ。わたしの協力があろうとなかろうと、きみは転化を経験する。助けを受けいれたほうが楽だぞ」

アレクサンドリアは彼の言葉を閉めだすために目をつぶった。「腕が痛いわ」

「だろうな。ほぼ全身が痛むはずだ」どういうわけか、彼の声はアレクサンドリアの肌を通り抜け、痛む腕の骨に触れた。チクチクするような温《ぬく》もりが徐々に広がっていき、痛みをやわらげた。「きみの腕は折れている。しかし、すでにわたしが修復を開始した。骨はまっすぐになっているし、すみやかに治癒しはじめている」

「ジョシュアに会いたい」

「ジョシュアはまだ幼い。きみはウイルスにやられたと信じさせてある。これ以上怖がらせたり、トラウマが残るようなことをしたりしてはかわいそうだ。そうだろう？」

「あなたの言うことが本当かどうかわからないでしょ。ヴァンパイアはみんな嘘つきで、人を騙すものじゃないの？」

「わたしはカルパチアンで、まだヴァンパイアにはなっていない。ヨヘンストリアがきみにどれだけの血を与えたか知る必要がある」彼は辛抱強く、やさしく、抑揚をつけずに話した。「あの男はきみと何度、血の交換をした？」

「あなたはとても危険な人ね」アレクサンドリアは下唇を噛んだが、水疱が破れたところを噛んでしまい、顔を歪めた。「人を、あなたの言うとおりにしたいという気持ちにさせる。ヴァンパイアに、あなたには勝てないと信じこませたんでしょう？」話すと痛みを感じたが、話せることに安らぎを覚えた。

「わたしは声の力を利用する」エイダンは重々しい口調で認めた。「ヴァンパイアを狩るときは、そのほうが体へのダメージが少なくてすむ。わたしもそれなりの傷は負ったが」アレクサンドリアの額にごくかすかに触れた。「きみは自分でジョシュアに話した内容を憶えていないのか？　わたしは愛しの女《ひと》とその弟を助けにきたハンターだ。ジョシュアはわたしのことをそう思った。そうわたしに話してくれた。きみがわたしのことをきわめて正確に描写していたのは奇妙な偶然じゃないか？」

それについては考えたくなかったので、アレクサンドリアは話題を変えた。「ジョシュはヴァンパイアがヘンリーを殺すところを見てしまったの。ひどく怯えているにちがいないわ」

「彼の記憶では、ヘンリーは心臓発作を起こして死んだことになっている。ジョシュアにとって、わたしは昔から家族ぐるみでつき合いのある友人だ。きみの具合が悪くなったので、彼がわたしに電話で助けを求めたと思っている。きみがレストランで気分が悪くなったから」

アレクサンドリアはエイダンの外見を細かく観察した。美しい男《ひと》だ。ふささふさした金髪がたくましい肩まで垂れている。目は特徴のある金色で、恐ろしさを感じさせる力強さがあり、まばたきもせずヤマネコのようにこちらをじっと見つめている。唇はものすごく官能的。年齢はわからない。おそらく三十代だろう。「どうしてわたしの記憶を消さないの?」

皮肉っぽい笑みがエイダンの口もとに浮かび、歯並びのいい力強そうな白い歯がのぞいた。

「きみを操るのは簡単ではないんだ、小さいきみ《ピッコラ》。きみにはわたしの命令に抵抗する力がある。しかし、わたしたちはきみに起きる変化に対応しなければならない」

アレクサンドリアは心臓がどきどきしはじめた。「どんな変化が起きるの?」

「きみの体を流れる穢れた血を薄めなければならない」

アレクサンドリアは彼を信じたかった。ハーブの香り、彼の声、真摯そうな態度などすべてが、彼は助けてくれようとしているのだと信じたい気持ちにさせた。エイダンは決断を強要もしなければ、急がせもしなかったが、対応の準備を整えるよりも先に変化が始まるのではないかと心配しているようだった。アレクサンドリアは深く息を吸った。「薄めるにはどうするの?」

「きみにわたしの血を大量に与える」

エイダンは静かに淡々と言った。アレクサンドリアは目をそらした。彼の金色の瞳はけっしてまばたきをしない。あまり長く見つめていたら、どこまでも深く吸いこまれてしまいそうだ。「輸血をするということ?」

「残念だが、ピッコラ、それではだめなんだ」彼の声は本当に残念そうだった。エイダンは彼女の顎をつまみ、もう一度彼のほうを向かせた。羽のように軽い触れ方なのに、心臓がどきどきする。

「血を……飲むなんてできないわ」

「きみがそうさせてくれれば、わたしがきみの心に強制をかけられる。そうしたら、きみは助かる。方法はそれしかないんだ、アレクサンドリア」

彼に名前を呼ばれると、なかで蝶《ちょう》が舞ったように胸がざわついた。でも、もっと血を飲むことが、わたしが助かる唯一の方法なんてことがありうるだろうか?

「自分の意思で飲むのが無理なら、わたしが手を貸すことを認めてもらわなければならない」

「できるかどうかわからない」考えただけで嫌悪感がこみあげてきて、胃がむかむかした。

「ほかにも方法があるはずよ。わたしには無理だと思うわ」

「あの男の血は穢れているんだ、アレクサンドリア。死んだあとでも、ヨヘンストリアはきみをひどく苦しめることができる。転化が始まる前にそれを希釈する必要があるんだ」

またあの言葉——転化。アレクサンドリアは身震いした。

エイダンは後ろに手を伸ばし、彼のものにちがいない真っ白なシルクのシャツを取った。目を合わせたまま、それをやさしい手つきで彼女に着せる。まるで壊れやすい陶製の人形を扱うようだった。ふたりとも単なる介抱というふりをしたが、エイダンの触れ方、視線には所有欲としか言いようのないなにかがあった。

アレクサンドリアは疲労困憊《こんぱい》していたものの、考えようとした。ヴァンパイアはグロテスクだった。あの男の血が少しでも自分の体内を流れているのかと考えるとぞっとする。「わかったわ。やって」青い瞳が金色の瞳をとらえる。「ヴァンパイアをわたしの体内から取り除くために、わたしに強制をかけてちょうだい。でも、それだけよ。記憶を取り除いたり、新たに植えつけたりはしないで。絶対に。それを約束して」約束がどれだけの意味を持つかわからないけれど。

エイダンはうなずいた。アレクサンドリアには上半身を起こす力が残っていなかったので、彼が膝に抱きあげた。アレクサンドリアは震えだし、心臓の鼓動も激しかったため、彼が癒すよりも先に息絶えてしまうのではないかと心配になった。彼女を落ち着かせ、気をそらせるために、彼女の長い髪に手を伸ばし、三つ編みに編みはじめた。それから、彼女の心のなかで古の言葉の詠唱を低く囁くように歌いだした。アレクサンドリアは見るからにリラックスしたようすだった。

「強制をかけているあいだ、きみを眠らせておきたいんだ。これから行うのは苛酷な行為だから。終わったら、起こすよ」ベルベットのように柔らかい声で言われると、アレクサンドリアはぬくもりのあるたくましい腕に抱かれたように感じて、彼の望むとおりにしたくなった。

即座に距離を置いて心を閉ざし、エイダンから意識をそらした。そこまで無防備になり、意識も含めてコントロールをすべて、よく知らない相手にゆだねる気にはなれなかった。彼のようにさまざまな力を持つ相手には特に。結局のところ、この人は何者なのか？〝カルパチアンで、まだヴァンパイアにはなっていない〟なんて区別していたけれど、きっとこの人もヴァンパイアにちがいない。

「わたしはこれからヴァンパイアの穢れた血を希釈するのに手を貸す。それ以外はなにもない、きみの望みがそれなら」エイダンは言葉を慎重に選んだ。すでにアレクサンドリアの心には何度かはいったことがあり、そのたびごとにふたりの絆は強くなっていた。彼女はまだそれに気づいていないが、いまはそのままにしておいたほうがいいだろう。アレクサンドリアは混乱していて、これから経験する転化の結果、また人間として生きられるようになると間違った希望を抱いている。避けられないカルパチアンへの転化について、彼女が苦悶《くもん》せずにすむよう、いまのところはある程度騙さざるをえない。

アレクサンドリアはため息をついた。髪を編むエイダンの手の感触、ハスキーで柔らかい囁き声、にじみでるような自信が、彼女を陶然とさせる。「わたしが怖気《おじけ》づく前に始めて」

エイダンはすぐに膝の上の彼女を抱きなおし、喉に顔を近づけてきた。肌に触れた彼の唇の感触は、熱いシルクのようで、全身が爪先までその激しくエロティックな感触に反応する。

アレクサンドリアは急に、命以上のものを失うのではないかと怖くなり、身をこわばらせた。エイダンの唇が、彼女の首の脈打つ血管の上にある。**わたしを信用してくれ、ピッコラ。**

きみのなかにいるわたしを感じるんだ。わたしはきみの一部になっている。わたしもきみに心を重ねるから、きみもわたしに心を重ねてくれ。エイダンの言葉は声に出して話されたというより、彼女の脳裏に響いたという感じだった。彼は熱く強い。炎であり、氷でもある。彼女を呑みこもうとする狂気から守ってくれる。

　喉に燃えあがるような痛みを感じたが、つぎの瞬間、とても甘美で官能的な親密さを覚えて目に涙がこみあげてきた。これほど自分は大事にされている、美しく、完璧なのだと感じられるのは初めてだ。エイダンが彼女の頭のなかにいて、秘密の考えや望みを探っている。気持ちを静め、癒し、彼女を味わい、心を重ねている。ありとあらゆる記憶、彼に対して張りめぐらしている壁の強さを調べている。

　エイダンは血の交換として適切な量の血を飲んだと確信すると、しぶしぶながら舌で傷口を閉じた。

　今度は爪で自分の胸を切り裂く。**飲むんだ、アレクサンドリア。わたしが惜しみなく差しだす血を受けとってくれ。**本人が望まぬことをさせるため、心を彼女に重ねて強制をかけた。アレクサンドリアの唇が肌を這い、目的の場所を見つけ、そして彼の生き血を飲みはじめると、エイダンは体が硬くなるのを感じた。心臓が激しくあばらを打つ。彼女こそわたしのライフメイトだ。彼女はわたしのもの。全身が彼女に反応し、ふたりのあいだには電気がみなぎっている。永遠とも思える時間、わたしは彼女を待ちつづけてきた。失ってなるものか。彼はふたりを永遠に結びつける詠歌を歌いはじめた。

きみはわたしのライフメイトだ。わたしはきみのものであり、きみのために命を投げだす。きみを守り、忠誠を誓い、心、魂、体を差しだす。同様に、きみが所有するものもわたしが守る。きみの命、幸せ、安寧を尊重し、つねにわたし自身よりも優先させる。きみはわたしのライフメイトだ。永遠にわたしとともにあり、つねにわたしに庇護《ひご》される。

アレクサンドリアの心のなかで、彼は誓いの言葉を唱えた。彼女の言葉と自分の母国語の両方で。儀式はふたりの体がひとつになるまでは完了しない。しかし、この誓いの言葉を唱えておけば、誰も彼から アレクサンドリアを奪えなくなるし、アレクサンドリアも彼から逃げられなくなる。

エイダンはできるかぎりの血を彼女に与えた。転化が始まるまでに、ヴァンパイアの血を徹底的に希釈しておきたい。転化までの時間はあまり残されていないとわかっていたが、彼は体力を失い、顔色が悪くなっていた。ふたたびアレクサンドリアが彼を必要とする前に、なんとしても狩りに出る必要がある。

アレクサンドリアは彼に身を預け、長く濃いまつげが三日月形に頰に伏せられている。催眠状態にあってさえ、彼女は苦悶していた。約束を破って、カルパチアンの深い癒しの眠りへといざないたくなる。しかし、アレクサンドリアの信頼を勝ちとりたければ、けっして約束を破るわけにいかない。彼女にはわれわれ一族を嫌悪する絶対的な理由がある。カルパチアンという種族を理解するようになっても、彼女のトラウマと恐怖感が完全に消えることはないだろう。

彼が呼ぶと、マリーがすぐに寝所におりてきた。「わたしが狩りに出かけているあいだ、アレクサンドリアのそばにいてくれ」

マリーはエイダンが疲労のあまりよろけるのを見て驚いた。これまでに戦いで負傷し、疲れきったエイダンを見たことはあったが、ここまで衰弱したところを見るのは初めてだ。顔色は灰色に近い。「出かける前にわたしの血を飲んでいってください、エイダン」マリーは言った。「そんなに弱ってちゃ、狩りもできませんよ。そんな状態でヴァンパイアにつかまったら、倒されてしまいます」

エイダンは首を横に振り、彼女の腕にそっと触れた。「そういうことをわたしがしないのはわかっているだろう。わたしは大切にしている人々、守るべき人々を利用するようなことは絶対にしない」

「それなら、急いでおいでください」マリーは、エイダンが身をかがめて若い娘の額にそっとキスをするのを心配そうに見守った。彼は急にひどくやさしくなった。これまでは、身内と呼ぶ人々に対しても、いつも超然としてよそよそしい人だった。彼のめずらしくやさしいしぐさを見てマリーは涙ぐんだ。

エイダンは呪文を唱えて、アレクサンドリアを催眠状態から目覚めさせた。「わたしは出かける」アレクサンドリアに言った。「わたしが戻るまで、マリーがきみと一緒にいてくれる。わたしが必要になった場合は呼んでくれ」

不思議なことに、アレクサンドリアは彼に行ってほしくなかった。待ってと言いたくなるのをこらえるため、シーツをぎゅっとつかんだ。エイダンは独特の優雅な足取りですぐに部屋から姿を消した。

マリーが彼女の唇に水のはいったグラスを当てた。「痛いのはわかります、アレクサンドリア――そう呼んでもいいかしら？　でも、水を飲むと楽になるかもしれません。あなたとは前からの知り合いみたいに感じます。ジョシュアからすてきなお姉さんの話をいっぱい聞いたから。あの子にとても愛されてるんですね」

グラスの縁が唇に痛かった。アレクサンドリアはグラスを押しやった。「アレックスと呼んで。ジョシュはそう呼ぶわ。あの子は大丈夫？」

「ステファン――というのはわたしの夫ですけどね、彼が注意深く目を光らせてます。ジョシュアはおなかを空かせてくたびれてました。ちょっと体温が低くて、脱水症状があって。でも、そこはわたしたちが面倒を見ましたからね。食事をして元気になりました。一階の暖炉のそばで眠りこんじゃいましてね。あなたのことをひどく心配しているし、ひとりで寝かせるより、わたしたちのそばで寝かしたほうがいいと思ったんですよ」

「ありがとう、弟の面倒を見てくれて」アレクサンドリアは上半身を起こそうとした。ハンターの血をもらったおかげで、少し元気になった気がする。「ジョシュアはいまどこに？　会いたいわ」

マリーはかぶりを振った。「ベッドから出ちゃだめですよ。わたしたちがエイダンに怒られます。あなたはひどく弱ってるんですからね、アレックス。まだ自分を鏡で見ていないんでしょう。そんな状態じゃ、ジョシュアを死ぬほど怖がらせるだけですよ」

アレクサンドリアはため息をついた。「でも、どうしてもあの子に会って、この手で触れて確認したいのよ。あなたもエイダンもジョシュアは大丈夫だと言うけれど、どうしてそれが本当だとわかるの？」

マリーはアレクサンドリアの額にかかった金髪を後ろに撫でつけた。「エイダンは嘘をつきません。絶対、子どもに危害を加えたりしません。人間を捕食するヴァンパイアを、みずからたいへんな危険を冒して狩っているんですから」

「本当にヴァンパイアなんてものが存在するの？　わたしはひどい悪夢から目覚められずにいるだけなんじゃないかしら。高熱で具合が悪くなっているだけかも」アレクサンドリアは期待を込めて言った。「だって、現代にヴァンパイアなんてものが、誰にも知られずに存在できる？」

「それはエイダンたちが彼らを退治しているからです」

「エイダンは何者なの？　あの人もヴァンパイアじゃないの？　彼が鳥から人間へ、狼へと姿を変えるのを見たわ。牙と鉤爪が生えるところを。彼はわたしの血を飲み、わたしを殺すつもりだったと思うの。いまでも、どうして彼の気が変わったのかわからない」突然、彼女の体が燃えるように熱くなった。筋肉が硬く収縮しはじめる。薄いシーツがかかっているだけなのに、それさえ重く、暑すぎるように感じた。

「エイダンがすべて説明してくれます。でも、彼がヴァンパイアじゃないことは確かです。

わたしは自分が幼い子どものころからエイダンを知っています。彼はわたしが成長し、子どもを育て、こうして年とるまでを見守ってきてくれました。強力で危険な男《ひと》ですが、わたしたちのような身内と呼ぶ人間に対しては危険じゃありません。あなたに危害を加えることはありませんよ。命がけで守ってくれます」

アレクサンドリアはパニックを起こしていた。エイダン・サヴィジの所有物にはなりたくない。でも、彼はわたしを絶対に手放そうとしないだろう。わたしは多くを知りすぎた。

「わたし、ここにいたくない。九一一に電話して。お医者さんを呼んで」

マリーはため息をついた。「医者にいまのあなたは助けられませんよ、アレックス。助けられるのはエイダンだけです。彼はすぐれた癒し手です。エイダンよりもすぐれた癒し手はひとりしかいないと言われています」にっこり笑う。「エイダンが戻ってきたら、あなたの痛みを取り除いてくれますよ」

突然、体の内部がよじれたように激痛が走り、アレクサンドリアはベッドから落ちそうになった。叫び、悲鳴をあげた。「お医者さんを呼んで。マリー、お願いよ！　あなたはわたしと同じ人間でしょう？　助けて。家に帰りたいの！　とにかく帰りたいの！」

マリーはアレクサンドリアをベッドに押さえつけようとしたが、あまりの激痛に体が痙攣《けいれん》しはじめたアレクサンドリアは音を立てて床に落ちた。

4

サンフランシスコの通りを歩きながら、エイダンは夜気を吸いこんだ。翼を持つ生きものたちが空を翔ている。獲物のにおいが風に運ばれてきた。半ブロック先に暗くて細い路地がある。男が三人、汗のにおいを放ち、下品な声で笑っている。道に迷った人間を襲撃して、気晴らしをしようと待ちかまえているのだ。

歩を進めるごとに飢えが激しくなり、内なる悪魔が頭をもたげて、糧を得ることだけを考える脳裏に赤いかすみがかかった。夜のにおいがする。この異国の都市の音、風景に慣れるまでには時間がかかった。潮風、濃い霧、ナイトライフ。すべてが彼の故郷とは大きく違っていた。しかし、誰かがヴァンパイアを狩らなければならない。故郷を離れて闇の一族の裁きが届かぬところへ逃げることを覚えたヴァンパイアは、各地に分散しはじめた。エイダンは愛するカルパチア山脈を離れ、新たな土地でその土地の住人を守る役を買ってでた。そしてサンフランシスコを拠点として、この街と多様な住人に興味を覚えるようになり、ここが自分の故郷だとさえ考えるようになった。

すばらしい芸術センターがいくつもある。舞台やオペラが数々上演されている。そして獲物がたっぷりいる。エイダンは音を立てずに路地に近づいた。三人のごろつきは彼に気づかず、行ったり来たりしながら小さな声で話していた。エイダンの耳に彼らの低い話し声は大きく響いた。五感への刺激を減らすため、意図的に聴力を落としていたにもかかわらず。数百年ぶりによみがえったさまざまな感覚、強い感情、そしてあざやかな色彩に圧倒されそうになる。夜の景色があまりに麗しく見え、彼は息が止まりそうになった。雲も星も月もなにもかもが美しい。

たくましい肩を上下させて、体の緊張を解く。彼は一族の大半よりも筋肉が発達した体つきをしている。仲間はもっと細く優美な体形の者が多い。エイダンと双子のきょうだいは、ブロンドに金色の瞳という点もほかの者たちと異なる。彼の種族はふつう髪も瞳も黒っぽい色をしている。

路地に近づきながら、男たちを呼び寄せた。本当はそんなことをする必要はなかった。彼を見つけしだい、あのごろつきどもは襲撃しようとするだろう。しかし、このほうが穏便にすませられる。短い一戦を交えられれば、エイダンのなかの捕食者は喜ぶはずだったが、いまは自分の欲求を満たしている時間がなかった。ライフメイトが現われるのを何世紀も待ちつづけ、ヴァンパイアに変異する狂気の淵《ふち》をさまよいつづけたあとだけに、つい先ほどポール・ヨヘンストリアを殺したあとだけに、暴力的な行為は避けたほうが無難だった。いまや生きる目的ができたのだから、捕食者的な欲求に流されてはならない。

三人組のひとりがたばこに火をつけたところだったので、つんとしたにおいが通りに漂っていた。男は急にきびすを返して路地から出てきた。ほかのふたりも彼に従い、ひとりはポケットナイフの切っ先で爪の脂汚れを掃除していた。三人ともドラッグをやっていたらしく、少しどんよりとした目をしている。獲物が麻薬を使用していたのが不快で、エイダンは眉をひそめた。しかし、血は血だ。彼がドラッグの影響を受けることはない。

「外は寒いな」エイダンは低い声で言うと、たばこを吸っている男の肩に腕をまわした。せんさく好きな目のない暗い路地へと男たちを連れ戻し、顔を寄せて血を飲みはじめた。残りのふたりは家畜さながらにおとなしく自分の番がまわってくるのを待っている。エイダンは三人の不潔さ、無能さに嫌悪を覚えたが、糧は得なければならなかった。ときどき不思議に思うことがある。なぜこういう人間が存在を許されているのか。彼らはエイダンたちの種族のうち魂を捨ててヴァンパイアになることを選び、弱者を餌食にする者とさして変わらないように見える。どうして誰もこういう男たちを退治しないのか？　なぜ神はこのような人間を創ったのか？　敬意と誠意を欠くとわかっていながら、なぜこのような男たちに生命を与えたのか？　カルパチアンの男は陽光のなかに出ていってみずから命を絶つか、変節者となって永久に魂を失うかするまでに数百年――ときには千年――という時間を耐える。それなのに、人間の男のなかには十代が終わるまでも耐えられない者がいる。

エイダンは最初の犠牲者を地面にぞんざいに投げ捨て、つぎの提供者のうなじに手を置いた。催眠状態にある男は彼を喜ばせようとして簡単に言うなりになった。エイダンは貪欲に糧を得た。三人はしばらくのあいだ体力を失い、動けなくなるだろうがかまわない。彼には栄養が必要だったし、この手の男たちにはうんざりしていた。こういう男たちは女を手荒く扱い、人生でいちばん大切な宝、すなわち子どもに対する責任を果たさない。人は安易な道に逃げず、運命を受けいれなければならないとエイダンは固く信じている。カルパチアンの男は捕食者の本能を持ち、野生動物よりも危険な場合がある。しかし、女子どもを虐待することはけっしてない。殺すか殺されるかという状況にあっても、きびしい礼節を守る。行動の結果を心得、恵まれた能力にともなう責任を受けいれる。

ふたりめの犠牲者がぐらりと揺れて、ひとりめと重なるように倒れた。エイダンはナイフを持った男を引き寄せた。男はエイダンを見あげ、「これからパーティをするのか?」と下品な笑い声をあげながら訊いた。

「わたしたちのいっぽうがな」エイダンは柔らかな声で認めると、脈打つ頸静脈《けいじょうみゃく》に顔を寄せた。

不安感の第一波が彼を襲った。一瞬顔をあげると、獲物の血がほとばしった。ふたたびうつむいて仕事を再開する。今度は速さと効率最優先で。アレクサンドリアだ。彼女が苦痛の第一波に襲われている。

傷口を入念に閉じ、このあたりに彼の種族が存在する証が残っていないことを確認してから、獲物が地面に倒れるにまかせた。通行人には、三人とも酔っぱらいに見えるはずだ。ひとりのシャツに血が流れた痕があるのは鼻血と思われるだろう。

予想どおり、アレクサンドリアの体内で変化が始まった。故意ではなかったとはいえ、これは結局のところエイダンの責任だ。アレクサンドリアの首には傷痕が二カ所あったが、それが意味するところはただひとつ。ヴァンパイアは二度、彼女と血の交換を行ったということだ。最初エイダンは彼女がすでに女ヴァンパイアに変異していると決めつけ、殺そうとした。しかし、過ちに気づいたところで、彼女の失血分を自分の血で補った。血の交換を四度行えば、転化のプロセスが始まる——ヴァンパイアもしくはカルパチアンへの。どちらにしても、あともどりはできない。たいていの場合、転化によって女性はすぐさま死ぬか、正気を失うかする。超能力を持つごくわずかな女性だけが苦難のプロセスを無事に乗り越え、カルパチアンの種としての存続を助けられる。なぜなら、カルパチアンの女性は数が減っているからだ。

四度目の血の交換がアレクサンドリアを転化させると同時に、彼女を永遠にエイダンに結びつけた。アレクサンドリアの同意なしにこうしてしまったことは利己的だったかもしれないが、なにしろ彼女はエイダンにとってただひとりの救世主だった。それに、同意しようがしまいが、アレクサンドリアが彼のライフメイトであることに変わりはない。ふたりのあいだの強烈な反応も含めて、すべての徴候がそう物語っている。

絶望と苦悩に満ちた悲鳴がエイダンの脳裏にこだました。アレクサンドリアは混乱し怯えている。ふたりのあいだに絆ができたため、彼女の思考が伝わってくるのだ。アレクサンドリアはエイダンを恐れながらも、見捨てられることを不安に思い、彼がヴァンパイアと同じく彼女が苦しむのを楽しんでいるのではないかという不安も感じている。なにより心配しているのは弟ジョシュアのことだ。仲間を一瞬のうちに殺してしまうほど強力なヴァンパイアがいる家に、守ってくれる者もなくひとりぼっちでいると信じている。

できるだけ早く戻るために、エイダンは夜空に舞いあがった。街の上空を翔る、信じられないほど大きく異様なフクロウに気づく者があってもかまわないという気分だった。アレクサンドリアが彼を必要としている。彼女はマリーに医者を呼んでくれと懇願していた。マリーはアレクサンドリアの願いを聞きいれてやりたいと思いながらも、彼女を助けられるのはエイダンだけだと知っているので苦悩している。エイダンには助けを求める小さな声と、いまにも泣きそうな家政婦の声とが両方、いやというほどはっきり聞こえてきた。

アレクサンドリアが彼に助けを求めたとき、そばにいられるよう急いだ。おたがいのために、彼女が早く助けを求めてくれるよう願った。彼は血の交換以外は強制しないと約束した。アレクサンドリアは自分から彼に助けを求めなければならない。

地下の寝所の外で、エイダンは行ったり来たりした。アレクサンドリアの苦痛の叫びが、彼自身の胸に突き刺さる。ドアを蹴破ってなかにはいりたくて、何度そうしようとしたことか。しかし、彼女から求められるのを待たなければと自分を抑えた。アレクサンドリアが信頼を示すのを待たなければ、彼女はエイダンが危害を加えるのではなく助けようとしているのだと信じてくれないだろう。ドアに額を預けたとき、深紅の汚れがついたのを見て驚いた。アレクサンドリアの懇願を聞き、彼女の肉体的な苦悶を感じているせいで血の汗をかいたのだ。肉体的な苦痛はなんとか耐えられるが、精神的な苦しみはこたえた。

終わりのない悪夢のようだった。彼には、自分自身の体から逃れたくなったアレクサンドリアが衝動的に床を這おうとしたときがわかった。ヴァンパイアの穢れた血を吐いたときも。転化のプロセスにあらがい、体の内側が燃えるように熱くなっている。内臓が新しい形へと変形しつつある。細胞という細胞に——筋肉も皮膚も——火がついている。

あなた、どこにいるの？　わたしを助けてくれるって約束したじゃない。どこにいるの、あなた。

この言葉をずっと待っていたので、実際に聞こえたときは幻聴を疑うほどだった。手のひらでドアを叩きあけ、なかに飛びこんだ。マリーが涙を流しながらひざまずき、痙攣するアレクサンドリアの体を押さえようとしながら、押さえきれずにいた。

エイダンはマリーの腕からアレクサンドリアを奪うようにして胸に抱き寄せた。「行ってくれ、マリー。あとはわたしにまかせてくれ」

マリーの目にはアレクサンドリアへの同情と、エイダンに対する怒りと非難がありありと浮かんでいた。スカートの端をつまんで如才なくあいさつしてから、ドアをバタンと閉めて出ていった。

家政婦が姿を消すやいなや、エイダンは彼女のことを忘れた。アレクサンドリアに全神経を注ぐ。「わたしに見捨てられたと思ったのか、ピッコラ？　見捨てるわけがないじゃないか。ただ、きみが望まぬかぎり、手を出すことができなかったんだ。憶えているか？　きみがそう約束させたんだ」

こんなに頼りなく、ぼろぼろになっているところをまたエイダン・サヴィジに見られるのが恥ずかしくて、アレクサンドリアは顔をそむけた。しかし、そんなことをくよくよ考えている時間はなかった。つぎの火焔《かえん》の波が襲ってきて、胃と肝臓、腎臓につかみかかり、心臓と肺を焼いたからだ。室内に苦悶の叫び声がこだまする。アレクサンドリアは息をするために叫ぶのをやめたかったが、悲鳴は続いた。涙が頬を伝い落ちる。

エイダンが親指で涙をぬぐってやると、指についたのは血だった。彼は彼女の分の呼吸も引き受けた。

エイダンの手はひんやりとしていて、アレクサンドリアの肌のほてりを静めてくれた。彼が歌う古風な詩歌は、狂気の世界でアレクサンドリアのよりどころとなってくれていた。ややあって、彼女はエイダンが痛みを一部肩代わりしてくれていることに気づいた。彼はアレクサンドリアの心のなかにいて、燃えるような熱さから、実際の苦痛を百パーセント知覚することから守ってくれている。まるで夢を見ているように頭がぼんやりしていた。無理やり目をあけると、エイダンの瞳に彼女自身の苦悶が映しだされていた。彼の額には深紅の筋が浮かんでいる。

激しい痙攣がおさまり、一時的に小康状態が訪れると、アレクサンドリアは手をエイダンの顔にさまよわせた。「戻ってきてくれたなんて、嘘みたい」喉が腫れているせいで、声がかすれた。「苦しいの」

「わかっているよ、アレクサンドリア。焼けるような痛みは取り除いたが、いまのところ、わたしにできるのはそこまでなんだ。きみが取りこんでいた穢れた血が、症状をさらに重くしている」彼は正直に謙虚に、後悔と罪悪感を込めていった。どれも、彼にとっては新たな感情だった。

「どうしてあなたにはそんなことがわかるの？」アレクサンドリアが乾いた唇を舐めると、ひりひりと痛かった。

「わたしたちは血の交換を通して絆で結ばれた。だから、わたしにはきみの呼ぶ声が聞こえた。だから、きみは心のなかにわたしの存在を感じるんだ」もう一度、エイダンはアレクサンドリアの唇に痛みをやわらげるための軟膏を塗った。いま彼にできることはこれぐらいしかない。

「すごく疲れたわ。これ以上耐えられない気がする」エイダンが本当に心を読めるなら、わたしが真実を語っていることがわかるだろう、とアレクサンドリアは思った。エイダンは彼女のひどい状態が目にはいっていないらしく、まるでこの世でいちばん美しく大切な女性のように彼女を抱き、前後に揺すっている。彼女の心のなかでも、守るように腕をまわして胸に抱き寄せてくれた。こうしていると安らかな気持ちになる。孤独感が弱まる。でも、たとえエイダンが力を貸してくれても、もう一度苦痛の発作に襲われたら、耐えられない。絶対に。もうすぐ始まる。すでに体が熱くなりはじめている。アレクサンドリアは彼の腕をつかみ、きらきらと輝く金色の瞳を見あげた。「絶対に耐えられない」

「きみを眠りに導くことを許してくれ。怖がらないで。ただ意識を失うだけで、わが種族の眠りに陥るわけではない。きみの体が転化を終えなければ、本物の癒しの眠りにいざなうことはできないんだ」ベルベットのように柔らかい声は美しく、説得力があった。

「もうなにも聞きたくない」アレクサンドリアの体が硬直した。エイダンの力をもってしても、痛みの発作を起こした彼女を押さえこむのはむずかしかった。食いしばった歯のあいだから、低いうめき声が漏れ、エイダンの腕に爪が食いこむ。しかし、穢れた血を吐きだし、細胞と組織が別の種族のそれに変化しようとするのを待つあいだ、彼女はずっとエイダンにしがみついていた。頭のなかは混沌《こんとん》とし、恐怖と苦悩に満ちている。

発作は丸三分間続き、激しさが頂点に達したあと、引き潮のように徐々におさまっていった。アレクサンドリアは血の汗にまみれ、息も絶え絶えで、心臓がいまにも爆発しそうだった。「もうだめ」

「それなら、わたしを信頼してくれ。わたしはきみのために戻ってきたじゃないか。きみが眠っているあいだ、危害を加えたり、そばを離れたりはしない。どうしてうんと言ってくれないんだ?」

「せめて目が覚めていれば、なにが起きているかわかるから」

「ピッコラ、きみはわかってない。わたしはきみの頭のなかをのぞくことができる。きみは痛みしか理解できていない。わたしに助けさせてくれ。わたしもこれ以上きみが苦悶するのには耐えられない。きみに強制をかけないという約束を破ってしまいそうだ。眠りにいざなってもいいと言ってくれ」

エイダンの声からは懇願と誠意が聞きとれた。アレクサンドリアは温かく官能的なベルベットに包まれたように感じ、なんでも彼の言うとおりにしたくなった。声だけでこんなに威力があるなんてと怖くなる。この男《ひと》は危険だ。命を奪われかねない。わかってはいても、また熱が出はじめたいま、金色の瞳に浮かんだ懇願と警告を見ていると、抵抗は続けられなかった。「これ以上、痛い思いをさせないで」温かな喉もとに口を寄せて囁いた。

エイダンは彼女の声に、目に屈服を読みとり、考えなおす間を与えてはならないと思った。即座に強力な呪文を唱え、張りめぐらされた壁を突き崩して彼女の心を支配する。彼女を眠らせ、転化の痛みもヴァンパイアの血も苦痛を与えられない場所へといざなう。

まずはしばらくじっと腕に抱いていてから、そっと彼女の体を拭き、ベッドの上にもっと心地よく横たわれるようにした。寝所を片づけるのにはもう少し時間がかかったが、アレクサンドリアとの親密な時間をマリーの無言の非難に邪魔されたくなかったので、自分で片づけた。キャンドルとハーブを使って、癒しの芳香を部屋に満たす。

彼はアレクサンドリアの強さと弱さを理解しつつあった。四柱式ベッドの上で無防備に眠る彼女の額を親指で愛撫する。彼女の心のなかにはいるのはすばらしい経験だった。アレクサンドリアは信じられないほど強い人間だ。徹底的に不利な状況で奮闘してきた。若くして両親を亡くし、幼い弟をひとりで育て、母親のように強い母性本能に駆られて愛情を注いできた。ジョシュアにきちんとした生活をさせるため、一生懸命働いてきた。彼女はユーモアのセンスがあり、いたずら好きでやさしく、温かい心の持ち主だ。

アレクサンドリアはわたしのなかで広がりつつある暗闇に明るい光を投げてくれる。思いやりと善良さに満ちていて、わたしとは正反対だ。

ハーブが魔法のような効果を発揮してくれたことに感謝しつつ、エイダンはベッドの端に腰をおろした。吐瀉物《としゃぶつ》と血のにおい、邪悪な汚れは寝所から取り除かれ、癒しのハーブの芳《かぐわ》しいにおいだけが残っている。彼はアレクサンドリアの傷をひとつひとつ検め、裂傷の治癒が早まるよう、伝統に従って貴重な故郷の土と自分の唾液とを混ぜ合わせた。いちばんひどいのは首の傷だった。ヴァンパイアにつけられた傷は毒で化膿《かのう》していた。エイダンは古の言葉で詠唱しながら、傷口を注意深くふさぎ、内側から癒すため、いま一度アレクサンドリアの体のなかにはいった。すると転化がほぼ完了していたので、安堵《あんど》した。

彼はベッドに彼女と並んで横になった。絆で結ばれたばかりのライフメイトとは、まだこの先悪戦苦闘することになるとわかっている。彼女は転化の事実を受けいれようとしないだろう。転化の意味を知ったら、それを嫌悪するはずだ。そしてわたしを責める。当然だ。彼女はヴァンパイアにおぞましい扱いを受けたし、出会ってすぐのわたしの対応もまずかった。アレクサンドリアにはわが一族に感謝することなど何ひとつない。それでも、彼女はわたしに結びつけられ、わたしの伴侶となった。ふたりが完全に和合するのは時間の問題だ。アレクサンドリアが必要とする時間を自分が与えてやれるように、エイダンは無言で祈った。彼女には与えられる資格があるし、真のライフメイトである彼は、彼女が必要とするものはなんでも与えずにいられない。ただし、その時間はふたりにとってきわめて危険な時間になる。

彼なしではアレクサンドリアはひどく無防備になるし、彼女になにかあったら、エイダンは耐えられないと思った。

彼はため息をつき、家と周囲の土地を精査した。窓と出入口をチェックする。地下の寝所に通じる入口には強力なまじないをかけ、寝所そのものにはさらに手強《てごわ》い絶対的なまじないをかけた。ついにライフメイトを見つけたからには、危険な真似《まね》はできない。アレクサンドリアを抱き寄せ、転化が完了したことが確認できるまで待ってから、彼女をカルパチアンの深い癒しの眠りにいざなった。守るようにアレクサンドリアを抱き、心臓と肺の動きを止めると死んだように眠りこんだ。


日が沈みきらないうちに、寝所の空気が乱された。静寂を破って心臓がドクンと打ち、肺が空気を吸いこむ。エイダンは横になったまま、早く目覚めた原因はなにかと家を精査した。頭上、一階で何者かが玄関の扉を乱暴に叩いている。マリーが玄関へと歩いていく柔らかな足音が聞こえる。玄関のノックの音は大きく、高圧的だった。エイダンの口もとに笑みが浮かんだ。家政婦の背後には、妻を守ること、エイダンの家を守ることに怠りがないステファンがいる。

エイダンは身を起こした。しなやかな体に力がみなぎっている。アレクサンドリアへと目が惹きつけられるやいなや、衝撃が体を走り抜けた。なんて美しいんだ！　いくつかあざが残っているものの、それを除けば健康で疵《きず》のない肌をしている。唇はふっくらとしていて、まつげは長く濃い。思っていた以上に若いが、彼女はエイダンがこれまでに会ったどんな女性とも異なっていた。彼女はわたしのものだ。なにごとも何者もそれを変えることはできない。思いがけず突然に体が激しく疼いて、彼は驚いた。無防備にここに横たわっているアレクサンドリアは赤の他人と言ってもいい。しかし、彼女の心のなかにはいったことのあるエイダンは、何年もともに暮らした者以上にアレクサンドリアのことを親密に知っていた。彼女の勇気と愛情の強さ、やさしさに敬意を表して、額にそっとキスをした。しかし、彼女に近づけば近づくほど、体の疼きが強くなった。

急いで誘惑とのあいだに距離を置いた。生物学的な衝動を感じるのは六百年ぶりだが、これは過去の衝動と比べものにならない。肉体的欲求を満たしたいという生ぬるい欲望とは違う。ひとりの女、ただひとりの女を求める荒れ狂うような渇望だ。彼はあらゆる意味で彼女を必要としていて、アレクサンドリアが当初考えていたように醜くはなく、若く美しいということもますます渇望を強くした。

一階の訪問者がマリーを怒鳴りつけている。男の声がはっきり聞こえる。自分の思いどおりにすることに慣れている男らしい。金持ちで気むずかし屋。アレクサンドリア・ハウトンに会わせろと要求している。マリーを強制送還にしてやると脅しはじめた。彼女の訛りを聞いて、そういう脅しが有効だと考えたのだろう。

エイダンの牙が突きだし、金色の瞳が敵意をみなぎらせて熱く輝き、内なる獣性がこのうえなく強くなった。ライフメイトにほかの男が近づくと嫉妬を感じるせいだろうか？　自分の家の家政婦を怒鳴りつけている男に怒り――怒りも彼にとっては強力な新しい感情だ――を感じているからだろうか？　それともその両方だろうか？　わからない。しかし、自分が周囲にとって危険な状態にあり、自制心を働かさなければならないのは自覚していた。長くゆっくりと不快げに息を吐くと、彼は階段をのぼり、秘密の通路を通ってキッチンにはいった。人間の目には留まらない速さで。それはカルパチアンならば誰でもできることで、エイダンにとっては自然のことだった。

彼の家の玄関で、長身の見てくれのよい男が家政婦相手にわめいている。「アレクサンドリアをいますぐ出せ。さもないと警察に通報するぞ。犯罪が行われ、おまえはそれに加担しているにちがいない！」男はマリーを、まるで足で簡単に踏みつぶせる虫けらかなにかのように軽蔑の目で見ていた。

突然背中に冷たい震えが走ったため、訪問者は口をつぐんだ。何者かが忍び寄ってきているという間違いようのない感覚に襲われた。手入れの行き届いた庭をきょろきょろと見まわす。誰もいない。いないにもかかわらず、危険が迫っているという感覚はとても強く、心臓がどきどきしはじめ、口が乾いた。まさにどこからともなくひとりの男が現われたとき、トーマス・アイヴァンの心臓は肋骨《ろっこつ》に激しく打ちつけた。その男は頑固な家政婦の後ろに突然出現したかのように見えた。背が高く、品があり、いい服を身につけている。長い金髪が肩にかかり、一風変わった金色の瞳がまばたきもせずにじっと猫のようにこちらを見つめている。体からは力強さとたくましさが発散されていた。危険な雰囲気が第二の肌のように張りついている。

トーマスはこの家に金が唸るほどあるのを見てとっていた。この住人は簡単には震えあがらせられない。男は流れるような動きで歩いてくる。あまりになめらかなため、床に足が触れていないのではないかと思えるほどだった。歩いてくるときに音がしなかったのは確かだ。このうえなくやさしく家政婦を脇にどけたが、その手つきはトーマスに恐怖を感じさせた。

「マリーがここにいても法的に問題はないし、わたしの世帯の一員を脅すとはきわめて失礼なことだ。きみにとって僕《しもべ》は単なる使用人かもしれないが、わたしにとっては家族であり、守るべき存在だ」ベルベットのように柔らかく心地よい声。礼儀正しいほほえみ。白い歯がちらりとのぞいた。

わけもなく恐怖感に襲われて、トーマスの背筋にふたたび震えが走った。ぞっとして産毛が逆立つ。口がからからに乾いて、声が出るかどうか不安になった。息を吸い、撤退することに決めた。家政婦ならうまくあしらえるが、この男となると話はまったく別だ。トーマスは片手をあげて和解の意思を示した。「すまない、出だしを間違えたようだ。強引なことを言って悪かった。しかし、わたしは友人が行方不明になって、とても心配しているんだ。わたしの名前はトーマス・アイヴァン」

エイダンには相手が誰かすぐにわかった。コンピュータ業界の新進スター、大人気のヴァンパイア・テレビゲームを開発した天才が訪ねてきたのだ。無表情のまま、エイダンは眉を片方つりあげた。「わたしはきみを知っているべきなのかな？」

トーマスは落ち着かなくなった。明らかに立場が逆転し、主導権はもう彼の側になかった。よく知られた名前を名乗っても、ふだんのように相手が恐れいったり、彼を家のなかにいれようとしたりすることはなかった。この男は話し方も穏やかで礼儀正しいにもかかわらず、なぜかトーマスを震えあがらせた。率直に言って、彼の想像の産物、ヴァンパイアよりも恐ろしい。上品さは上辺だけにすぎず、その下ではエネルギーに溢れた捕食性の野生動物が、解き放たれるときをいまかいまかと待っている。

トーマスは食いさがった。「二日前の晩、わたしは友人のアレクサンドリア・ハウトンと食事をしていた。彼女は途中で具合が悪くなり、レストランから走ってでていき、作品ファイルを置いたまま戻ってこなかった。スケッチはアレクサンドリアにとってとても重要なものので、もし彼女になにもなければ、絶対に置いていったままにしたりしないものだ。あの夜、ほかに女性が三人とホームレスがひとり姿を消した。ひどい嵐になったから、行方不明者はどうにかして崖から落ちてしまったのだろうと警察は考えている。アレクサンドリアの車は翌日の朝、駐車場に駐めてあるのを目撃されたが、その後まもなくおたくの使用人が取りにきた」この情報を手に入れるため、トーマスはかなりの金を駐車係に渡していた。

「アレクサンドリアは親しい友人なんだ、ミスター・アイヴァン」エイダンは言った。「彼女が具合が悪くなったとき、アレクサンドリアの弟がレストランの外で待っていた。彼から電話がかかってきて、わたしはふたりをここに連れてきた。ミス・ハウトンはまだかなり具合が悪く、誰にも面会できない状態だ。きみが作品ファイルを持ってきてくれたと知ったら、きっと喜ぶだろう。見舞いにきてくれたことはわたしから伝えておく」輝く金色の瞳をけっしてまばたきせずにうなずき、もう帰ってよいというメッセージを伝えた。

なめらかで感じのよい声から、トーマス・アイヴァンなどなんとも思っていないことが伝わってきた。奇妙なのは、トーマスが命じられたとおりにしたいと思ったことだ。自分でも気づかないうちに作品ファイルを差しだしていた。彼はすぐに腕をさげた。「申し訳ないが、お名前を聞いていなかった」けんか腰と言ってもいい口調で言った。この男のいいように振りまわされてなるものか。見ず知らずの男にこの作品ファイルを渡すつもりもない。こいつの言うことが真実かどうかはわからない。

また誠実そうな非の打ちどころのない笑みが浮かんだ。トーマスの肌が粟立つ。隠れた獣《けもの》が解き放たれたかのような捕食者の笑み。温かみはいっさいなく、金色の瞳は危険な輝きを帯びている。

「わたしはエイダン・サヴィジだ、ミスター・アイヴァン。この家の主《あるじ》の。一年前、ジョンソン上院議員のパーティできみを見かけた気がする。紹介はされなかったが。そういえば、きみはなにかのゲームを作っているんだったな」

トーマスははっきりと顔を歪めた。サヴィジの声は音楽的で、何度も聞きたくなってしまう。トーマスの内面にまではいりこみ、彼の言ったことに抵抗しづらくする。しかしながら、エイダン・サヴィジの声は澄んでいるものの、言葉に刺《とげ》があった。トーマスはエイダン・サヴィジについていろいろと聞き知っていた。サヴィジは社交界の人気者であり、高い評判の持ち主だ。サヴィジほどの資産家に公然と拒絶されたら、公私ともに社交の場でつまはじきにされるかもしれない。この状況は悪夢になりつつあった。アレクサンドリア・ハウトンを手に入れたいという思い――プライベートでも仕事でも――だけが、彼をここに留《とど》まらせていた。

「これはどうしてもわたしからアレクサンドリアに渡さなければならないんだ。彼女の作品はわれわれ双方にとってとても大事なものだ。アレクサンドリアはぜひともわたしのところで働きたいと言っていたし、わたしもぜひ彼女を雇いたいと思っている」トーマスはもう一度足場を固めようとした。「出なおしてくるにはいつがいいだろう?」

「一日二日してからかな。マリーからわたしの電話番号を教えさせよう。アレクサンドリアと弟のジョシュアはここに越してきたんだが、まだアレクサンドリア専用の電話は引けていない。彼女が急に体調を崩したせいで、ここで暮らす準備が完全に整う前に引っ越すことになった。言うまでもなく、彼女の持ちものはいまわたしに渡してもらおう。アレクサンドリアはわたしの保護下にあるんだ、ミスター・アイヴァン。わたしの保護下にある者は、つねにわたしが面倒を見る」

金色の瞳に見つめられると、トーマスは目をそらせなくなった。いつの間にか、アレクサンドリアの作品ファイルを言われたとおりに渡していた。つぎの瞬間、催眠効果があるように思える視線がはずれた。トーマスは自分がしてしまったことに愕然《がくぜん》とした。おれはいったいどうしたんだ? 作品ファイルをアレクサンドリア以外の相手に渡すつもりなんてさらさらなかったのに。見ると、サヴィジは作品ファイルの人工皮革をまるでアレクサンドリアの肌であるかのように撫でている。たちまち嫉妬に襲われた。サヴィジのような男はアレクサンドリアのように世間知らずな娘を食いものにするだけだ。騎士道精神に駆られたトーマスは、アレクサンドリアがたぐいまれな芸術的才能の持ち主であると知る前、自分もまったく同じもくろみを抱いていたことをすっかり忘れていた。

「訪ねてくれてありがとう、ミスター・アイヴァン。ゆっくりしていってもらえないのが残念だが、わたしはいくつか先約があるんだ。一日二日のうちにアレクサンドリアから電話をさせるか、彼女の容態について連絡がいくようにする。それでは失礼」

気がつくと、トーマスは閉ざされたドアの前に立ってサヴィジのヨーロッパ訛りはどこの国のものだろうと考えていた。家政婦がもう一度ドアをあけ、電話帳に載っていないサヴィジの電話番号を渡してきた。そのときの家政婦の気取った笑顔が腹にすえかねた。この家で味方を作れなかったのは大きな失敗だ。アレクサンドリアは間違いなくおれの助けを必要としているのに。

マリーを振り向くと、エイダンは彼女の髪にそっと触れた。愛情のこもったしぐさだった。

「あの間抜けに驚かされなかったか?」

マリーは軽く笑った。「あなたほどには。アレクサンドリアをめぐって自分にライバルがいるとは思いもしなかったでしょう。それも億万長者の有名人とは」

「あの男の言うことはたわごとばかりだ」

「それでも、アイヴァンの話からすると、アレクサンドリアは彼のところで働きたがっているようですね」マリーはあからさまにエイダンをからかった。「それに、アイヴァンのヴァンパイア・ゲームはニュースになってます。わたしは彼が雑誌の表紙になっているのを見ました。アレクサンドリアにずいぶんとご執心みたいでしたね」

「あいつに勝ち目はない。アレクサンドリアには年上すぎる」

マリーもステファンも声をあげて笑った。ふたりともエイダンが何世紀も生きていることをよく知っていたからだ。エイダンは突然にやりと笑ってふたりを驚かせた。マリーもステファンもエイダンの金色の瞳がやさしい微笑に輝くのを初めて見た。

「少年はどうしている?」エイダンは尋ねた。

マリーとステファンはまじめな顔になった。「とても静かです」ステファンが答えた。マリーよりもかなり背が高い彼は横幅もあってたくましく、侮りがたい力の持ち主だ。「アレクサンドリアに会ってからでないと、子どもらしい子どもには戻れないでしょう。まだ幼いのに、多くのものを失ってきている」

「そりゃあかわいい子なんですよ、エイダン。ステファンなんて、もうあのおちびさんの言いなりで」マリーが言った。

「はん!」ステファンが強い口調で反論した。「なにかというとあの子のことでめそめそして、あれこれ食べさせてるのはそっちじゃないか」

「わたしがジョシュアに話そう」エイダンはふたりに約束した。「今夜、彼女が地下の寝所から起きてきたら、会えると」

「そんなことを言って大丈夫ですか？　もし彼女が……」マリーは言いよどんだ。

ステファンが先を引きとって言った。「自分の変化をすぐには受けいれられなかったとしたら？　あるいは、もっと悪いことに、彼女はあなたが探していた本当の相手ではなく、正気を失ってしまったとしたら？」

「彼女は本当の相手だ。わたしのなかにすでに彼女がいるのが見えないか？　アレクサンドリアはわたしに人生と光、感情を与えてくれた。わたしは色覚を取り戻し、色が燦然《さんぜん》と輝いて見える。怒りからやさしさまで、あらゆる感情がこみあげてくるようになった。彼女はわたしにこの世を取り戻してくれた。目を覚ますときにはわが種族の一員となっている。たしかに強い抵抗は見せるだろうが、ジョシュアの前では大丈夫だ。アレクサンドリアは弟を心から愛している。あの子の前ではできるかぎり平静に振る舞おうとするだろう。アレクサンドリアにとって、ジョシュアはこれまでずっと、生きるための原動力だった。これからもそれは変わらない。あの子にとって姉と会うことが大事なように、アレクサンドリアにとってもあの子と会うことは大事だ。ジョシュアにわたしを受けいれさせることができたら、闘いは半分終わったも同然だ」

「エイダン！」ジョシュアが走ってきたかと思うと、彼の脚に抱きついた。「家中捜しちゃったよ。マリーがエイダンのベッドルームは三階にあるって言ったけど、そこにもいなかったから」

「ミスター・サヴィジのお部屋にははいっちゃいけないって言ったでしょう」マリーは精いっぱいきびしい口調で言ったものの、声に温もりが忍びこむのを抑えられなかった。

ジョシュアは少し後ろめたそうな顔になったが、元気よく答えた。「ごめんなさい、マリー。でも、ぼくはアレクサンドリアに会わなくちゃならないんだ。アレックスがどこにいるか、知ってるんでしょ、エイダン？」

エイダンは少年のつやつやした巻き毛にそっと手を置いた。奇妙に温かな気持ちになって胸が締めつけられた。彼を見あげる青い瞳は信頼に満ちている。「知っているよ、ジョシュ。彼女はまだ眠っている。もう一時間かそこら、眠らせておいてあげてほしいんだ。そうしたら、きみのところへお姉さんを連れていく。それでどうかな？」

「具合はすっかりよくなったの？　ぼく、アレックスが戻ってこないんじゃないかって心配で……ヘンリーやママやパパみたいに」少年の幼い声が不安そうにわなないた。

「アレクサンドリアはきみを置いていったりしないよ、ジョシュ」エイダンは静かに答えた。

「ずっとここにいるし、みんなで力を合わせて彼女の面倒を見よう。わたしたちから彼女が奪われることが絶対にないように。わたしは簡単に負けたりしない。いいね？」

ジョシュアは信頼しきった顔でエイダンを見あげた。「ぼくたちは親友だよね、エイダン。エイダンとぼくとアレクサンドリアは」

「親友以上だよ、ジョシュア」エイダンはまじめな顔で答えた。「この家に住むわたしたちは、みんな家族だ」

「マリーがぼくは新しい学校に行くことになるって」

エイダンはうなずいた。「それがいちばんいいと思う。きみが通っていた学校はここから遠いし、わたしたちが考えているのはとてもいい学校なんだ。友だちともいい先生とも出会えるよ」

「アレクサンドリアはなんて言うかな？　ふだんはアレックスが学校まで送ってくれるんだ。ひとりで行くのは危ないからって」

「今度の学校の場合はそんなことはない。とはいえ、そのほうがよければ、ステファンとマリーがきみを送っていく。きみが新しい学校に慣れるまで毎日」

「アレックスが無理なら、ぼく、エイダンに送ってもらいたいな」ジョシュアは少し口をとがらせた。

エイダンは柔らかな笑い声をあげた。「きみはなかなかずる賢いな。自分の思いどおりにするのに慣れてると見た。きみのこととなるとアレクサンドリアは甘い。そうだろう？」

ジョシュアは肩をすくめてから、やはり声をあげて笑った。「うん、ぼくがやりたいことはほとんどなんでも許してくれるし、言うことを聞かないときも絶対に怒らない。たまにぼくを怒鳴ろうとすることはあるけど、最後はいつもぎゅっと抱きしめてくれる」

「きみの教育は、断固とした態度を取る男にまかせないとだめだ」エイダンは少年をがっしりした肩に抱きあげた。「きみのわがままには耳を傾けない、大きくて強い立派な男に」

ジョシュアはエイダンの首に腕をまわした。「エイダンもぼくを怒鳴ったりしないじゃない」

「うん。しかし、わたしが言うことはすべて本気だ。わかってるね？」

「うん」ジョシュアはうなずいた。「でも、ぼくが学校に行くときはやっぱりエイダンが送ってくれるといいな」

「わたしは、ここに残って目を光らせていなければならないんだ、きみのお姉さんがきちんと体の快復に努めるように。お姉さんの病気はとても危険なものだから、これから数日はすごく注意が必要なんだよ。お姉さんはかなり頑固だしね」エイダンは共謀者めいたウィンクをしてみせた。

ジョシュアは小さく笑ってうなずいた。「エイダンが一緒にいてくれれば、アレックスは安心だよね。ぼく、マリーとステファンと学校に行くよ。もちろん、エイダンが連れていってくれたら、ほかの子たちにぼくには大きなお父さんがいるってことを見せられて、いじめられる心配がなくなるだろうけど」肩をすくめる。「でも、ステファンも大きいから、ステファンでも大丈夫かも」

「ステファンを見たら、どんないじめっ子でも怖気づくさ。でも、今度の学校はいい子が通ういい学校なんだ、ジョシュア。誰も危ないものを持ってないし、きみに怪我をさせようとする子もいないよ。もしそういうことが起きたら、すぐにわたしに話してくれ」金色の瞳が青い瞳をまっすぐに見つめた。

ジョシュアはうなずいた。「そうする」まばたきをして身をよじると、エイダンが下におろしてくれた。「マリーが食事が用意できたって言ってた。マリーが作ってくれるものはアレックスが作ってくれるのよりもおいしいや。でも、アレックスには内緒だよ。傷つくからね。エイダンも今晩はぼくたちと一緒に食べる?」

エイダンはなんの理由もなしににやついている自分に気がついた。突然、初めて家族ができたような気分になった。何世紀ものあいだ、彼には思いやってくれる人々、忠実に仕えてくれる人々がいて、そのことが彼を正気に踏みとどまらせてくれた。忠実なだけでも申し分なかったが、いまやそれ以上のものを彼は手に入れることができた。さまざまな思いがこみあげてきて、胸が苦しく、引き裂かれそうになり、そして温かくなった。そんな思いにやや圧倒されながらもうれしかった。「アレックスには内緒にしておこう」まじめくさった顔で賛成した。

マリーがジョシュアの手を取った。「この子はわたしのご機嫌を取るために言ってるだけですよ。ケーキのアイシングを混ぜたボウルを舐めさせてほしいから」

ジョシュアが激しく首を振ったので、金色の巻き毛が勢いよくはねた。「違うよ、マリー、本当なんだ。アレクサンドリアは料理がすごく下手なんだよ。なんでも焦がしちゃうんだから」

5

最初に聞こえたのは雑音だった。ドラムの音。木が軋る音。水音。囁き声、とどろくエンジン音。遠くで笑う子どもの声。目をあける勇気が出せず、アレクサンドリアは身じろぎもせずに横たわっていた。ひとりではないのはわかっている。夜だということも。ドラムの音はわたし自身の心臓の音――それとわたしの鼓動と同調しているもうひとつの心臓の音。はっきりと聞きとれる会話は遠い場所、一階のキッチンで交わされている。笑っているのはジョシュア。

なぜこんなことがわかるのかがわからず、怖くなった。クッキーとスパイスの香りがする。ほかにも……彼の、エイダン・サヴィジの香りがする。彼はこの部屋にいてわたしを見つめている。輝く金色の美しい目で。射るように。なにもかも見透かして。彼女は息をした。怯えた子どもみたいに上掛けをかぶって隠れても、なにも変わらない。わたしが何者になったのかはわからない。彼はわたしを……人間ではなくした。いままで感じたことのない渇望――これは対処しなければならない現実だ。

長いまつげを持ちあげると、最初に見えたのは彼の顔だった。驚くほど男性的で美しい。

彼を注意深くすみずみまで観察した。たくましくてパワフルな男性だ。洗練された魅力的な外見の下に生来の荒々しさが隠されている。猫に似た金色の瞳。まばたきもしなければ揺るぎもせず、まつげが長い。力強い顎、優美な鼻。誘惑するようなくっきりとした唇。真っ白な歯。豊かな金色の髪ががっしりした肩に垂れている。動くと発達した筋肉が波打つ。でもいまはまるで部屋の一部と化したかのように微動だにせず、彼女をじっと見つめている。堂々たる捕食者。捕食者であるのは間違いないし、彼のような者がふたりといないことも間違いない。

アレクサンドリアは舌で唇を湿した。「これからどうするの?」

「きみにわれわれの生き方を教えなければならない」

エイダンの声は静かで淡々としていた。それはつまり、ヴァンパイアに変化する人が毎日のようにいるという意味だろうか? アレクサンドリアはためらいがちに上半身を起こした。痛みがあるし、体がこわばっているものの、前ほどの耐えがたいつらさはなかった。おそるおそる筋肉を伸ばしてみる。「あなたたちの生き方を学びたいとは思わないわ」ちらりとエイダンを見たが、すぐに長いまつげで青い瞳を隠した。「あなたはわたしを騙した。わたしが……もう一度人間に戻れると思っているのを知りながら」

エイダンは首を横に振った。あまりにきっぱりした振り方だったので、アレクサンドリアは目をあげずにいられなかった。たちまち輝く瞳に視線をとらえられた。「違うな、アレクサンドリア。それが真実でないのは自分でもわかっているだろう。きみはそう信じたいから、自分にそう言い聞かせただけだ。きみに真実を突きつけるのはやめておいたが、わざと欺いた憶えはない」

皮肉っぽい微笑がアレクサンドリアの口を歪めた。「そんなふうに考えてるの？　責任回避とはご立派だこと」

エイダンが身動きして筋肉がかすかに波打っただけで、アレクサンドリアは心臓が跳びはねたため、警戒した。彼女の不安を読みとったかのように、彼はふたたびじっと動かなくなった。「この件に関して、わたしに責任がないと言っているわけではない。しかし、事実を変えることはできない。昨夜起きたことも。信じてくれ、アレクサンドリア。ヴァンパイアのせいできみがあんなに苦しんだりせずにすんだなら、わたしはなんでも差しだしただろう。わたしにできることがもっとあったら、そうしたとも」

エイダンの声はとても柔らかくやさしく、真摯に響いた。嘘のつける人には見えない。でも、ヴァンパイアは獲物に催眠術をかける力を持っているんじゃなかった？　アレクサンドリアにはもはやなにが現実なのかわからなくなっていた。しかし、闘わずして、他人に人生を乗っとられるつもりはなかった。わたしはばかじゃない。強いし、意志も固い。ずっと昔に忍耐力を身につけた。不屈の精神、生き残る術《すべ》も。いまわたしに足りないのは、決断をくだすための情報だ。

「わたしはあなたみたいになったの？」

エイダンの口もとにごくかすかな笑みが浮かんだ。しかし、彼の顔はすぐに淡々として無表情な仮面に戻った。金色の瞳は生気なく彼女の姿を映している。「とは言えない。わたしは生まれながらのカルパチアンだ。われわれ一族はこの世の始まりから存在する。わたしは古《いにしえ》に生を受けた者のひとりで、一族の癒し手であると同時にヴァンパイア・ハンターでもある。何世紀も研究を重ねて知識と力を蓄積してきた」

アレクサンドリアは片手をあげた。「わたし、まだすべてを受けとめる準備ができていない気がするの。いまいちばん知りたいのは、わたしはまだわたしかってことなんだけど」

「なにになると思っていたんだ？　きみの体内にはもうヴァンパイアの穢れた血は残っていない。心配なのがそういうことならば」

アレクサンドリアは深く息を吸い、ヴァンパイア伝説について知っていることを思いだそうとした。「わたしが心配なのは……日光を浴びられるのかどうか。ふつうの人のように食事ができるのかどうか。ジョシュアと一緒にファストフードのお店に行って、食べたいものを食べられるのかどうか」

エイダンは静かに答えた。「日光を浴びると火傷をするだろう。目が激しく反応して、腫れたり涙が出たりする。われわれ一族のために特別に作られたサングラスをかける必要がある」

アレクサンドリアはゆっくりと息を吐いた。「それじゃひとつの質問の答えにしかなってないわ。わたし、ヒステリーを起こさないよう必死に努力してるの。はっきり言って」

「きみは生きていくために血を飲まなければならない」

「それは段階的にか、もっと穏やかに打ち明けてくれてもよかったのに」アレクサンドリアは皮肉っぽい口調で言った。どうやら混乱して頭のなかがぐちゃぐちゃになっていても、いつもの不遜なユーモア・センスは健在のようだった。考えるのも息をするのもむずかしい。これが現実だなんて信じられない。ありえない。「棺のなかで眠れなんて言われないことを祈るわ」そういう可能性を少しでも受けいれやすくしようと、冗談めかして言った。本当は悲鳴をあげたくてしかたがなかった。

エイダンの瞳に見つめられ、吸いこまれそうになった。さらに彼の手が伸びてきたように感じ、その幻覚があまりにリアルだったので、彼の温もりも感じた気がした。「それは必要ないと思う」

アレクサンドリアは突然からからに乾いた唇を舌で湿した。「息ができない」

すると彼が実際に手を伸ばしてきてうなじを押さえ、彼女に下を向かせた。「大丈夫だ」穏やかに言う。「パニックはすぐにおさまる」

焼けるように熱くなった肺に懸命に空気を吸いこみ、喉までこみあげてきているすすり泣きを必死にこらえる。彼女は声をあげて泣くことができなかった。息を吸おうとするだけで精いっぱいだ。エイダンの手がゆっくりとマッサージを始めた。とても軽く、そっとだったが、アレクサンドリアの体は反応し、耐えがたいほどの緊張がやわらいだ。

「ただ殺してくれればよかったのに」上掛けと喉の痛みのせいで声がくぐもった。

「きみを殺す気など毛頭ない。きみは悪いことをなにひとつしていない。わたしは冷酷な人殺しではないんだ、アレクサンドリア」

彼女は大きな目で彼を見あげた。「お願いだから嘘はつかないで。いまでも充分つらいんだから」

「わたしがハンターなのは確かだ、ピッコラ。しかし、無実の人を殺したりはしない。わたしは正義の番人としてこの街を守るように一族の君主、指導者から命じられている」

「わたしはあなたの仲間じゃない。違うのよ」冷静さを保とうとしても、せっぱつまった口調になっている自覚があった。「なにかの間違いがあったの。あなたの力でその間違いを正して」声も体も震えだしていた。「わたしの話をちゃんと聞いてくれればわかるはずよ。わたしはあなたとは違うの」

エイダンが彼女の固く握られた手を包み、指を広げさせると猛スピードで脈打っている手首を親指でそっと撫でた。「落ち着くんだ、アレクサンドリア。きみはよくやっている。快復も早いだろう。きのうの自分を見ていないのは知っているが、きみはもうかなりよくなっている。それに新しい人生にはうれしいこともたくさん見つかるはずだ。暗闇でもまるで真昼のように目がよく見えるようになる。前はけっして聞こえなかったことが聞こえるように、見えなかったものが見えるようになる。すばらしい世界だ」

「あなたはわかってない。わたしにはすでにわたしの人生があるの。それにジョシュアの面倒を見なければならないわ。ジョシュアにはわたしが必要なの。まだほんの子どもですもの。わたしはあの子を学校に送っていかなければならないし、働かなければならない」

エイダンは人殺しではないと言ったけれど、わたしは盲目ではない。彼は美しいし、洗練されて見えるものの、その下には殺しを厭《いと》わない面が隠れている。わたしはこの人みたいになれないし、なるつもりもない。エイダンが静かにため息をつくと、アレクサンドリアは彼に考えを読まれているような、彼が自分の頭のなかにいて、思考も感情も読まれているような、そんな気がしてぞっとした。

「ジョシュアの面倒なら見られる。きみたちの荷物は二階へ運んである。二階がきみとジョシュアの住まいだ。きみが人間のふりを続けることは重要だ。いちばん体が弱る午後のあいだだけ、この寝所におりてきて休みを取る。ジョシュアはヴァンパイアのことをなにも憶えていない。あの子が一生トラウマを抱えて生きていくのに、わたしは耐えられなかった」

「あの子に真実を知られては困るからでしょ」アレクサンドリアは鋭く推測した。「わたしたちにはわたしたちの家がある。体力が回復したらすぐ、あの子を連れてここから出ていくわ」

「必要ならば、この街から。あなたから遠く離れたところへ。ジョシュアに危害が加えられることが絶対にないように。

沈黙が永遠に続くかと思われた。アレクサンドリアには自分の心臓が不安のあまり早鐘を打っているのがわかった。

「きみとわたしは絆で結ばれている」エイダンの声は清水のように澄んでいた。「断ち切ることのできない絆だ。わたしにはつねにきみの居場所がわかるし、きみもつねにわたしを見つけることができる。ジョシュアに危害を加えるつもりなら、もっと前に片づけているさ。

きみはこの家に留まり、これから生きていくのに必要なことを学ぶ。せめて新しい生活に慣れるまで待ってくれ」

「わたしはジョシュアに会いたいの、いますぐ。ジョシュアに会わせて」

どういうわけか、アレクサンドリアはふたたび息ができなくなった。さまざまな感情が渦巻き、荒れ狂い、爆発して、頭がおかしくなりそうだった。にもかかわらず、礼儀正しい子どものようにおとなしく座ったまま、エイダンが同意してくれるのを待っていた。彼は無表情な顔で立ったまま、金色の瞳で彼女を見おろしている。

あとで振り返ってみても、アレクサンドリアはどうしてあんなことをしたのかわからなかった。いま静かに座っていたかと思ったら、つぎの瞬間、体を駆けめぐる怒りを抑えられなくなり、ベッドから飛びだすと、エイダンに襲いかかったのだ。エイダンのセクシーな顔は、飛びかかってくる彼女の小さな体をつかまえたときも冷静で穏やかなままだった。アレクサンドリアは早くも自分の振る舞いが恐ろしくなり、必死に自制心を取り戻そうとした。こんなこと、いままで一度もなかったのに。エイダンはやすやすと彼女の手首をつかんで背中にまわさせ、彼のたくましい体に引き寄せた。

たちまち、アレクサンドリアは素肌に着たエイダンのシャツの薄さを、彼の体と自分の体がぴったり重なっていることを意識した。エイダンを男性として、自分を女性として意識した。怖い。この状況のなにもかもが。

「静かに、ピッコラ、愛する人《カーラ・ミア》、落ち着くんだ」エイダンは片手でアレクサンドリアの両手首を押さえ、片手でうなじを豊かな髪の上から押さえて、彼女をなだめた。「一緒に乗り越えていこう。わたしがいる。わたしを利用するんだ。わたしの力を」彼はうなじに置いた手に力を込めながらも、アレクサンドリアの手首を放した。

いらだちの叫び声をあげないよう努力しながら、アレクサンドリアは彼の胸を一度、二度と叩いた。「わたしはおかしくなってる。頭がおかしい。止まらないのよ」彼女に残された唯一の避難場所、エイダンの厚い胸に頭をもたせた。この男《ひと》は揺るがない。力強くどっしりとして、台風の目のように穏やかだ。

「息をするんだ、アレクサンドリア。わたしと一緒に」柔らかな囁き声が彼女の肌を撫で、毛穴を通り、心臓と肺にはいっていく。

エイダンが彼女の代わりに規則的に呼吸してくれているようだった。彼の抱き方は愛情深いと言ってもよく、アレクサンドリアにはなにも求めずに、彼女の震えが止まり、自分の脚で立てるようになるまでただ抱いていてくれた。しぶしぶといった感じで、彼はアレクサンドリアを放し、彼女とのあいだに距離を置くと、太い三つ編みを下まで撫でてから腕を脇に垂らした。

「ごめんなさい」アレクサンドリアは指先でこめかみを押さえた。「ふだんは暴力なんて振るわないんだけど。どうしたのかしら」こんな狂気はまったくわたしらしくない。ヴァンパイアの血がまだ体内に残っているにちがいない。エイダンはその事実をわたしに明かしたくないのよ。

エイダンにはわかっていた。彼女はまだヴァンパイアが自分のなかにいるのではないかと不安で、その不安に衝き動かされたのだ。彼は首を横に振った。「不安を感じているだけで、われわれは自分らしくない行動に走る場合がある。そんなに気に病まなくていい。ジョシュアに会う心の準備はできたかな？　あの子を安心させられるだけ落ち着いたかい？　このまったく新しい状況に順応するにはもっと時間が必要だとわかっているし、強く勧めはしない。しかし、きみの弟が心配しはじめている。幼いジョシュアはきみの保護者を自任している。わたしを信じていても、きみに会って、自分の手で触れたいんだ」意図的にアレクサンドリアの意識をジョシュアへ、恐ろしい転化から唯一彼女の気をそらせる存在へと向けさせた。

エイダンが彼女の荷物から持ってきてくれたジーンズを、アレクサンドリアは震える手で受けとった。「わたしが知っておくべきこと、ジョシュアになんと言ってあるのかを教えて。前に話してくれたこと、全部は思いだせないから」

エイダンはアレクサンドリアのすらりとした脚から目が離せなかった。思いがけず体が硬くなり、血が熱くどくどくと流れだす。渇望を隠すために彼女に背中を向けた。エロティックで情熱的なセックスに対する渇望。こんなに強烈な渇望を感じるのは初めてだ。

「エイダン？」ファスナーがあげられる音が聞こえたとき、アレクサンドリアの声が彼の肌を撫でた。口のなかで牙が突きだし、体が欲望で高まる。低く唸りたくなるのをかろうじてこらえた。こぶしに握った手に指が食いこみ、関節が白くなる。カルパチアンは年を重ねるにつれ、あらゆる面で強烈さが増す。感じることさえできれば、感情も。苦しみ、幸福感、喜び、性的欲望。知ってはいたが、エイダンはこれまで経験がなかった。まだ感じるようになったばかりでコントロールがむずかしい。

ゆっくり息を吐くと、目の前の赤いかすみが引き、主導権を握ろうとしていた悪魔に引き綱と口輪をかけて抑えこむことができた。アレクサンドリアをわたしのものにするにはたっぷり時間がある。彼女はわたしとつながっている。心と心。魂と魂。彼女のほうからわたしのところへ来るまで辛抱強く待とう。

「エイダン？」今度の声は震えていた。「どうしかした？」

「いや、もちろんどうもしない。それじゃ、復習しようか。ジョシュアはわたしを昔からの友人だと思っている。きみと彼は少し前からこの家の二階に引っ越してくることを計画していて、きみがレストランで体調を崩したせいで予定が早まっただけだと信じている」

アレクサンドリアの大きなサファイア色の瞳が彼を見た。つぎの瞬間、長いまつげが伏せられた。「わたしたちはどの程度親しいことになってるの？」

エイダンの口もとにかすかな笑みが浮かび、彼の顔が少年ぽくなった。しかし、それはほんの一瞬のことで、彼はすぐまたたくましい捕食者に戻った。「ああ、それはとても親密と言うべきだろうな。わたしにとってありがたいことに、ジョシュアはそれが気に入っている。あの子はわたしと固い絆で結ばれた仲間なんだ」

アレクサンドリアの眉が片方つりあがり、口の近くのえくぼがくっきり浮かびあがった。

「あなたに仲間なんて必要？」

アレクサンドリアのいたずらっぽい性格がまた垣間見《かいまみ》えたので、エイダンはもう一度小さくほほえんだ。「もちろん」

彼が首をかしげ、渇望のこもった目で見つめたため、アレクサンドリアは息ができなくなった。照明の具合かもしれないと思ったが、明かりはついていない。情熱的な目つきや魅惑的な声に反応しないよう、彼の言葉だけに意識を集中した。

「非常に不愉快な男がこの家を突きとめ、きみに会わせろと言ってきた。ここで働いてくれている者を怒らせた以外はたいしたことはできなかったが。きみの持ちものを返してきた。きみも知っているように、きみの友人のヘンリーもジョシュアも、あの子どもっぽいゲームの制作者を本能的に嫌っていた。ジョシュアはきみがああいう男に作品を売らなくてもすむよう、金持ちになろうと計画しているほどだ」エイダンはふさふさした長い髪を結ぶために後ろに手をまわした。「あの男が笑うとサメに似ている。きみもそう思うだろう?」

髪を結ぶという単純なしぐさが信じられないほどセクシーに見えて、アレクサンドリアはうっとりした。そしてそんなばかげたことを感じた自分に腹が立ち、いらいらと首を振った。

「あなたが話しているのはトーマス・アイヴァンのこと? もしそうなら、もう少し敬意を払った話し方をするべきよ。彼はあの分野でとても優秀な人なんだから。トーマスが本当にわたしを捜してここまで来たの?」

アレクサンドリアはトーマスの話題にすがった。それは狂気に満たされてしまった世界で、人間的かつ正常な話題だった。トーマス・アイヴァンは彼女と共通点のある人物だ。彼の笑顔が本当に歯を剝いたサメそっくりである点は無視することにした。

「あの男が考えたゲームのストーリーはばかばかしくてくだらない。ヴァンパイアについてなにひとつ知らないんだからな」エイダンの声は軽蔑に満ちていたが、それでもその澄んだ響きにアレクサンドリアは吸い寄せられそうになり、慌てて自制しなければならなかった。

「ヴァンパイアのことなんて誰もなにも知らないわ」きっぱりした口調でエイダンの言葉を正す。「だって、存在しないんですもの。するわけがない。それにアイヴァンの作品はくだらなくなんてないわ。すばらしいゲームよ」

「ヴァンパイアが存在しないとは初めて聞いた」エイダンがからかうようににやりと笑った。「もっと前に知っていたらよかったな。知っていたら、ここ数世紀のわたしの苦労はぐっと軽減されただろう。アイヴァンに関して言えば、わたしはジョシュアに賛成だ。あいつは尊大で鼻持ちならない男だ。ともあれ、きみの作品ファイルを返してくれたし、わたしは主治医の許可が出しだい、きみから連絡をさせると言っておいた」

「わたしには主治医なんていないわ」

エイダンの白い歯がきらめき、金色の目にいたずらっぽい輝きが宿った。「わたしがきみの主治医、癒し手だ」

アレクサンドリアは彼の熱い視線を受けとめることができなかった。彼がおもしろがっているようすは形のいい唇と同じくらいセクシーだ。「だいたいわかってきたわ。弟にはほかにどんなことを話してあるの？」彼女は部屋のなかを見まわした。「わたしのシャツは持ってきてくれていないのかしら」エイダンのエレガントなイブニングシャツの裾を持ちあげた。「裾が膝まで届いたりしないシャツは？」

エイダンは咳払いをした。アレクサンドリアが彼のシャツに包まれ、彼におおわれているように見えるのが気に入っていた。「ジョシュアも知っていることだが、それはきみの悪い癖なんだ。わたしのシャツを着て歩きまわるのが好きなんだよ。きみ自身の服よりもずっと着心地がいいと思っているんだ」

アレクサンドリアは目を大きく見ひらいて彼を見た。「あら、そうなの？　あなたはそれについてぶつぶつ文句を言うんでしょうね」

「たびたび、ジョシュアにね。そして女性の一風変わった好みをふたりで笑う。ジョシュアはわたしのシャツを着たきみをかわいいと思っている」

「小さな子どもがいったいどうしてそんなことを考えるようになったのかしら？」

エイダンはしゃあしゃあと答えた。「わたしが一、二度そう言ったからかもしれない」

金色の瞳が彼女の体の上を滑るように動くと、アレクサンドリアはシャツの下の素肌と体の曲線、そして自分がエイダンの家の秘密の部屋に彼とふたりきりでいることを意識させられた。

「それに本当のことだ。きみはわたしのシャツがよく似合う」

「ジョシュアとわたしはどうしてこの家に留まらなければならないの？」アレクサンドリアは会話を脇道にそらすまい、この怖いほどセクシーな新しい感覚をつのらせまいとした。

「ジョシュアはマリーやステファンと同様に、敵をわれわれへと導く標識《ビーコン》になる。人間とつながりを持っているかぎり、われわれは彼らに縛られる格好になる。それゆえわたしたちを倒したいと思う者はこちらの居場所を簡単に見つけられる。わが一族は自由自在に身を隠すことができるが、われわれが身近な人間、特にジョシュアのような幼い子どもから遠く離れることがないのを敵は知っている。きみたちはこの家にいたほうがずっと安全だ」

「敵って？　わたしには敵なんていないわ」エイダンは淡々と語ったが、アレクサンドリアはふたたび動悸《どうき》が激しくなった。彼は真実を語っている、敵が誰にしろ、ふつうの攻撃者ではないはずだという気がした。

「ポール・ヨヘンストリア以外にもこの街にはヴァンパイアがいる。彼らはわたしがヴァンパイア・ハンターであることを知っている。すぐにきみの存在に気づき、きみを掌中におさめることに全力を注ぐだろう」

アレクサンドリアの胃がきゅっと縮んだ。「彼らはどうしてわたしを掌中におさめたがるの？　わからないことばかりだわ。どうしてわたしはこんな目にあっているの？」

「きみはわが一族への転化が可能な、本物の超能力者だ。ヴァンパイアも変異する前はカルパチアンだった。一族には女性が少なく、とても貴重な存在になっている」

「いいことを教えてあげるわ、ミスター・サヴィジ。あなたの〝一族〟は女性を貴重な存在として大事にしているように見えない。数が少なくなっても当然よ」まだはっきりと残っている首の醜い傷痕に、彼女は触れた。「こんな栄誉に浴したい女性がたくさんいるとは思えないわ。わたしは絶対にうれしくないというのが正直な心境よ」

「わたしのことはエイダンと呼んでくれと言ったはずだ。たとえふたりきりのときでも、親しい友人同士のふりを続ける必要がある。現実にそうなるまで」

エイダンの静かで穏やかな口調にますますいらだち、アレクサンドリアはシャツの裾を手のなかでよじった。「ここにはほかに誰が住んでるの？　女性がひとりいるのは知ってるわ。わたしが必死に頼んでも救急車を呼んでくれなかった女性が」ふつうの声で言おうとしたものの、恐怖と苦々しさがにじむのを抑えられなかった。

エイダンが一歩前に出たので、アレクサンドリアは彼の体が発する熱を感じた。「家政婦のマリーはきみの状態をものすごく心配していた。彼女に責任はない。だから、マリーを責めないでほしい。彼女は人間の医者ではきみを助けられないことを知っていたんだ。きみの苦しみをやわらげられるのはわたしだけだ。きみもわかっているはずだが、マリーはきみがあんな状態になって、わたしにひどく腹を立てていた。彼女は長年わが家の家政婦を務めてきた。わたしの家族と言ってもいい。午後の盛り、わたしたちがジョシュアの面倒を見られないときは、マリーが面倒を見てくれる。それだけを考えても、きみは彼女と親しくなっておいたほうがいい」

「あなたは彼女の血を飲むの？　操り人形みたいに彼女を思いどおりに動かしているの？」

「わたしはマリーの血を飲んだこともなければ、彼女の思考を操ったこともない。マリーは彼女の先祖たちがそうだったように、みずからの意思でわたしのところで働いてくれている。

きみの具合がひどく悪かったとき、彼女はきみに同情したからつきそったんだ。誤解のないようにもう一度だけくり返す。マリーが救急車を呼ばなかったのは、人間の医者ではきみの苦しみをやわらげられなかったからだ」アレクサンドリアには教える必要のないことだが、人間の医者は彼女の血液に未知の異常を見つけていたはずで、エイダンたち一族はそのような発見を許すわけにいかないという事情もあった。彼らの敵はヴァンパイアだけではない。ヴァンパイア・ハンターを自任する人間たちにも警戒しなければならないのだ。

エイダンの声は相変わらず淡々としていたが、アレクサンドリアは恐怖で口がからからになった。ほかの人が声を荒らげて怒るよりも、エイダンが静かに語るほうがずっと怖かった。納得したように見えるよう、うなずいたものの、心はひどく動揺し、体は自制ができないほど震えていた。

「息をするんだ。きみはすぐ息をするのを忘れる。きみの心は自分の身に起きたことの衝撃を、一度に少しずつ受けとめようとしているところだ。新しい情報を消化するたび、体が反応を示す。きみはとても知的な女性だ。転化は簡単ではないことを心得ておくべきだが、かならず乗り越えられる」

皮肉っぽい小さな笑みがアレクサンドリアの唇を震わせた。「そう？　すごい断言のしかたね。それはあなたがそう決めたから？」彼女は顎を突きだした。一瞬、目が挑戦的に輝いた。「あなたってすごい自信家ね」

エイダンはたびたび見せる、癪《しゃく》にさわるほどの穏やかさで彼女をじっと見つめるばかりだった。アレクサンドリアはしまいにため息をついた。「心配しないで。彼女を責めたりしないから」

「マリーだ」白い歯のあいだから、鉄にベルベットをかぶせたような囁き声でエイダンが言った。金色の瞳は熱くきらきらと輝き、いとも簡単に彼女を呑みこんでしまいそうだった。

アレクサンドリアはごくりと唾を飲んだ。「マリーね。彼女には愛想よくするわ」

エイダンが片手を差しだした。アレクサンドリアはそれをじっと見つめてから、体が触れ合わないように注意して彼の前を通りすぎ、出口に向かった。エイダンが影のように音もなくついてきた。でも、彼の筋肉の動きが、体の熱さが、息遣いがひしひしと感じられた。彼はすぐそばにいて、ふたりの鼓動はぴたりと重なっている。

出入口の外のトンネルは細く、曲がりくねりながら一階へとのぼっていた。半分も行かないうちにアレクサンドリアはめまいに襲われた。石壁をつかみ、必死に息をしようとする。たちまち、エイダンの腕が腰にまわされた。

アレクサンドリアは彼のシャツをぎゅっと握りしめた。「できないわ。ごめんなさい、でもできない」心ならずも懇願するような声になった。恐怖のせいで、自衛本能よりもエイダンに頼りたいという気持ちのほうがまさった。彼はものすごくたくましくて、岩のように堅固だ。急激な変化に心が拒否反応を示したとき、アレクサンドリアが頼れるのは彼しかいなかった。

エイダンは子どもを抱くように彼女を抱いたが、体の奥では獣《けもの》が満たされることを求めて暴れていた。「いまはジョシュアのことだけ考えるんだ。あの子はきみを恋しがり、怯えている。わたしは安心させようと最大限の努力をしたが、ジョシュアはまだ幼いにもかかわらず、あまりにも多くのものを失ってきた。この家とわたし、わたしの身内に関する記憶はただ単に植えつけられたもので、きみに対する愛情という現実とは比べものにならない。将来のほかのことはあとまわしにしてもいいんじゃないか？」彼の声には魔力があり、あらがうことは不可能だった。脳裏に官能的に響き、彼の言うとおりにしていればすべて世はこともなしだという気分になる。

エイダンはアレクサンドリアの頭に顎をこすりつけ、いましばらく彼女の香りを吸いこんで、ふたりの香りが混ざり合いつつあるのを確認した。

「わたしと一緒においで、アレクサンドリア。暖かなわたしの家に、きみ自身の自由意思で。わたしたちと一緒にしばらく過ごそう。悪夢についてはすべて忘れて。きみには休息が必要だし、休息を取るのは悪いことじゃない」

「なにも変わったことはないという幻想のなかで？」

「そう言いたければ、それでもいいと思う」アレクサンドリアのうなじに置かれた彼の手が、魔法のような効果を発揮していた。

アレクサンドリアにとって人生は苦難の連続で、温もりを与えてくれる存在はジョシュアだけだった。エイダンはとてもやさしく、なにもかもが錯覚だとしても、彼の腕のなかにいると安心できる。自分が彼にすがり、頼りつつあるのは自覚していたが、溺れたくはなかった。正気を保ちたいから。ただ、ほんのつかの間でも、少しでもふつうの生活感を味わいたい。

深呼吸をした。「もう大丈夫。本当に。あなたはいい人だってふりをするわ。言われたとおりにしなければ、食べられる恐れがあるけだものなんかじゃなく」

サテンのようなアレクサンドリアの首筋に寄せられていたエイダンの口にうっすらと笑みが浮かんだ。温かな息がかかり、肌に軽く歯が触れる。「きみはどこからそういう知識を得たのかな、愛しいきみ《カーラ》。トーマス・アイヴァンのゲームか？　あんなゲームはやめておいたほうがいい。よくない影響を受ける」

「でも、彼の作るゲームはすばらしいわ。あなたも、彼のゲームをしてみたことはあるでしょ？」それは当たりのはずだし、アレクサンドリアはエイダンを少しついてみたくなった。息を詰め、首に触れる彼の唇の感触を楽しみながらも、そんなこれまでと違う自分に不安を覚えていた。

「あの男が流布している間違った情報について調べる目的で、試してみたことがあるのは認める……しかし、そのことは誰にも話さないでくれよ。本物のヴァンパイア・ハンターとしてのわたしの立場が危うくなるかもしれないからな」彼の腕がアレクサンドリアのウエストへと戻り、細いトンネルを前へと進むよう促した。

「エイダン！　あなたって専門家なのを鼻にかけてる？」アレクサンドリアはからかうように言った。エイダンの筋肉質の体が自分の体に軽く触れているので、妙な気分になる。彼はすぐそばにいて、その腕はアレクサンドリアに自分は守られているという、これまで経験したことのない感覚を味わわせていた。

「おそらく」

彼が囁くと、アレクサンドリアは体の内側が震えた。

「靴を履くのを忘れてるじゃないか」エイダンが指摘した。「ここの床は冷たい。わたしが用意しておいた室内履きを履いてくればよかったのに」彼の声にはかすかに責めるような響きがあった。

アレクサンドリアは首だけ振り返って、青い瞳をきらりと輝かせた。「実を言うと、これもあなたを悩ませるはずの癖のひとつなの。わたしにはそういう癖がいくつもあるのよ。家のなかでは裸足《はだし》でいるのが好きなの」

エイダンはしばらく無言だった。足音も聞こえない。彼は歩くというよりも滑るという感じだった。「それなら、きみはいくつ不愉快な癖を持ってるのかな?」彼は尋ねた。

「数えきれないほどいっぱい。本当にたちの悪い癖ばかりよ」

アレクサンドリアの声からはふざけているような調子、それまではなかった温かみが感じられた。心のなかを探ってみると、彼女は言われたとおり、自分の身に起きたことをいったん脇に置いて、いまを生きようとしていた。逆境にあって、天性の温かさとユーモアのセンスが顔をのぞかせはじめている。エイダンは彼女が誇らしくなった。アレクサンドリアには驚かされてばかりだ。彼女は突然彼の前に現われたが、手に入れるために努力し、忍耐するだけの価値がある相手であるのは間違いない。過去に彼をからかった者などひとりもいなかった。マリーとステファンとのつき合いは長いし、ふたりの愛情は感じるが、そこにはつねにエイダンに対する尊敬の念が交じっていた。

「きみは悪いという言葉の意味を知らないな。きみには悪癖なんてひとつもない。たばこも吸わなければ、酒もめったに飲まない。頭のなかをのぞいたと責められる前に説明しておくが、ジョシュアがきみの秘密を全部教えてくれたんだ。わたしにきみの長所を知らせたくて」

「あら、本当に?」壁が前に立ちはだかっていたので、アレクサンドリアは急に立ち止まった。堅固な石でできていて、動かせそうにない。

エイダンが後ろから手を伸ばし、奇妙な形の石に指先で触れた。壁面がぱっと外向きにひらき、地下からキッチンへ通じる階段が現われた

アレクサンドリアは天井を仰いだ。「ずいぶん芝居がかってるのね。秘密の通路やらなにやら。あなた、本を書くべきだわ、エイダン。テレビゲームを作るのもいいかも」

彼が顔を寄せてきて、温かな息がかかったのでアレクサンドリアの背中に震えが走った。

「わたしは想像力に欠ける」

エイダンの口のすぐ下にアレクサンドリアの血管があった。彼女の温かな体が彼を招き、彼女のにおいが、血の芳香が彼を呼んでいる。期待感から血が躍り、牙が解き放たれることを望んだ。

「あら、そう？　あなたの不愉快な癖のひとつは、自分に都合がよければたびたび嘘をつくことよ。この家を設計するだけで、たいへんな想像力が必要だったはずだわ。あなたが自分で設計したんじゃないなんて言ってもだめよ」

沈黙が長すぎた。アレクサンドリアは突然、自分の身に危険が迫っていることに勘づき、息を詰めて凍りついた。微動だにしない彼女と恐怖感のにおいにエイダンは打ちのめされた。折れそうに細い彼女の手首をやさしく撫でる。「すまない、カーラ・ミア。ひさしぶりに感じるものだから、わたしは自分の感情にいささか圧倒されそうになっているんだ。自制しきれないときがあっても赦《ゆる》してくれ」

彼の声が、ふたたび安全な腕のなかに彼女を包みこむような響きになった。アレクサンドリアは安全という幻想を追い払うために、血が出るほどきつく唇を嚙み、エイダンから離れようとした。

エイダンは彼女を放さなかった。力を加えたわけではないが、それでも握った手はほどけなかった。金色の瞳でアレクサンドリアの青色の瞳をとらえたまま、顔を寄せる。「わたしを誘惑しないでくれ、アレクサンドリア。きみといると自分が抑えられなくなる」

エイダンの唇はごく軽く触れただけだったが、下唇にしみでた血を舐められると、アレクサンドリアははっと息を吞んだ。

近づいたときと同じようにゆっくりとセクシーに彼が顔を離すと、アレクサンドリアは急に熱くなった自分の血と欲望を覚えた体に陶然として、ただエイダンを見あげることしかできなかった。初めて感じた本当の性的欲望は強烈で、彼女を驚かせた。エイダン・サヴィジのような相手にこんなに熱い渇望を感じるなんて、とアレクサンドリアは震えた。

エイダンはアレクサンドリアの細い体に震えが走ったのを感じとり、青い瞳に欲望の色が宿ったのを見た。彼女の舌が、エイダンに舐められたちょうどその場所を緊張したようすで舐める。彼の体が硬くなり、当然の権利を主張しろと彼に命じ、悪魔が頭をもたげて咆哮《ほうこう》した。

「エイダン?」アレクサンドリアが守るように喉を押さえた。「わたしに危害を加えるつもりなら、さっさとそうして。わたしをもてあそぶのはやめて。わたし、そんなに強い人間じゃないの。もう少しで頭がおかしくなってしまいそう」

「わたしはきみに危害を加えたりしないと言っただろう、アレクサンドリア」自分の体の負担を軽くするため、彼は後ろにさがった。

エイダンの声が初めてかすれたが、そのせいでさらに美しさが増し、魅惑的になった。彼に籠絡されないよう努力しているだけで息苦しくなる。アレクサンドリアは彼の欲求を満たしたい、金色の瞳から渇望の色をぬぐい去ってあげたいと感じた。「わたし、ヴァンパイアよりもあなたのほうが怖い気がするの。ヴァンパイアは邪悪だとわかっていた。彼のなかに邪悪さを感じたし、わたしに求められているのは死ぬよりもずっと恐ろしいことだとわかっていた。あなたはわたしをどうするつもりなのか教えて」

「わたしのなかに邪悪さを感じないなら、きみの直感を信じろ。きみはいつでも邪悪な相手を感知できるんだろう?」

「わたしはあなたがポール・ヨヘンストリアにしたことを目撃したわ。自分自身の目を信じたほうがよくない?」

「わたしのしたことはそんなに邪悪か? わたしは人間を餌食にしているヴァンパイアを退治しただけだ。唯一の過ちは、きみがジョシュアを襲おうとしていると勘違いしたことだ」

エイダンはアレクサンドリアの顔に触れた。彼の手のひらは温かくて心地よく、手が離れたあともその感触は残った。「きみを怯えさせてしまったことは深く後悔しているが、ヴァンパイアを倒したことは絶対に後悔しない。ああすることがわたしの仕事なんだ。そのために長い年月、故郷から遠く離れ、ひとりで生きてきた。人間とカルパチアン、両方の種族を守るために」

「あなたはヴァンパイアじゃないと言うけれど、わたしはあなたの力を目の当たりにしたわ。あなたはヨヘンストリアよりもずっと強かった。彼はあなたを恐れていた」

「罪人は正義を前にしたら、それを恐れるものじゃないか?」

「ヴァンパイアじゃないなら、あなたはいったい何者なの?」

「わたしはカルパチアンだ」エイダンは辛抱強くくり返した。「われわれは土の民で、はるか昔から存在する。大地、風、水、空とつながり、さまざまな力を持っているが、限界もある。きみはヴァンパイアに、無慈悲な破壊者になったわけじゃない。わたしの仲間に、われわれ一族の仲間になったんだ。前にも言ったとおり、カルパチアンに転化できる人間はひと握りしかいない。たいていは命を落とすか、正気を失って退治の対象となる。わたしはきみを怖がらせるためではなく、危害を加えるつもりがないことを理解してもらうために話しているんだ」

アレクサンドリアは無言でエイダンをじっと見つめた。肉体的に、彼はアレクサンドリアが知るなかでもっとも美しい男性だった。男性らしさと力強さがみなぎっている。でも、その上辺の下にはつねに危険がひそんでいて、彼女はそれが怖かった。わたしは彼を信じるべきなのだろうか？　信じられるだろうか？

固く引き結ばれていたエイダンの口もとが緩み、琥珀色《こはくいろ》の瞳が温かくきらきらと輝いた。「いまは心配するな、カーラ・ミア。そういう判断をくだす前に、まずわたしをよく知ってくれ」エイダンはアレクサンドリアの髪を撫でた。指先で軽く触れられただけなのに、彼女の体の奥底が、うなじが、全身の肌が反応した。「一時休止にしよう。きみの弟と過ごす今夜、きみの体力が回復するのを待つあいだは」

彼女は声が出るかどうか自信がなかったので無言でうなずいた。エイダンに嫌悪を覚えると同時に惹かれてもいた。安全に感じながら、自分が危険のなかにいることもわかっている。でもいまは不安感や疑念をいったん脇に置き、ジョシュアと過ごす時間を楽しむだけにしようと思った。

エイダンがほほえんだ。彼の本当の笑顔を見るのはこれが初めてだった。彼の目の表情が温かくなって、アレクサンドリアは息ができなくなった。なんだかとてもセクシーに見えて、ますます怖くなる。これまで自分の感情にあらがわなければならないことなんてなかったのに。

「ドアはきみの前にある」エイダンが言った。

地下室のドアを見ながらも彼から目が離れないよう、少しだけ首をまわした。「なにかしかけがあるの？　秘密の合い言葉とか？」

「把手《とって》をまわすだけであく」

「おもしろみに欠けるわね」彼女が把手に手を伸ばしたのと同時に、エイダンも手を伸ばした。彼の腕がアレクサンドリアの体にまわされて体が密着したので、彼の清潔で男性的な香りが鼻をくすぐり、服を通して体の熱さが伝わってきた。彼女は慌てて手を引っこめた。エイダンがドアをあけたとき、耳もとで柔らかいからかうような笑い声が聞こえた。アレクサンドリアが振り返ってにらむと、エイダンはそ知らぬ顔をした。

彼女はエイダンの向こうずねを蹴ってやりたくなったが、品位ある態度で明るいキッチンへと足を踏みいれ、みずからの自制心を誇りに思った。

エイダンはあとをついてきながら顔を寄せた。「わたしにはきみの考えていることが読めるんだ、カーラ・ミア」

「自慢はやめて、ミスター・サヴィジ。それにしても、あなたにぴったりの名前ね。残酷《サヴィジ》だなんて」

「エイダンと呼んでくれないと、ジョシュアに面倒な説明をしなければならなくなる。あの子はとても賢いから」

アレクサンドリアは小さく笑った。「あなたは想像力が欠けてるんだったわね。どんな作り話を考えてくれるか楽しみだわ」

6

キッチンはとてつもなく広かった。アレクサンドリアがジョシュアと住んでいた下宿屋の続き部屋よりも広い。窓が全部広々とした庭に面していて、美しいキッチンだった。青々とした植物があちこちにさがっていて、タイルの床は一点の汚れもない。アレクサンドリアはくるりと回転して、一度にすべてを見てとろうとした。「なんてすてきなの」

「万が一きみが料理をしたくなったら、電子レンジもあるし、便利な生ごみ処理機もある」

「言ってくれるわね。わたしはちゃんと料理ができるってことを教えてあげるわ」

「ジョシュアから聞いているよ――あれはたしか、ジョシュアがマリーの作ったクッキーを大喜びで食べてるときだったと思うが」

「彼女も焼き菓子を作るのね。マリーみたいな美徳の化身には嫉妬してしまいそう」アレクサンドリアは顔をしかめた。「このすてきな家を掃除してるのも彼女なんでしょ？　マリーにできないことってあるのかしら？」

「彼女にはきみみたいにほほえむことができないよ、カーラ・ミア」エイダンが柔らかな声で答えた。

一瞬、時の流れが止まったかに思え、アレクサンドリアは金色に輝く熱い瞳に魅いられた。

「アレクサンドリア！」ジョシュアが大きな音を立ててドアをあけ、飛びこんできたので、アレクサンドリアはエイダンにかけられた魔法から解放された。「アレックス！」

彼女はジョシュアが窒息しそうになるほどきつく抱きしめた。続いて傷やあざなどがないか弟の体をくまなく検めた。特に首には注意を払い、エイダンに血を吸われていないことを確かめた。「元気そうね、ジョシュア」少しためらってから続けた。「このあいだの夜、わたしの具合が悪くなったときはエイダンに電話をしてくれてありがとう。機転がきいたわね」

青い瞳をぱっと輝かせて、ジョシュアは笑顔になった。「エイダンはきっと来てくれる、どうすればいいか知ってるはずってわかってたんだ」急に口角を下げた。「あのもうひとりの男がアレックスを病気にしたんだよ。毒を使ったんだ」

アレクサンドリアは警戒心を面に出さないよう努めた。「もうひとりの男って？」

「トーマス・アイヴァンだよ。あいつと食事をしているとき、アレックスは毒入りのものを食べさせられたんだ」ジョシュアは言いきった。

アレクサンドリアは何食わぬ顔をしているエイダンを振り向き、にらみつけた。「トーマス・アイヴァンは人に毒を盛ったりしないわ」

「いずれにせよ」エイダンがやさしく説得力のある声で言った。「毒はアレックスが食べたものじゃなく、飲んだものにいれられた可能性が高いな。そのほうがききやすいし、苦みもわかりにくくなる」

「あなたって博識ね」アレクサンドリアはむっとした声で言った。「でも、ジョシュアがトーマス・アイヴァンを嫌うようにしむけるのはやめてちょうだい。わたしはもうすぐ彼の下で働きはじめるんだから」

「ヘンリーはトーマス・アイヴァンのこと、遊び人《レイク》って言ってたよ――それがどういう意味か、わからないけど。ぼく、庭仕事用の熊手《レイク》しか知らないから。それに、あいつはアレックスからイラスト以外のものも手に入れようとしてるって」ジョシュアは包み隠すことなく報告した。

ヘンリーのぐったりした体が映像となって脳裏によみがえってきて、アレクサンドリアは強い悲しみに胸をつかまれた。すぐさまエイダンが心のなかにはいってきたかと思うと、彼女を慰めてくれた。彼が柔らかな声で歌う古の詠歌にはアレクサンドリアの心を静める力があり、彼女は笑顔でジョシュアを見おろした。「ヘンリーにはときどき真実かどうかわからないことを言う癖があったのよ。ちょっと大げさだったり」

「それはどうかな」エイダンが口を挟んだ。「ヘンリーはとても賢かったんじゃないだろうか。実際にトーマス・アイヴァンが興味を持っていたのはきみのイラストだけじゃないと思うぞ。きみに会いたいと訪ねてきたときも強情で攻撃的だった。仕事上のスタッフを捜しにきただけとは思えない態度だった」

ジョシュアが大まじめにうなずき、エイダンをこの世で最高に賢い大人を見るような目で見た。

アレクサンドリアはエイダンの向こうずねを蹴った。自分を抑えられなかったのだ。「癪にさわる人ね！　あなたがそんなふうに言ったら、この子がわたしの言うことを信じなくなるでしょ。ジョシュア、エイダンはふざけてるだけなのよ。ミスター・アイヴァンのことが嫌いなわけじゃないの。そうでしょ、エイダン？」目で警告しながら、彼に訊いた。

エイダンが答えを考えるあいだ、いやな感じの短い沈黙が流れた。「きみに賛成したいのは山々だが、カーラ・ミア、正直言ってわたしはヘンリーとジョシュアと同意見だ。トーマス・アイヴァンはよからぬことをたくらんでいると思う」

ジョシュアが胸を張った。「ほらね、アレックス、女は男がよからぬことを考えてても気がつかないんだよ」

「いったいそんなことをどこで教わったの？」アレクサンドリアは責めるようにエイダンをにらみつけた。

「ヘンリーからだよ」ジョシュアが即答した。「たいていの男はすごく悪いやつで、ひとつのことしか狙ってなくて、トーマス・アイヴァンはそのなかでも最低なことで有名だって」

「ヘンリーからいろいろ聞かされたのね」アレヴァンはその子が彼女をつつき、期待のこもった表情で眉をつりあげてみせた。

アレクサンドリアはわざと彼を無視して顎を突きだした。「ヘンリーのことはわたしも大好きだったけど、ジョシュア、彼は変わった意見の持ち主だったのよ」

エイダンが彼女をもう一度つついた。

「なに？」しらばくれて、高慢な口調でアレクサンドリアは訊いた。

「女性がいかにずるくなれるか、これほどいい例はないぞ、ジョシュア。きみのお姉さんはわたしがきみの頭にあれこれ吹きこんだと決めつけて非難の目で見ておきながら、いざとなると自分は勝手な決めつけなどしていないというふりをするんだからな」エイダンはかがんでジョシュアを抱きあげるとキッチンから出ていった。

「ちょっと！」アレクサンドリアはふたりを追いかけた。ふたりがはいっていったのは、フォーマルで優美なダイニングルームで、彼女は言葉を失い、ぽかんと口をあけてしまった。

エイダンは彼女にキスをして、その唖然《あぜん》とした表情をぬぐい去ってやりたいという衝動を感じた。「アレックスは早合点をしたことを謝るべきかな、ジョシュア？」

「謝るなんて絶対にありえないから」アレクサンドリアは否定した。「あなたが実際はもっと罪深い人だってわかってるのよ」

ジョシュアが姉の顎の横に残っているあざにそっと触れた。彼の瞳がエイダンの金色の瞳に向けられた。「アレックスの顔、どうしたの？」そう尋ねた声にはかすかに警戒の響きがあり、少年は殻にこもって苦悩しはじめたように見えた。

「エイダン？」たちまち恐怖に襲われたアレクサンドリアは声が震えた。

エイダンはジョシュアの視線をまっすぐ受けとめた。彼の声は一オクターブほど低くなり、清流のように少年の心にしみこんでいった。「アレクサンドリアが、ひどく具合が悪くなったせいで倒れたのは憶えているだろう、ジョシュア？　道に倒れてお姉さんのすてきなスーツがだめになってしまったよな。わたしが駆けつけて、お姉さんを大きな黒い車まで運び、ここに連れてくるまで、きみはひどく慌てていた」

ジョシュアはうんうんとうなずいた。警戒と苦悩の色は現われたときと同様あっという間に消え去った。感謝の気持ちがこみあげてきて、アレクサンドリアは弟のほうに両手を差しのべた。

エイダンがかぶりを振った。「きみがジョシュアを抱くのはリビングルームに行って腰をおろしてからだ、ピッコラ。まだ足もとがおぼつかなそうだ」

彼の声は愛撫のようにやさしかったものの、実際は命令だった。なにもかも決めるのは彼だ。アレクサンドリアは不快に思わないよう努め、おとなしく彼のあとから広い廊下を歩いていった。途中で何度かつまずいた。前を見る代わりに、周囲を感嘆の目で見つめていたからだ。こんなに美しい家に足を踏みいれるのは初めてだ。木の扉や壁、大理石の床、高い天井。そここに飾られた絵画や彫刻はどれもすばらしかった。大きな石の暖炉のそばに、アンティークのマホガニーの台に載せられて明朝の壺《つぼ》が飾られていた。エイダンは一度ならずアレクサンドリアの腕をつかみ、彼女が壁にぶつからないようにしなければならなかった。「歩いているときは前を見るものだ、カーラ・ミア」エイダンはやさしく注意した。「この家に初めて来たわけでもあるまいし」アレクサンドリアの笑顔を引きだそうとしていたずらっぽくつけ加えた。

アレクサンドリアは顔をしかめてみせた。「あなた、親切がすぎるんじゃない？　ジョシュアが家のなかを走りまわってあの明朝の壺を倒したりしたらどうするの？　あなたの厚意に甘えたのは大きな間違いだった気がしてきたわ。ここには値段がつけられないほど貴重な品物がいくつも置いてあるんだもの」そっちがその気なら、こっちも同じ手を使ってあげる。「それについては前にも話し合っただろう」エイダンはすらすらと応じながら、アレクサンドリアをリビングルームへと歩かせた。「ジョシュアがなにか壊しても、それについて嘆いたりしないということで納得したじゃないか」金色の瞳がきらきらと輝いてアレクサンドリアを挑発した。

「エイダン、だって明朝《みんちょう》の壺よ？」あんな貴重品を壊してしまうかもしれないと思うと、アレクサンドリアはジョシュアを連れてこの家から逃げだしたくなった。

エイダンはアレクサンドリアの髪に熱い息がかかるほど近く顔を寄せた。「わたしはあの壺を何百年も愛《め》でてきた。あれが壊れたら、現代アーティストのパトロンになろうという気が起きるかもしれない」

「そんなの冒瀆《ぼうとく》行為だわ。考えるだけでもやめてちょうだい」

「アレクサンドリア、ここはきみの家、ジョシュアの家だ。ここにはきみたちふたりよりも貴重なものなどない」彼女の体に視線を走らせて金色の瞳がきらめいた。「さあ、倒れないうちに座るんだ」

アレクサンドリアは額にかかった髪を払いのけた。「鬼軍曹みたいな話し方はやめてくれない？　いらいらするんだけど」

エイダンはまるで意に介さないようすだった。「これもわたしの不快な癖のひとつなんだ」

「不快な癖がいっぱいあるのね」アレクサンドリアは革のリクライニングチェアを選んで座り、とたんに自分がひどく疲れていたことに気がついた。ほんの少し歩いただけなのに、座るとほっとした。ジョシュアがすぐ膝に乗ってきた。彼女がジョシュアから離れたくないのと同様、姉から離れたくないのだ。

「顔がすごく白いよ、アレックス」子どもらしい率直さでジョシュアが指摘した。「本当に大丈夫なの？」

「よくなってるところよ、おちびさん。ただ時間がかかるの。自分の部屋は気に入った？」

彼女はもう一度、弟に傷痕がないか確かめた。

「すごいよ、とっても大きくて。でも、アレックスがいないのに階上《うえ》で寝るのはいやなんだ。ちょっと大きすぎるんだもの。それで、マリーとステファンが階下《した》で、ふたりの近くで眠らせてくれてるんだ」ジョシュアはあざと傷痕が残るアレクサンドリアの首にしがみつき、彼女が顔を歪めたのには気がつかなかった。

エイダンの目がすがめられた。彼はのんびりしたようすを装ってゆっくりジョシュアに手を伸ばすと自分の横に座らせた。「わたしたちはしばらくアレクサンドリアに目を光らせなければならない。わたしの言ったことを憶えているかな？　きみのお姉さんはやさしく世話されることを必要としている。きみとわたしでアレックスに言うことを聞かせるんだ。いまみたいに彼女が反抗的なときもね」

「わたしなら大丈夫よ」アレクサンドリアはむっとしたようすで言った。「わたしの膝に座りたかったら、もちろん座っていいのよ、ジョシュア」わたし以外誰にもジョシュアに指図なんてさせないわ。

ジョシュアが首を横に振るとブロンドの巻き毛がはずんだ。見るたびにアレクサンドリアの心をとろけさせる光景だった。「ぼくはもう赤ちゃんじゃない、大きくなったんだ。アレックスの面倒を見たい。それがぼくの仕事だもの」

アレクサンドリアは眉をつりあげた。「面倒を見るのはわたしのほうかと思ったけど」

「エイダンがね、アレックスがそう思ってるだけだって。でも、ぼくたちはアレックスにそう思わせておかなきゃいけないんだ。女は自分たちが主導権を握ってるって考えるのが好きだから。でも、男は女を守らなきゃいけないんだよ」

青い瞳と金色の瞳がブロンドの巻き毛の上でぶつかった。「エイダンがそう言ったの？それはエイダンがそう考えているってだけよ、ジョシュア。主導権を握ってるのはわたし。エイダンじゃないわ」

ジョシュアが悪だくみの仲間を見るような目つきでエイダンを見てにやりと笑った。エイダンが口の形だけで「だから言っただろう」と言った。ふたりはそろってとぼけた顔をしてアレクサンドリアのほうを向いた。彼らの表情があまりにそっくりだったので、彼女は思いがけず胸が締めつけられた。

ジョシュアがアレクサンドリアに身を寄せて肩に垂れた三つ編みをもてあそんだ。彼女の耳にジョシュアの鼓動、幼い体を駆けめぐる血の音が聞こえてきた。突然、弟の首で脈打つ血管が強く意識された。その一拍一拍が。ぞっとしてジョシュアを遠ざけ、立ちあがって出口を探す。できるだけ早くジョシュアから遠くへ逃げなければ。わたしは怪物だわ！

あまりのすばやさに、アレクサンドリアは彼が動いたのにも気がつかなかったが、エイダンがすぐそばに来て彼女の体に腕をまわし、その場に留まらせた。「大丈夫だ、カーラ・ミア。きみの五感が鋭くなっただけだ」かろうじて聞きとれる程度の小さい声だったが、アレクサンドリアにははっきりと聞こえた。彼の口調は柔らかく、やさしく、そして穏やかだった。「怖がらないで」

「わたしがジョシュアに近づいたら危険だわ。あなたが間違っていたらどうするの？　わたしの体内にヴァンパイアの血が残っていたら？　自分がジョシュアになにかしたりしたら耐えられない。わたしはあの子と一緒にいちゃいけないのよ」

エイダンの胸に押しつけられてくぐもった声は、彼の胸を締めつけた。彼がさらにしっかりと抱きしめると、アレクサンドリアの体からすぐに力が抜けた。彼女はわたしを信頼していない。わたしのことをよく知らない。しかし体は違う。「きみがジョシュアになにかするなんてことはありえない。絶対に。きみは渇望を感じている。異常に体が弱っている。きみの体はたいへんな苦しみを経験し、心にはトラウマが残っている。だが、なにがあっても、きみがジョシュアに危害を加えるなどということはありえない。それは断言できる」彼の声は手触りのよい黒いベルベットのように、膏薬のようにアレクサンドリアの心のなかにしみこんでいった。

彼女はたくましいエイダンの胸に頭を預けて、彼に抱かれるがまま、なだめられるがままになっていた。エイダンの心臓が彼女とまったく同じリズムで鼓動を刻んでいる。彼はとても穏やかでやさしく、声を荒らげることがなく、いつも自信に満ちている。アレクサンドリアの呼吸が自然と彼の息遣いと重なり、落ち着いた。

エイダンは彼女の髪を撫で、うなじをさすりながら、彼女の香りを吸いこんだ。「落ち着いたかな?」

アレクサンドリアはうなずき、年配の男女が近づいてきたのでエイダンから離れた。女性は脚の長いクリスタルのワイングラスふたつとイギリス製の磁器のマグカップ三つを載せたトレイを持っていた。彼女の後ろにいる男性が持っているトレイには、赤ワインのボトルと湯気をあげているピッチャーが載っている。

マリーがためらいがちにアレクサンドリアにほほえみかけた。「起きられるようになってよかったですね。気分はよくなりましたか?」

アレクサンドリアの首に置かれたエイダンの手にわずかに力がこもった。親指が血管の上を一度、二度と軽く撫でる。それはアレクサンドリアをなだめるためだったが、彼が主導権を握っていることを示すしぐさでもあった。

アレクサンドリアは顎をあげた。「ええ、マリー。エイダンが出かけているあいだ、つきそってくれてありがとう」礼儀正しく、愛想よく言いながら、マリーたちにどこか不審なところが見当たらないか探した。この人たちのことは好きになるまい、輪に引きいれられるまいと心に決めていた。このおとぎの家、えも言われぬ美しい家に張りめぐらされたシルクのような蜘蛛《くも》の巣にとらえられてはならない。年配の男女は心の広い温かい人たちに見える。おたがいを見つめる目には愛情が、エイダンとジョシュア――わたしのジョシュア――を見る目には慈しみがこもっている。そうしたものをアレクサンドリアは見ないようにした。

トレイがコーヒーテーブルに置かれると、エイダンが満足げにゆっくりとワインのボトルに手を伸ばした。マリーが湯気をあげている銀のピッチャーからココアをマグカップ三つに注いだ。「ジョシュアは寝る前に熱いココアを飲むのが大好きなのよね。そうでしょ、ハニー？」

ジョシュアは前のめりになってマグカップを受けとり、マリーにいたずらっぽい笑顔を向けた。「マリーとステファンほどじゃないよ」

アレクサンドリアはココアを見てにおいを嗅いだだけで胃がむかむかした。エイダンがワイングラスを彼女に渡し、ルビー色の液体を注いだ。彼女は首を横に振ったが、エイダンは目をまっすぐに見つめて唇にグラスを当てさせた。「飲むんだ、カーラ・ミア」

アレクサンドリアは催眠術にかかったように、彼の底なしの瞳に吸いこまれそうに感じた。彼女の心のなかにエイダンがいる。黒い影が彼の意思を押しつけてくる。**飲むんだ、アレクサンドリア。**

まばたきをすると、いつのまにかワイングラスが空になっていた。エイダンが白い歯をちらりとのぞかせてほほえみ、小さく乾杯するようにグラスを持ちあげてから中身を飲みほした。魅いられたように、アレクサンドリアは彼の喉の動きを見つめた。エイダンはなにもかもが官能的だ。

その液体は甘く、癖になる香味があり、アレクサンドリアの舌にとても懐かしく感じられた。エイダンは捕食者を思わせる眼差《まなざ》しで、まばたきもせずにじっと彼女を見つめている。涙がこみあげてきて、彼女は顔をそむけた。マリーたちの前で泣いたりしたら、恥ずかしさからエイダンと口げんかをしてしまいそうだった。混乱し、疲れていて、怖い。アレクサンドリアは震える手で髪をかきあげた。

「エイダンがぼく専用のコンピュータを買ってもいいって」ジョシュアが唐突に言った。

アレクサンドリアはエイダンをちらりと見た。彼は〝ワイン〟の二杯目を注いでいるところで、ボトルを持ちあげ、彼女にもお代わりを勧めた。アレクサンドリアのなかのすべてが彼に従うよう命じていたが、だからこそ、首を横に振って断わった。エイダンの求めるとおりにすることが、どうしてこんなに重要に感じられるのだろう？　これほど盲目的に誰かに従うなんて、わたしらしくない。自分に対してエイダンがそこまで大きな力を持っていることが、アレクサンドリアは恐ろしかった。

「ねえジョシュア、わたしたちはまだここに移ってきて間もないし、今度のことについてよく考えてみてないわ」エイダンの顔を見つめたまま、弟に忠告した。「このままこの家にいることにするかどうかもわからない。これはわたしたちがうまくやっていけるかどうか試すテストに近いの。どんなにおたがいを好いていても、一緒に住むとうまくいかないことってあるものなのよ」

ジョシュアは泣きだしそうな顔になった。「でも、ここでの暮らしは最高だよ、アレックス。ぼくたち、ここに住んだほうがいいよ。安全だよ。それにエイダンはぼくと一緒にいるの、いやじゃないよね？　ぼく、そんなにうるさかったりしないもん」

エイダンはアレクサンドリアの視線をとらえたまま、少年のシルクのような巻き毛に手を置いた。「もちろん大丈夫さ。わたしはきみたちがここに来てくれてうれしいし、なにか問題にぶつかるとも思ってない。お姉さんはマリーとステファンの重荷になることを心配してるんだ。でも、わたしはそんな心配が必要ないことを知っている」

マリーがうなずいて賛成した。「あなたが来てくれて、わたしたちは大喜びなのよ、ジョシュア。この家がぱっと明るくなって。それに男の子はうるさいくらいがふつうですよ」

「もちろん、みんなあなたと一緒に住みたいのよ、おちびさん」アレクサンドリアは弟が安心するように急いで言い、エイダンの魅惑的な眼差しから目をそらそうと必死に努力した。

「ただ、大人はね、一緒に暮らせないことがあるの。わたしはなんでも自分のやり方でするのに慣れているし、エイダンには彼なりの中世風の暮らし方があるし」

「ちゅうせいってなに？」ジョシュアが知りたがった。

「エイダンに訊いてごらんなさい。彼は説明が上手だから」アレクサンドリアは不機嫌に答えた。

「ちゅうせいというのは騎士とお姫さまがいた時代のことだよ、ジョシュア。アレクサンドリアはわたしならきっとすばらしい騎士になったはずだと考えているのさ。騎士というのは名誉をもって国に尽くし、お姫さまを悪者から奪い返したり、守ったりした男の人でね」エイダンは三杯目のルビー色の液体を飲みほした。「わたしにぴったりだし、すばらしい褒め言葉だ。ありがとう、アレクサンドリア」

ステファンが口を手でおおって咳払いをし、マリーは慌てて窓の外に目をやった。アレクサンドリアは心ならずもにやりと笑ってしまった。「あなたについてはほかにもいろいろ呼び方があるけど、いまは中世風ってことにしておきましょ」

エイダンが瞳に温かい輝きを宿し、腰を深く折るフォーマルなお辞儀をした。アレクサンドリアは彼の瞳に溺れそうになった。エイダンが彼女の顔にそっと手を置き、親指で軽く愛撫した。「座るんだ、カーラ・ミア。倒れないうちに」

アレクサンドリアはため息をついて、言われたとおりにしたが、理由は脚に力がはいらなくなったからだった。力がはいらなくなったのは、こんなに魅力的で男性的な人のそばにいるからではなく、ヴァンパイアに襲われてまだ快復しきっていないからだと確信していた。単なる男性が原因で、膝から力が抜けるなんてありえない。

エイダンは彼女と並んでソファに腰をおろした。革のリクライニングチェアは彼女が立ったあとで、ステファンが占領していたからだ。エイダンの腿が触れると、アレクサンドリアの体に震えが走った。彼の温かな息が耳にかかる。「ありがたいことに、わたしは単なる男性じゃないんだ」

「わたしの頭のなかをのぞくのはやめて。あなたって……トーマス・アイヴァンのゲームに出てくる悪人にそっくり」それはアレクサンドリアが思いついたなかでいちばんひどい侮辱の言葉だったが、エイダンは柔らかな声で笑っただけだった。彼の声はアレクサンドリアの耳ではなく、頭のなかで響いた。

「もう遅い時間よ、ジョシュ」彼女は苦しまぎれに弟に注意を向けた。分別ある行動はそれぐらいしか思いつけなかった。「そろそろ寝なさい」

エイダンがさらに身を寄せ、唇で彼女の耳に軽く触れた。「臆病者め」

「アレックス、ぼく、まだ寝たくないよ。やっとアレックスに会えたのに」

「もう真夜中を過ぎてるのよ、ジョシュ。眠くなるまでわたしが物語を読んであげるわ」アレクサンドリアは約束した。

エイダンがかすかに身動きした。筋肉がなめらかに動いただけだったが、それでも彼の強い反対の意思が伝わってきた。「今夜はだめだ、アレクサンドリア。きみにも休息が必要だ。ジョシュアはマリーが寝かしつける」

マリーは血相を変えてエイダンに合図を送った。彼女はアレクサンドリアの心の葛藤と、その原因が弟を彼女に奪われるのではないかという不安であることに気づいていた。エイダンの有無を言わせぬやり方は状況を悪化させるだけだ。しかし、いつものように、彼は自分の意に染まないことは無視した。アレクサンドリアの負担になると判断したことは絶対にやらせない。エイダンはなににおいても自分の意思を通すことに慣れている。

「弟のことであなたにあれこれ命令される筋合いはないわ。わたしはこれまでずっとジョシュを寝かしつけてきたし、これからもそれを続けるつもりよ。マリーも異論はないはずだわ」アレクサンドリアは挑むように年配の女性をにらんだ。

マリーはほほえんだ。「もちろんありませんとも」

エイダンはアレクサンドリアのこぶしに握られた手を取り、やさしく指をひらかせると、彼女があらがったりしないようにしっかりと自分の指と絡め合わせた。「文句を言うなら、マリーじゃなくわたしに言ってくれ、ピッコラ」彼の声は石の心も溶かしそうなほどやさしかった。「わたしはきみの健康状態に責任を持たなければならない。きみはまだ体力が回復していないし、休息を取る必要がある。あすかあさっての晩までゆっくり休んでからでもいいんじゃないか」エイダンはジョシュアを振り返った。「今夜はマリーに寝かしつけてもらうのでもいいだろう、ジョシュア？」

「ぼく、ひとりで寝られるよ」ジョシュアは威張って言った。「でもぼく、アレクサンドリアがしてくれるお話がほんとに好きなんだ。アレックスはね、本を読んでくれたあとでお話をひとつ聞かせてくれるんだよ。アレックスが作るお話はいつも本よりうまいんだ」

「料理と違って？」エイダンは尋ねた。

ジョシュアは賢明にも返事をしなかった。

「わたし、料理はできますから」アレクサンドリアはマリーの前で自分の家事能力を弁護したい衝動に駆られた。

「電子レンジの使い方が誰よりもうまいんだったな」エイダンがからかった。ワインのボトルから立ちのぼる芳香に渇望が強く刺激され、もう少しで手を伸ばしそうになる。

「いい加減にしてください、エイダン」マリーは警告した。エイダンが人をからかうなんて初めてだ。彼女は驚くと同時にうれしくなった。しかし、アレクサンドリアとの関係はまだ不安定だし、エイダンが生きのびるためにはアレクサンドリアが必要だ。彼女が逃げださないよう、全員が慎重に進んでいかなければ。

ひねくれた気分になっていたアレクサンドリアは、マリーに味方されたくなかった。彼女を好きになりたくない。三人とも好きになりたくない。絶対に。それにしても、どうしてこんなにエイダンの体を、彼の指の力強さを意識してしまうのか不思議だった。もう彼を恐れる必要はないのに。これ以上、彼になにができるというのだろう？　わたしはもう生ける屍《しかばね》になってしまったのだから。せいぜいはむかってやるわ。

エイダンが彼女の手を口もとに運び、囁いた。「やめておけ。それに、ばかなことを考えたものだ。〝生ける屍〟だなんて、どこからそんなたわごとを思いついた？」彼の唇が肌にそっと触れると、アレクサンドリアの神経のすみずみまで炎の矢が走った。「当ててみせようか。トーマス・アイヴァンだろう」

「たしかに彼はそういう言葉を使ったかもしれないわね。憶えてないわ」

「ミスター・アイヴァンというのは、ミス・ハウトンを訪ねてきた紳士ですか?」マリーが慎重に訊いた。

「アレクサンドリアと呼ぶんだ、マリー。この家で堅苦しいことは厳禁だし、きみは使用人じゃない。きみはわたしの家族であり、友人だ」

「そうしてちょうだい」手をぎゅっと握られて、アレクサンドリアも加勢した。

「わたしも友人のようになれればと思います」マリーが言った。

アレクサンドリアは自分が心の狭い、小さい人間に感じられた。なにしろ、いま反感を抱いている相手は、彼女が具合の悪いあいだ、代わりにジョシュアの面倒を見ていてくれた女性なのだから。そう思うと、現実が思いだされて苦悩に襲われた。急に喉が締めつけられたようになり、息をしようと必死になる。

エイダンが彼女に頭を低くさせた。「呼吸するんだ、カーラ・ミア。そんなにむずかしいことじゃない。吸って吐いて。マリー、ジョシュアをほかの部屋に連れていってくれ」

「アレックス、どうしちゃったの?」ジョシュアが怯えたようすで訊いた。

アレクサンドリアは脳裏に渦巻く狂気と闘っていた。この常軌を逸した悪夢からジョシュアを守らなければ。背筋を伸ばすと、弟にほほえみかけた。顔色は少し青白いし、ためらいがちではあったが、それでも笑顔は笑顔だ。「エイダンが言ったとおり、わたしはまだ体力が回復しきってないの。彼の言うとおりだなんて認めるのは癪だけど。エイダンはこのごろすごく威張ってるから。あなたはマリーと一緒に行きなさい。わたしは気分がよくなるまでここにいて、それからベッドに行くわ」

ジョシュアの目がぱっと輝いた。「エイダンがアレックスを抱いて運んでくれるかもよ。エイダンはすごい力持ちだから。きっとできるよ、ほら、映画みたいに」少年の声には熱がこもっていた。

「そうしようか」エイダンがジョシュアに向かってウィンクをした。

彼はアレクサンドリアの息が止まりそうなほどセクシーだった。「いいえ、結構よ」彼女はきっぱりと断わった。

エイダンがはっと息を呑んで立ちあがった。彼の注意が部屋の外のものに向けられているのは明らかだった。アレクサンドリアもそれを感じた。大気の乱れ。邪悪な影がゆっくりと、しかし確実に忍び寄ってくる。それは黒いしみのように空に広がり、息苦しくなるほど空気を重くした。アレクサンドリアの脳裏に低い囁き声が聞こえてきた。外国語なので理解できなかったが、重要な意味を持っているのはわかった。なにかが彼女を外に誘いだそうとしている。

言葉にならない恐怖の悲鳴が漏れた。くぐもっていてほとんど聞きとれないほど小さかったにもかかわらず、エイダンは即座に彼女を振り向いた。アレクサンドリアは怯えて彼の腕をつかんだ。なにか外にいるわ。彼女はジョシュアを守ろうと抱き寄せたが、つい腕に力がはいりすぎてしまった。

ジョシュアを驚かせるな、カーラ・ミア。脳裏に穏やかで心地よく、やさしい声が響き、恐怖で混乱していたアレクサンドリアを励ました。敵はこの家には侵入できない。きみがここにいると確信しているわけでもない。おびきだそうとしているだけだ。

アレクサンドリアはエイダンと触れ合っていたくて、彼の手首をつかんだままでいた。深呼吸をしてから笑顔でジョシュアを見おろす。弟は青い瞳に不思議そうな表情を浮かべて見あげていた。マリーとステファンは警戒したようすで彼女を見つめている。

エイダンがそっとアレクサンドリアの手を弟から離させた。「マリー、ステファンと一緒にいますぐ戸締まりをするんだ。それからジョシュをベッドに連れていってくれ」

彼の言い方は命令的だった。マリーたちはすぐさま行動に移った。前にも攻撃を受けた経験があるので、エイダンやアレクサンドリアと違って自分で感じとることはできなくても、危険が迫っているのはわかった。ジョシュアに急いでおやすみのあいさつをさせ、彼を連れて部屋から出ていこうとした。

「今晩はジョシュアと一緒にいてくれ。わたしは出かけなければならない」エイダンがふたりに指示した。それからアレクサンドリアの顔にやさしく触れた。「わたしはこの敵を排除しにいかなければならない。きみはここにいてくれ。わたしの身になにかあったら、弟を連れて海外へ、カルパチア山脈へ行くんだ。そしてミハイル・ダブリンスキーという人物を捜せ。ステファンとマリーが力になってくれるだろう。わたしの言ったとおりにすると約束してくれ」ジョシュアを百パーセント安全に守るにはそうするしかないんだ。自分が死んだら、アレクサンドリアの命も危うくなる、それほどふたりの絆は強くなっているということは黙っておいた。そんな可能性は脳裏をかすめることも許さなかった。死ぬわけにいかない。やっと生きる目的ができたのだ。死んでなるものか。

彼の声と目、アレクサンドリアの心に伝わってきた言葉には強い説得力があったので、彼女は気が進まないながらもうなずいた。エイダン・サヴィジは何者なのか、彼女をどうしたいのか、わからないことだらけだったが、外にいるのがなんであれ、彼にそれと戦いにいってほしくなかった。

「ポール・ヨヘンストリアは死んだのかと思ってた」彼女は囁いた。恐怖がまるで生きもののように感じられる。

あいつは死んだ。これは別の敵だ。エイダンの声は彼女の頭のなかでだけ聞こえた。ふたりのつながりを、アレクサンドリアは初めて理解した。エイダンは彼女に自在に話しかけ、心のなかにはいりこみ、考えを読むことができるのだ。**きみもわたしに対して同じことができる。わたしにコンタクトを求めてくれ。そうすればきみはいつでもわたしを見つけられる。もう行かなければ。**

アレクサンドリアはさらにきつく彼の手首をつかんだ。この家を囲む邪悪な厚い暗雲のなかに出ていってほしくない。「ヨヘンストリアじゃないなら、外にいるのは何者?」彼女は震えていたが、それを隠そうともしなかった。

「わかっているはずだ、アレクサンドリア。あいつに仲間がいたことはすでに知っているだろう」エイダンが頭をさげて彼女の頭のてっぺんに軽く唇を触れさせた。少しのあいだ、離れがたそうにして彼女の香りを吸いこむ。「危ないから、外には出るな」それは明らかな命令だった。

アレクサンドリアはうなずいた。外に出て、また邪悪な存在に会うなんてまっぴらだ。いったい何人いるのだろう？　わたしはどうしてこんな終わりのない悪夢に足を踏みいれてしまったの？　エイダン・サヴィジはどこまで信用できるのだろう？

彼女は、エイダンがたくましい体に揺るぎない自信をみなぎらせて立ち去るのを見守った。彼は一度も後ろを振り返らなかった。静かで正確な身のこなしは捕食者のそれで、早くも獲物を追いはじめている。彼の身の安全が心配で、胃が締めつけられる。本当ならうれしく感じていいはずなのに。しばらく彼から自由になれるのだから。ジョシュアを連れて逃げることもできる。この家から、この街から遠くへ、彼の仲間が追ってこないところへ。ところが、二度とエイダンに会えなくなることを考えると、彼にとらわれているときと同じくらい怖くなった。

エイダンについて玄関まで行った。彼が出ていくと、アレクサンドリアはどっしりしたオークのドアの前にひとり残された。とても美しいドアで、見たこともないほど手の込んだステンドグラスがはまっている。しかし、彼女はなにものにも意識を集中することができなかった。ステンドグラスの芸術的技巧にも、ジョシュアにすら。ただただ、エイダンがいないうつろさが感じられるばかりだった。

彼のことが心配で震えながら、怯えながら、ひとりその場に立っていた。重苦しい影が遠ざかっていくのが感じられ、エイダンがこの家から、ジョシュアから、マリーとステファン——そして彼女から危険を遠ざけようとしているのがわかった。

目を閉じて精神を集中し、エイダンを捜す。彼の言ったことが本当かどうか確かめるために。エイダンは激しい戦いのさなかにいた。狩りの喜びを感じて心に赤いかすみがかかっている。鉤爪が彼の胸を引っ掻いた瞬間、アレクサンドリアはエイダンの痛みを感じた。心臓がどきどきして自分の胸を押さえた。

エイダンはとても強靭《きょうじん》だから、負傷することなどないと思っていた。自分の感覚を研ぎすまし、彼の身に迫る危険を察知しようとする。何者にしろ、敵は分身の術を使ってエイダンを混乱させ、バランスを失わせていた。攻撃はすばやく苛酷なので、彼は反撃することができなかった。困惑し、驚きを増している。

アレクサンドリアはさらに深く闇を探った。なにかがひどくおかしい。エイダンはあらゆる方向から攻撃されていて、この安全な家にいるアレクサンドリアのようには敵の攻撃の性質を見抜けていない。敵が作りだしている幻覚は非常に強力で狡猾だ。突然、彼女はどうしたらいいか気がついた。「エイダン」声に出して彼の名前を囁いた。彼を死なせるわけにはいかない。どうしてそんなふうに感じるのかわからなかったが、魂の奥底でそう確信した。

もう一度彼の心にコンタクトを試み、赤いかすみを貫くことができるまで、精神を集中して粘った。彼にコンタクトできた瞬間、エイダンが敵に激しい速攻を加え、真っ赤な血が流れ、恐怖の咆哮がとどろいたのがわかった。

後ろを見て、エイダン。後ろが危ない。敵はもうひとりいるわ。そこから逃げて！ 心のなかで警告したが、手遅れだと直感した。エイダンが攻撃された瞬間、彼女も衝撃を感じた。必殺の一撃。喉、腹部、腿に爪が立てられる。しかし、アレクサンドリアの必死の警告を聞いたエイダンは振り向いていた。おかげで、第二の敵が狙っていた致命傷にはならなかった。

エイダンの体に激痛が走るのをアレクサンドリアは感じたが、猛攻撃を受けながらも、彼は冷静だった。彼自身のすばやさは信じられないほどだった。敵に向き合いながら、ほとんどがむしゃらに襲いかかった。彼の一撃が敵の急所を正確に突いた。ヴァンパイアが後ろに跳びすさり、悲鳴をあげながら倒れた。もうひとりのヴァンパイアは傷を押さえて宙に舞いあがると退散した。

「ステファン！」アレクサンドリアは驚くほど威厳のある声で叫んだ。「車を用意して――いますぐ！ 玄関にまわしてちょうだい。彼の居場所はわたしがわかるから」

「エイダンはあなたがこの家を離れることを許しません」ステファンが彼女のほうに歩いてきながら言ったが、その手はすでにポケットからキーホルダーを取りだそうとしていた。

「あら、それは残念ね。ご主人さまは怪我をして、ここまで帰ってこられないのよ。あとでわたしたちを怒鳴りつけたかったらそうすればいい。彼をあそこでのたれ死にさせるわけにはいかないわ。本人はいままさにのたれ死にしようとしてるところだけど」アレクサンドリアはエイダンの部下を冷ややかな目で見た。「あなたがついてこようがこまいが、わたしは行くわよ」

ステファンはうなずいた。「もちろん、ご一緒しますとも。でも、エイダンはひどく怒るはずですよ」

アレクサンドリアは仲間意識のこもった笑顔を向けた。「あなたがかまわなければ、わたしもかまわないわ」

聞いてくれ、カーラ・ミア。わたしは今夜帰れない。寝所へ行け。わたしはあすの夜、戻る。彼は苦痛をアレクサンドリアに気取られないようにしていた。逃げこめる場所を、自分がもぐりこめる穴を探して地面を這っていることを隠そうとしている。

そこにいて、エイダン。これから迎えにいくわ。

やめろ！　危険だ。家から出るな！

おあいにくさま。わたしは人の言うことを聞くのが得意じゃないの。弟から聞いてないといけないから言うけど、わたしは長年自分の思いどおりにやってきたんだから。ステファンも一緒に、もうそっちに向かっているところよ。だから、そこを動かずに待っててちょうだい。

彼女は家の私道に出たが、前を行くステファンが手に持った銃に目が吸い寄せられた。彼は空からの攻撃を警戒するかのように銃を上に向けている。

「この近くに敵はいないわ。でもエイダンのまわりの空気はどんどん重苦しくなっている。急がないと。ひとりは死んだけど、もうひとりは仕事を終わらせるために戻ってこようとしているわ」

「エイダンの具合は？」ステファンはアレクサンドリアが彼の主人とどうやってコンタクトを取っているのか、エイダンの状態がどうしてわかるのか尋ねなかった。

「わたしには隠そうとしているけれど、もう一度攻撃されたら、持ちこたえられるかどうかわからないわ。自信ある態度を取ってるけど、ヴァンパイアの接近は感じてる」自分自身の不安を抑えこむため、彼女は小さく笑った。「わたしに来るなって言うのよ。それだけじゃなく、本気で怒ってるわ。冷静でもなければ落ち着き払ってもいないエイダンなんて初めて。癪にさわると思わない？　いつもあんなに自制心があるなんて？　わたしが怯えてなかったら、滑稽に感じたと思うわ。行きましょ。こっちよ」

ステファンがためらいがちに車の速度を落とした。「わたしひとりで行かせてください。敵はわたしには関心がない。しかし、あなたになにかあったら、エイダンも生きていられなくなる」

「あなたひとりじゃエイダンを見つけられないわ。もたもたしている時間はないの。行きましょ、ステファン。彼はひとりなのよ」どうしてこんなに大事だと思うのかわからなかったが、彼女はエイダン・サヴィジを助けるためならなんでもするつもりだった。

きみはわかっていない。ここに来てはだめだ。今度の相手はヨヘンストリアよりも手強いし、わたしは衰弱している。きみを守れるかどうかわからない。

わたしのことは守るのに、自分のことは守ろうとしないのね。敵が近づいてきているわ。もうあなたのそばまで来てる。

きみはまだわたしを信頼してもいない。まだわたしがヴァンパイアかもしれないと疑っている。それなのにどうして自分の身を危険にさらすんだ？　エイダンはアレクサンドリアが言うことを聞かないのでいらだっていた。彼女を思うようにできない無力感と怒りが伝わってくる。しかし、彼は接近中のヴァンパイアと戦うため、体力を温存する必要がある。

そっちの状況に注意して。わたしに計画があるの。それは彼女の人生で最大の嘘だった。さらに、目的地に近づくにつれ、ますます恐怖感がつのってきた。どうしてわたしはこんな愚かで無茶なことをしているのだろう？　わたしはエイダンを好きでもないし信頼してもいない。彼が、彼の正体が、彼に操られることが怖い。確かなのは、彼を死なせるわけにはいかないということだけ。

「計画を立てないと、ステファン。とびきりの計画を。あの生きものは、銃で撃たれたら死ぬの？」

「いいえ。でも、充分強力な一撃なら、動きを鈍らせて、地中にもぐれなくできるかもしれない。そうすれば、日射しがとどめを刺してくれる」ステファンがきびしい顔で言った。

「わかったわ、こうしましょう。わたしが敵の居場所を教えるから、あなたは銃を撃ちつづけて。そのあいだにわたしがエイダンを車に乗せるわ。乗せたら、全速力で逃げるのよ。敵が追ってこないことを祈って」

そんな最低の計画は聞いたことがない。きわめて深刻な状態にあるにもかかわらず、エイダンの声にはかすかにユーモアが感じられた。

ステファンが鼻を鳴らした。「そんな最低の計画は聞いたことがない。あなたにはエイダンを車に乗せられるほどの力がない。わたしと役割を交換することもできない。あなたは生まれてから一度も銃を使ったことがないだろうから」

「あら、ふたりともぜんぜん褒めてくれないのね」アレクサンドリアは憤慨したようすで言った。「おたがいの声が聞こえないのに、男同士意見が一致するなんて笑っちゃうわ」

「なんの話ですか？」ステファンは空、バックミラー、サイドウィンドウの外と、緊張したおももちで目を走らせた。

「気にしないで。ここで曲がって。エイダンは海のそばにいる――いいえ、そっちじゃなくて、坂をくだるの。もうすぐよ」空気中の邪悪な気配が濃くなってきて、息をするのもやっとだった。「ヴァンパイアもどこかそばにいるわ。わたしにはわかる」

戻るんだ、カーラ・ミア。戻れ。エイダンの声が懇願するようになった。

敵はあなたを捜しているわ。彼が勝ち誇っているのがわかる。あなたの居場所はわかっていると思ってるのよ。彼は鳥になってる――いいえ、空を飛ぶなにかほかのものに。でも、怪我をしてるわ。体の右側をかばってる。アレクサンドリアはこめかみを揉んだ。念力で交信するのは疲れる。頭が疼き、腿が、まるでそこを負傷したかのようにひりひりと熱い。

戻るんだ、アレクサンドリア。やつはきみの存在を感じている。だから勝ち誇っているんだ。きみを安全な場所からおびきだそうとしている。わたしの言うとおりにしろ！エイダンはこめかみの深い裂傷を片手でそっと押さえ、彼の生命力を奪いつつある腿の傷に片手をぎゅっと押しつけた。血を大量に失っていた。地面に血だまりができ、土にしみこんでいく。

血のにおいがヴァンパイアを引き寄せてしまう。しかし、エイダンにもヴァンパイアのにおいがわかった。ヴァンパイアのにおいは自然の調和の乱れと同じくらい強烈だ。アレクサンドリアに警告されるまでもなく、ヴァンパイアが近くまで迫っているのはわかっていた。このヴァンパイアはヨヘンストリアよりもずっと手強く、幻覚を作りだす能力は完璧と言っていい。エイダンは同じくらい強力なヴァンパイアと戦ったことがあったが、そのときはこんな重傷を負っていなかった。アレクサンドリアが間近まで来ているいま、彼には戦って勝つしか道がない。たとえ地中にもぐったとしても、夜明けが来る前に見つけられてしまうだろう。あらがう体に鞭《むち》打って立ちあがり、苦痛を意識から押しだした。アレクサンドリアのことは考えない。ヴァンパイアを倒すしかない。彼は身じろぎもせず待った。ただひたすら。

7

入り江から風が吹いてくる。眼下の海岸線に波が打ち寄せる。頭上には輝く星。生ける屍、吸血鬼を隠すには今夜は美しすぎるように思えた。エイダンは風に向かって顔をあげ、夜が与えてくれる情報を分析するために息を深く吸った。

ヴァンパイアは空高く、彼に向かって羽ばたいている。潮風でにおいがわからなくなることを期待して海側からこちらに向かっている。エイダン同様に負傷していて、血の跡は簡単にたどることができた。エイダンは、血のにおいを嗅いだだけで牙が突きだした。穢れた血は理想からほど遠いが、血を摂取しなければ、彼はまもなく死んでしまう。何世紀も昔に、自分に仕えてくれる者たちの血はなにがあろうと飲まないと誓った。その誓いは守るつもりだ。アレクサンドリアは体力がなさすぎる。彼に血を与えるのは、アレクサンドリアにとって危険だ。彼女が命を落としたら、彼も生きてはいられないことを彼女は知らない。

エイダンははるか昔に死を受けいれ、朝日のなかへ足を踏みだすことが、自分に残された唯一の避けられない選択肢だと考えていた。しかし、ようやく幸せになれる可能性が出てきたいま、人生を投げだすわけにいかなくなった。わたしは戦う。せめて、愚かな行動に出たアレクサンドリアとステファンを助けなければ。ほかに選択肢がない場合はヴァンパイアを道連れに朝日のなかへ出ていこう。

立ちあがったせいで、腿とこめかみの深い傷からの出血が増した。首から肩へ、腕へ、胸へと血が流れつづける。疲労の波に襲われ、一瞬視界がぼやけた。まばたきをくり返し、焦点を合わせようとしたが、目をぬぐい、手が血だらけになってようやく周囲がよく見えるようになった。ゆっくり呼吸をしながら、辛抱強く待った。そうするしかなかったからだ。ヴァンパイアを引き寄せなければならない。

大きなコウモリが小さな尖った歯を剝きながら、彼の頭をかすめていった。数メートル離れた場所に舞いおりてから、そろそろと彼のほうに近づいてくる。

「来い、ラモン。子どもじみたゲームはやめようじゃないか。男らしく戦うか、さもなくば去れ。わたしはおまえの愚かさにあきあきしてきた」エイダンの低い声は説得力があり、催眠術のようだった。「今夜おまえの妖術はきかないぞ。戦いを続けるなら、いまここで決着をつけよう。おまえは勝てない。おまえはそれを知っている。感じている。おまえはわたしの手で殺されるためにここに来たのだ。悪あがきはやめろ。男らしく、死を選べ」金色の瞳が星明かりをとらえ、顔を伝う血の色、ルビー色に、赤い炎のように輝いた。

一瞬の間を置いて、コウモリの体が徐々に大きくなり、鉤爪と剃刀《かみそり》のように鋭いくちばしを持つ醜悪な生きものが現われた。それは横向きにエイダンに近づいてきたが、体の右側をかばっていた。

　エイダンは石像のように身じろぎもしなかった。目だけが決死の決意を宿し、ぎらぎらと燃えている。

　彼の目を見て怖気づいたラモンは、ふたたび姿を変え、今度は長身でやせた顔色の悪い男になった。警戒心をみなぎらせ、冷酷な目でエイダンを見る。「今回はおまえが間違っているようだぞ、エイダン。おまえは大怪我を負っている。勝つのはおれだ。そしてあの女をいただく」

「ありえないな、ラモン。虚勢を張るのは勝手だが、おまえの強がりはおまえ自身も含めて誰も信じはしない。わたしの前へ来て、一族の成敗を受けよ。知ってのとおり、おまえは人類すべてに対して罪を犯した」

「おれには力がある！　おまえは弱っている、ばかめ！　おまえは間違った目的に人生を捧《ささ》げてきた。おれのような相手からおまえが必死に守ろうとしてきた者たちはどこにいる？　おまえが守ってやっている人間は、おまえのことを知ったら、その心臓に杭《くい》を突き刺すぞ。仲間はおまえに孤独な生活を強いてきたじゃないか。滋養となる故郷の土さえ手にはいらぬ場所で。おれの仲間になれ、エイダン。おれならおまえを救ってやれる。仲間になって、一緒にこの街を乗っとろう。われわれにはその資格があると思わないか？　富も女もすべて、われわれのものだ。ここをともに支配するのだ」

「かつての友よ、わたしは欲しいものならなんでも持っている。わたしの前へ来い。そうするべきだと、自分でもわかっているはずだ。すばやく、痛みもなく終わりにしてやる」すばやく片をつけなければならない。残された時間は少ない。貴重な血がいまや地面に大きな血だまりを作り、彼のたぐいまれな体力はどんどん奪われつつあった。

ヴァンパイアはエイダンを混乱させるため、コウモリがつぎつぎと襲いかかってくる幻影を生じさせながら、じりじりと近づいてきた。エイダンはじっと立ったまま、赤い星がちりばめられたような金色の瞳をかたときもラモンの顔から離さなかった。

ヴァンパイアが飛びかかってきた。その瞬間、アレクサンドリアが彼と心を重ね、力と意志と勇気、そして信頼を注ぎこんでくれた。それはかけがえのない贈りもので、エイダンは可能なかぎりの速度でそれを生かした。ぎりぎりのところで、さっと横に跳びのき、ヴァンパイアの首に腕をかけると小枝のようにぽきんと折った。頭が片側にがっくりと垂れ、ラモンが甲高い苦悩の声をあげて、それはえんえんと続いた。

深く息をついてから、エイダンはとどめを刺した。ヴァンパイアの薄い胸に手を突っこみ、鼓動する心臓をつかんだ。それを取りだすと、ヴァンパイアから離れた場所に投げ捨て、血しぶきを浴びないように急いであとずさりした。たちまち体から力が抜け、気がつくと攻撃に無防備な姿勢で地面に座りこんでいた。

暗闇から彼女が現われた。先ににおいでわかった。血のにおいが彼の正気をゆっくりと奪いつつあったが、ヴァンパイアの穢れた血で渇きを癒そうとは思わなかった。そこへ突然、彼女が現われた。あたりに邪悪さが満ちていても、穢れがなくすがすがしい。いっぽうエイダンは両手とも穢れた血で汚れ、死の臭気に包まれていた。アレクサンドリアの目を見て、そこに浮かんだ非難の色を直視することはできなかった。

「ステファン！　どうしたらいいか教えて」

彼女の声は音楽的で、早朝のそよ風のように柔らかかった。彼女の声を心に抱きながら死ぬのはそれほど悪くない。しかし、彼女はこんな死に満ちた場所にいてはならない。「きみにできることはなにもない。行け、アレクサンドリア。約束どおり、カルパチア山脈に行くんだ」あけているのがつらくなり、まぶたが閉じそうになる。「わたしの故郷に渡ってくれ。わたしはきみがわたしの一部を一緒に連れていってくれたように感じるだろう」

「ああ、黙ってちょうだい」エイダンの姿にぞっとしつつ、アレクサンドリアはいらいらと言った。倒れているヴァンパイアのほうはちらりとも見ない。「あなたにはなにも訊いてないわ、エイダン。それにあなたは死なない。そんなことはわたしが許さない。だからタフガイを演じるのはやめて協力してちょうだい。教えて、ステファン！　彼になにをしたらいいの？」彼女はすでにいちばん重そうな傷、腿の傷を押さえて止血しようとしていた。こんな大量出血は見たことがない。赤い色の川が地面にしみこんでいく。彼女は醜悪な死体から目をそらし、エイダンだけに意識を集中した。

「土に唾液を混ぜなさい。それを傷口に塗りつけるんです」ステファンが早口に言ってふたりのかたわらに膝をついた。

「そんなの不衛生だわ！」アレクサンドリアはぞっとして反対した。

「カルパチアンにとっては違うんです。エイダンを助けたいなら、言われたとおりにして。あなたの唾液には凝固作用がある。急いで、アレクサンドリア」

「死体を片づけてくれ、ステファン」エイダンは目をあけずに命令した。気がつくと夢の世界を漂っていた。

「黙ってって言ったでしょ」アレクサンドリアはきびしい口調で言った。唾を吐くのは彼女よりもジョシュアの得意技だが、精いっぱいがんばって泥の塊を作った。ステファンはヴァンパイアの死体を未舗装路の端まで引きずっていき、車のトランクに積んであったガソリン・タンクを使って火をつけた。

強烈な悪臭が漂い、アレクサンドリアは吐き気に襲われた。いま自分がしていること以外はすべて頭から閉めだした。なぜエイダンを救おうとしているのか考えている暇はなかった。ただ、全身の骨という骨、細胞という細胞、そして魂がそうするよう命じていた。

アレクサンドリアが大きな傷と裂傷に入念に泥を塗りこんでいるあいだ、エイダンは意識を失っているように見えた。しかし、実際は彼女がなにをしているかすべてわかっているはずだ。アレクサンドリアは脳裏に彼の存在を感じていた。どうやったのか、エイダンは血がにじみだすのを抑えるため、心臓と肺の動きを遅くし、彼女が土と唾液で傷口をふさぐ時間を作ってくれた。しかし、渇望が生きもののようにゆっくりと体内を這いまわり、彼を苦しめている。心がつながっているアレクサンドリアには、それがわかった。エイダンは彼女の体を流れる血を強く意識していた。熱く、招くように、彼のすぐそばを流れる血。彼の内なる悪魔がいまにも解き放たれようとしている。

ステファンがアレクサンドリアのとなりに戻ってきた。「エイダンに話しかけてください。あなたをひとりにしないでくれと言うんです。彼なしには生きられないと」

「冗談じゃないわ！　エイダンはいまのままで充分傲慢なのよ。彼にぞっこんみたいなことを言ったら、一生なにかあるたびにそれを持ちだされるわ。うぬぼれの強い人ですもの、本気にする可能性だって大アリよ」そう言いながらも、アレクサンドリアはエイダンの固まった髪をそっとかきあげ、顔から血をぬぐった。

ステファンは顔をしかめたが、自分の意見を言うのは控えた。「エイダンには血が必要です。わたしが血を飲んでもらうので、あなたが家まで車を運転してください。あの火はまもなく警察に見つかる。われわれはここを離れなければならない」

だめだ。エイダンが強く反対したが、その声が響いたのはアレクサンドリアの脳裏だけだった。彼は話せないほど弱っていた。**危険すぎる。わたしはステファンを殺してしまう。ステファンの血は飲めない。**

アレクサンドリアは彼の言うことを信じた。彼の心が焦り、猛烈に抵抗しているのが感じられた。「いいえ、ステファン、あなたが運転して。エイダンはあなたからは血の提供を受けられないと言ってる。つまり、わたしが提供しなきゃならないみたいね」彼女はもう一度やさしくエイダンの髪をかきあげた。**あなたが言いたかったのはそういうことでしょう？　わたしは提供できるけど、ステファンはできない。違うなんて言わないで。前に飲んだこと**

がないわけじゃないんだから。反論しないで、言われたとおりにして。さもないと、わたしのやさしさも限界に達するわよ。それと勇気も、と言葉には出さずにつけ加えた。

きみを危険にさらすかもしれない。

どうってことないわ。言ったでしょ、わたしには失うものがあまりないの。これはもうわたしの人生じゃないもの。迷わないで、エイダン。ただ、痛い思いはさせないで。いい?

絶対にさせないよ。エイダンは約束した。

彼を車に乗せるのはふたりがかりの作業になった。エイダンの顔は灰色で、苦しみが深く刻まれていたが、アレクサンドリアの膝に頭を載せられるまで、一度も声を漏らさなかった。

「飛び散った血も始末してくれ」彼の言葉が聞きとれたのはアレクサンドリアだけだった。

エイダンは衰弱が激しく、囁くのもやっとだった。

「残りの血もきれいにしてほしいそうよ、ステファン」アレクサンドリアは心臓がどきどきしてきた。これで決まりだ。今夜、わたしはこの男性に命を捧げて死ぬ。彼が何者かはわからない。この世でいちばん勇気がある人物だということ以外は。彼についてわたしが信じていることが真実かどうか、この人に好意を持っているかどうかすらわからないけれど、これでいいのよ。そう心の奥底で彼女は確信した。

ステファンは低い声で悪態をついた。「もたもたしていると、目撃される危険性が高くなる」文句を言ったものの、警察に発見されるよう残しておいたガソリン・タンクのところへ足早に戻り、血だまりの片づけに取りかかった。エイダンの関与を示す痕跡は完全に消す必要があるが、時間は限られている。

アレクサンドリアはエイダンの頭に顔を寄せた。「待てないでしょう。いますぐ飲んで。でも、これからずっとジョシュアの面倒を見ると約束してね。あの子はこんな狂気じみた生活をしなくてすむように。約束して」

これからずっとだ、カーラ・ミア。アレクサンドリアの脳裏に響いた声はかすかで、時間がほとんど残されていないのは明らかだった。

まず彼の手が動いた。ほっそりした首を撫でられ、アレクサンドリアの背筋に震えが走った。彼の指がアレクサンドリアが素肌に着ているシルクのシャツ、彼のシャツのボタンをはずす。柔らかな胸のふくらみにエイダンの手の関節がこすれると、彼女の血が燃えるように熱くなった。力を抜いてさらに体を寄せると、心臓の上の血管に彼の熱い息がかかった。肌にそっと官能的に歯が立てられた。アレクサンドリアは体がほてり、気だるく、なじみのない疼きを感じた。

体を白熱したものが駆け抜けて、彼女が柔らかなうめき声を漏らした瞬間、エイダンの歯が肌を貫き、深く突き刺さった。満足感に包まれてうっとりし、アレクサンドリアは彼の頭を抱えてわが身を捧げた。それは官能的な体験だった。彼女の血がエイダンの体内に流れこみ、傷ついた細胞、組織を修復し、冷えた筋肉を温め、彼を生き返らせていく。

アレクサンドリアの体力が徐々に失われていくいっぽう、エイダンの体が力を取り戻していく。かすみがかかったセクシーな夢を見ているみたいだった。ふと気がつくと、エイダンが心のなかにいて、そっと誘惑するように囁いている。愛の言葉、彼女が初めて聞く古の美しい言葉を。車のかすかな揺れが、時間を超越したシュールな感じをいっそう強めていた。

ステファンが車を家の横の入口に寄せて停《と》め、神経質に空を確認しながら鉄の重い門に錠をかけに走った。車に戻った彼は、後部座席の状況が劇的に変化していることに衝撃を受けた。いまや背筋を伸ばして座っているのはエイダンで、体は血まみれだが顔色はよくなっている。いっぽうアレクサンドリアは死んだようにぐったりと動かず、灰色の顔をしていた。エイダンの腕のなかで小さく途方に暮れて見える彼女は、まるで子どものようだった。

ステファンは顔をそむけた。エイダンとは人生の大半をともに過ごしてきたが、いまだに彼の存在を現実として受けいれがたいところがある。心の底では、エイダンがアレクサンドリアを傷つけることは絶対にないとわかっている。しかし、あれほどの勇気を示したあとで、こんなふうに生気を失って動かない彼女を見ると……。

「車を消毒しておいてくれ、ステファン。わたしは一日か二日、地中にもぐる。もし警察が来たら、質問をうまくかわしておいてもらいたい。どんな侵入者からもジョシュアとマリーを守らなければならない。夜、この家にいるかぎりはどんな危険からも安全だが、ヴァンパイアは人間を手先として使う場合がある」

ステファンはエイダンが車からおりるのに手を貸し、彼が後部座席に手を伸ばしてアレクサンドリアのぐったりした体を抱きあげるのを見守った。「やつらとその手先になにができるかはよくわかってます、エイダン。攻撃に備えておきます」唸るように約束した。

「今夜は寝所のなかに血を用意してくれ。そのあとは寝所に近づくな。マリーとジョシュアも近づけないよう頼む。わたしが失った血を完全に補えるまで、きみたちは安全じゃない」エイダンは手短に指示した。体が早くも消耗しはじめていた。アレクサンドリアは小柄だ。彼は安全に受けとれるだけの滋養を受けとってから、アレクサンドリアを一族独特の深い眠りに就かせた。彼女が失った分の血を補えるようになるまで命を保つために。

家にはいるとき、エイダンは彼をステファンが支えるのを許した。マリーが彼の姿を目にして、泣きながら駆け寄ってきた。ハードウッドの床を歩くジョシュアの足音が聞こえた。金色の目に警告の色を輝かせ、エイダンは勢いよくマリーのほうを向いた。「ジョシュアをわたしに近づけるな」強烈な渇望を抑えこみ、ぴしりと言う。

マリーは片手で喉を押さえて立ち止まった。エイダンは血と泥にまみれ、彼の腕に抱かれているアレクサンドリアは生気がない。戸口から血と泥の跡がハードウッドの床についている。エイダンの目は炎のように赤く、白い歯は捕食動物のように鋭く輝いていた。

「マリー！」ステファンに呼ばれて、彼女は慌てて行動に移った。ジョシュアが恐ろしい光景を目撃しないよう止めに走る。涙を流しながら、少年を抱きあげ、階段へと急ぎだした。ジョシュアはマリーの顔の涙に触れた。「泣かないで、マリー。誰かがマリーを悲しませるようなことをしたの？」

マリーは落ち着きを取り戻そうとした。家を消毒してからでなければ、ジョシュアに一階を歩きまわらせるわけにいかない。なんとかして寝かしつけなければ。「なんでもないのよ、ジョシュア。悪い夢を見ただけ。あなたも悪い夢を見たことない?」

「アレクサンドリアはね、お祈りの言葉を唱えて、いいことばっかり考えるようにすれば、ほら、好きなもののこととか、そうすればいい夢が見られるって言うよ」ジョシュアはマリーの頬に自分の頬をくっつけた。「アレックスが一緒にやってくれるとうまくいくんだ。アレックスみたいにぼくがマリーと一緒にお祈りしてあげるよ。そうすればもう悪い夢なんて見ないよ」

ジョシュアの無邪気さにマリーはほほえんだ。彼女にはすでに成人した子どもが三人いるが、ジョシュアは子育てをしていたときの楽しい思い出をよみがえらせてくれた。ジョシュアをぎゅっと抱きしめる。「ありがとう、ジョシュア。あなたのお姉さんはとっても頭がいいわね。あんなお姉さんがいて、あなたは幸運よ」むせび泣きたくなるのをこらえた。「ところで、こんな時間にベッドの外でなにをしているの? もうすぐ朝の四時よ。だめでしょう」

「アレクサンドリアがベッドルームにいるだろうと思ったんだ。でも、いなかった。ぼく、アレックスを捜していたんだ」ジョシュアの目には、姉を失うのではないかという不安が色濃く表われていた。

「アレクサンドリアはね、エイダンが治療のための特別な場所へ連れていったの。まだ病気が治りきっていないのよ。だから、エイダンがお姉さんをよくしてくれるまで、辛抱強く待ちましょう」

「アレックス、元気になるかな？」少年は心配そうに訊いた。

「もちろん。エイダンがちゃんと目を光らせてますからね。わかってるでしょ」

「アレックスと電話で話せる？」

マリーはジョシュアをベッドに寝かせ、顎まで上掛けを引きあげた。「しばらくは無理ね。お姉さんは眠ってるの。あなたも眠らなきゃ。あなたが寝つくまで、わたしがそばにいてあげるわ」

ジョシュアが天使のように愛らしい笑みを浮かべたので、マリーは胸が温かくなった。

「それじゃ、ぼくがお祈りの言葉を教えてあげる」

マリーは椅子をベッドの脇まで引っぱってくると少年の手を握り、神さまに無邪気な祈りを捧げる柔らかな声に耳を傾けた。


ステファンはエイダンを支えるために腰に腕をまわした。触れられてエイダンが動揺したのがわかったが、それはつねに主導権を勝ちとろうとする内なる悪魔と闘っているせいにちがいなかった。

ふだんのとてつもない体力が失われ、血の渇きが飽くことなくエイダンのあらゆる感覚を支配している。それは臓器にまとわりつき、心を燃えるような欲求で悩ませる。「急げ、ステファン。早くここから出ろ」エイダンはかすれた声でそう言って、ステファンを押しやろうとした。

「寝所までお連れします、エイダン」ステファンはきっぱりと言った。

「あなたはわたしに危害を加えたりしない。アレクサンドリアをしっかりと抱いていてください。彼女はあなたの救世主だ。どのみち、わたしは一度ならずあなたに命を差しだしたことがある。いまあなたとあなたの愛する女性を救うためにわたしの命が入り用なら、喜んで差しだします」

エイダンは歯を食いしばり、捕食者の本能を抑えこんだ。生きのびようという意思は固く、熱い生き血に対する欲求はなによりも強かった。ステファンの強く安定した鼓動、すぐそばにある体を流れる血の脈動に耳を閉ざそうとする。

寝所にはいると、ステファンはエイダンが苦悩しているのがわかっていたので、手を離して後ろにさがった。心ではエイダンが彼に危害を加えたりしないことはわかっていた。ステファンはエイダン自身よりもずっとエイダンを信頼している。「血を持ってきます」

エイダンは短くうなずき、アレクサンドリアのほとんど生気のない体をベッドに横たえた。彼女の横に崩れるように座りこみ、三つ編みに編まれた豊かな髪を手に取る。アレクサンドリアは途中で死ぬことを覚悟しながら、彼を助けてくれた。みずから惜しみなく命を差しだしてくれた。ふたりの絆はエイダンが考えていたよりもずっと強かった。彼が死んだら、彼女は生きていられなかっただろう。ふたりは永遠に結びつけられた真のライフメイトだ。彼はふたりの魂を結びつける古の呪文を唱えた。ふたりは合わせてひとつの関係だった。

エイダンはため息をつき、血の渇きを内心で呪いながらアレクサンドリアのとなりに横たわった。もう少し栄養を補給してからでなければ、地中にもぐるわけにいかない。内なる悪魔が荒れ狂うなか、彼は人間が近づいてくるのを、柔らかな足音が聞こえてくるのを待った。重いドアが軋り、ステファンが血のはいった罎《びん》を何本か置いたかと思うとあとずさりし、エイダンとライフメイトを寝所にふたりきりにした。

　エイダンはよろよろと歩いていき、ワインボトルの首をつかんだ。一気に飲みほし、つぎの罎に手を伸ばす。ステファンはいっぱいにはいった罎を五本持ってきていたが、それを全部飲んでも、エイダンの体はまだ満たされなかった。

　しかし、血が供給されたおかげで新たなエネルギーが湧いてきた。エイダンは手をひらりと振ってベッドを移動させると、下にひんやりとした土が待っているはねあげ戸をあけた。土の層をまくりあげ、彼とアレクサンドリアが横たわれるだけのスペースを空けるには精神を集中させる必要があった。アレクサンドリアを抱き、母なる大地の懐に漂いおりる。ライフメイトを自分の体で守るように横たわり、寝所に誰も足を踏みいれられぬよう複雑なまじないをかけた。はねあげ戸が閉まり、頭上のベッドがもとの位置に戻る。エイダンは彼らの上と周囲を土でおおい、土壌の治癒成分が傷に効果を発しはじめるのを感じながら、肺と心臓の動きを遅くした。心臓が不規則な鼓動を刻み、肺がふくらみ、しぼんだかと思うと、あらゆる身体機能が停止した。

　ステファンは地下に通じるドアを閉めた。エイダンがふたたび姿を現わすまでに数日かかるかもしれない。自分が運んだ血が充分であったよう願った。ふたたび目覚め、人間の獲物を狩ったら、エイダンがアレクサンドリアに血を与えるはずだ。それまでのあいだ、この家とマリー、そして幼いジョシュアはステファンが守らなければならない。

マリーが床の掃除をしていた。彼女はすぐに振り返り、問うような目で夫を見た。ステファンは彼女をやさしく抱いた。「エイダンは死なないよ、マリー。心配するな」

「彼女は？」

ステファンは疲れた笑みを見せた。「すばらしかった。エイダンやわれわれとは関係を持ちたくないと思っているのに、それでも彼の命を救った」

「彼女はエイダンの救世主になるわ。でも、あなたの言うとおり、ここでわたしたちと暮らしたいとは思ってないわね」マリーの声は悲しげで、胸は同情でいっぱいだった。

「まだ自分の身に起きたことが理解できていないんだな」ステファンはため息をつきながら言った。「正直言って、わたしも彼女と同じ目にあいたいとは思わない。アレクサンドリアはエイダンとヴァンパイアの違いがわかっていない。手荒に扱われ、永遠に自由を奪われた。ジョシュアとも限られた時間しか一緒にいられなくなってしまった」

「わたしたち、彼女には辛抱強く接しないとね」

ステファンが急に笑顔になった。「辛抱しなければならないのはエ、イ、ダ、ン、だな。アレクサンドリアはエイダンがこれまで経験したことのないような抵抗を見せるぞ。現代アメリカ女性は、エイダンが慣れている流儀とはまるで違うからな」

「あなた、おもしろがってるでしょう」

「もちろんだ。エイダンはわたしがおまえの小さな手のひらの上でころがされている理由がわかっていないが、そのうちわかるようになるだろう」彼は妻にやさしくキスをして、肩を軽く叩いた。「わたしはこれから車と私道の掃除をする。それがすんだらベッドに行こう」誘うようににやりと笑った。

マリーは愛情のこもった声をあげて笑い、外へ出ていく夫を見送った。

太陽が空高くのぼり、海から流れてくる霧が消えていった。マリーとステファンはジョシュアを学校まで送っていき、少年を見張っている者がいないことを確認するため、しばらく外に留まった。朝刊には、身元確認が不可能なほど黒焦げになった男性ふたりの遺体が発見され、内輪もめの結果と思われると書いてあった。ひとりがもうひとりにガソリンをかけた際、うっかり自分もかぶってしまったのだろうと。黒く焼けたガソリン・タンクからは犠牲者のひとりの指紋が発見されていた。

ステファンはラモンの手をガソリン・タンクに押しつけたときのことを思いだしたくなかったので、マリーにあれこれ訊かれてもはぐらかした。自分の処理が細かな点まで行き届いていたかどうか確信が持てず、警察が訪ねてくるのではないかと心配だった。

しかし、彼らが帰宅したとき、待っていたのは警察ではなく、トーマス・アイヴァンだった。高価なオーダーメイドのイタリアンスーツを着た彼は、玄関の前でいらいらしながら待っていた。紅白の薔薇《ばら》にシダとかすみ草をあしらった大きな花束を抱えている。可能なかぎり愛想のいい笑顔を作り、マリーには軽くお辞儀までしてみせた。

「アレクサンドリアの具合がよくなったかどうか知りたくて寄ったんだ。このあいだのぶしつけな態度を謝るのにもいい機会かと思ってね。彼女のことを心配するあまり、八つ当たりをしてしまったから」

「アレクサンドリアは作品ファイルが戻ってきて喜んでましたよ」マリーは当たり障りなく答えた。「あなたのメッセージはアレクサンドリアに伝わっています。連絡できるようになったら、本人から連絡がいくでしょう」

「花があると元気が出るんじゃないかと思ってね」トーマスはすらすらと続けた。使用人ならどうとでもあしらえる。ご主人さまが現われなければ、今回は家のなかにはいれるかもしれない。「ひと目会ってお見舞いの言葉を言えないかな。ほんの短い時間でいいんだ」

家政婦は一歩も動かなかった。彼女のすぐ後ろにはマフィアの殺し屋さながら、ステファンという男が無表情に立っている。アイヴァンは癇癪《かんしゃく》を起こしそうになるのをこらえた。このふたりを敵にまわすのはまずい。味方につけなければ。

マリーは首を横に振った。「申し訳ありませんけど、ミスター・アイヴァン、それはできません。アレクサンドリアは面会謝絶だとミスター・サヴィジからきびしく言いつけられているんです――医師の指示で」

トーマスはうなずいた。「きみが命令に従わなければならないのはわかるが、わたしは彼女のことが本当に心配なんだよ。この目で彼女の無事を確認したいだけなんだ。どうだろう？　ミスター・サヴィジには黙っておくということで」ポケットから二十ドル札数枚を取りだし、期待の表情を浮かべてかさかさこすり合わせた。

マリーが憤然と息を吸いこんだ。「ミスター・アイヴァン！　わたしにご主人さまを裏切れと言うんですか？」

トーマスは息を殺して悪態をついた。「もちろん、そんなことは言ってない。きみに余計な面倒をかけるから、その礼をしたいと思っただけだ」

「アレクサンドリアは面倒なんかじゃありません、ミスター・アイヴァン」マリーはわざと意味を取り違えた。「彼女はこの家の一員です。アレクサンドリアも彼女の弟も家族と見なされています。アレクサンドリアの弟のことはご存じですよね？」彼が知らないのは承知のうえだ。それは彼女の声にはっきりと表われていた。

トーマス・アイヴァンは頭にきた。このがみがみ女は公然とおれに反抗し、わざとあざけるようなことを言っている。この女を国外追放にしてやりたい。できればどこか寒く、じめじめとして不快な場所へ。しかし、彼は歯を食いしばってもう一度笑顔を作った。「アレクサンドリアがきみにとって面倒だなんてとんでもない。きみは英語がよく理解できていないんじゃないかな。もともと出身はどこなのかな？」興味があるような声で言う。

「ルーマニアです」マリーが答えた。「でも、英語にはまったく苦労してませんよ。こちらに来て、もう長いですからね。いまではサンフランシスコを故郷だと考えてます」

「ミスター・サヴィジもルーマニア出身なのかな？」この問いの答えには非常に興味があった。もしかしたら、あの傲慢なむかつく男を使用人と一緒に国外追放にできるかもしれない。

「よく知らない方にご主人さまの話はいたしかねます」マリーは無表情な顔で礼儀正しく答えた。

この意地悪な年寄り女め、おれをひそかにあざ笑っているな。トーマスは深呼吸をした。
この年寄り女と男は自分たちで考えているよりもずっと強力な敵を作った。おれには高い地位に就いている知り合いが何人もいるし、このふたりは外国人だ。「ミスター・サヴィジの訛りはきみたちとも違うから、気になっただけだ」この女を侮辱するためだけに、もっと気のきいたことを言ってやりたいと思ったがこらえた。仕返しできるチャンスが来るまで待とう。近いうちにここを警察と入国管理官で溢れ返らせてぶっつぶしてやる。

「きみたちがわたしに協力できないというのは残念だ。わたしはアレクサンドリアのことをとても心配している。彼女に会わせない、電話で話すこともだめだと言うなら、この件を警察に通報するしかない。誘拐の可能性があるとして」女の顔に警戒の色がよぎった気がしたが、後ろの男のほうはまつげ一本動かさなかった。この男は銃を携帯しているのだろうか。もしかしたら用心棒なのかもしれない。トーマスは首筋がむずがゆくなった。

「どうぞお好きになさってください、ミスター・アイヴァン。わたしは命令にそむくわけにいきませんので」マリーがきっぱりと言った。

「それなら、ミスター・サヴィジ本人と話せないか？」トーマスはこわばった口調で提案した。

「残念ですが、いまは無理です。ミスター・サヴィジはご不在ですし、連絡先の電話番号もわかりません」

「ミスター・サヴィジにはずいぶんと好都合だな」思いどおりにならないいらだちが顔をのぞかせはじめ、トーマスはいやみを言った。「それじゃ、警察と話すのが彼にとってどれだけ楽しいか見てみようじゃないか！」用心棒に背中を撃たれないよう祈りつつ、くるりと後ろを向いた。頭にきたときの常で、目がぴくぴくと痙攣しだした。

「ミスター・アイヴァン？」マリーの声がなだめすかすように柔らかく、やさしくなった。

トーマスは勝ち誇って振り返った。間抜けめ、やっと怖気づいたか。「なんだ？」不快さもあらわに、嚙みつくように言った。

「アレクサンドリアにお花を置いていかなくていいんですか？　かならず渡しますよ。あなたからのお見舞いだと知ったら、アレクサンドリアはきっと元気が出るはずです」マリーはアイヴァンを笑わないようにこらえた。なんて愚かな男なんだろう。威張りくさって、わたしたちを震えあがらせられると自信満々で。警察に来られるのはありがたくないけれど、花はもらっておいてもいい。

アイヴァンは花束を乱暴に渡すと大股に立ち去った。マリーのささやかなご機嫌取りにもまったく機嫌を直すことはなかった。この外国人たちにおれを怒らせたことを後悔させてやる。おれみたいな男にどれだけの力があるか、まったくわかっていないのは明らかだ。

マリーがステファンの顔をちらりと見あげると、彼は妻と一緒に声をあげて笑った。「おまえさんの考えていることはわかってるぞ、この意地悪女め。その花束を使って、エイダンを嫉妬させようという魂胆だろう」

「どこからそんなことを思いついたの、ステファン？」マリーはしらばくれた。「わたしはこんなにきれいな花が捨てられたら忍びなかっただけよ。アレクサンドリアが目を覚ますまで、冷蔵庫にしまっておきましょう。この花は彼女の部屋を明るくしてくれるでしょうからね。それとも、リビングルームに飾ったほうがいいかしら」

ステファンは妻の頰に軽くキスし、外に出ようとした。「エイダンはしばらくおもしろいことになりそうだな」

「どこに行くの？　警察が来たら、わたしひとりで応対するなんていやよ。あの男はまっすぐ警察署に行くだろうし、警官はあの男の言うことを聞くはずよ」

「あいつはうるさく騒ぎたてて警官を怒らせるだろうな。エイダンは地元警察によく知られている。なにかと寄付をしているし、いい関係を保つよう心を砕いている。ミスター・アイヴァンはたいして恐れる必要もないと思うが、そのうち来るはずの警察に備えて、抜かりがないよう家のまわりを見てきたほうがよさそうだ」ステファンはマリーを安心させた。

「必要とあれば、ジョシュアと話をさせてもいいし」マリーはなんとなく不安になって提案した。エイダンが無防備な状態にあるときはいつも不安になるのだ。

「そんなことにはならんさ」ステファンは請け合った。

8

色とりどりの光を放ちながら、太陽が海に沈んだ。予想外の霧が漂ってきて、白く不気味な靄《もや》が家々の屋根の上に低く垂れこめ、暗い路地や公園にじわじわと広がっていった。風がこのベールを散らすこともなく、車はブロックからブロックへとのろのろ運転を強いられた。

真夜中。エイダンは自分にかぶさっている土を爪で引っ掻くようにして取り除いた。激しい渇望を感じた。目は血走り、ぎらぎらと輝いている。全身の細胞、組織が滋養を与えろと叫んでいる。

近くから心臓の大きな鼓動が聞こえて、彼は気が変になりかけた。顔色は灰色に近く、皮膚はしわが刻まれてかさかさで、唇も乾ききっている。牙は期待の涎《よだれ》を垂らし、剃刀のように鋭く長い爪は手に食いこんでいた。

口をあけた土のなか、彼のとなりに横たわっている生気のない肉体に目が向いた。アレクサンドリア。わたしのライフメイト。救世主。われら一族が恐れる運命とわたしのあいだに立ちはだかってくれる唯一の存在。彼女のおかげで、わたしは変異せずに、生ける屍、すなわちヴァンパイアにならずにすむ。アレクサンドリアはみずからの意思でわたしに命を捧げてくれた。ふたりは永遠に結びつけられた。取り消しはきかない。彼女はわたしの命を選んだ。そうすることで自分の人生を選んだ。自分のしていることを彼女が自覚していなくてもかまわない。決断はくだされた。

アレクサンドリアには血が必要だった。エイダンよりももっと切迫した状態にある。彼が血を与えられる状態になるまでは、目を覚まさせるわけにいかない。体が消耗しているから、滋養を与えられなければほんのつかの間しか生きていられないだろう。

血のにおいがする。温かくて新鮮な。無限の潮の満ち干に似て、勢いよく流れたり引いたりをくり返している。エイダンの内なる悪魔が主導権を求めて荒れ狂った。ライフメイトを救いたい。この強烈な渇きを癒したい。男。女。子ども。エイダンは悲劇を招くぎりぎりのところで思いとどまり、必要な準備をするために自制した。

数分後、彼は地下の細いトンネルを駆け抜けた。鼠《ねずみ》さえも気がつかないくらいの目にも留まらぬ速さで。体にはわずかな血痕も土汚れも残っていなかった。上品な服を身に纏《まと》い、さっぱりした髪は後ろでひとつにまとめられている。地下室に通じる石の通路も無事に通り抜けた。キッチンのドアに手をかけたとき、反対側の入口からマリーがはいってきたのがわかった。一瞬、興奮から鼓動が速くなり、糧への期待から唾が湧いたが、そうした反応は抑えこんだ。ドアに額をもたせかけてマリーに念を送り、彼女を危険な場所から立ち去らせようとする。

マリーは気がつくとリビングルームにいて不思議に思うはずだ。しかし、一歩ごとに強まる血の渇望からマリーを遠ざけるにはそうするしかなかった。彼女とのあいだに安全な距離ができると、エイダンはキッチンを通って庭に出た。

たちまち空気に満ちたさまざまなにおいが押し寄せてきて、周囲の状況を語りだした。数十センチしか離れていないところで、血を求める捕食者の存在を感じとったウサギが恐怖に凍りついた。心臓が激しく打っている。通りの家々のどこに温かな体があり、それがなにをしているか――眠っているか、夜食を食べているか、愛し合っているか、喧嘩をしているか――もわかった。霧が集まり、彼を包み、体の一部となる。

三日と二晩、彼は地中に横たわり、癒された。新たに血を補給すれば、これまでになく強くなれるだろう。唸り声をあげて空に舞いあがった彼は、トーマス・アイヴァンが生みだしたどんなキャラクターよりも危険な存在だった。これから生きている、呼吸をしている人間の獲物を狩る。今夜、彼の下にいる者たちは危険にさらされていた。今夜ばかりは、彼らの命を奪わないよう、血の補給を途中でやめられるかどうかわからなかった。

下からは見えない黒い影となり、エイダンは空を翔た。目指すのはゴールデンゲート・パークだ。土地が緩やかに起伏し、森があり、狩りに適している。そこでは厚く垂れこめた霧がエイダンの姿を隠してくれる。彼は地上にひらりと舞いおりた。

ほんの数メートル先に、十代かそこらの一団がひそんでいて、ギャンググループのシンボルカラーに身を包み、ライバルが現われるのを待ちながら、戦いに向けて意気をあげているところだった。全員が武器を持ち、三分の二がドラッグをやっていて、安物のワインをまわし飲みしている。

汗のにおいがした。毛穴からアドレナリンと恐怖感が発散されていて、好戦的な大騒ぎはそれを隠すためだった。エイダンの気を引いたのは彼らの血管を流れる血の音とにおいだった。ひとりひとりに意識を集中し、麻薬の影響がいちばん少ない血を探していく。**来い。こちらへ、急いで。いますぐこちらに来るんだ。**念を送るのは簡単だった。渇きが尋常ではなかったので数人を呼び寄せた。残りの一団には、仲間の不在に気づかないようにまじないをかけた。

ひとりめをつかまえて歯を深く突き立てた。やさしくゆっくり飲むなどという配慮はしていられなかった。熱い液体をごくごくと飲むと、飢えた細胞が貪欲に吸収していく。新たな血が彼の体を火の玉のように駆け抜けていき、筋肉に力を注入した。もう少しで最後の一滴まで血を奪い、究極の力を手に入れようとしそうになった。確実に破滅を招く行動をぎりぎりのところで思いとどまらせたのは、アレクサンドリアの存在だった。彼女はみずから彼に命を捧げてくれた。渇きと捕食者的本能に衝き動かされて人を殺し、魂を地獄に堕《お》として、彼女がくれた貴重な贈りものを無に帰するわけにはいかない。

アレクサンドリアを思いだそうと神経を集中する。柔らかな頬、長いまつげ。蜂蜜のように甘やかな笑顔。唇はみずみずしくて熱く、日に温められたシルクのようだ。エイダンは獲物を下に落とし、ふたりめを引き寄せた。

命の液体が体に流れこんでくると、彼は目を閉じてアレクサンドリアのことを考えた。まんなかに星がちりばめられたような、青い宝石のような瞳。彼女は勇敢で思いやりが深い。わたしがいまやっているように獲物を投げ捨てたりは絶対にしないだろう。三人めを引き寄せながら、エイダンは渇きがおさまってきたのを感じた。今度は前よりもやさしい扱い方をした。

血液補給の熱狂状態にある彼の耳に、もういっぽうのギャングの一団が近づいてくる音が聞こえた。濃い霧のなかを苦労して進んでくるが、公園で待ちかまえている一団にはまだ音が届かないほど遠い。エイダンは三人めの獲物を押しやり、四人めに手を伸ばした。

仲間が数人役立たずになっているのに、このギャングを戦わせるのはフェアじゃない。そう思ったあと、エイダンの口もとにゆっくりと笑みが広がった。早くもアレクサンドリアの影響を受けはじめている。エイダンから見れば、こういう男たちは誇りやルールといったものを持たず、彼らの争いとは無関係な女子どもにまで危害を加えたり、惨たらしく殺したりすることに躊躇しない。エイダンの世界に、誇りを持たない者の住む場所はない。しかし、アレクサンドリアの影響を受けはじめたせいで、この殺人者の一団のくだらない権力抗争にちょっかいを出してやろうかという気になった。

四人めを下に落として五人めに手を伸ばした。エイダン自身の渇きは癒され、体力は完全に回復したが、これはアレクサンドリアに与えるためだ。白い歯がきらりと光り、無防備な喉の上でいったん停止した。ついこのあいだまで灰色で陰鬱だった世界が、いまやあざやかな色彩と胸躍るにおいに満ちている。彼は感慨に浸った。真のライフメイト。わたしはついに救われた。もう二度とひとりになることはない。何世紀も続いた空虚さが一瞬のうちに消え去った。アレクサンドリア。

面倒なルールに従わなければならないことにため息をつきながら、彼は最後の獲物を湿った草地に落とし、近づいてくるギャングに念を送った。一団を恐怖の波が襲った。彼らは無言になり、たがいに顔を見合わせた。気がつくと、エイダンはにやついていた。よい行ないをするにしても、その過程で楽しんではいけないという決まりはない。

先頭車両の運転手が道の脇に車を停め、何度もあえいで肺に息を取りこもうとした。ひどく汗をかいている。

おまえたちは今晩死ぬ。全員が。霧のなかに怪物が隠れている。死がおまえたちを呼んでいる。

だめ押しをするため、エイダンは空に舞いあがった。体が伸び、縮み、翼と目立つ鋭い歯を持った大きなトカゲへと変身した。尾が長く、鱗《うろこ》にびっしりとおおわれ、目がルビーのように赤い。霧のなかから派手な車の列のまん前に飛びだすと、ボンネット目がけて火を噴いた。

ドアがつぎつぎとあいて、ギャングたちが道に飛びだしてきた。恐怖の叫び声が霧のなかにこだまする。エイダンは低い声で笑いながら、シェイプシフトしつつ先頭車両の右側に着地した。長い鼻面が短くなり、牙が突きだし、体が固く引き締まって筋肉質の狼になった。背中から腕が波打つ毛皮におおわれる。赤い目を輝かせながら、彼は男たちを追いかけた。

「狼だ！　狼人間だ！」悲鳴が通りに響き、銃声がとどろいた。彼らにはほんの三十センチ先までしか見えていないが、エイダンには空気が澄みわたって見え、獲物の居場所を正確にとらえることができた。猛スピードで走れる喜びに浸りながら、しばらく彼らを追いかけた。数百年ぶりに感じる歓喜。エイダンはおおいに楽しんだ。

「ありゃドラゴンだったぞ！」逃げながら、誰かが耳障りな声で怒鳴った。暗闇に男たちの足音が大きく響く。

また別の声。「こんなことが現実なわけがねえ。おれたち、集団で幻覚を見てるんじゃねえのか」

「それなら、おまえが残って確かめりゃいいだろ」誰かが怒鳴り返した。「おれはずらかるぜ」

エイダンはにおいを頼りにさらに近づいた。これが現実とは思えない男がひとり、走る速度を落とした。エイダンは跳びあがり、男とのあいだをたった一歩で詰めてズボンの尻の部分に噛みついた。ジーンズを口いっぱいに食いちぎると、男が甲高い悲鳴をあげた。男は振り返りもせず、猛スピードで駆けだし、足音を大きく響かせて仲間を追いかけた。

エイダンは声をあげて笑った。不気味な笑い声が厚い霧に乗って運ばれていく。こんなに楽しい思いをするのはいつ以来だろう。ギャングたちは悲鳴をあげ、怒鳴り合っている。勝算を五分五分にもう少し近づけるため、彼は念力で車を一台一台ひっくり返していった。どの車も屋根が下になり、宙で車輪が空まわりした。続いて、もういっぽうのギャングについても同じことをした。どのみち、彼らはしばらく園内で休む必要がある。

どちらのギャングにも闘争心が残っていないことを確認してから、エイダンはふたたび空に舞いあがり、今度はアレクサンドリアのいる家へと急いだ。彼が舞いおりたのはキッチンの外の小径だった。池で魚が一匹跳びはね、夜の闇にぽちゃんという音が大きく響いた。弱い風が吹きはじめ、ゆっくりと霧を押しやっていく。白いかすみの尾がレースのベールのようにそこここで渦を巻いていた。美しい。なにもかもが美しい。

深く息を吸って空を見あげた。ここは彼の祖国ではないが、故郷だ。ヴァンパイアは間違っていた。長年のうちに、彼はサンフランシスコを愛するようになった。ここは興味深い人々が住む興味深い街だ。同じ種族の仲間や野趣に富むカルパチア山脈が恋しいのは確かだし、祖国の土に触れることができるなら、なにを引き換えに差しだしてもいいとも思う。古からの一族の土地を忘れることは永遠にないだろう。しかし、この街にはこの街の魅力がある。多様な文化が交ざり合い、探検するのが楽しい、驚きの詰まった土地だ。

エイダンは鍵を使ってキッチンのドアをあけた。家は静まり返っている。ステファンとマリーは自分たちの寝室で寝ている。ジョシュアは長いあいだ姉から引き離されているせいで眠りが浅い。しかし、マリーの計らいで一階にある彼女たちのベッドルームに近い小さな居間で休んでいる。ステファンは約束を守っていた。家はしっかり戸締まりがされていて、窓は侵入者を防ぐために鉄の格子戸も閉められている。

エイダンがかけたセイフガードは強力だった。一族のなかでも特に長く生きている数人しか知らない古の強力な呪文が、各ドアの精緻なステンドグラスに組みこまれている。暗黒の男、すなわちカルパチアンのなかでもっとも恐れられているハンターであり、最高の癒し手でもあるグレゴリがエイダンにさまざまなことを教えてくれた――セイフガードをかける呪文、治療法、生ける屍を狩る方法まで。一族の指導者であり、グレゴリのただひとりの友人であるミハイルは、ヴァンパイアがほかの土地へと進出し、そこを彼らの狩場にしようとしていることを知ると、エイダンをアメリカへ派遣することに賛成した。数人のハンターがグレゴリに訓練を受けた。グレゴリは一匹狼で、概して仲間と交わらない。

エイダンの双子のきょうだい、ジュリアンはしばらくのあいだグレゴリと行動をともにしようとした。しかし、ジュリアンはグレゴリと似すぎていた。やはり一匹狼で、山々のいちばん高い頂、森のいちばん奥を目指す。狼とともに走り、鷲《わし》とともに空を翔たい。ふたりの生き方は人間や都市とは、仲間の生き方とすら相容《あいい》れない。

エイダンはぴかぴかに磨きあげられたキッチンを通り、地下におりる入口に向かった。突然、このキッチンがいつも焼きたてのパンやスパイスのいい香りに満たされていることに気がついた。マリーと彼女の祖先たちは、エイダンが住む家をつねに家庭らしくしてくれた。彼女たちの忠誠心はエイダンの人生における奇跡だったが、そのありがたみを、彼は正しく理解できていなかった。

家族のにおいを深く吸いこんだ。彼の体、心に温もりが広まる。冷たく無味乾燥な日々を何百年もくり返してきたあとだけに、この思いがけない喜びにひざまずいて感謝したくなった。一見素朴なこの地下室がいかに効率的に整えられているかにも、初めて気がついた。ここは単なる黴《かび》くさい部屋ではなく、ステファンの手になる美しい木の彫刻や道具が整然と並んだ広い部屋だ。作業台とベンチはきれいに片づいているし、庭仕事の道具は磨きあげられ、左手には土のはいった袋がいくつも丁寧に積みあげてある。ステファン。わたしは彼に本当に世話になっている。

この家を建てるとき、エイダン自身は秘密の寝所に通じるトンネルを細心の注意を払って掘った。崖を形成している岩をよく観察して、海にこれだけ近ければ、発見されることも攻撃されることもないだろうと判断した。ヴァンパイアはエイダンの寝所が近くにあることは察知できても、正確な場所を突きとめるのは不可能なはずだ。

家を構える場所は慎重に選んだ。何世紀も生きていると、金が問題になることはめったになく、エイダンには人間の人生数回分の蓄えがある。大事なのは適切な土地を見つけ、彼の特殊な必要性に応じて家を建てることだけだった。新しい社会に溶けこむため、隣人は何人か欲しかったが、彼が自由に駆けまわれるだけの土地とプライバシーも必要だった。海がそばにあれば、打ち寄せる波とにおい、霧を必要に応じて操作できて都合がいい。

彼の地所は海を見おろす崖の上にあり、ほぼ完璧と言っていいほど条件に合致していた。家のまわりには近隣住民との緩衝帯になる土地がたっぷりとあり、それでいて、同じ通りにはほかの家が数軒建っている。もしヴァンパイアに見つかり、戦わなければならなくなっても、誰かにばったり出くわす危険はない。

新天地に新しい家を構えるのは、エイダンの人生でいちばん困難なことだった。しかし、いま寝所に近づきながら思うのは、そんな困難など、勇敢なアレクサンドリアが新たな人生で直面している苦難に比べたらなんでもないということだった。彼女は死を覚悟し、喜んで受けいれようとすらした。特にそれが他者を――エイダンを助けることにつながるなら。アレクサンドリアは人間を狩って滋養を得るのはいやだと考えている。彼女には捕食者の性質も本能もない。自分がヴァンパイアになったのではないかと恐れている。どんなに説明しても、彼女の不信感をぬぐい去ることはできない。解決してくれるのは時間だけだ。アレクサンドリアに、彼も彼女もヴァンパイアではないこと、冷酷な殺人者ではないことを納得させるための時間をなんとかして稼がなければならない。彼女は彼のものであると、ふたりはもう二度と離れられないのだと理解させる時間が必要だ。

エイダンはアレクサンドリアを地中から運びだし、ベッドに寝かせた。片手を振って土とはねあげ戸を閉じた。彼らの尋常ではない暮らしぶりの証拠を一度に見せる必要はない。彼女には寝室のベッドの上で目を覚まさせる。地中に埋まっている状態で目覚めなくても、乗り越えなければならないことは山ほどあるのだから。

手際よくことを運ばなければならない。アレクサンドリアが目覚めたら、なにがどうなっているのか理解した彼女が抵抗を始める前に、心をつかんでしまう必要がある。彼女が嫌悪している行為を無理強いするところからふたりの関係を始めたくはない。とはいえ、アレクサンドリアが大量に失った血を補わないわけにはいかない。

深く息を吸ってから、エイダンは彼女の髪を撫で、自分のシャツの前をひらいた。起きるんだ、ピッコラ。起きて、生きるために必要なものを飲んでくれ。わたしが惜しみなく与えるものを。わたしの言うとおりにするんだ。エイダンの手の下でアレクサンドリアの心臓が不規則な鼓動を刻みはじめ、生命維持に必要な血液量が不足していながらも覚醒しようとした。エイダンは爪で自分の胸を切り裂き、流れでる血に彼女の口を押しつけた。

アレクサンドリアの体が徐々に温かくなり、心臓と肺が規則的に動きはじめた。ふつうの者よりもずっと強力なエイダンの血が注入されて、アレクサンドリアは急速に体力を回復した。突然、自分の身になにが起きているかに気づき、抵抗を始めた。小さくため息をつくと、エイダンはわざと腕の力を弱めて彼女に勝たせてやった。

彼から身を引き剝《は》がしたアレクサンドリアは床に落ち、血を吐きだそうとした。体力を復活させてくれる甘く熱い液体の味がいやでしかたがないというふりをして。

「どうしてこんなことをするの！」ベッドから遠くへと這い、慌てて立ちあがると壁にもたれて何度も口をぬぐった。恐怖で目がぎらぎらと輝いている。

しかたなく、エイダンは胸の傷を閉じた。アレクサンドリアを怯えさせないため、ゆっくりと動く。非常に注意深く上半身を起こした。「落ち着くんだ、アレクサンドリア。きみはまだ体力を回復するのに必要な滋養を充分に摂っていない」

「こんなことをするなんて信じられない。わたしは死んだはずでしょ。あなたはジョシュアの面倒を見ると約束してくれたじゃない。あなた、なにをしたの？」アレクサンドリアは息が苦しく、壁にもたれてやっと立っている状態だった。脚はゴムのように感じられて力がはいらない。彼は嘘をついた。嘘を。

「きみはわたしのために生きることを選んだんだ、アレクサンドリア。わたしはきみなしでは生きられない。わたしたちの人生はもはや引き離すことができない。どちらも相手がいないと生きていけないんだ」エイダンは彼女に近づこうとはせず、やさしい口調で話した。ほんのわずかでも刺激すれば、彼女は逃げだしそうだった。

「わたしはあなたの命を救うことにしたのよ。おたがい、それがなにを意味するか知っていた」悲鳴をあげないために口にこぶしを当てて、彼女は言った。こんな人生は耐えられない。耐えるつもりもない。

「わたしはそれがなにを意味するか知っていた。きみは知らなかった」

「あなたは嘘つきだわ。あなたの言うことなんてなにひとつ信じられない。わたしを勝手に自分の仲間に引きいれて、今度は生きるために無理やり血を飲ませようとする。いやよ、エイダン。あなたがわたしになにをしたか知らないけど、わたしは人の血を飲むなんていやなの」アレクサンドリアは大きく身震いしてからずるずると床にへたりこんだ。胸に膝を引き寄せ、体を前後に揺らして気持ちを落ち着けようとする。

　エイダンは反応が速すぎないようにひと呼吸置いた。アレクサンドリアは彼を完全に遠ざけようとしていて、頭から閉めだした。というか閉めだしたと思っている。エイダンは彼女の心に慣れてきていたので、かすかな影となってゆっくりと慎重になかにはいっていった。

「わたしはきみに嘘をついたことなどない。わたしの命を救ったら、自分の命を投げだすことになる、そう決めつけたのはきみだ」彼は意図的にベルベットのようにやさしい声で言った。

「あなたはステファンを怖がっていた」

「わたしがステファンを生かし、きみの命を奪うなどという選択をするはずがないじゃないか。ステファンから糧を得たら、途中でやめられるかどうか自信がなかったんだ。大量の血を失ったために、わたしの生存本能は強くなりすぎていた。安全な相手はきみだけだったんだ」

エイダンの口調は柔らかかった。音楽的で魅惑的な声が彼女のなかにしみこみ、恐怖心をやわらげ、ふたりのあいだの緊張感をわずかながら緩めた。「どうして？　どうしてわたしなら安全なの？　ステファンはずっと前からあなたの友人だった。あなた、わたしのことはよく知らないでしょう。彼が安全じゃなくて、どうしてわたしは安全なの？」

「きみとわたしはライフメイトだ。わたしがきみに危害を加えることは絶対にありえない。きみのためなら、わたしは自分を抑えられるし、あとできみの血を補うこともできる。これは一度ならず説明したことだが、きみは頑として耳を貸そうとしない」

「ぜんぜん理解できないんだもの！」アレクサンドリアは思わず言った。「確かなのは、あなたから遠ざかりたいということだけ。あなたといると混乱するの、自分が考えていることはあなたに植えつけられたものか、わたし自身のものかわからなくなるくらい」

「きみは捕虜じゃない。だが、きみはわたしのそばにいる必要がある。わたしなしできみ自身とジョシュアを守るのは無理だ」

「わたし、この街を離れるわ。どのみちここはヴァンパイアがうじゃうじゃいるみたいだし。誰がこんなところにいたいと思う？」苦々しさとヒステリックな笑いが入り混じった話し方になった。

「それでどこへ行く？　どうやって暮らす？　きみが眠りに就かなければならない昼間、誰がジョシュアの面倒を見るんだ？」

アレクサンドリアは両手で耳をふさいで彼の言うことを聞くまいとした。「黙って、エイダン。あなたの言うことはもう二度と聞きたくない」顎を突きだし、サファイア色の瞳で彼の目をまっすぐ見る。非常にゆっくりと、ふらつきながら、壁にもたれて立ちあがった。

エイダンも彼女の動きをそっくり真似るようにゆっくりと立ちあがった。すごくたくましく、無敵に見えたので、アレクサンドリアは彼に反抗している自分が信じられなくなった。強い渇望が襲ってきた。エイダンから与えられた少量の血は彼女の渇きを刺激しただけだった。飢えた体が執拗に悲鳴をあげていて、無視できない。アレクサンドリアは片手を口に押し当てた。わたしは邪悪な存在。彼も邪悪な存在。ふたりとも生きていてはならないんだわ。

それは違う。まったく違う。エイダンが静かにゆっくりと彼女のほうに滑るように歩いてきた。彼の声はベルベットのようにとても柔らかく、とても説得力がある。

アレクサンドリアは額をこすった。「ああ、わたしの頭のなかにはいってくるのはやめて。

頭のなかで会話をするのがふつうだなんて、考えをあなたにつねに読まれているのがふつうだなんて、絶対に信じないわよ」

「カルパチアンにとってはふつうのことだ。きみはヴァンパイアではない、カーラ・ミア。カルパチアンのひとりで、わたしのライフメイトだ」

「やめて！　それ以上言わないで！」アレクサンドリアは警告した。

「きみが違いを理解するまで、わたしは何度でもくり返す」

「わたしをこんなふうにしたのはあなただってこと、わたしは生きていちゃいけないんだってことは理解してるわ。何世紀も生きる人がいるなんておかしいってことも。生きるために他人を殺すのがいけないってことも」

「動物たちは始終そうしている。人間も動物を殺して食べる。しかし、わたしたちはヴァンパイアと違って糧を得るときに人を殺しはしない。それは禁じられたことだし、その行為自体が血を穢し、魂を破壊する」エイダンは辛抱強く説明した。「きみの新しい人生を恐れる必要はない」

「わたしの人生なんてもうないわ」彼の一挙一動を注視しながら、アレクサンドリアはじりじりとドアに近づいた。「あなたがわたしから人生を奪ったのよ」

どっしりした石の扉までエイダンはまだ距離があったが、アレクサンドリアはほんの数センチのところにいた。しかし、扉をあけようとするやいなや、彼の手に止められた。彼女よりもずっと大きく、ずっとたくましい体が自由とのあいだに立ちはだかった。

アレクサンドリアは動きを止めた。「わたしは捕虜とは違うんでしょ」

「きみはどうしてわたしの助けを拒むんだ？　渇きを癒さずにこの寝所を出たら、苦しみが増すだけだぞ」

触れられてはいなかったが、それでもアレクサンドリアは彼の熱を感じた。体が彼の体を求めているように思える。心も彼との触れ合いを望んでいるように。ぞっとして、アレクサンドリアは彼を押しやった。「わたしに近づかないで。しばらくジョシュアのそばにいたいの。考える必要があるのよ。あなたにはそばにいてほしくない。捕虜じゃないなら、わたしを放っておいて」

「その格好でジョシュアのそばに行くのはまずい。きみは泥だらけだし、わたしの血にまみれている」

「シャワーはどこ？」

エイダンは一瞬迷ったが、シャワーは必要がないのでないという事実を黙っておくことにした。彼女が求めるだけ人間らしくさせてやろう。こちらはなにを失うわけでもないのだから。「二階にあるきみ専用のバスルームを使うといい。服もきみの部屋にあるし、みんな眠っている。あそこなら、誰に邪魔されることもない」後ろにさがり、通路のほうに手を振った。

アレクサンドリアはトンネルを走り抜け、地下室に飛びこんだ。ここを出なければ。ジョシュアはどうしたらいいだろう？　エイダンはわたしをどんどん彼の世界に引きずりこんでいく。狂気の世界へと。ここを出なければ。

二階にあがるのは初めてだったが、疲れきっているせいで、装飾の凝った手すりも、毛脚の長いカーペットも、個々の部屋の優雅さもあまり目にはいってこなかった。マリーはアレクサンドリアの持ちものを片づける際、彼女が自分の家にいる気分になれるよう最善を尽くしてくれていた。アレクサンドリアは汚れた服を脱ぎ、ガラスのドアがついたシャワールームにはいった。まるで誰も使ったことがないみたいに一点の汚れもない。

我慢できるかぎり湯を熱くして顔を仰向け、ヒステリーを起こさないよう努力した。わたしはヴァンパイアでも人殺しでもない。この家の一員ではない。ジョシュアも絶対に違う。彼女は目を閉じた。わたしはどうしたらいいのだろう？　ジョシュアを連れてどこに行ったらいいのだろう？

髪を洗えるよう、指を差しいれて三つ編みをほどいた。急に伸びた長い髪は腰より下まであった。頭皮にシャンプーを擦りこむ。わたしはどうしたらいいの？　計画はなかったし、なにも思いつけなかった。

渇きがアレクサンドリアを苛みつづけ、そのこと以外考えられなくなりそうだった。舌にエイダンの血の味が残っている。唾が湧いてきて、体がもっとくれと叫び声をあげる。涙が顔に注ぐシャワーの湯と混じった。これは現実じゃないというふりはできない。最悪なのは、エイダンから離れているのがひどくつらいことだ。心が自分からエイダンを求めようとする。彼から離れていると悲嘆に暮れているかのように心が重苦しい。彼のことを考えずにいられない。

「あなたなんて大っ嫌い。なんてことをしてくれたの」エイダンが彼女の心に耳を澄ませているといいと思いながら、声に出して囁いた。

服を慎重に選んで身につけた。はきこんで色褪せ、裂け目が二カ所あるお気に入りのジーンズをはく。彼女はこのジーンズの感触が好きだった。ごくごくふつうで、日常生活の一部という感じがする。上にはお気に入りのアイボリーのレースのカーディガンを着た。小さなパールのボタンがいつも女らしい気分にさせてくれる。

頭に巻いていたタオルを取りながら、彼女は初めて鏡を見た。自分が映っていることにかすかな驚きを覚えた。トーマス・アイヴァンに電話して、彼のくだらないヴァンパイア・ゲームについて、いくつかアイディアを考えなおす必要があると言いたくなった。もはやトーマスはそれほど有能な人物に思えなくなっていた。とはいえ、彼女は顔が青白く、目が大きすぎ、壊れやすそうに見えた。首に触れてみると、サテンのようになめらかで、裂傷もなければ、消えかけた傷痕もない。驚きながら両手をあげ、長く伸びた爪を観察する。過去に爪を伸ばしたことなど一度もなかったのに。彼女は両手をぎゅっとこぶしに握った。

このままこの家にいるわけにはいかない。ジョシュアを安全な場所に連れていく方法を考えなければ。裸足のまま廊下を歩いていった。明かりをつける必要はなかった。暗闇のなかでもすごくはっきり見える。またエイダンのことを考えそうになったので、無理やり気持ちをそらした。危険を避けるために。なにを考えているか、感じているか、彼に知られたくない。自分はふつうの人間と違うのだとは認めたくない。非常にゆっくりと階段をおりた。

ジョシュアの居場所は正確にわかった。間違うことなく、弟が眠っている部屋を見つけた。入口に立ち、ただ弟を見守る。自分たちふたりのことを思って胸が疼いた。ジョシュアはとても小さく、無防備に見える。枕の上の明るい色の髪がまるで後光が差しているようだった。柔らかな息遣いが聞こえる。

ベッドにゆっくり近づくと、涙で視界がぼやけた。ジョシュアはあまりに多くを失ってきた。彼女ではとうてい両親の代わりになれなかった。努力はしたものの、街で最悪の住環境から抜けだすことができなかった。なんて残酷な皮肉だろう。ようやく、ジョシュアはありとあらゆる高価なものに囲まれて豪邸で暮らし、このあたりでいちばんの学校に通えることになった。しかし、そうしたことを可能にした人物はヴァンパイアだ。

アレクサンドリアは羽毛布団の上に腰をおろし、ふかふかした表面に手を滑らせた。これからどうしたらいいだろう？　火急に解決が必要な問題だ。これ以上大事な問題はない。ジョシュアを連れて逃げられるだろうか？　エイダンは見逃してくれるだろうか？　無理やり血を飲まされていたとき、彼女が身を引き剥がせたのはエイダンがそれを許したからだ。そう彼女は心の奥底で悟っていた。彼はわたしの想像よりもはるかに強力で、その実力をすべては見せないようにしている。

アレクサンドリアはゆっくりと息を吐いた。ジョシュアを預けられる身寄りはいない。助けてくれる人もいなければ、逃げる場所もない。ジョシュアの頭にキスをしようと顔を寄せた。たちまち、弟の血の流れが強く意識された。生気に溢れ、トクトクと血管を流れる音が聞こえる。彼女は首の脈打つ血管に魅了された。新鮮な血のにおいに唾が湧いてくる。深く息を吸いこみ、ジョシュアの首に頬を軽くこすりつけた。

門歯が鋭く尖って舌に触れた。ぞっとして、アレクサンドリアはベッドから、眠る弟から跳びのいた。自分がたった一歩で戸口まで跳びすさったことには気づきもしなかった。片手で口をぎゅっと押さえ、廊下を、家のなかを駆け抜けると玄関の扉をぐいとあけ、彼女のいるべき場所、暗闇へと飛びだした。

全速力で走る。一歩ごとに体力が奪われ、むせび泣きが胸を引き裂く。霧はもう薄い靄《もや》に変わっていて、空には星が悠久の模様を描いていた。アドレナリンが底をついたところで、アレクサンドリアは錬鉄の塀の横にしゃがみこんだ。

わたしはなんて邪悪なのだろう。なにを考えていたのだろう。弟を連れて逃げれば、なにもかももとどおりになるとでも？　わたしのそばにいてはジョシュアは危険だ。結局のところ、エイダンがステファンについて語ったことは真実だったのかもしれない。渇きが彼女に爪を、歯を立て、肌がぞくぞくしはじめた。鉄の柵《さく》をつかみ、狂気のなか、その柵を自分の心臓に突き刺そうかと考えた。試しに引っぱってみたが、柵はコンクリートでしっかり固定されていた。血が足りず、力が出ない彼女がひとりで引き抜くのはとうてい無理だ。

唇を噛み、選択肢を考える。ジョシュアを危険にさらすわけにはいかない。あの家には絶対戻れない。マリーとステファンがわたしの半分でもジョシュアを愛するようになり、エイダンの常軌を逸した生活から守ってくれるよう祈るばかりだ。人間は誰ひとり傷つけたくない。そうなると、残された選択肢はただひとつ。ここで太陽がのぼるのを待ち、日の光がわたしを殺してくれるよう祈るだけ。

「無理だな、アレクサンドリア」靄のなかからエイダンの筋肉質で背の高い体が現われた。「そんなことはさせないぞ」彼の顔は容赦ない決意の仮面のようだった。「きみは死ぬ気は満々なのに、生きることを学ぶ気がまるでない」

柵をつかんでいるアレクサンドリアの手の関節が白くなった。「ほうっておいて。わたしの命をどうしようとわたしの勝手でしょう。こういうのを自由意思と呼ぶの。あなたの理解を超えた考え方だとは思うけど」

ゆっくりと小さく筋肉を波打たせて、エイダンが体をまっすぐに伸ばした。彼には天賦の品のよさがある。「今度はわたしを挑発するつもりか」

「言っておくけど、その落ち着いて淡々とした、〝アレクサンドリア、きみはヒステリーを起こしている〟とでも言いたげなしゃべり方をやめないと、わたし、なにをするか責任が持てないわよ」エイダンに無理やり連れていかれそうになった場合に備え、彼女の手は柵をきつく握ったままだった。

エイダンが乾いた低い声で笑った。人をばかにしたような男っぽい笑い方で、アレクサンドリアの背筋に震えを走らせた。「いい加減にするんだ、ピッコラ。朝日を浴びることなどわたしが許さない。観念して生きることを学べ」

「あなたの傲慢さには驚かされるわ。わたしはなにがあろうとあの家には戻らない。わたしがもう少しでなにをするところだったか、あなたは知らないのよ」

「きみとわたしのあいだに秘密は存在しない。きみはジョシュアの血のにおいを嗅ぎ、体が正常な反応を示した。きみは渇いている。飢えて、飢餓状態にある。当然ながら、身近な滋養に反応した。しかし、きみがジョシュアに手を出すことはない。弟に危害を加えることはけっしてない」

「そんなことわからないじゃない」わたしだってわからないのだ。どうして彼にわかるだろう？　彼女は罪悪感を隠すために頭を膝までさげ、動揺を抑えられずに体を前後に揺すった。

「初めてじゃなかったのよ。さっきが二度め」

「きみのことはすべて知っている。わたしはきみの頭のなか、思考のなかにいるんだ。きみがなにを感じているか、感じることができる。きみが経験した渇望は自然なものだった。体の欲求をないがしろにしてはいけない。しかし、きみが子どもに危害を加えることはありえない。ジョシュアはもちろん、どんな子どもにも。きみの性格からいってありえない」

「あなたを信じられたらいいんだけど」

　あまりに絶望に満ちた口調だったので、エイダンは胸がつぶれそうになった。アレクサンドリアが混乱と誤解から重荷を背負いこんでいるのがつらい。彼女はヴァンパイアの伝説と、本物と遭遇した恐ろしい体験、そしてわたしが持つ力をすべてごちゃ混ぜにしている。

　彼はアレクサンドリアの顎にやさしく指をかけ、顔を仰向かせて視線をとらえた。「わたしはきみに嘘がつけないんだ、カーラ・ミア。きみは自在にわたしの思考に触れられる。わたしとしっかり心を重ねてごらん。そうすれば、わたしが真実を語っているのがわかる。ジョシュアに危険はない。きみはわたしのことを野生動物であり、ハンターであり、非常に有能な殺人機械だと考えている。それはときには事実だ。しかし、きみは違う。カルパチアンの男はライフメイトの安全と健康、幸せに責任を持つ。わたしは闇で、きみは光だ。きみのなかには思いやりとやさしさがある。きみはカルパチアンになったが、カルパチアンの女性がみなそうであるように、きみの本質はやさしさにある。ジョシュアに危険はない」

エイダンを信じたい。彼の澄んだ声、揺らぐことのない視線には彼女が納得しそうになるなにかがあった。こんなにも誰かを信じたいと思うのは生まれて初めてだ。「危ない橋は渡れないわ」彼女は悲しげに言った。

「わたしはきみを失いたくない」エイダンはかがんでアレクサンドリアの指を鉄柵からはずし、彼女を軽々と抱きあげた。「どうして力にならせてくれないんだ？　たいへんなショックを受けているのはわかるが、自分の心に耳を傾けてごらん。わたしを邪悪だと思うなら、どうしてきみはわたしを救ったんだ？」

「わからない。もうなにもわからないの。ジョシュアの安全を願う以外は」

「わたしはきみの安全を願う」

「あの子のそばにいるとき、さっきみたいな激しい渇望を感じるのは耐えられない。恐ろしかったわ、あの子の脈を感じて血のことを考えたりして」手で胃のあたりを押さえる。「吐き気を感じた。ものすごく怖くなったの、あの子の安全を考えると」

エイダンは彼女の髪にごく軽く愛撫するように唇を触れさせた。「きみの力にならせてくれ、アレクサンドリア。わたしはきみのライフメイトだ。きみを助けるのはわたしの義務であると同時に権利なんだ」

アレクサンドリアの抵抗しようという気持ちが薄れるのを感じた。絶望の表情で彼女はエイダンを見あげた。その瞳の奥に信頼はなく、あるのは極度の悲しみだけだった。エイダンの力にも、不屈の意志にもかなわないという悲しみ。

「わたしに証明させてくれ」彼は柔らかな声で言った。低く真剣な、黒いベルベットのように誘惑的な声で。

9

アレクサンドリアを抱くエイダンの腕に力がこもった。彼の顔、目には、なんと呼んだらいいか、怖くなる表情が浮かんでいた。所有欲。愛情。その両方が混ざり合ったもの。知りたくない。アレクサンドリアは愛情を注がれている、大切にされているという気分になった。わたしはセクシーで美しいという気分に。エイダンの視線が顔をさまよい、キスするように唇に触れると、心臓が早鐘を打ちはじめた。

エイダンの官能的な口もとにゆっくりと笑みが広がる。「きみは裸足か。星空の下を散歩しようと言うつもりだったが、またきみの悪い癖が顔を出したみたいだな」

アレクサンドリアはごくりと唾を飲み、なんとか自制心らしきものを取り戻そうとした。家には戻りたくない。ジョシュアから離れた場所で頭を整理する必要がある。「ここまで走ってきたんですもの、歩いても大丈夫だと思うわ。おろして、エイダン。逃げたりしないから」

彼が笑ったので、息がかかってアレクサンドリアの髪がそよいだ。「きみはわたしから逃げられない」ゆっくりと、非常にやさしく、彼女の体の感触を確かめながら、エイダンはアレクサンドリアを立たせた。

彼女はエイダンを見あげた。ふたりのあいだには、それまで存在しなかったなにかが生まれていた。彼が男性として強く意識される。長身でたくましく、ハンサムでセクシー。アレクサンドリアはそれについて考えるのをやめ、慌てて顔をうつむけた。

エイダンが突然ほほえんだのを、彼女は見逃した。

「美しい夜だ、カーラ・ミア。まわりを見てごらん」彼は柔らかな声で命じた。

となりをくつろいで歩くエイダンを強く意識し、彼について、彼が持つ不思議な支配力について考えたくなかったので、アレクサンドリアは言われたとおりにした。頭上の星空は輝く毛布のようだ。深呼吸をして海からの潮風を吸いこんだ。

背後はこんもりとした森が広がる丘、前は海を見晴らす崖。道が曲がりくねりながら丘をのぼり、通り沿いに点在する家はどれも大きかったが、周囲の景色とよくなじんでいる。街の明かりが星と競うように虹色の光を放って何キロも続いている。息を呑むような光景だ。

エイダンが少し彼女に近づいた。ほんの少し筋肉を動かしただけだったが、彼の体の温もりが感じられた。下腹部が思いがけずとろけるように熱くなる。胸の鼓動が速くなった。夢中。彼はわたしを夢中にする。とりこにする。エイダンとのあいだに少し距離を置くため、アレクサンドリアはさりげなく離れた。エイダンは歩くというよりも滑るように移動し、金色の瞳で周囲の景色を眺めている。射るような視線は彼女が離れたことも含めて、なにひとつ見逃さなかった。

「きちんと糧を得ていれば、さっき弟のそばで感じたようなことは感じずにすむんだ」エイダンが淡々とした口調で切りだした。

アレクサンドリアは腹部にパンチを見舞われたような気がした。「それについて話さないとだめ？」糧を得る。具体的にそれはなにを意味するのだろう？ 食べるではなく、糧を得る。彼女の頭はその言葉と言外の意味から逃げようとした。

エイダンの手がアレクサンドリアの髪に置かれ、背中から形のいいヒップへ向かって滑りおりた。耐えられないほどやさしいしぐさに、アレクサンドリアの肌の下まで温もりがしみこみ、口が乾いた。偶然ふたりの手が触れ合った。指と指がもつれたかと思うと、エイダンが指を絡め合わせて彼女の手を握った。「そうするのがベストなんだ、カーラ・ミア。きみの恐怖心には根拠がなさすぎる」

アレクサンドリアは深く息を吸って不快な話題に気持ちを集中しようとしたが、エイダンがそばにいるせいで彼女の世界はすっかり混乱していた。舌先で渇いた唇を湿らせた。エイダンの視線に追われると、単純な動作がなにかエロティックなものに感じられる。

「どうしろと言うの？ トーマス・アイヴァンを栄養源にすればいいわけ？」不安で喉がひりひりと痛かったので、わざと軽薄な口調で言った。「わたし、いつでも彼を誘惑できるんでしょ――映画のなかの女ヴァンパイアがすることってそれだもの」

エイダンは彼女の頭のなかにはいっていたので、いまの言葉が不安感から口にされたことを知っていた。しかし、アレクサンドリアとソフトウェア業界の大立者《おおだてもの》の体が絡み合っている光景が、即座にありありと思い浮かんだ。止める間もなく、警告を含んだ唸り声が漏れた。白い歯が輝き、威嚇する。彼は長い金色の髪をかきあげた。いまこの瞬間、彼は危険な存在になっていて、そのことにショックを受けた。戦争に加わったとき以外、人間に対して本物の脅威となったことはこれまでなかった。人間は糧を得るためのもの、守るべき相手で、彼が人間の諍《いさか》いにかかわることはめったになかった。故郷で血が流され、国々が引き裂かれると、すべてのカルパチアンが自分の能力を生かして戦った。しかし、これはそれとは話が異なる。これは個人的な感情だ。トーマス・アイヴァンが完全に安全と言える日は二度とふたたび来ないだろう。

アレクサンドリアはエイダンの変化をすぐに感じとった。彼はわたしにはまったく理解できない内なる悪魔と闘っている。エイダンの手を握る彼女の手に力がこもった。「どうしたの、エイダン？」心配になり、小さな声で訊いた。

「いまみたいなことは冗談でも言うな。きみがアイヴァンを誘惑したら、あの男の命はない」エイダンは衝撃をやわらげようともせず、感情を剝きだしにして言った。声はベルベットのように柔らかかったが、威嚇の響きに満ちていて、怒鳴り声よりもずっと恐ろしかった。彼はアレクサンドリアの手を口に運び、サテンのような肌に熱い唇を押しつけた。「きみに触れてみろ、あいつは運命に逆らうことになる」

アレクサンドリアは体が熱く疼き、差し迫った欲求に襲われて落ち着かなくなったため、手を引っこめた。エイダンの唇の快感を消し去ろうとして、無意識のうちにジーンズをはいた腿に手をこすりつける。「ねえエイダン、わたしにはあなたの言うことが半分もわからない。どうしてトーマスは運命に逆らうことになるの？　わたしが彼を殺すという意味？」返事を待ちながら、息を詰めないよう努力した。

ふたりの体がふたたび触れ合った。歩調はタンゴを踊っているかのようにぴったり合っている。「ぜんぜん違う。わたしが彼を殺すという意味だ。わたしは自分を止められる自信がない。止めたいとも思わないだろう」

彼を見あげるアレクサンドリアのサファイア色の目が大きく見ひらかれた。「本当に本気で言ってるのね？　どうしてそんなことをするの？」

エイダンは答えるのをためらい、彼が言葉を慎重に選ぶあいだ沈黙が流れた。「わたしにはきみを守る責任がある。あの男が狙っているのはきみの美しいスケッチだけではないんだ、アレクサンドリア。きみは世間知らずだからわからないだけで」

アレクサンドリアは顎を突きだした。「勝手に決めつけないで、ミスター・サヴィジ。わたしは何人もの男性とつき合ってきたかもしれないでしょ。わたしがトーマス・アイヴァンを誘惑しようと決めたら、心配は無用よ。自分のことは自分で守れるから」

シルクのような髪が突然ぎゅっと握られたため、アレクサンドリアは立ち止まった。エイダンがぐっと近づいてきたので、細い体を後ろにそらせた。情熱と所有欲を宿してぎらぎらと輝く金色の瞳が彼女の瞳をまっすぐ見つめてくる。「きみはわたしのライフメイトだ。ほかの男に触れられたことなどない。わたしはきみの頭のなかにはいり、記憶にアクセスすることができる。何人も男がいたなどと嘘をつこうとするな」

アレクサンドリアは動かず、逆らいもしなかった。エイダンは攻撃的になっていたが、アレクサンドリアは身の危険を感じなかった。ただ、エイダンは内なる悪魔に衝き動かされているかのようにひどく興奮していた。「ほかにも山ほど問題を抱えているうえに、あなたって男性優越主義者なのね。あなただってこれまでひとりも女性がいなかったわけじゃないでしょうに。それに――わたしの頭から出てちょうだい。あなたにはわたしのプライベートを云々《うんぬん》する権利はまったくないいんだから。そのライフメイトっていうのがなにか知らないけど、わたしはいっさいかかわりたくないの」挑戦的に聞こえるよう努力したものの、エイダンの完璧な唇がほんの数センチ先にあってはむずかしかった。彼の唇を見ていると、普段なら考えないようなことを考えてしまう。

彼女はエイダンの瞳から目が離せなかった。金色が熱を帯び、瞳の奥に断固たる意思が宿っていた。彼の固く引き結ばれた口がやわらいだかと思うと、果てしなくゆっくりと唇が彼女の唇に重ねられた。つかの間、羽のように軽く触れただけだったが、アレクサンドリアの体は痛いほどの欲望に貫かれた。

「忘れないように言っておくが、男を誘惑するのは絶対になしだからな」エイダンが囁いた。

アレクサンドリアは彼の言葉の味が、息の味がわかる気がした。彼の口は熱く魅惑的だ。エイダンがわずかに身動きしたので、アレクサンドリアは彼の体が欲望で硬くなっているのを感じた。エイダンの手が頬に添えられ、親指が脈の上を愛撫している。風がアレクサンドリアのシルクのような髪をエイダンの手と腕に絡ませ、まるで意図したかのようにふたりを結びつけた。

彼のにおいが呼びかけてくる。野生と孤独感がみなぎったにおいで、動物がつがいの片割れを呼ぶのに似ていた。知性にも理性にも良識にも反して、アレクサンドリアの全存在が反応した。これほど男性に性的に惹かれたことは過去に一度もなかった。さらに、エイダンに対する反応の強さは、彼女の理解を超えていた。この闇のなか、いまここで彼に奔放に求められたい。

アレクサンドリアは彼からぱっと離れた。「やめて、エイダン。とにかくやめて」片手をあげて彼をなだめる。「わたしは心の準備ができてないの」この男《ひと》は強烈すぎる。傲慢すぎる。わたしはこの男なしでは生きていけなくされてしまう。「わたしの人生を乗っとるのはやめて」囁き声で言った。

エイダンは親指で彼女の下唇を撫でた。「わたしはきみにほとんど触れてもいないじゃないか、カーラ・ミア。それなのにきみはウサギのようにわたしから逃げだす」

「正気の女性なら誰でもあなたから逃げだすわ、エイダン。あなたの言うことはめちゃくちゃよ。わたしに過去——あるいは現在、何人恋人がいようとあなたには関係ないことだわ。わたし個人の問題ですもの。わたしはあなたの恋愛について尋ねたりしなかった、でしょ？」エイダンがほかの女性を抱いているところを想像して、アレクサンドリアは急に吐き気を覚えた。「あなたは言行不一致もいいとこだわ。何百年も生きてきたなら、あなたにはわたしが知りたくないくらいたくさんの女性がいたはずよ。何百人も」考えなおした。「何千人もね。あなたは犬よ、エイダン。セックスのことしか頭にない犬《ハウンドドッグ》」

　エイダンは声をあげて笑わずにいられなかった。もう一度アレクサンドリアの手を握り、家に向かってゆっくり戻りはじめた。彼の手のなかでアレクサンドリアの手は小さく華奢《きゃしゃ》に感じられ、肌は柔らかく、彼をそそった。気ままな風が彼女の髪をもてあそび、エイダンの腕に絡ませてふたりを繭のように包む。

　アレクサンドリアはエイダンと並んで歩きながら、大切にされている、守られていると感じないよう努力した。彼女がひどく無防備に感じるのはエイダンの歩き方のせいだ——自信に満ち、しなやかで力強い。それでいて彼女の手を握る手はやさしい。プライベートをエイダンにのぞかれることに対するいらだちが一歩ごとにつのった。

「あなたはわたしについて誤解してるわ。実際に愛し合った男性はいないとしても、それはまだ本当に好きになった人がいないからよ。魅力を感じた人はいるわ。わたしは別にどこもおかしくないから」

　エイダンの口がひくついた。彼は断固として笑わなかったが、淡々とした声で答えるには少し間を置く必要があった。「わたしは一度もきみにおかしなところがあるなどと考えたことはない。しかし、きみが不安なら、わたしが喜んで証明してみせよう」

　アレクサンドリアは手を引っこめようとした。ふたりのあいだには一触即発と言っていい空気がみなぎっている。彼にキスされるのはおろか、触れられるのも危険だ。「あなたはそのつもりでも、そういうことにはならないわ。わたし、ヴァンパイアに関しては決めてることがあるの――彼らとはかかわらないって」

エイダンの眉がつりあがった。「賢明なルールだ。きみが分別を見せはじめてうれしいよ。そのうえ、きみは人間の男性に惹かれないときている」

「トーマス・アイヴァンはとても魅力的だわ」

エイダンの琥珀色の瞳がぎらりと光った。「あの男のことはサメみたいだと考えていたじゃないか。それに、あの男がつけている安物のコロンはきみに頭痛を起こさせる」

「彼のことはだんだん好きになってきたの」アレクサンドリアは反論した。「わたしと共通点も多いし。トーマスのコロンは安物じゃないわ。それに彼はとてもハンサムよ」

たちまちエイダンの大きな体が前に立ちはだかり、アレクサンドリアは広い胸に顔から突っこむ格好になった。彼の手が細い首にまわされる。「きみにとっては違う」親指がアレクサンドリアの下唇をすっと撫でた。

急に彼女の体が欲望に疼きだした。エイダンのせいで、ひんやりとした夜気も、星さえも存在を忘れ去られた。あるのはエイダンの筋肉質の体と熱さ、たくましさだけになる。エイダンの胸の鼓動が聞こえた。彼の血が歌い、彼女を呼んでいる。責め苛むような激しい渇きが襲ってきた。小さくうめいて、アレクサンドリアは身を引き剝がそうとした。生きるためには誰かの血を飲まなければならないことを、つかの間忘れていた。しかし、それを思いだすとほかのことがすべて押し流されてしまい、まわりの美しい景色も不毛で醜いものに見えてきた。エイダンが怖い。彼の胸に両手を置き、押しやろうとした。しかし、それはコンクリートの壁を動かそうとするようなものだった。

エイダンはただほほえんだだけだった。「きみにとって自然なことを恐れるな。わたしに危害を加えられるなんて、本気で考えているのか?」彼の腕がぎゅっと体にまわされ、アレクサンドリアの足が浮いた。彼の唇が耳をかすめる。「しかし、きみの気遣いには感謝する」

エイダンのウエストにしがみつき、彼の腕の下をのぞくと地面が遠ざかっていくのが見えた。ふたりの体はゆっくりと上昇していて、アレクサンドリアは恐怖に襲われた。「わたしは高所恐怖症だって言っておいたほうがいいかも」耳のなかで胸の鼓動が大きく鳴り響いている。

「いいや、違うな。嘘をつくんじゃない。きみは自分の理解を超えたことが怖いだけだ。昔から飛ぶことを夢見ていたんじゃないか? 空高く。わたしたちの世界を見てごらん、ピッコラ。自分にどんなすばらしいことができるか見てみるがいい」エイダンの声はやさしく、愉快そうだった。「きみは自在に空へ舞いあがることができるんだ」

「夢見るのと実際にそうするのとは別ものよ。それに飛んでいるのはわたしじゃない。あなたでしょ」

エイダンが低くいたずらっぽい声で笑った。「放してみようか? きみひとりの力でも宙に浮いていられるぞ」

アレクサンドリアはとっさに彼のシャツをぎゅっと握った。「冗談でもそういうことは言わないで、エイダン」しかし、エイダンは彼女をしっかり抱いたままだったので、アレクサンドリアは守られているという気がして安心できた。深呼吸をしてからあたりを見まわす。

霧の帯がそばを流れていく。手を伸ばし、触れてみたいと思ったが、エイダンのシャツを握る手を緩めるほどにはくつろげていなかった。頭上では星がきらめき、眼下では波が大きな岩に砕け、四方に白いしぶきをまき散らしている。水しぶきは海の濃い青色を背景に輝くダイヤモンドのように見えた。風が木々を揺らし、枝が手を振っているように見える。

アレクサンドリアははじけるような喜びを感じた。解放感。のしかかる重圧がつかの間ふっと軽くなり、彼女は笑った。本当に声をあげて。彼女の笑い声はエイダンの胸を貫き、包みこみ、そしてぎゅっと締めつけた。彼の腕にさらに力がこもった。アレクサンドリアがこんなふうに笑うのを四六時中聞いていたい。彼女の香り、感触が彼のなかの野生を呼び覚ます。

アレクサンドリアはエイダンの変化を感じとった。彼の体が差し迫った欲求を感じて硬くなり、彼女を抱く腕からは所有欲が伝わってきた。ふたりはエイダンが使っている三階のバルコニーに到着した。彼の足が床についても、アレクサンドリアの足は宙に浮いたままだった。エイダンはステンドグラスの引き戸のすぐ外に置かれたフラシ天のソファまでやすやすと彼女を運んだ。

「エイダン！」アレクサンドリアは息を切らして抗議した。パニックが襲ってきた。この男《ひと》とこんなふうにふたりきりになるわけにいかない。この男《ひと》は魅力的すぎるし、わたしはあまりに無防備だ。アレクサンドリアの心は千々に乱れていた。

エイダンの唇がまぶたと頬をかすめた。「わたしを信頼しろと言っただろう？」彼はアレクサンドリアを膝に乗せた。体の昂《たかぶ》りに気づかれてもかまわないようだった。ふたりのあいだに隠しごとはない。アレクサンドリアは簡単に彼の頭のなかをのぞき、同じ情報を得ることができた。

急に怖くなって体に震えが走る。彼女を見るエイダンの視線が前とは異なっていた。彼女は自分だけのものだというような、自分には絶対的な所有権があるというような目つき。やさしさもあるけれど、断固とした決意がみなぎっている。アレクサンドリアは震える手で彼の顔に触れた。

闇のなか、彼の男性的な美しさが引き立ち、黄褐色のふさふさした髪が広い肩に垂れている。濃いまつげ、優美な鼻筋、力強い顎、完璧な唇。

「わたしと心を重ねるんだ」それは柔らかな命令だった。

アレクサンドリアは体をこわばらせ、かぶりを振った。わたしの人生は乗っとられ、永久に変えられてしまった。エイダンがさらに彼女を引き寄せようと、自分の世界に深く引きずりこもうとしているのを、彼女は本能的に察知した。なにかしらコントロールできることを残しておかなければ。「いやよ、エイダン。あなたの言いなりにはならないわ」

「わたしはきみに糧を与えようとしているだけだ、カーラ・ミア。耐えられないほど誘惑を感じているのは認めるが。わたしと心を重ねるんだ」エイダンの声は先ほどよりも一オクターブ低くなり、催眠術のような響きを帯びた。

アレクサンドリアは彼のたくましい腕のなかであらがった。〝糧を与える〟という言葉が脳裏にこだました。胃が宙返りし、心臓が早鐘を打つ。嫌悪ではなく、熱い期待を覚えた。ふたりのあいだの性的な緊張感がいっそう高まり、低くすすり泣いてしまいそうになる。こんなのはわたしじゃない。欲望で頭と体が疼くほど、燃えるほど男性を求めるなんてありえない。誰かに歯を立てるなんて絶対に考えられない。しかし、エイダンの胸、首に口を滑らせることを考えると体に力がはいった。体の奥にこれまで知らなかった官能的な欲求が湧いてくる。

「わたしと心を重ねるんだ」エイダンがもう一度囁いた。血管の上を舌で愛撫されると、アレクサンドリアは胸がはずんで体がこわばった。

とうとうエイダンの望むとおりにした。彼の脳裏にエロティックな映像が躍っているのが見えた。彼の舌が舌を撫で、指がカーディガンのパールのボタンをゆっくりはずしはじめる。アレクサンドリアは情熱と欲求、渇望に包まれ、肌が極度に感じやすくなっていた。ひんやりとした風がじらすように胸に触れると、思わずうめき声が漏れた。

エイダンの手がアレクサンドリアの細い胸郭を撫であげ、乳房の下のサテンのような肌を所有欲に満ちた手つきでおおった。彼女の首、喉に軽く歯が立てられる。彼はよく聞きとれないことをつぶやいた。きみが欲しいんだ、アレクサンドリア。きみはわたしのものだ。わたしだけの。彼の歯が乳房までおりて肌をエロティックにこすった。ベルベットのような感触の舌が硬くなった頂を一度、二度となぶる。**わたしはきみのライフメイトだ。わたしからきみに与えられるものを。わたしだけが必要なものを得るんだ。飲むがいい、カーラ・ミア。**

アレクサンドリアは柔らかなふくらみが彼の口におおわれるのを、熱く吸われるのを感じた。目が自然と閉じる。彼女は夢の世界にいた。体が重く感じられ、彼女の全存在が、解き放たれることを求めて荒れ狂っている。エイダンがシャツの前をひらき、ふたりの肌と肌が触れ合った。しばらくのあいだ、彼はアレクサンドリアをそのままじっと抱いてクリームのようになめらかな肌の感触をじっくり味わった。彼の手がアレクサンドリアの顔を胸へと導き、しっかりと押さえつけた。

アレクサンドリアの渇望が彼の脳裏に映しだされ、増幅されて、彼の脳裏の赤いかすみがアレクサンドリアの脳裏にもかかった。彼の引き締まった胸に頬をこすりつけ、アレクサンドリアは勢いよく流れる血のにおいを深々と吸いこんだ。エイダンの体がさらに熱く高まったのを感じて、口もとに女としての満足の笑みが広がる。舌でエイダンの男性的でぴりっとした味わいを楽しむ。癖になりそうだ。彼女の唇が血管の上を軽く撫でる。

エイダンの筋肉が収縮した。彼は歯を食いしばり、激しい肉体的欲求に目を閉じた。アレクサンドリアはまるで熱を持ったシルク、白い稲妻のようだ。炎が彼の胸をかすめ、平らな腹部からさらに下へと広がった。満たされない欲望が彼を苛む。アレクサンドリアの舌が肌の上で躍り、エイダンは頭がおかしくなりそうだった。

アレクサンドリアの生来の奔放さが、彼女の体を流れはじめたカルパチアンの血によって強さを増していた。エイダンは彼女のライフメイトだ。いま起きていることを認めるのは拒んでいても、彼女の体はエイダンを求め、必要としている。いけないという思いは脇に押しやられ、自制心はつのる情熱に押し流された。アレクサンドリアの体はもっと近づくことを求めて、肌と肌がじかに触れ合うことを求めている。心は彼の心とぴったり重なり、ひとつになっている。彼が求めるものを彼女も求め、彼女が必要とするものを彼も必要としていた。

アレクサンドリアの舌が血管の上を愛撫し、茶色い平らな乳首をなぶった。エイダンは頭をのけぞらせてうめいた。肌をうっすらと汗の膜がおおい、急激な欲求に駆られた昂りが大きくなってジーンズがきつく感じられた。脚が震えだしたかと思うと、その震えが全身に広まった。血管がドクドクと脈打ち、噴火直前の火山のようだ。何世紀も生きてきたが、いまアレクサンドリアを欲しいと思うほどなにかを強く欲したことはない。誰にも渡すまいと、彼女を抱く腕に力がこもる。顔を寄せてアレクサンドリアのシルクのような髪、閉じられたまぶた、こめかみに唇で軽く触れる。

白熱したような痛みが体を突き抜け、彼の全細胞が信じられないほどの喜びに満たされた。アレクサンドリアの歯が深く突き立てられ、エイダンの血が彼女の体に流れこんだのだ。彼女の口は夢中になって糧を得ている。エロティックに。情熱的に。

アレクサンドリアの手が彼の胸を撫で、平らな腹部を滑り、ズボンのウエストバンドに触れるところまでさがった。エイダンはきつい布におおわれた疼く体が少しでも楽になるように身動きした。自分を解き放ちたくてしかたがない。

門歯が尖って舌に触れ、口のなかには熱い欲求が溢れている。エイダンは彼の血を飲むアレクサンドリアの首筋に鼻先をこすりつけた。歯が自然と彼女の肩をとらえてアレクサンドリアを動けなくする。カルパチアンの体に脈々と流れる支配欲の表われだ。いままで自分がそんな欲求を持っていることすら知らなかった。エイダンの体は欲望にずきずきと疼き、燃えるように熱くなっていた。

アレクサンドリアの手がうっとうしい服へと動いた。エイダンの心とすっかり溶け合った彼女の心は、熱い欲望にわれを忘れていた。手脚を絡ませ、恍惚としているふたりの姿がエイダンの脳裏に映しだされている。彼の差し迫った欲求がなにか、彼の体がなにを求めているか、アレクサンドリアにははっきりとわかっていた。彼女はきついズボンに押しこめられていたエイダンを解放した。彼女の指が太く硬くなった彼を包み、愛撫すると、エイダンは身震いした。

彼は歯を食いしばり、体を弓なりにした。耳のなかでは雷のような音が鳴り響き、目の前には欲望の赤いかすみがかかっている。頭は携帯用ドリルで叩かれているみたいだ。彼はアレクサンドリアのカーディガンを乱暴に押しひらき、彼女が動く前に歯を突き立てた。

わずかな自衛本能がよみがえってきて、アレクサンドリアは自分がなにをしているか気づいた。それまではエロティックな夢を見ているような気分だったが、いまやひんやりとした夜気、熱いエイダンの体、彼女をしっかりと抱く彼の手、そして彼女自身の奔放な振る舞い、エイダンの胸から血を飲んで陶然としている自分、すべてが意識にのぼってきた。

「ああ、信じられない!」火傷をしたかのように、彼女は口を離し、身を引こうとした。エイダンに頭を押さえられていたので、彼の胸を血が伝い落ちるのがわかった。

「舌で傷口を閉じてくれ。きみの唾液には治癒作用がある。望まぬかぎり、痕は残らない」エイダンの声は柔らかくハスキーで、まるで愛撫のようだった。手は彼女が従うようにしっかりと押さえている。

彼に逆らう勇気はなかったので、アレクサンドリアは命じられたとおりにした。エイダンはきわめて昂った状態にあり、出方を少しでも間違えば、彼女の抵抗などすぐに抑えこまれてしまうだろう。ふたりはひとつの心のなかに閉じこめられている。エイダンが必死に自制心を取り戻そうとするあいだ、彼女は息を殺していた。彼の喉が低くごろごろと鳴った。エイダンは人というより獣《けもの》に近かった。

「信じられない、信じられない」自分の大胆さ、奔放さが恥ずかしくて、アレクサンドリアは連祷《れんとう》するようにくり返した。「あなたがわたしを催眠術にかけて、いまみたいなことをさせたんだと言って。ねえ、そうだったんでしょ?」

アレクサンドリアは懇願していた。声からも、目からも、心からも伝わってくる。しかし、ライフメイト同士のあいだに嘘があってはならない。どんなに真実を告げずにすめばいいと思っても、無理な相談だった。エイダンはかぶりを振ったが、アレクサンドリアはすでに真実を悟りつつあった。うめき声を漏らすと両手で顔をおおった。「わたしはこんなじゃない。男性にこんな反応はしない。血は飲まないし、じらすのが好きでもない。あなたはわたしになにをしたの？　考えていたよりもひどいわ。

「まるで色情狂のヴァンパイアみたい」彼女はエイダンの腕から逃れようとしたが、彼はさらにぎゅっと抱きしめた。

「落ち着くんだ、カーラ・ミア。いまのことにはちゃんとした理由があるんだ」本当はアレクサンドリアをバルコニーの床に押し倒して自分の権利を行使したかった。そしてこの生き地獄にきっぱり別れを告げたい。しかし、彼女に対してそんなことはできない。〝色情狂のヴァンパイア〟などというばかげた表現を聞いて、エイダンは思わず笑いそうになった。

アレクサンドリアは彼が本能と闘っていることをよくわかっていた。彼女自身、過去に経験のない欲求、欲望、感情と闘っている。どうして彼なのだろう？　どうしてわたしが燃えるほどに欲しいと思うのは彼なのだろう？　**わたしはエイダンの血をみずから進んで飲んだ。もっと飲みたいと、彼にわたしを捧げたいと、彼に触れられたい、奪われたい、わたしも彼に触れたいと思った。**恥ずかしさのあまり、またうめき声が漏れた。もう二度と彼と顔を合わせられない。それに、さっきエイダンは脳裏にきわめてあからさまであざやかな映像を思い浮かべていた。彼がわたしに対して抱いているのは、年長者らしい慈愛などではけっしてない。

「震えてるじゃないか、ピッコラ」エイダンはやさしく指摘した。自分で望むよりも少しかすれた声になった。このまま彼女を抱いていたい。もしいま逃げられたら、彼は貴重な足がかりを失うことになる。なだめるような手つきでアレクサンドリアの髪を撫でた。「ふたりともおかしなところはなにもない。なにも起きなかった」

「なにも起きなかったってどういう意味？」アレクサンドリアは訊いた。「わたしはあなたの血を飲んだのよ」それについて考えるだけでも吐き気を催し、胃が引き攣《つ》れた。彼女はそうしたいと思い、そうしないではいられなかった。いまは渇きが満たされているものの、体には欲望がみなぎっている。

「いくつか方法があると言っただろう。きみがジョシュアに危害を加える心配はない。きみに必要なものはすべてわたしが与える。それはわたしの権利、特権だ」エイダンが所有者然としてアレクサンドリアの喉に手を置くと、猛スピードで打っている脈が伝わってきた。カーディガンの前はひらいたままで、そそるようなふっくらとした乳房があらわになっている。自分の奔放な振る舞いとエイダンの血を飲んだことにショックを受けているせいで、本人は気づいていないようだ。その光景はエイダンの熱くなった血を冷ますにはプラスにならなかった。彼女をぐいと抱き寄せ、歯を突き立てて、どんなに暴れようと叫ぼうと、彼の世界に完全に引きずりこみたいという衝動に駆られた。

アレクサンドリアはエイダンの膝から注意深く目をそらしていた。たくましい男性的な体があらわになっていても、彼はアレクサンドリアと違い、ほんの少しも恥ずかしくないようだった。点々と浮かぶ雲の切れ間からまたたいている星を見あげた。美しく穏やかな夜だった。エイダンの手に喉を押さえられていても怖くはなく、反対に大事にされているという気がした。

アレクサンドリアは唇を湿した。「あなたがわたしを操らなかったのは確か？」

「わたしたちはライフメイトだ、アレクサンドリア。きみの心と体はわたしをライフメイトとして認識する。わたしたちのあいだの絆は深まるばかり、欲求も強まるばかりだ。カルパチアンはそういうふうにできている。たぶんわれわれの寿命が長いためだろう。ライフメイトに対する性的な欲求は時とともに薄れるのではなく、強くなる。いつかはふたりともそれに屈するときが来る。さもないと、待っているのは悲惨な結末だ」エイダンは注意深く言葉を選びつつも、正直に答えた。

アレクサンドリアはエイダンの脳裏に浮かんだ映像を見て、憤然と顔を紅潮させた。「力ずくってこと？　力ずくでひとつになるというの？　わたしにはまだ経験がないし――それはもう確認済みよね――あなたを好きかどうかもわからないのよ。どうしてこんなことになるの？」

エイダンは深くため息をついた。彼女が逃げるのではなく、会話してくれているのがせめてもの救いだ。「きみがこれまで誰にも性的な魅力を感じなかったのは、わたしと結ばれるために生まれてきたからだ。きみの体はわたしを必要としている。きみはわたしのライフメイトだ」

「その言葉は聞きたくないの」アレクサンドリアの声に嫌悪感がこもった。「あなたはわたしの人生を奪った。わたしにはもう自分が何者かもわからない」青い瞳でエイダンをひたと見る。「抵抗もしないで、あなたに自分を差しだすような真似はしないわ」

エイダンは彼女の顎を撫でた。「わたしはきみの人生を奪い、きみはわたしの人生を奪った。もうあともどりはできない」

「わたしはそうは思わないわ」アレクサンドリアは挑戦的に顎を突きだした。そのとき初めてカーディガンの前が大きくひらいていることに気づいた。自己嫌悪に襲われて小さく息を呑み、前をかき合わせる。「あなたもちゃんとして」エイダンのたくましすぎる体があらわになっているのをちらりと見て、憤然とした口調で言った。

彼は気だるげに肩をすくめた。「さっきやりかけたことを続けてもいいじゃないか」

アレクサンドリアの顔が真っ赤になった。「もう、その話はやめて！」

肉体的欲求が荒れ狂っているにもかかわらず、エイダンは気がつくとほほえんでいた。急がずに自身をきついズボンのなかにしまい、前ボタンを留める。「このほうが安心できるか？」やさしくからかうような口調で訊いた。

彼の声を聞くと、アレクサンドリアの背筋に純粋な快感の震えが走った。こんな声を持っているなんてずるいわ。それに口も。彼女はエイダンを見あげ、くっきりとして完璧な唇の線に魅了された。心臓が痛いほど激しく胸郭に打ちつけている。エイダンの口は声と同じように魔力を持っている。その熱さを、差し招くような熱を、アレクサンドリアは感じられる気がした。

彼の唇が唇に触れると、心臓が止まった。彼の舌がふっくらした下唇をたどり、アレクサンドリアに口をひらかせたかと思うとなめらかな口内にはいってきた。心臓が早鐘を打ちはじめる。地面が奇妙に隆起したり、あたりがゆっくりとまわりだしたりした気がして、彼女はバランス感覚を失った。エイダンはわがもの然として彼女の口のすみずみまで舌を滑らせ、ふたりのあいだにふたたび炎を燃えあがらせた。しぶしぶながら、ゆっくりと顔をあげたのはエイダンのほうだった。アレクサンドリアの喉に手を広げ、親指で顎を撫でる。

「いまのはきみのせいだ」囁き声で、アレクサンドリアを黒魔術の世界へとさらに深く引きずりこむ。「わたしはなにもしていない」

アレクサンドリアは途方に暮れてエイダンを見あげた。どうしてこんなことがいとも簡単にできてしまうの？　わたしは絶対になにもしていないのに、すっかりセクシーな気分にさせてしまうなんて？

「わたしはなにもしていない」エイダンはくり返した。「きみの目を見ていると、わたしは蜘蛛で、きみは蜘蛛の巣にかかった小さな虫であるかのような気分になる」少しでも楽な姿勢を取ろうと、ふたたび身動きした。

アレクサンドリアは自分の柔らかな体にエイダンの男性的な筋肉の痕がくっきり刻みこまれているような気がした。いつまでもこうしていたい。彼から離れたくない。恐ろしくなって、アレクサンドリアは身を引き剝がしたつもりだった。しかし、彼女の体はエイダンから一センチも離れていなかった。金色の瞳は彼女の顔をじっと見つめたままだ。

「わたしを放して。本気で言ってるのよ、エイダン。あなたはわたしを誘惑している。その声に秘密があるにちがいないわ。間違いない。ジョシュアを操ったときと同じように」

「そうできたらと思うよ、ピッコラ。きみを操れたらどんなにすばらしいか。さまざまな可能性が生まれてくる」

彼の脳裏につぎつぎといたずらっぽいイメージが浮かびあがった。絡み合う体と体。剝きだしの肌。彼女の体をすみずみまで這う唇。「やめて！」アレクサンドリアは必死に叫んだ。エイダンの脳裏のエロティックな映像に体がメルトダウンを起こしそうだ。

エイダンはそ知らぬ顔で彼女の頭に顎をこすりつけた。「わたしは今夜を楽しんでいるだけだ、アレクサンドリア。美しい夜じゃないか？」

アレクサンドリアは消えつつある星を見あげた。闇にかすかな光が差しはじめ、空の色がシルバーグレーに変わりつつある。彼女は息を呑んだ。夜はどこへ行ってしまったの？　わたしはエイダンとどれくらいの時間こうしていたのだろう？　あの寝所におりて眠るのはいやだ。「太陽が見たいわ」

エイダンの手が髪を撫でる。「太陽を見ることはできる。しかし、日光を浴びることはできない。それから絶対にサングラスを忘れてはならない。時間も」

アレクサンドリアは不安を呑みこんだ。「時間？」

「最初は倦怠感《けんたいかん》を覚え、つぎに体に力がはいらなくなって完全に無防備な状態になる。正午までにはどこかに避難しなければならない」

エイダンの声は穏やかで淡々としていて、彼女を悲しみに打ちひしがらせてもいなければ、彼女から人生を奪ってもいないかのようだった。たちまち、アレクサンドリアは嫌悪を覚えた。

「ジョシュアはどうなるの？」強い口調で訊いた。「あの子の生活、学校、誕生日、パーティやスポーツは？　ジョシュアは野球やフットボールを始めるかもしれないでしょ。あの子が試合に出たり練習をしたりするあいだ、わたしはどこにいればいいの？」

「マリーとステファンが——」

「ほかの女の人にジョシュアを育ててもらうなんていやなの。わたしはあの子を愛してるのよ。ジョシュアがそういうことをするとき、あの子のそばにいてあげたいの。わからない？　ジョシュアが初めてボールを打つ瞬間、スタンドにいるのがマリーだなんていやなのよ。それに保護者会はどうするの？　それもマリーが行くわけ？」刺のある声になった。また喉がふさがれて息ができなくなりそうだ。

「息をするんだ、アレクサンドリア」柔らかな声で命じつつ、エイダンは彼女の肩を揉みほぐした。「きみは息を詰めてしまう癖がある。なにもかも新しいことばかりだろうが、すべては自然と解決する。もう少し時間をかけるんだ」

「お医者さんに診てもらおうかしら。血液疾患が専門の医師に。きっともとに戻る方法があるはずよ」アレクサンドリアは追いつめられた口調で言った。真実と向き合いたくなかった。問題は血を飲むというおぞましい行為だけではない。それに対する嫌悪感は、どうやら克服できるらしい。エイダンはそのことを証明してみせた。怖いのは、エイダンにどんどん夢中になってしまうことだ。エイダンが怖い。彼に人生を支配されるのが怖い。なにもかももとどおりになってほしい。もう一度ふつうの暮らしがしたい。

エイダンがかすかに身動きした。ヤマネコが伸びをするように。彼の筋肉には力がみなぎっている。彼の手がアレクサンドリアの首へと動いた。目には純然たる所有欲の色。「そんなばかなことはするな。世の中にはわれわれ一族を狩る者がいる。彼らがわたしたちを倒すために使う手は穏やかじゃない。きみは残酷きわまりない死に方をすることになる。そんなことを許すわけにいかない」

「そういう人を見くだした〝わたしはきわめて冷静だが、きみは完全に無鉄砲になっている〟とでも言うようなしゃべり方、大嫌いだわ。あなたは頭にくることってないの？」彼女はかっとなり、サファイア色の瞳から火花を散らした。「あなたの言うことには耳を貸さない。これが現実だなんてどうしてわかるわけ？　これまで、わたしはいまみたいな反応をしたことは一度もなかったのよ。なにもかも夢かもしれないわ」

エイダンの眉がつりあがり、からかうような淫らな笑みが口もとに広がった。「夢？」

「悪夢」アレクサンドリアは顔をしかめて訂正した。「それも最悪の、すごくありありとした悪夢」

「きみを目覚めさせられるかどうか、わたしが試してみようか？」エイダンは親切に申しでた。

「そういう傲慢でマッチョなことを言うのはやめて。鳥肌が立つわ」嚙みつくように言ったのは、心臓がまた不安でどきどきしてきたからだ。どうしてこの男《ひと》はこんなにセクシーで魅力的なの？　男性についてわたしは無知だけど、みんながみんなエイダンみたいじゃないことだけは確かよ。

エイダンの完璧な口もとが気だるげな笑みを浮かべて緩み、アレクサンドリアの目を惹きつけた。「傲慢に聞こえたか?」彼の親指が血管の上を前後に撫でている。

やさしく撫でられるたび、体の奥深くで蝶が羽ばたくような感じがした。射るような金色の瞳を避けるため、完璧な口もとを見つめてしまわないため、アレクサンドリアは顔をそむけた。エイダンの胸の深紅の細い筋に気がついた。金色の胸毛のあいだを走り、平らな腹部へと続いている。とっさに、彼女は顔を寄せてルビー色の筋を舌でたどった。

エイダンは全身の筋肉が熱く収縮した。アレクサンドリアは生まれながらにすばらしくセクシーだ。彼女の本能という本能が彼を求めている。彼女はとても無垢で、自分が危険ととなり合わせでいることに気づいていない。何世紀にもわたって鍛えられたエイダンの自制心が急速に崩れ去り、つがいを求める――いや、奪おうとする――飢えた危険な獣《けもの》だけが残されようとしていた。自分を抑えることができない。アレクサンドリアの首筋のなめらかな髪に指をくぐらせ、エイダンは彼女を抱き寄せた。大地がぐるぐるまわり、ばらばらになろうとしている。彼の体は苦痛と快楽のあいだで疼いている。

前ぶれもなしにアレクサンドリアが立ちあがり、力いっぱい突き飛ばしたので、体が昂ってかなり危険な状態にあったエイダンは、バルコニーの床に音を立てて尻もちをつく格好になった。まぶたの厚いセクシーな目をしばたたきながら、大笑いしそうになるのを必死にこらえた。「どうした?」

「いい加減にして、そんなに……そんなに……」言葉が見つからない。セクシーでいるのはやめて。魅力を振りまかないで。誘惑しないで。アレクサンドリアは腰に手を置き、エイダンをにらみつけた。「とにかく、やめて！」

10

キッチンは、ステファンが石造りの暖炉に火をおこしていたのですでに暖かかった。コーヒーとシナモンのいい香りが漂っている。アレクサンドリアはエイダンと並んでキッチンにはいり、ふたりの体はときおり軽く触れ合った。エイダンはうつむいているアレクサンドリアの頭を見おろした。彼女は警戒している。わたしと、自分の肉体的反応が持つ意味を恐れている。それでも、自分でも知らないうちに、彼女の体は本能的にわたしに守られること、慰められることを欲している。アレクサンドリアの背は彼の肩にも届かない。エイダンはウエストに腕をまわしたが、彼女は気づきもしないようだった。

肌と肌が触れ合うと思わず暴走しそうだったものの、エイダンはいつもと変わらぬ優美な足取りで歩き、感情を面に出さなかった。卵を泡立てていたマリーがカウンターから振り返ると、彼はにっこり笑った。マリーはエイダンだけでなく、たくさんの相手を受けいれられる温かみと愛情を持っている。彼女と比べると、エイダンは自分自身が恥ずかしくなる。

「エイダン！　アレクサンドリア！　庭にいたとは知りませんでしたよ」彼女はにこにこ笑っていたが、その鋭い目はエイダンの注意深く無表情に保たれた顔、アレクサンドリアの瞳に宿っている翳を見逃さなかった。「ジョシュアはよく眠れなかったようでした――お姉さんのことが恋しかったんでしょうね。本当にかわいい坊やです。それにきれいな巻き毛！」

アレクサンドリアはほほえんだ。「ジョシュアはあの巻き毛が嫌いなのよ」

マリーはうなずいた。「男の子はそういうものです」アレクサンドリアはこれまでほど顔色が悪くないし、エイダンがこの家へ連れてきたときと違って死人のようには見えない。エイダンがしっかりと栄養を摂らせたにちがいない。マリーは深く息を吸いこんだ。「このあいだは、エイダンを助けてくれてありがとう。勇気がいったでしょう。ステファンが言ってました、あなたが助けにいってくれなかったら、エイダンは死んでいただろうって。エイダンはわたしにとって息子か兄弟のような存在なんです。友人であり、家族であり。わたしたちのところへエイダンを連れて帰ってくれてありがとう」

横でエイダンが落ち着かなげに身動きしたが、アレクサンドリアは無視した。「どういたしまして。でも、わたしがいなくてもエイダンは助かる道を見つけたはずだわ。彼は機転がきくのが取り柄ですもの。わたしこそ、ジョシュアにとてもよくしてもらってお礼の言いようもないわ」

エイダンが顔を寄せてマリーのこめかみに軽くキスをした。「長年わたしはきみのことを心配症すぎると言ってきたが、きみが正しかった。わたしはアレクサンドリアに救われた」

アレクサンドリアはエイダンに向かって顔をしかめた。「わたしとしてもすごく冴《さ》えた決断だったわ」彼だけに聞こえるように囁き声で言った。

エイダンが彼女のうなじを愛撫した。「わたしもそう思った」

ステファンが腕いっぱいに薪《まき》を抱えてはいってきた。「エイダン！　起きたんですね」エイダンとアレクサンドリアの両方を見て顔を輝かせた。「アレクサンドリアも。この前よりもずっと元気そうだ。それにしても、あなたは立派だった――どうするべきか判断する力がある」

アレクサンドリアは照れながら、顔にかかった髪を払った。「わたしは威張ってしまうことがあるのよ、ステファン。そんなつもりはなかったんだけど。長いあいだひとりでジョシュアの面倒を見てきたから、なんでも自分でやったり決めたりすることに慣れてるの。それに、エイダンはものすごく頑固でしょ。誰でも強引に自分の思いどおりにしているみたいだし」

アレクサンドリアめ、わたしをからかうつもりだな！　エイダンは確信した。彼のなかのなにかが彼女のユーモアに反応した。この数世紀で初めて、自分はひとりではないと感じた。わたしは自分の家庭で――ただの家ではなく、本物の家庭だ――家族に囲まれている。ジョシュアは自分のベッドで安らかに眠り、マリーとステファンはキッチンで笑ったり冗談を言ったりしている。そしてわたしの横には、わたしの命、命そのもの、血管を流れる血と言っていい女性がいる。彼女が心を与えてくれたおかげで、わたしは愛を、笑いを知ることができ、奇跡に恵まれたことを感謝できるようになった。

「例のハンサムな人がまた来ましたよ」マリーが目をきらきらと輝かせ、なんの底意もなさそうにいきなり言った。彼女は相変わらずカウンターに向かってせっせと手を動かしている。ステファンがコーヒーにむせ、エイダンは彼の背中を叩いてやらなければならなかった。疑わしげな表情でふたりを交互に見る。「どのハンサムだ?」そう尋ねながらも、彼の気分は早くも暗くなりはじめていた。

マリーはアレクサンドリアの腕にそっと触れた。「あなたのミスター・アイヴァンですよ。ひどく動転して、あなたのことを心配していてね。なかにいれなかったら、警察に通報までして。きのうの朝、警察が来ました。礼儀正しくて感じのいい警官たちが。エイダン、あなたも一度か二度会ったことのある人たちだと思いますよ」マリーは輝くような笑みを浮かべていた。

「トーマス・アイヴァンがまた来たの?」アレクサンドリアはびっくりして訊いた。

「ええ、来ましたとも」マリーは正直ぶった口調で答えた。「あなたのことをとても心配していましたよ」

「彼、警察に通報したの?」アレクサンドリアには事情がよく呑みこめなかった。

「刑事がふたり来たんですよ。あなたが戻りしだい、あなたとエイダンから連絡が欲しいと言ってました。あなたはひどく体調が悪くて、エイダンが私立の病院に連れていったと話しておいたので。エイダンは警察の活動にたびたび寄付をしているし、何人かの警官には個人的に援助もしています。もちろん合法的にね。ごくわずかな利息でお金を貸しているけれど、間違いなく合法。エイダンを非難したせいで、ミスター・アイヴァンは彼らを怒らせてしま

調で言った。

「いかにもあの男がしそうなことだ」エイダンがマリーをにらみつけながら、そっけない口ったようでしたね」

マリーは彼のサインに気づかなかったようすだった。「ミスター・アイヴァンの心配のしかたはかわいいくらいでした。あなたの身を案じても、責めたりできませんよ」にっこり笑う。「警察に家宅捜査を求めたらしいですけど、もちろん警察は断わりました。彼、電話番号を残していって、あなたから電話が欲しいと言ってました。それとほかにも置いていったものが。いま持ってきますね」マリーは興奮した小学生のような口調で言った。

エイダンはのんびりとカウンターに横向きに腰をもたせかけていたが、金色の瞳にはのんびりしたところはいっさいなかった。家政婦の一挙一動をまばたきもせずに追い、まるで獲物を狙う大きな捕食動物のようだった。ステファンがそわそわと妻に近寄ったが、マリーは気がつかないようすで冷蔵庫へと足早に歩いていく。

「わたし、警察と話さなければいけないの?」アレクサンドリアはエイダンの殺気にまるで気がついていなかった。「無理よ、エイダン」震える手で彼の腕に触れる。「ヘンリーや、あそこで死んだ女性たちについてなにか訊かれたら、どうすればいいの? トーマス・アイヴァンはあの夜、わたしが現場にいたことを警察に話すわ。わたし、警察となんて話せない。トーマスったら、なんてことをしてくれたのかしら」

大きな満足感を覚えて、エイダンは守るようにアレクサンドリアの肩を抱いた。彼女を安心させるためにぎゅっと抱き寄せる。マリーは巨大な冷蔵庫をあけ、カットクリスタルの花瓶に活《い》けられた立派な薔薇の花を手に振り向いた。アレクサンドリアがはっと息を呑んだのがエイダンにはわかった。

「あなたにですよ」マリーはエイダンの不愉快そうな顔には気づかないふりをして明るく言った。「あなたのミスター・アイヴァンが、あなたにと持ってきたんです」

アレクサンドリアはエイダンから離れ、マリーへと歩み寄った。「なんてきれいな薔薇かしら」息を切らして言った。「花をもらうなんて初めてよ、マリー。生まれて初めて」みずみずしい花びらに触れる。「すばらしい薔薇じゃない？」

マリーは笑顔でうなずき、同意した。「リビングルームに飾りましょうかね。でも、あなたが自分のベッドルームに飾りたければ、それもいいと思いますよ」

エイダンの手はマリーの首を絞めたくてうずうずしていた。マリーのことは彼女が生まれたときから――六十二年前のことだ――知っているが、一度も口論をしたことがない。それなのに突然、彼女の首を絞めたくなった。アイヴァンの喉を引き裂いておけばよかった。花束だって？　どうしてわたしは花束を贈ることを思いつかなかったのだろう？　どうしてマリーはまずわたしに話さなかったのか？　どうしてあの花を受けとったのか？　いったいどちらの味方なんだ？　花束だと！　一枚一枚花びらをむしってやりたい。

「見てごらんなさい」マリーが甘ったるい声で言った。「あなたが怪我したりしないよう、刺まで抜いてあるんですよ。なんて思いやりのある人でしょう」

「警察にはわたしたちが何時に会えると言ったんだ？」エイダンは口を挟んだ。そうしなければ、急に乱暴なことをしてしまいそうだった。アレクサンドリアが白い薔薇の花びらを撫でつづけているのが腹立たしい。

ステファンが咳払いをして妻をにらみつけた。「警察は、ご都合のいいときになるべく早く連絡をくださいと言ってました。アイヴァンはなかなか引きさがらなかったようです。ここから数キロのところで原形をとどめないほど焼け焦げた死体が二体発見されたからにはとりわけ。わたしは、買いものの帰りに炎が見えたので自動車電話から通報したと警察に説明しました」

アレクサンドリアは顔から血の気が引き、指示を求めるようにエイダンを見あげた。「警察はその件についてもわたしに尋ねると思う？」

エイダンは彼女のつややかな髪をやさしく撫でた。「もちろんそんなことはないさ、カーラ・ミア。そんなに不安がるな。警察はわたしがきみを病院に連れていったと信じている。必要とあれば、わたしたちはそれを証明できる。警察はきみが元気に生きていることを確認して、アイヴァンのばかげた問い合わせに答えたいだけだ。この前あいつがここに来たとき、きみは大丈夫だと言ってやったんだが、あの男はわたしの言葉を信じようとしなくてね。わたしを徹底的に侮辱した」

アレクサンドリアは不安であるにもかかわらず、声をあげて笑った。「嘘をついたんでしょう、ばかね。わたしはヴァンパイアに血を吸われたのよ、憶えてる？」

エイダンは眉を片方つりあげた。「ばか？　生まれてこのかた数百年、ばかと呼ばれるのは初めてだ」

「それは、みんながあなたを恐れているからよ。トーマスにはあなたが嘘をついていると考えるちゃんとした理由があった。何世紀に生きてるつもりか知らないけど、名誉のために決闘をするようなばかな男の真似はしないでね」

「決闘なら一度ならずしたことがある」

「愚かな人」アレクサンドリアは軽蔑した口調で言ったが、声は笑っていた。花に顔をうずめ、甘い芳香を吸いこむ。顔をあげると、エイダンが所有欲と性的な関心の浮かんだ顔で彼女を見ていたので、心臓が跳びはねた。「警察とはどうしても話をしなければならない？　あなただけではすまないの？」

彼女がアイヴァンを責めたことでいくばくかの満足は得られたが、かといってあのいまいましい花を愛でるのを許すわけにはいかなかった。

ステファンがやれやれというように首を振った。「エイダン、警察は本当にあの死体に強い関心を持ってます。死体の焼け方が尋常じゃないからでしょう。まるで内側から焼きつくされたみたいで、残っているのは灰だけ。歯の治療跡から身元を判定することもできない。あなたたちふたりと話をしたがると思いますよ」

アレクサンドリアはぐったりとカウンターにもたれ、エイダンによりかかった。「わたしは嘘をつくのが下手なのよ、エイダン。嘘をつくと、かならずみんなにわかってしまうの」

まるで嘘をつけないことがたいへんな罪悪であるかのように、アレクサンドリアがひどく落ちこんでいたので、エイダンはほほえんだ。「心配する必要はない、カーラ・ミア。警察はわたしがうまくあしらう。きみは椅子に腰かけてか弱く、頼りなさそうにしていればいい」彼女に約束した。

まるでからかわれたみたいに、アレクサンドリアは彼をにらんだ。「わたしはか弱くなんて見えないわ。頼りなさそうにも。骨太だもの」

とうとうエイダンは声をあげて笑いだした。どうにもこらえられなかった。それは深みのある柔らかなすがすがしい笑い声で、アレクサンドリアは彼をつつきながらも笑顔になった。「笑わないで、ひどい人ね。エイダン、あなたって本当に傲慢よ、怖いくらい。エイダンは昔からずっとこうなの？」アレクサンドリアはマリーに笑顔を向けた――マリーに対して、純粋な、打ちとけた笑顔を見せるのはこれが初めてだった。

「昔からずっと」マリーはまじめくさって答えながら、心が軽くなるのを感じた。この家の暮らしが変わってしまうのではないか、自分とステファンは邪魔者になってしまうのではないかとどれほど心配していたか、いままで自覚していなかった。エイダンは絶対にふたりをほうりだしたりしないとわかっていても、アレクサンドリアと彼女のあいだの緊張関係を解決できなければ、遅かれ早かれ、ステファンとともに別に住むところを見つけなければならなくなる。生まれてからずっと、彼女の家はエイダンの家だった。ステファンと結婚したときは、夫が引っ越してきて彼女の生活を受けいれた。エイダン・サヴィジのことも受けいれ、愛するようになった。

「この花を飾るにはリビングルームがぴったりだと思うわ」アレクサンドリアはマリーの提案に賛成した。「トーマスが訪ねてきたら、彼も見られるし」

エイダンは無意識のうちに歯を食いしばっていた。アレクサンドリアは早くもキッチンから出ていこうとしている。マリーがあとを追うよりも先に彼女をつかまえ、耳もとで言った。

「あのむかつく花は捨ててしまうわけにいかなかったのか？」非難と唸り声の中間のような声になった。「念のために言っておくが、この裏切り者め、アイヴァンはアレクサンドリアのパートナーじゃない。彼女のパートナーはわたしだ」

マリーは驚いた顔になった。「まだ違いますでしょ。あなたはこれからアレクサンドリアと結婚を前提につき合う必要があるんじゃありませんか。それに、薔薇を捨てるなんて、もちろんできませんよ、エイダン。男性から花束を贈られたら、女性はせめてそれを見て楽しんで報いてあげませんとね」

「きみはあの人でなしが嫌いじゃなかったのか」

「アイヴァンはそんなに悪い人間じゃありませんよ。彼の心配ぶりをあなたも見るべきでした。エイダン、彼はアレクサンドリアにすっかり夢中なんです」マリーはわざととぼけて、熱のこもった口調で言った。「アレクサンドリアが彼と一緒にいるときは心配しなくて大丈夫だと思いますよ」彼女は励ますような口調で言ってみた。

ふたりの後ろでまたステファンがむせた。エイダンは三カ国語で雄弁に悪態をついてから、アレクサンドリアを追ってキッチンから出ていった。女心を理解しかねて首を振りながら。

ステファンはマリーの体に腕をまわした。「いたずらがすぎるぞ」

マリーが低い声で笑った。「おもしろいんですもの、ステファン。それに、エイダンにはあれぐらい言わないと」

「気をつけたほうがいい。エイダンはふつうの男じゃない。アレクサンドリアを手もとに置いておくためなら人殺しもしかねない。本来、野生の捕食動物に近いんだから」ステファンが深刻な顔で警告した。「いまのような彼は初めて見る」

マリーは鼻を鳴らした。「無茶はしないでしょう。アレクサンドリアは逃げたがっている。彼女には分別があるし、大胆だし」

「根性があるな」とステファンは同意した。「彼女はエイダンを手こずらせるだろう。しかし、これからは自分がつねに危険ととなり合わせだということがわかっていない。あるいはジョシュアが」

「時間が必要なのよ、ステファン」マリーがそっと言った。「わたしたちが彼女の力になって、エイダンが導いてあげれば大丈夫」

エイダンはアレクサンドリアの後ろを行ったり来たりしながら、彼女の目に宿った夢見るような表情に対する激しい反発を抑えこもうとしていた。頭ではアレクサンドリアがトーマス・アイヴァンに惹かれる理由を理解していた。彼女は人間でありたいのだ。人間だと感じたい。人間界で働き、暮らしたい。アイヴァンならそれを可能にしてくれる、彼女はそう信じているのだ。さらに、エイダンがかきたてる恐ろしいほど強烈で、慣れない性的な感情からも逃れられる。

手を伸ばして髪をつかみ、アレクサンドリアに手を止めさせた。「警察については心配しなくていい。彼らはきみにヴァンパイアのことを訊いたりしない。あのふたりがヴァンパイアだったとは知りもしないし、きみは病院にいたと信じている。なにか訊かれたら、なにも憶えていないと言えばいい」

アレクサンドリアはしばらく無言で薔薇の花を活けなおしていた。そわそわしているのが伝わってくる。「エイダン、わたし、この家から出られるの？　あなた、わたしをここから出してくれる？」

思わず、アレクサンドリアの髪をつかんでいる手に力がはいった。ゆっくりと息を吐く。

「どうしてそんなことを訊くんだ、ピッコラ？」

「ただ知りたいだけ。あなた、わたしは捕虜じゃないって言ったでしょ。わたしはここから自由に出入りできるの？」

「あのくだらない男と出かけるつもりなのか？」

「この家から出られるのかどうか知りたいの」彼女はふっくらとした下唇を嚙んだ。

エイダンはアレクサンドリアの細いウエストに腕をまわし、たくましい体へと抱き寄せた。

「自分がわたしなしで生きていけると思うのか？」彼の口が首に寄せられたので、アレクサンドリアは熱い息を感じた。どんなに反応するまいと思っても、火がついたように体が熱くなる。

エイダンの顔を探るように見たが、そこにはなにも表われていなかった。彼がなにを考えているか見当もつかないが、突きとめるために心を重ねようとも思わなかった。エイダンは彼女をどんどん自分の世界へ、夜の世界へと引きずりこんでいく。官能と暴力の世界へ。アレクサンドリアは以前の暮らしを取り戻したかった。慣れ親しんだもの、ある程度コントロールがきくものに囲まれていたい。

エイダンの形のいい口が喉に触れた。まるで炎に舐められたようだった。金色の瞳が彼女の瞳を見つめる。「本当に答えが聞きたいこと以外は尋ねるな。わたしはきみに嘘はつかない。たとえ嘘をついたほうが楽でも」

体が温もりに満たされて、アレクサンドリアは目を閉じた。エイダンといるとわたしは愛されている、わたしは美しいという気持ちになる。彼なしでは不完全でうつろだという気持ちに。薔薇の茎を握る手に力がはいった。小さな悲鳴をあげて手を引っこめ、指を押さえた。

「貸して」エイダンがそっと言った。彼の声には愛情が満ち、アレクサンドリアの手を取って調べる手つきはやさしかった。彼女の人差し指から小さく丸く血がしみだしている。「サー・ガラハッド（アーサー王伝説で聖杯を見つけた円卓の騎士。高潔な男という意味もある）が刺を残していたんだな」彼はつぶやきながら、アレクサンドリアの指を温かな口に含んだ。

彼女は動くことも話すこともできなくなった。欲望のせいで体が燃えるように熱い。追いつめられた鼠が猫を見るような目でエイダンを見つめる。わたしの人生はすでに彼に乗っとられている。彼に対する強烈な欲望がわたしの頭のなかに、体のなかにある。アレクサンドリアは泣きたかった。たとえ逃げることができても、なんとかジョシュアを連れてここを出ることができても、どこへ行こうと、わたしはエイダンのことが忘れられないだろう。

炎がそれ以上高く燃えあがらないうちに、彼女は慌てて手を引っこめた。「彼の名前はトーマス・アイヴァンで、サー・ガラハッドじゃないわ。それに彼が自分で刺を抜いたとは思えない」

エイダンが重々しくうなずいた。「そのとおりだ、ピッコラ。あの男は自分ではそんなことを思いつきもしないし、やりもしない。自分のすることではない、時間の無駄だと考えるだろう」彼はアレクサンドリアの前にある薔薇に手を伸ばし、彼女がまた怪我をしたりしないよう、一本一本茎を丁寧に検めた。

「あなたはどうして彼のことをひどく卑劣な男みたいに言うの?」アレクサンドリアは強い口調で訊いた。アイヴァンに惹かれることに決めた。世の中の女性は複数の男性と恋愛をしているもの。ほかの女性が一生にふたり以上の男性に心惹かれるなら、わたしだって。エイダン・サヴィジひとりにこだわることはない。彼は世慣れていてセクシーだし、印象的な瞳と完璧な形の口が信じられないほど魅力的だ。どんな女性でも夢中になるだろうけれど、そうしたことはどれも肉体的な魅力にすぎない。ひどくたちの悪いインフルエンザと同じで、わたしは乗り越えてみせる。

エイダンは彼女から顔をそむけて窓の外を見た。アレクサンドリアの突飛な考えを笑うべきか怒るべきか決めかねていた。アレクサンドリアは彼以外の相手を、誰でもいいから見つけようとしている。

「エイダン？」ステファンがリビングルームにはいってきた。「あなたとアレクサンドリアが戻って、きょうの午前中なら話ができると警察に連絡しておきました。アレクサンドリアは警察署に行くこともできなければ、長時間起きていることもできないという点をしっかり理解させました。これから刑事がふたり、こちらに来るそうです」

「刑事？」エイダンは眉を片方つりあげた。「こんな些細《ささい》なことに？」

ステファンは咳払いをして、落ち着かなそうに体重を移動させた。「ミスター・アイヴァンは警察にコネがあるようですね。署長よりも上と接触し、きのうわたしが話した刑事によると、わたしたち全員が合法的にこの国にいることまで確認したそうです。わたしたちを国外退去させたいんでしょう」

アレクサンドリアは息を呑み、顎を突きだした。「ど、ど、どうさせたいですって？」

「すまないね、アレクサンドリア。きみのいるところでこの話をするべきじゃなかった。ミスター・アイヴァンはきみに会えなかったことにひどく腹を立てていたんだ」ステファンが答えた。

「権力にものを言わせてあなたとマリーを国外退去にしようとするなんて、絶対許せないわ。あなたたちの生活を破綻させることになってもかまわないと思ったのね。ジョシュアについてはどう考えていたのかしら？　あの子は里子に出されることになってしまうじゃない」トーマス・アイヴァンに対する怒りがふつふつとたぎってきた。お金があれば自分の思いどおりにしていいと考える人間が、アレクサンドリアは大嫌いだった。エイダンに対して認めるつもりはないものの、トーマス・アイヴァンと仕事をしたいという気持ちが急速に冷めつつあった。作品の発表の場はよそでも見つかるはずよ。

「実を言うと」ステファンはエイダンの鋭い視線を避けつつ告白した。「ミスター・アイヴァンが国外退去にしたかったのはエイダンのほうのようだ。なにか犯罪にかかわっている証拠のようなものが見つからないかと、探偵に身辺調査をさせていた。よからぬ活動という言葉を使っていたかな」

アレクサンドリアは噴きだしそうになるのをこらえた。「トーマス・アイヴァンはわたしたちが考えているよりも勘が働くのかもしれないわね。よからぬ活動ってぴったりの言葉じゃない、ステファン？　わたしはエイダンが国外退去になってもかまわないわ」

「どうやらわたしは朝食を食べにキッチンに戻ったほうが賢明なようだ」ステファンはそつなく言った。

「唯一の選択肢だな」とエイダンが唸るように言った。

ステファンは不敵な笑みを浮かべ、出口で立ち止まった。「ミスター・アイヴァンに電話をかけるといいかもしれないな、アレクサンドリア。刑事たちが、そうすれば彼から十分おきにうるさい電話がかかってくることもなくなるかもしれないと言っていた」

「彼ったら、十分おきに電話をしてきたの？」アレクサンドリアの口もとにゆっくりと笑みが広がった。「本当に心配してくれていたのね。うれしくなるじゃない、エイダン？　トーマスったら、本当にわたしと仕事がしたいにちがいないわ。なんて幸運かしら。彼と契約できたら、ジョシュアとわたしは……」最後まで言わずにエイダンを見あげた。

　エイダンはアレクサンドリアのうなじに手を広げ、気持ちを落ち着かせようとするようにさすりはじめた。「きみを誇りに思うよ、アレクサンドリア。アイヴァンがここまで真剣に追いかけるということは、きみの作品は並はずれてすばらしいにちがいない。きみも自慢に思っていいはずだ」アイヴァンの関心が純粋に仕事上だけとは思わなかったが、アレクサンドリアが本当に才能に恵まれているのはわかっていた。エイダンは彼女の脳裏にはいり、生き生きとした絵が何枚も思い浮かぶのを見守った。

　アレクサンドリアはエイダンの顔を見てほほえんだ。「よくトーマス・アイヴァンのもとで働くことを夢見たものよ。彼の会社はつねにグラフィック・デザインの最先端を行っていて、彼が作るゲームはまるで映画のノーカット版みたいなの。彼が新しいグラフィック・デザイナーを探しているって噂《うわさ》が流れたとたん、わたしは昼も夜もスケッチを描きつづけたわ。実際に彼に作品を見てもらうチャンスが来るなんて思いもしなかった。雇ってもらうことはおろか」

「わたしの見たかぎり、きみは非常に才能がある」エイダンは柔らかな声で言った。「しかし、アイヴァンがヴァンパイアに抱いている間違った印象は正したほうがいいかもしれないな」

アレクサンドリアの目がきらりと光ったが、頬にはえくぼがくっきりと浮かんでいた。「もっと情け容赦なく冷酷に描けということ?」彼女はいたずらっぽく尋ねた。いちばん近くにある薔薇に触れ、もう一度顔を近づけて香りを嗅いだ。「彼が花束を贈ってくれるなんて嘘みたい」

エイダンの喉の奥からいらだたしげな声が漏れた。「わたしはきみの命を救った。それに比べたら、薔薇の花束がなんだというんだ?」彼は繊細な薔薇をにらんでいた。金色の視線は強力で迫力があった。

アレクサンドリアは彼をちらりと見あげ、険しく引き結ばれている口を見て噴きだした。くるりとまわってつま先立ちになり、エイダンの目を手でおおった。「やめて。薔薇がしおれたら、誰のしわざか、わたしにはちゃんとわかりますからね。ほんとよ、エイダン。わたしの花をそっとしておいて。あなたなら、凶暴な一瞥《いちべつ》をくれただけで、薔薇を全部枯らせてしまうはずだわ」

彼女の柔らかい体が彼の体に触れ、温かな笑い声が喉にかかった。エイダンは細いウエストに腕をまわして彼女を抱き寄せた。「少ししおれさせようとしただけだ。そこまでひどいことはしない」

ベルベットのような彼の声にアレクサンドリアの心臓は跳びはねた。エイダンの体に触れるたび、体がとろけてしまうのはどうしてだろう? 短気で嫉妬深い子どものように振る舞っているときでさえ、彼はわたしから笑いを引きだす。エイダンが相手だとどうしてこうなってしまうのだろう？

「これからあなたの目から手をはずすけど、わたしの薔薇を見ちゃだめよ。もし見たら……」脅すつもりで最後までは言わずにおいた。エイダンの目からゆっくり手を離したあと、偶然指が口に触れた。たちまち彼女の心臓がエイダンの心臓を打った。それとも、彼の心臓が彼女の心臓を打ったのだろうか？　わからなかったが、ふたりのあいだには電気がみなぎっていた。ふたりの距離が近すぎる。

「だめよ、エイダン」アレクサンドリアは命令口調で言った。彼の瞳は熱くきらきらと輝きだし、アレクサンドリアの体の内側をとろけさせた。

「だめってなにが？」魔術師のような彼の声が炎のようにアレクサンドリアの肌の下にするりとはいりこむ。エイダンの視線はものすごく強力で、彼女は神経のすみずみまで炎に舐められるような錯覚を覚えた。

エイダンの口がほんの数センチのところまで近づいている。アレクサンドリアは下唇を舐め、彼を誘惑した。唇が重ねられると、目を閉じた。全身が炎に焼きつくされるように感じた。彼にきつく抱きしめられて押しつぶされそうだったが、かまわなかった。

わたしはこの男《ひと》のもの。ほかの男性なんてありえない。エイダンだけ。一緒になる相手は彼しかいない。わたしは彼のもの。心の声が鳴り響き、心に、魂に永遠に刻みこまれた。アレクサンドリアはしぶしぶながら唇を離し、エイダンの胸に顔をうずめた。「あなたはずるいわ」シャツのせいで声がくぐもる。

温かな息が彼女の首にかかった。「これはゲームじゃない。最初から」彼の口が血管の上へと動いたので脈が速くなった。「これは永遠に続くことだ」

「わたし、どうしたらいいかわからない。あなたの言葉が本気かどうかもわからないんだもの」アレクサンドリアの心はひどく混乱していた。彼女はほっとする暇も、じっくり考える時間もなく、エイダンに圧倒されていた。

それはエイダンの望むところではなかった。アレクサンドリアには彼を信頼してもらう必要がある。彼を恋人としてだけでなく、友人として見てもらう必要が。彼の体の差し迫った欲求のせいであまり時間はかけられそうにないが、エイダンはその時間を最大限に有効利用するつもりでいた。アレクサンドリアは彼を笑い、彼に自分自身を笑わせることができた。それは友人関係の始まりだ。しぶしぶながら、エイダンはゆっくりと腕をほどいて後ろにさがり、ふたりが息をつけるようスペースを作った。

「トーマス・アイヴァンは表に引きずりだして撃ち殺すべきだ」アレクサンドリアを笑わせるためにわざと言った。「あの男は、若いうちに金を稼ぎすぎて増長している青二才にすぎない」

アレクサンドリアの体から目に見えて力が抜けた。「向こうもあなたについて同じことを考えてるんじゃないかしら」

「あざやかな想像力を駆使して、わたしの胸に杭を突き刺すところを思い描いているんじゃないか。あんないかれたイメージを作りあげたあの男は、心が病んでいる。あいつのいちばん新しいゲーム、ヴァンパイアと奴隷にされた女性たちが出てくるゲームをやってみたことがあるか？」

「どうやら、あなたはあるみたいね」アレクサンドリアは揚げ足とりのチャンスを逃さなかった。「ひそかに彼のゲームが気に入ってるんでしょう。アイヴァンの作品をひとつ残らず持っているにちがいないわ」目を大きく見ひらき、口もとにゆっくりといたずらっぽい笑みを浮かべる。「当たってるでしょ？　あなたはアイヴァンのゲームを全部持っている。隠れファンなのよ」

エイダンはむせそうになった。「ファンだって？　あの男は真実が目の前にあってもそれと気づかない男だ。このあいだの夜がそうだったように」

アレクサンドリアは眉を片方つりあげた。「彼のゲームはフィクションなのよ。真実を描こうとしたわけじゃないわ。単なる想像。だから、あれはエンターテインメントなのよ、真実じゃなく。白状しなさい、彼のゲームが好きだって」

「好きになることは絶対にないぞ、アレクサンドリア。だから期待して待つのはやめたほうがいい。それに――あのもったいぶったろくでなしと電話で話すとき、甘ったるいしゃべり方はするな」エイダンは腕を組み、ずっと高いところからアレクサンドリアを見おろした。

「甘ったるいしゃべり方？」アレクサンドリアは非難の言葉にむっとして訊き返した。「わたし、甘ったるいしゃべり方なんてしたことないわ」この点を追及するならしてみろと警告するように、エイダンをにらんだ。

エイダンはひるまなかった。「いや、したとも」両手を組み合わせ、声を一オクターブ高くして作り笑いをしながら言う。「ああ、マリー、なんてきれいな花かしら。トーマス・アイヴァンがわたしにくれたのよ」アレクサンドリアの口ぶりをふざけて真似てから天井を仰いだ。

「そんなこと言わなかったわ！　そんな言い方も絶対にしてない。どうしてか知らないけど、あなたはアイヴァンのゲームが好きだってことを認められないのよ。きっとくだらない男のプライドかなにかのせいね、彼のゲームを楽しんでる男性はおおぜいいるのに」

「あの男のゲームはくずだ」エイダンは言い張った。「それに真実も良識のかけらもない。アイヴァンはヴァンパイアを美化している。本物に出会ったら、あの男がどんな顔をするか、見ものだろうな」それは婉曲《えんきょく》な脅迫以外のなにものでもなかった。エイダンは想像するだけで満足の声を漏らしそうになった。

アレクサンドリアはぞっとした。「やめて！　エイダン、本当に、そんな惨いことは考えるだけでもやめて」

「この世にヴァンパイアなんてものは存在しない、そう言ったのはきみじゃなかったか？」エイダンがとぼけた口調で訊くと、白い歯が剝きだしになった。

また彼の口。無意識のうちにアレクサンドリアはエイダンの口を見つめ、魅了されていた。笑顔のせいで堅さがやわらぎ、ものすごく官能的に見える。彼女は目をしばたたいて、現実に意識を引き戻した。

エイダンの笑顔が大きくなり、残酷さが影をひそめた。彼はアレクサンドリアに顔を寄せた。「忘れるな、わたしはきみの心が読めるんだからな、ピッコラ」

アレクサンドリアの青い瞳がきらりと光り、小さなこぶしがエイダンの胸のまんなかを打った。「それなら読むのをやめて。それからうぬぼれるのもね。いまのはあなたを褒めたわけじゃないんだから」

「違うのか？」エイダンの手が彼女の顔にやさしく触れる。「抵抗を続けるがいい、アレクサンドリア。きみにとって得るところはないが、抵抗を続けることで気分がよくなるなら、そうすればいい」

「あなたって傲慢な原始人よ」アレクサンドリアはむっとした口調で言うと、目に宿った彼への欲望を見られないうちに背中を向けた。悠然と電話に向かって歩いていく。「トーマスの電話番号は聞いてるんでしょう？」

エイダンは彼女の横から腕をまわした。彼のにおいがアレクサンドリアを包む。一族の者なら、アレクサンドリアについたにおいから、彼女はエイダンのものだとわかるだろう。しかし、あの人間は絶対に気づかない。いらだたしく感じながら、エイダンは電話の下から名刺を見つけ、アレクサンドリアに渡した。

「電話するといい」あえて柔らかな声で言った。

アレクサンドリアは顎を突きだした。わたしは人間だし、これからも人間として振る舞う。たとえ実際は違っても、この……このなんだかわからない生きものに支配されたりしない。

挑むような態度で、彼女は電話のボタンを押した。

驚いたことに、トーマス本人が出た。まったく彼らしくない。「トーマス？　アレクサンドリア・ハウトンです」彼が電話に出てみるとなにを話したらいいかわからなくなり、ためらいがちな口調になった。「早すぎなかったならいいんですけど」

「アレクサンドリア！　よかった！　あの男はきみをどこか地下牢にでも閉じこめたんじゃないかと心配になってきていたんだ。大丈夫かい？　わたしが迎えにいこうか？」

トーマスは額にかかった髪をかきあげつつ、上半身を起こした。一瞬、シーツが体にきつく絡まり、身動きするのに苦労した。

「いいえ、そんな、わたしなら大丈夫。その、まだ少しめまいがするし、安静にしなければならないんですけど、かなりよくなりました。薔薇をありがとうございました。とてもきれいで」エイダンがすぐそばに立ち、彼女のひと言ひと言に、声の調子に耳を傾けている。甘ったるい口調で話してやりたいという衝動に駆られた。この人にはわたしの個人的な会話をチェックする権利なんてないんだから。

「そちらに行くよ、アレクサンドリア。きみに会いたいんだ」トーマスが反論は許さないというほとんどけんか腰の口調で言った。

「午前中は刑事さんふたりから事情聴取を受けることになっているんです」アレクサンドリアは声に軽い非難を込めた。

エイダンは彼女の横で落ち着かなげに身動きした。アレクサンドリアの声は彼からすると柔らかすぎ、セクシーすぎた。いまや彼女はカルパチアンであり、生まれながらのカルパチアンが人間に対して持つ、性的に魅了する力を彼女も有している。

エイダンがさりげなく体を近づけてきたため、アレクサンドリアは彼のにおいに侵略されたような感覚を覚えた。思いがけずおなかのあたりがとろけるように熱くなる。肩をいからせ、電話が置かれているチェリーウッドのアンティーク家具まであとずさりした。

「わたしは心配だったんだよ、アレクサンドリア。あのおかしな男のこともある。あいつのことはどれくらい知っているんだ？」トーマスは悪だくみをする仲間のような囁き声になった。

トーマスがどんなに小さい声で話そうと関係ない。アレクサンドリアはそれをひしひしと感じた。いまや聴覚がきわめて鋭敏になり、聞こうと思えばものすごく離れたところの物音まで聞こえた。エイダンの聴覚はさらにすぐれていて、彼女よりもずっと自在に操れるにちがいない。アレクサンドリアは顔が赤くなるのを感じた。

「あなたはエイダンをまったく知らないでしょう、トーマス。あなたはわたしのこともあまり知らない。一度食事をしただけ、それも途中で終わってしまった。わたしの大切な友だちを悪く言わないで」トーマスにエイダンを侮辱されたことがなぜか不快だった。でも、それをエイダンには知られたくなかった。

「きみはまだとても若い、アレクサンドリア。たぶん彼のような男に会ったのは初めてだろう。信じてくれ、あの男はきみの手には負えない。非常に危険な可能性がある」

受話器を握るアレクサンドリアの手に力がはいり、関節が白くなった。アイヴァンはなにを知っているのだろう？　その結果、エイダンの身にどれほどの危険が迫っているのだろう？　歯が下唇にきつく食いこむ。誰かが真実を察して……彼の心臓に杭を打ちこむかなにかしたら耐えられない。こんなふうに感じるのは人類に対する裏切りになるのかもしれなかったが、彼女は自分を抑えられなかった。エイダンを失うなんて恐ろしすぎる。

エイダンがアレクサンドリアの手をやさしく包んだ。すると、トーマス・アイヴァンそっくりの作り笑いを浮かべたサメが彼女の脳裏に浮かんだ。エイダンはアレクサンドリアが笑いだすまで、その映像を浮かべて彼女をからかった。

「これは笑いごとじゃないぞ、アレクサンドリア」トーマスがむっとした声で言った。「話し合うためにそっちに行く。きみはその家にあの男と一緒にいてはだめだ」

「わたしはあなたの下で仕事をしたかったんです、トーマス」アレクサンドリアは柔らかな口調で答えた。「プライベートについてあれこれ指図されたかったわけじゃないわ」目をつぶった。あんなに欲しいと思っていた仕事なのに。それに、彼女は人間でいたかった。自分が理解できる世界で呼吸し、活動したかった。

「これからそっちに行く」トーマスは断固とした口調でくり返した。

かちっという大きな音がしたかと思うと、発信音が聞こえてきた。アレクサンドリアはエイダンをにらんだ。「わたし、人の言いなりになる女に見える？」受話器を乱暴に置いた。「わたしの額には〝どうぞあれこれ指示してください〟って書いてある？」

「見てみよう」エイダンはそう言って顔を近づけた。彼の口が数センチの距離まで近づく。「ふむ。そんなことはひと言も書いてないな。〝いますぐキスしたくなるほど魅力的〟とある」

アレクサンドリアはがっしりした彼の胸を押したが、びくともしなかった。「あなたの常《じょう》套《とう》手段を使ってもだめよ、エイダン。あなたは危険な男でわたしじゃ手に負えないと言われたわ」

「わたしのどこが危険だと言うんだ？」アレクサンドリアは熱く攻撃的な彼の体のとりこになりつつあった。エイダンを求めて、すぐに体が疼きだしてしまう。「わたしは危険か？」彼の囁き声が唇にかかり、まるで素肌をシルクで撫でられたように感じた。

「いますぐわたしの前をどかないと……」アレクサンドリアは勢いよく膝を突きあげ、エイダンが苦しそうに床をころげまわるところを頭に思い描いた。その映像は、エイダンが投影したサメの映像に劣らず生き生きとしていた。

エイダンは後ろに跳びすさりながら声をあげて笑った。「きみは短気だな、アレクサンドリア」

「わたしのもうひとつの悪癖ね」彼女は澄ました顔で言った。

11

この家にはどこか人をいらつかせるところがある。なにとは言えなかったが、適確な表現を見つけられればとトーマスは思った。持ち主のせいだけではない。家自体に命が宿り、もの言わぬ歩哨《ほしょう》さながら、彼を見張っているように感じるのだ。この感覚をコンピュータ画面に描きだすことができたら、この家が息づき、悪意に満ちた目で彼を見つめているようすを映像として表現できたら、おれはきっとこの世でいちばん裕福な男になれるにちがいない。エイダン・サヴィジの住居は全体にきわめておかしな雰囲気があり、トーマスはその理由を突きとめてやるつもりでいた。

サヴィジの家は感動的なほどに美しい。建物そのものが建築学的に完璧なのだ。それでいて得体の知れないばけものが奥深くにひそんでいるような印象を与える。手の込んだ装飾が施された巨大な玄関扉へと階段をのぼっていきながら、トーマスは早朝につきものの霧が出ていないことに感謝した。弧を描く私道に警察車両が駐まっていることさえ妙に心強かった。自分が刑事たちに嫌われているのは知っているが、彼らがいてくれると思うと、エイダン・サヴィジと対決するために必要な安心感が湧いてきた。

率直に言って、トーマスはあの男が怖くてしかたがなかった。あの目がいけないのだ。サヴィジは捕食動物に似てまばたきをせず、人を不安にする不気味な目でじっと見つめる。金色の瞳は力強さと知性を宿しているが、ときおり赤い火花を放って異様な光り方をする。数年前、ゲーム製作のために、トーマスは虎やヒョウなどについて調べたことがあった。ネコ科の動物は暗闇でもよく目が見える。捕食動物としてはうってつけの能力だ。大きな瞳孔は昼の明るさのなかでは細く小さくなるが、夜の闇のなかでは劇的に拡大する。ネコ科動物が獲物に飛びかかる前の、殺意に満ちた凝視もあざやかに思いだされた。

玄関の前に立ったトーマスは、恐怖感をなんとか振り払おうとした。明らかに想像力が暴走している。サヴィジが危険なのはあの男が夜行性の捕食動物だからではなく、アレクサンドリアを自分の所有物だと主張しようといて、トーマスも同じことを狙っているからだ。彼らはひとりの女をめぐって争うライバルだった。不気味なこともなにもない。トーマスは昔から想像力を抑えられなくなることがあった。

扉にはめられた手の込んだステンドグラスを見つめた。風変わりな表象や図案が描かれていて美しい。見つめれば見つめるほど、吸いこまれそうになった。琥珀のなかのハエさながら、そのなかにとらわれてしまいそうだ。ふたたび正体不明の恐怖感がつのり、一瞬、息ができなくなった。この家に足を踏みいれたら、永久に地獄にとらわれてしまう。ぞっとして凝視するトーマスの目の前で、ステンドグラスの模様が動き、変わりはじめた。彼を渦のなかに巻きこみ、地獄へ連れていこうとしているように思える。胸の鼓動が恐ろしく大きくなり、耳が痛くなった。

扉がぱっと開いて現実に引き戻されると、トーマスはもう少しで悲鳴をあげそうになった。エイダン・サヴィジが超然と上から見おろしていた。色褪せたジーンズにVネックのシャツという格好だが、不思議と上品に、それでいて野性的に見えた。はるか昔に存在した種族の全能の長のように。瞳と同じ金色の、肩まで伸びた髪がその印象をさらに強めている。

「ミスター・アイヴァン」完璧な高さの声がトーマスの心に忍びこみ、生きもののようにとぐろを巻いた。「アレクサンドリアを安心させるために寄ってもらえてたいへんありがたい。おかげでアレクサンドリアの心配も消えるはずだ。彼女は例の仕事を逃がすことになるのではないかと非常に案じているんだ」

サヴィジのがっしりとした体が入口をふさいでいる。声は心地よく、感じもいいが、言葉にはかすかに刺があった。おまえは単なる雇い主にすぎず、アレクサンドリア・ハウトンにとって特別な存在ではない、それゆえわたしの下心にとってなんら脅威ではないと言っているように感じられた。

トーマスは言い返そうとした。怒りがふつふつと湧いてきて、エイダン・サヴィジとの対決に必要な気勢を彼に与えた。おれはトーマス・アイヴァンだ。自分の会社を経営し、金持ちで有名で、一目置かれるべき存在だ。人の家の玄関でめそめそするような臆病者じゃない。

「先日よりも友好的に出迎えていただけてありがたい」取り澄ました偉そうな態度で、片手を差しだした。

サヴィジに手を握られた瞬間、あまりの力にトーマスは顔をしかめた。サヴィジは力をいれているようすも、自分の力がふだんから強いことに気づいているようすもなかった。心のなかで悪態をつきながら、トーマスは手を振り動かした。サヴィジがにやりと笑ったかと思うと白い歯がきらりと光った。ユーモアも歓迎の意も感じられない捕食者の笑い。例のまばたきしない風変わりな目には一瞬たりとも温もりが宿らなかった。

「どうぞなかへ、ミスター・アイヴァン」サヴィジは後ろにさがって通り道を作った。

たちまち、トーマスはなにがなんでもこの家にはいりたくなくなった。恐怖感から背筋に冷たい震えが走り、実際にあとずさりした。サヴィジの口もとに残酷な、それでいて官能的と言ってもいい笑みが広がった。

「どうかしたかな?」ベルベットのようになめらかで穏やかな声だが、あざけりが感じられる。

刑事ふたりが来てからすでに一時間以上が経過し、そのあいだにエイダンのなかの悪魔がぐんぐん強力になっていた。刑事のひとりがいまにもアレクサンドリアにデートを申しこみそうで、エイダンはあと少しで牙を剝くところまできていた。アレクサンドリアにはまだ新しい崇拝者が必要なのか? エイダンとしては、アレクサンドリア・ハウトンに求愛する者は死ぬ覚悟で来いと芝生に立て札を立てたい気分だった。

アレクサンドリアが刑事ふたりを玄関まで見送りにくると、トーマス・アイヴァンは恐怖心を忘れた。彼女から目が離せなくなった。心をかき乱されるほど美しい。記憶にある以上だ。刑事たちもうっとりと彼女を見つめている。どこからともなくこみあげてきた嫉妬と怒りを、トーマスはその強烈さに驚きながら呑みこんだ。サヴィジにひたと見つめられているのを感じつつ、強いて自制心を取り戻す。

いっぽうエイダンはアレクサンドリアの手がトーマス・アイヴァンに握られるのを見て、体の奥底でなにか危険なものがとぐろを巻くのがわかった。心臓の鼓動が止まる。内なる悪魔が目覚め、解放を求めて唸りをあげる。口のなかで牙が突きだし、目の前に赤いかすみがかかった。アイヴァンがアレクサンドリアの頬にキスしようとして顔を寄せると、エイダンは懸命に自制心を働かせて軽く手をひと振りし、アイヴァンの鼻先で細かな埃《ほこり》を舞い立たせた。息を吸ったとたん、アイヴァンは全身を大きく震わせてくしゃみを始めた。

アレクサンドリアはトーマスから離れ、エイダンに向かって問うように眉をつりあげてみせた。エイダンがうさんくさい、空とぼけた顔をしたので、にらみつけた。こちらはぼうっとしている刑事ふたりの相手をするだけでたいへんだったのに。刑事たちは彼女の声、目つき、一挙一動に不思議なほど魅了された。ふたりともひどく気を遣い、慎重に言葉を選び、彼女の健康を案じた。血を交換したときに、エイダンはセックスアピールもわたしに分け与えたのだろうか。そんなのはありがた迷惑もいいところだ。

エイダンは自制心をかき集め、外にほうりだしたくなるのをこらえながら、刑事ふたりを戸口まで見送った。アレクサンドリアの悩ましいほどの美しさに人間がどう反応するか、予想していなかった。アレクサンドリアに欲望を覚えた彼らに、自分がどう反応するかも。エイダンには彼らの欲情のにおいが嗅ぎとれ、心が読めた。許されざることをしでかしてしまう前に、ふたりには視界から消えてもらいたい。

なにかが蝶の羽ばたきのように軽くエイダンの心に触れた。**エイダン？** びっくりして、彼はアレクサンドリアをちらりと見た。彼女がこちらを見て顔をしかめている。**トーマスに意地悪するのはやめて。**

喜びが体を駆けめぐる。彼女がライフメイトのコミュニケーション手段を使い、自分から心を重ねてきた。エイダンは後悔の色をまったく見せずににやりとした。**その男の手を握るのをやめろ。**

子どもみたいなこと言わないで。彼の手なんて握ってないでしょ。

その男にキスをさせるのもやめろ。

彼はキスするところまでいかなかったわ。やめて、エイダン。わたしは本気よ。

サヴィジが片手をあげると埃が散った。トーマスはばつの悪さを味わいながらアレクサンドリアに背を向け、いったいなにが起きたのか理解に苦しんだ。くしゃみの発作に襲われたことなどこれまで一度もなかったのに、どうしていま突然襲われたのか？ この家とあのまばたきしない琥珀色の目のせいか？

アレクサンドリアは官能的な唇に笑みを浮かべていて、頬には誘うようなえくぼができていた。「こちらへ来て椅子にかけてください、トーマス。体調を崩したせいで、あなたに迷惑をかけてしまってごめんなさい」彼女の声に肌を撫でられて、トーマスは強烈な欲望を覚えた。アレクサンドリアは穴が開いて色褪せたジーンズにパールのボタンがついたカーディガンというシンプルな装いだった。足は素足。それでも信じられないくらいセクシーに見える。トーマスの好みは以前から高級ブランドの服に身を包んだ洗練されたタイプの女性だった。しかし、アレクサンドリアの素朴な美しさから目を離すことができない。

家政婦が温かなクロワッサンとシュークリーム、銀のコーヒーポットが載ったトレイを持ってはいってきた。意外にも、彼女はトーマスに歓迎の笑顔を向けた。「ミスター・アイヴァン、お持ちいただいた花束のおかげで家が明るくなりましたよ」

彼はのうのうとソファに腰をおろした。おれはこの家政婦を味方につけられたらしい。悦に入って、家政婦のほうに小さくうなずき、ちらりとほほえんでみせた。

サヴィジがアレクサンドリアの細い腕をつかみ、トーマスの前にある背もたれの高い椅子まで引っぱっていった。彼女を椅子に座らせると、自分は椅子の後ろに立ち、彼女の肩に軽く手を置いた。「アレクサンドリアはもうすぐ休む必要がある。まだ体力があまり回復していなくてね。刑事たちの事情聴取は思っていたよりも長引いたので、彼女の体にかなりこたえたんだ」体が弱っているにもかかわらず、トーマスのせいでアレクサンドリアは警察と話をしなければならなかったのだということを思いださせ、非難する言葉だった。

「ああ、もちろん、手短にすませよう。わたしは彼女が無事であることを確認して、雇用条件に関する話をしたかっただけだから」トーマスは家政婦からコーヒーのはいったカップを受けとり、守るようにアレクサンドリアの椅子の後ろに立っている男を見あげた。「今度のプロジェクトで、わたしの期待に応えられるのは才能豊かなアレクサンドリアしかありえない。ストーリーラインは独特でものすごく恐怖心をあおる。一流の俳優が登場人物の声を担当してもいいと言っているし、われわれが目指すのは今日のゲーム市場で向かうところ敵なしの製品だ。すべて準備が整い、あとは完璧なアートワークが必要なだけというところまで来ている」

「すごくわくわくするわ」アレクサンドリアは肩に置かれたエイダンの手を強く意識しながら言った。親指が彼女の鎖骨をゆっくりと官能的に撫でている。

やっぱり甘ったるい声を出しているじゃないか。エイダンがいたずらっぽく指摘した。彼の声が親指で愛撫するようにアレクサンドリアの心に触れる。からかうような口調が彼女の心を溶かす。「つまり、アレクサンドリアのアートワークが必要だということだな」

余計なお節介はやめて。わざと少しだけ媚を売ってるのよ。いまのコンセプト、聞いたでしょう？　実のところ、あなたの専門の話のはずよ。

あんなばかばかしい話とわれわれは無関係だ。エイダンは彼女の心のなかで囁いた。彼の笑い声は柔らかく魅惑的だった。

アレクサンドリアが見あげると、エイダンの顔は仮面のようで、金色の瞳はトーマスに注がれたままだった。しかし、彼女はまるで愛を交わしたかのような強烈で親密な快感を覚えていた。言葉を交わすたび、血を交換するたび、心を重ねるたび、エイダンを思う気持ちがますます強くなっていく。それがわかると、アレクサンドリアの胸に忌まわしい恐怖心が一えた。

の気にこみあげてきた。

息をするんだ、ピッコラ。きみはすぐに呼吸を忘れる。エイダンの口調は愉快そうに聞こえた。

アレクサンドリアはからかいが聞こえなかったふりをし、悩殺的なほほえみをトーマスに向けた。トーマスが勢いよく顔をあげ、体が欲望で硬くなった。

トーマスはアレクサンドリアの椅子の後ろにギリシア神話の神さながらに立っているエイダン・サヴィジを強く意識していた。あの恐ろしく鋭い視線が一度も自分から離れないことがどうにも落ち着かなかった。サヴィジはこちらの淫らな考え、下心をすべて読んでいる、そんな気がした。落ち着くためにコーヒーをひと口飲んだ。

「朝食を食べに出かけないか、アレクサンドリア」わがもの顔で彼女の肩をつかんでいるサヴィジにあえて挑むように誘った。「そこで詳しいことを詰めよう」

サヴィジの視線はほんのわずかも揺らがなかった。「アレクサンドリアはこの時間、外出を許されていない。医師は休息を取るべき時間を非常に具体的に指定した。そうだったな、アレクサンドリア？　きみが必要とする仕事をアレクサンドリアができるかどうか決めるとき、その点を考慮したほうがいいかもしれないな」サヴィジの口調は相変わらずだった――静かで穏やかで、無表情に近い。こんなことは自分にとってなんでもない、トーマスはまったく脅威ではないとでもいうように。

しかし、アレクサンドリアは彼の言葉に身を固くし、彼女の肩をつかんでいるサヴィジ手に力が込められなければ口を挟んでいただろう。

サヴィジとアレクサンドリアが強く惹かれ合っているのは間違いなく、そのことは自分とアレクサンドリアの関係に脅威となるので、トーマスは強い嫌悪を感じていた。しかし、アレクサンドリアは現状に不満を持っている。それはいい。トーマスは感じのいい自然な笑みを浮かべて身を乗りだした。

「アレクサンドリアにどんな時間的な制約があっても、この仕事は彼女のものだ。わたしは契約書を持ってきているし、どんな額の報酬も支払う準備がある」おれの挑戦を受けてみろ、サヴィジ。簡単に追い払えると思うなよ。

サメが出たぞ！　気をつけろ、カーラ・ミア。やつはきみに向かって泳いでいる。エイダンはふたりのあいだの空気をわざと軽くした。

アレクサンドリアがもう一度ちらりと見ると、エイダンの顔は穏やかな仮面をかぶったままだった。金色の瞳はトーマスの顔を揺らぐことなく見つめているが、アレクサンドリアの脳裏にはエイダンの低い笑い声がこだましていた。頭にきているにもかかわらず、彼女は一緒に声をあげて笑いたくなった。

「それを聞いてうれしいわ、トーマス」仕返しにエイダンにいやがらせをしようとして、これ以上ないほど甘ったるい声を出した。「お医者さんはものすごく用心深くて。わたしも弟がいるから、健康には注意しなければならないし」

「医師の指示にはきっちり従ったほうがいい」トーマスはさらに身を乗りだした。「今回のようなことは二度とくり返したくない。不安で死にそうだったよ」彼はアレクサンドリアの膝に手を伸ばそうとした。

なぜか、トーマスに触れられることを考えると、アレクサンドリアは嫌悪を覚えた。トーマスが反対の手で持っているカップが急にバランスを崩し、熱いコーヒーが手と手首にかかった。悲鳴をあげて、彼はカップをトレイに置いたが、その拍子に腕をシュークリームに突っこんでしまった。非の打ちどころのないスーツの袖にクリームがべったりとついた。

「ああ、たいへん」アレクサンドリアは慌てて立ちあがろうとしたが、エイダンの手に押さえこまれた。あなたのしわざでしょ、エイダン・サヴィジ！　しらばっくれるのはやめてちょうだい、騙されないから。あなたはわざとトーマスに恥をかかせているのよ。アレクサンドリアは愉快な気持ちがこみあげそうになるのを必死にこらえ、エイダンを激しく責めた。

あいつはあのいまいましい手をおとなしくしまっておけばいいんだ。アレクサンドリアの怒りを前にしても、エイダンはまったく後悔の色を見せなかった。

あなたは気が向いたらいつでもわたしに触れるじゃない。自分を棚にあげてよく言うわ。トーマスを挑発するのはやめて。わたし、この仕事が欲しいのよ。

あの間抜けはきみに熱をあげてるから、きみに言われれば頭で逆立ちだってするさ。きみがこの仕事を逃すことはない。

熱をあげる、なんていまはもう使わない表現よ。アレクサンドリアはたいして辛辣な物言いができなかった。エイダンには良心の呵責《かしゃく》がまるで見られない。さらに頭にくることに、黒いベルベットを思わせる声には、間違いなくおもしろがっているような響きがあった。

「すまない、アレクサンドリア」トーマスは屈辱を感じていた。あのむかつく金色の目がただじっと待つようにおれの一挙一動を見ているせいだ。あんな捕食動物そっくりの目で見られたら、気味が悪くてそわそわする。狼に狙われたウサギの気分だ。そう考えたところで、トーマスはふたたび自分の想像力を呪った。アレクサンドリアの後ろに立っている男は無視するようにして、とびきり愛想のいい笑顔を彼女に向けた。サヴィジは怠惰そうなふりをしているが、騙されるものか。何者であるにしろ、この男は侮れない。アレクサンドリアは自分のものだと主張し、おれを追い払おうとしている。

「気にしないで、トーマス。トレイが近すぎたのよ。何はともあれ、汚れたのはあなたのスーツで、わたしのじゃないわ」

アレクサンドリアの声はとても穏やかで心地よく、トーマスを包みこんでリラックスさせるように感じられた。

「アレクサンドリアは疲れているんだ、ミスター・アイヴァン。そろそろ休ませなければ」サヴィジの視線は揺らがない。「わたしが彼女を地下室に閉じこめているわけではないと、これで満足してもらえたと思う」いったん言葉を切った。「約束するが、今後、わたしやわたしのスタッフについてなにか知りたいことがあったら、私立探偵を雇うのは金の無駄遣いだ。わたしはいかなる疑問にも喜んで答える」サヴィジの笑顔は友好的だったが、強力そうな白い歯を見ると、トーマスは狼に狙われているような錯覚を覚えた。金色の瞳には微塵《みじん》の温かみもない。

腹の奥底に渦巻く不安を嫌悪しつつ、トーマスは立ちあがった。アレクサンドリアの健康状態を理由にサヴィジにあっさり追い払われるのは屈辱だった。しかし、辛抱しよう。彼女はおれと一緒に働きはじめることになる。そうすればふたりきりになれるし、それについてエイダン・サヴィジにはなんの手のくだしようもない。

「アレクサンドリアのことが心配だったせいで不便をかけたなら、申し訳なかった。彼女が大丈夫かどうか気が気じゃなかったもので」

肩に置かれたエイダンの手を無視して、アレクサンドリアも立ちあがった。「わかってます。でも、安心して。エイダンはいい人で、ジョシュアやわたしに危害を加えるようなことは絶対にないから。心配する必要はまったくないの」

トーマスはアレクサンドリアの頭の上に目をやり、直接サヴィジに挑んだ。「ああ、それはまったくきみの言うとおりだと思うよ」この男がろくでなしなのはわかっているが、アレクサンドリアは世間知らずでエイダン・サヴィジの正体に気がついていないのだろう。この男は世間に知られたくない秘密をいくつも、殺人事件のひとつやふたつ、隠し持っているにちがいない。それをひとつ残らず暴いてやる。トーマスは冷ややかでわざと威嚇するような笑みをサヴィジに向けた。「ミスター・サヴィジとわたしはおたがいをよく理解している。また電話するよ、アレックス」

アレクサンドリアは玄関まで彼を見送りにきた。トーマスは玄関のポーチで立ち止まると、振り返って彼女の頬に触れようとした。アレクサンドリアの肌は見たとおりに柔らかいにちがいない。一瞬、心臓と息が止まりそうになった。女性のせいでこんなふうになるのは初めてだ。ところが、彼女の顔に手を伸ばすやいなや、うるさい羽音が聞こえて、どこからともなく大きな黒い蜂が現われ、トーマスを襲った。彼は悪態をついて跳びすさり、しつこい蜂を叩こうとしたがうまくいかなかった。左足がポーチを踏みはずし、足首をひねったうえに倒れそうになった。

アレクサンドリアはぞっとして口をおおった。**エイダン、やめて、いますぐ！　なんのことかな。**エイダンはリビングルームから空とぼけた返事をした。無頓着で高潔ぶった穏やかな声。

トーマスは安全な自分の車目がけて走った。癪にさわる男、癪にさわる家だ！　癪にさわるおかしなことがつぎつぎ起きる！　おれを永遠に追い払おうとしても無理だからな！　車内に避難すると、アレクサンドリアが彼のことを思って落ちこんでいるように見えるのを喜びつつ、手を振った。蜂に刺されればよかったという気にさえなった。アレクサンドリアはおれの看病をすると言ってくれたかもしれない。

アレクサンドリアは必要以上の力を込めてドアを閉めた。「あなたってこの世でいちばん頭にくる人ね」エイダンを責めた。

エイダンは眉をつりあげた。「わたしの不愉快ながらも人を惹きつける特質のひとつだ」

ゆっくりとセクシーな笑いを浮かべてアレクサンドリアをからかう。

彼の笑顔にかきたてられて、アレクサンドリアは体がとろけるように熱くなり、もう少しでなにを考えていたか忘れそうになった。はっとして肩をそびやかし、この状況で集められるかぎりの怒りをかき集めた。「あなたに人を惹きつけるところなんてぜんぜんないわ。いまのはまったく……まったく……」適当な表現を探して言葉を切ったものの、なにも思い浮かばなかった。エイダンのような笑顔はずるすぎる。

「冴えていた？」彼女の力になろうとしてエイダンが言った。

「思い浮かんだのは無神経、それと子どもっぽいって言葉よ。トーマスが来るたび、いまみたいなことをするつもり？」

アレクサンドリアは細い腰に手を置き、サファイア色の目から火花を散らした。エイダンはキスしたくなった。金色の瞳が熱くなり、視線がアレクサンドリアの唇へとさがる。暗く官能的な目つきに、たちまちアレクサンドリアの体が反応した。彼女は慌ててあとずさりし、防御するように両手をあげた。「だめよ」

「だめってなにが？」

「わたしに近寄らないで。本気よ、エイダン。あなたの力は半端じゃないわ。あなたは鍵をかけてどこかに閉じこめておくべき男《ひと》なのよ」

「しかし、わたしはなにもしていない」彼はにっこり笑ってアレクサンドリアのほうにゆっくり歩いてきた。「まだ」

「マリー！」パニックを起こして、アレクサンドリアはできるだけ大きな声で呼んだ。

家政婦が慌ててやってくると、エイダンは声をあげて笑った。**臆病者め、逃げられるうちに逃げるがいい。**ふたりのあいだには距離があり、マリーがちょうどまんなかに立っていたが、アレクサンドリアはエイダンの手が肌を、顔を、喉をそっと撫でるのを感じた。彼の手は下へとさがり、疼く胸のふくらみに羽のように軽く触れてから、その気配を消した。

「どうしたんです、アレクサンドリア？」マリーは両手を腰に置き、エイダンをにらみつけた。

エイダンは笑いながらなだめるように手をあげた。「わたしは無実だ。アレクサンドリアのお客に対して非の打ちどころなく紳士的に接したぞ」

「エイダンはトーマスにコーヒーをこぼさせて、くしゃみをさせて、彼の服をホイップクリームまみれにして、あげくに蜂を使ってトーマスを追いだしたのよ」アレクサンドリアは非難した。マリーが必死に真顔を保っていると、アレクサンドリアはとうとう怒りを爆発させた。「それに、わたしがもらった花をしおれさせようとしたんだから」

「エイダン！」マリーはきつい声で叱ったが、目には笑いが浮かんでいた。

エイダンはいまや頭をのけぞらせて大笑いをしていた。金色の瞳はきらきらと輝き、顔は茶目っ気のせいで少年ぽく見える。彼が数世紀ぶりに味わっている純粋な喜び、楽しい気分に、女性ふたりもつられずにいられなかった。マリーは幸せのあまり泣きたくなった。アレクサンドリアは、エイダンのような人物に自分がどれだけの影響力を持っているかを知ってうっとりした。

「アレクサンドリアの言うことは本当じゃない。アイヴァンは自分でコーヒーをこぼしてシュークリームに腕を突っこんだんだ。わたしは彼から離れた場所にいた。それに、蜂はたまたま近くにいたんだろう。虫があの男に吸い寄せられたからといって、わたしに責任があるわけがないじゃないか?」エイダンはさも清廉潔白であるかのような顔をした。「あのいまいましい花については、アレクサンドリアがばかみたいに大騒ぎしたからにらみつけただけだ」

「ばかみたいですって?」アレクサンドリアは鸚鵡《おうむ》返しに言った。「ばかみたいっていうのはこういうことよ、野蛮《サヴィジ》なけだものさん」アレクサンドリアは決然とした足取りでエイダンのほうに歩きだしたが、マリーが片手をあげた。

「お待ちなさい、ふたりとも。ジョシュアが目を覚ましてるんですよ、あなたたちふたりが喧嘩しているところは見せたくないでしょう」

「ジョシュアが英雄と思っている相手の化けの皮が剝がれるところは見せたくないわね」アレクサンドリアはエイダンをにらみつけながら、言いなおした。

するとエイダンがマリーの横をすり抜け、静かな流れるような動きで近づいてきたので、アレクサンドリアの心臓が激しく高鳴った。彼の口もとにはからかうような笑みが浮かんでいる。慌ててあとずさりしたアレクサンドリアはたたらを踏み、エイダンが手を伸ばして支えてくれなかったら、倒れていただろう。

「逃げるつもりか、臆病者め」エイダンはからかうように柔らかく囁き、彼女を腕のなかに抱き寄せた。

マリーは静かにリビングルームをあとにした。手でにやつきを隠しつつ、アレクサンドリアの運命を天にまかせて。

「エイダン」アレクサンドリアの声は疼いていた。彼があまりに近くにいて、彼の体の熱に包まれているせいだ。エイダンの口がほんの数センチ先にあって、ふたりの心臓が切迫した同じリズムで鼓動を刻んでいる。

エイダンの親指に下唇を軽く愛撫されると、アレクサンドリアの魂まで炎が走った。金色の瞳で彼女の視線をとらえたまま、エイダンはあせらずに熱く唇を重ねた。シルクのようになめらかな口のなかをすみずみまでゆっくりと味わい、探り、なだめすかす。両手を腰に滑らせ、柔らかなアレクサンドリアの体を硬く昂っている自分の体にぐっと引き寄せる。

かすかな抵抗が感じられた。まだ自衛本能が彼女に危険だと警告しているかのように。しかし、体を密着させていること、血の交換、そしてふたりのあいだに働くすさまじいまでの引力によって、彼らの絆はますます強くなっていた。早くもアレクサンドリアの心はエイダンの心を求め、重なろうとしている。体も彼を求めている。ただ、かたくなな理性だけが、エイダンにライフメイトとしての権利を主張されることを拒んでいた。

エイダンはキスを深め、情熱の炎で抵抗をなぎ払い、彼女を官能と夜と血の欲求の世界へとぐいぐい引きずりこんでいった。

とが好きなわけ、エイダン？」ジョシュアの声には感動と嫌悪の両方が表われていた。「そういう気持ち悪いこた。

アレクサンドリアは慌ててエイダンの腕から逃れ、口をぬぐい、必死に息を整えようとした

エイダンは少年の金色の巻き毛をくしゃくしゃと撫でた。「ああ、ジョシュア、好きだよ、だし、きみのお姉さんとするときだけだ。アレクサンドリアは特別なんだ。アレックスみたいな女性には数百世紀に一度しか出会えないからね」

ジョシュアはにやつきながら姉を見た。いたずらっぽく目を輝かせ、想像をめぐらしている。「アレックスも好きみたいだね」

「あら、そんなことないわ」アレクサンドリアは断固否定した。「エイダン・サヴィジは間抜けですもの。大間抜けなのよ、ジョシュア」

ジョシュアのにやつきが大きくなった。「本当に好きみたいだ」ジョシュアは言った。「エイダンのキスはすごくうまいにちがいないや。アレックスはぼく以外の誰にもキスさせないんだから」ジョシュアがキスをしてもらうために顔を仰向けて姉の首に細い腕をまわすと、アレクサンドリアは顔を寄せてキスをしてやった。「エイダンとぼくよりキスのうまい相手なんていないよ」

「それで当然なんだ」エイダンが悦に入った顔で言った。「ミスター・アイヴァンがアレクサンドリアを雇ってイラストを描かせることにしたから、わたしたちは特別に警戒を強めな

ければならないぞ。彼にはよからぬことを考えていそうな気配がある。きっとアレクサンドリアにキスしたいと思っているはずだ」

「心配ないよ、エイダン。ぼくが邪魔してやるから」ジョシュアが忠実な部下のような口調で言った。「アレックスが本当にあいつのところで働きはじめたら、ぼくがどこにでもくっついていって、あいつをアレックスに近づけないようにする」

「そうこないとな、ジョシュ」エイダンの声に賞賛の響きを聞いて、少年は誇らしげに顔を輝かせた。

「信じられないわ」アレクサンドリアが口を挟んだ。「こんな話、六歳児とする話じゃないでしょ」弟をぎゅっと抱きしめると、懐かしい温もりが伝わってきた。ふたりがこうして顔を合わせるのはひさしぶりだったが、ジョシュアはかまわず口答えした。

「ぼく、もうすぐ七歳だよ」

「それでもよくないの」

ジョシュアはエイダンの顔を見てにやりと笑った。「大丈夫だよ。アレックスはほかに言葉が見つからなくて、ぼくを黙らせたいときにいつもこう言うんだ」

エイダンは少年に手を伸ばすと、片手で軽々と肩まで抱きあげた。「それはね、きみのお姉さんがわたしのキスを気に入って、ちょっとまごついているからだよ。きょうのところはお姉さんを赦してやろう」

「なるほど、そういうわけ」アレクサンドリアはふたりをにらみつけたが、どんなに怖い顔つきをしようとしても、えくぼが浮かんだ。「ふたりで団結してわたしに対抗するつもりなのね」

ふたりは笑顔を交わした。「ああ」「うん」ふたり同時に言った。

アレクサンドリアは心臓が跳びはねた。これまでジョシュアを見守る大人は彼女しかいなかった。ジョシュアは姉以外、誰も信用せず、誰も尊敬しなかった。エイダンがこんなにもジョシュアに関心を示してくれたことを、喜ばずにいられない。エイダンはやさしさでアレクサンドリアの心を盗もうとしていた。ジョシュアは彼女のすべてだ。ジョシュアに対するエイダンの愛情は純粋だし、ふたりのあいだには本物の信頼感が生まれつつある。ふたりの姿を見ていると、アレクサンドリアは涙がこみあげてきた。

「おいで、きみに朝食を食べさせないとな。ミスター・アイヴァンはひどく不器用で、服にべったり食べものをつけて帰ったんだ。見ものだったぞ」エイダンは少年に教えた。

ジョシュアはくすくす笑った。「あいつ、食べものをこぼしたの?」

エイダンはジョシュアの体重などなんでもないかのように、キッチンに向かって軽い足取りで歩きだした。「あの男は救いがたい愚か者だ。アレクサンドリアも笑いをこらえるのに苦労していた。本人はそれを認めないだろうが。あの男を好きなふりをしているからね」アレクサンドリアにもしっかり聞こえていることを知りながら、囁き声で言った。

アレクサンドリアはふたりのあとをついていきながら、エイダンの向こうずねを蹴ってやるべきか、ただ威厳のある態度で無視するべきか決めかねていた。

わたしにはきみの考えが読めるんだぞ。脳裏に彼の声が響くと、まるで体を愛撫されたかのように感じた。

アレクサンドリアは目から火花を散らしてエイダンを見た。チャンスを見つけしだい、かならず蹴ってやろうと思った。彼ったらわたしにどういう影響を与えられるか、よく承知してるのよ。千歳のプレイボーイ。女好き。ならず者。蹴られて当然だわ。それも思いっきり。

「ぼくは食べものをこぼしたりしないよ、エイダン」ジョシュアがまじめくさった顔で言った。「少なくともいまは。赤ちゃんのときはあったけど」

「女の人はね、大人の男を翻弄する力を持ってるんだ。信じてくれ、アレクサンドリアにかかればわたしも食べものをこぼしてしまうかもしれない」

ジョシュアが首を横に振ると金色の巻き毛が揺れた。「嘘でしょ、エイダン」

「本当だよ、ジョシュア。認めたくはないが、本当にきみのお姉さんにはその力があるんだ。怖いだろう？　女の人が男に及ぼす力というものは」

「どうしてかな？　アレックスは特別強くもないのに」ジョシュアは鼻をこすり、姉の顔を見てにやりと笑った。「それにいつも、ぼくたちにああしろこうしろってうるさく命令する」

「いまわたしが命令するのは、朝ごはんを食べて学校に行く準備をしなさいってことよ」アレクサンドリアは怖い口調で言おうとしたが、笑わないようにするのが精いっぱいだった。

まったく、ジョシュアはませすぎだ。「学校まで、わたしが送っていくわ」

エイダンがゆっくりと振り向き、彼女の顔を金色の目でひたと見すえた。彼女が外に出ることに反対なのがひしひしと伝わってきたものの、アレクサンドリアは無視した。自分の意思ははっきりと示す。エイダンに言われたからといって、生活をすっかり変えるつもりはない。なにができてなにができないか、エイダンを信じれば信じるほど、彼の世界に引きずりこまれてしまう。

「わたしは行くわよ」あらためて決然と言った。

「どうかな」エイダンは低い声で言うと、ジョシュアを床におろした。少年のつややかな巻き毛をくしゃくしゃにする。「誰かがきみを守らないと。きみが気に入らなくても、ジョシュアとわたしはきみの面倒を見ると決めたんだ」

言外の意味に気づいていないジョシュアは、無邪気で少年らしい笑顔を姉に向けた。「アレックスはいま具合が悪いでしょ」背もたれの高い椅子に座る。「ぼくの具合がすんごく悪くなったときは、アレックスがずっとぼくにつきそってくれたよね。自分のベッドにも行かずに。ぼく、忘れてないからね、アレックス」

「あなたは肺炎にかかったのよ」アレクサンドリアはやさしく言うと、愛おしそうに弟の肩に手を置いた。

アレクサンドリアの表情があまりに愛情に満ちていたので、エイダンは彼女を抱きしめてしまわないようにあえて顔をそむけた。人間らしくありつづけようとする彼女を責めることはできない。人生がひっくり返ってしまったのだ。彼を架空の生きもの、伝説上のおぞましいヴァンパイアだと考えているにしては、アレクサンドリアは非常によくやっている。

「けさはね、マリーがパンケーキを焼いてくれたんだ」とジョシュア。「大好物だから、ぼくが頼んで作ってもらったんだ。マリーはね、パンケーキでおもしろい顔を作ってくれたよ」

おなかを殴られたような肉体的な衝撃を感じた。気がつくと、アレクサンドリアは青ざめた顔で、磨きあげられたキッチンの床を検めていた。生きのびるためにどれだけ大きな代償を払わされたかを痛感させられた。ヴァンパイアもしくは……カルパチアンがわたしを彼らの仲間に引きいれられるなら、現代医学でもとに戻せるはずだ。ひそかに調べて、エイダンはもちろんのこと、マリーやステファンの助けを借りずにわたしだけでジョシュアの面倒を見る方法を見つけよう。エイダンが欠かせない存在になりすぎて、不愉快だった。

金色の目が自分に注がれているのはわかっていた。エイダンが心を重ねようとしてきた瞬間もはっきりとわかったが、アレクサンドリアは自立を示そうとしてあらがった。

エイダンが低くからかうような声で笑った。「ジョシュアを学校に連れていくときは靴を履くつもりなのかな？　それとも裸足でつきそうのか？」彼はアレクサンドリアの挑戦的な態度は意に介さずに訊いた。

「あなたは来なくても大丈夫よ、エイダン。ジョシュなら、わたしひとりで学校に連れていけるから。長いあいだ、わたしはそうしてきたんだってことを忘れないで」

エイダンは彼女の髪に指を絡めて引っぱった。「たしかにそうだな、ピッコラ。しかし、大事なのはそこじゃない。学校については急いで調べなければならなかった。代理でステフアンがチェックしてくれたんだが、わたしはまだ自分の目で確かめていない。きょうはいい機会だ」

「わたしを守るつもりなのね」アレクサンドリアの口調は非難がましかった。

エイダンは気だるげに肩をすくめた。否定することもない。「それもある」

アレクサンドリアはたちまち目の奥に涙がこみあげてきたが、おかげでますます怒りがつのっただけだった。「ボディガードは必要ないわ」

「そうだろうか」

アレクサンドリアはエイダンの腕をつかんだ。「ジョシュア、急いで朝ごはんを食べてしまいなさい。そのあと歯を磨いて。エイダンとわたしは話があるの。準備ができたらリビングルームに来て」

「オーケイ」ジョシュアは答えた。

アレクサンドリアの小さな手はエイダンの太い手首の半分までしか届かなかったが、彼女はエイダンをキッチンから引っぱりだした。「わたしを閉じこめておくことはできないわよ、エイダン。それに、あなたの目的はわたしを危険から守ることじゃない。外に出たら、なにがわたしに危害を加えるっていうの？　あなた自身、ヴァンパイアは夜が明けたら外に出られないと言ったじゃない。ジョシュアと出かけるのはわたしひとりで大丈夫よ」

「きみは自分がどう変化したかわかっていない。日光を浴びたら、たとえ早朝でも、目を痛めるし、火傷を負う。特別に色の濃いサングラスをして、徐々に日に慣れる必要がある。ライフメイトとして、わたしはきみの健康と安全に責任がある。つねに、きみ自身からさえもきみを守らなければならない。きみがジョシュアを学校まで送っていきたいと言うなら、わたしも一緒に行く」

「あなたはわたしが確実に戻ってくるようにしたいだけよ。ジョシュアの学校やわたしの安全とはなんの関係もないわ。わたしがジョシュアを連れて最寄りの空港に逃げると思ってるんでしょう。わたしに少しでも知恵があったら、そうするでしょうね。あなたはここに残って、弟のことはわたしにまかせて。もう何年もジョシュアの面倒はわたしが見てきたんだから」アレクサンドリアの目は決意と挑戦を宿して燃えていた。

エイダンの口もとに愉快そうな笑みが広がった。「きみはよくやってきたよ、アレクサンドリア。ジョシュアはいい子だ。この家の住人全員をとりこにした。しかし、わたしは少なくとも一度は新しい学校までついていかないと気がすまない。ジョシュアはいじめにあった過去があるようだし、強い大人がついていることがわかれば、友だち作りがうまくいくと、本人がはっきり言っていた。リムジンを表にまわさせる」

「わたしの言うことは聞いてくれないのね」そう言いながらも、アレクサンドリアは怒りがやわらいでいた。ジョシュアには幸せになってほしい。前の学校で問題があったことはよくわかっていた。ジョシュア自身が大きな車と大柄な大人に一緒に来てほしいと思うなら、だめだと言うことなんてできない。

「あなたのこと、あんまり好きじゃない気がしてきたわ、エイダン。いつも自分の思いどおりにしようとするんですもの」しぶしぶながら降参した。

エイダンはジョシュアにするように彼女の頭をやや乱暴に撫でた。「慣れるんだな、ピッコラ。みんな、わたしに従うようにできているんだ」

「わたしはみんなみたいにあなたを恐れてはいないわ」

「同じ恐れ方ではないかもしれないな。しかし、きみは間違いなくわたしを恐れている。さもなければ、わたしから、わたしたちから逃げようとするはずがない」

マリーがドアから頭だけいれた。「電話ですよ、アレクサンドリア。あなたのハンサムな男友だちからもう一度」ウィンクする。「熱心な男《ひと》ね」

「あいつはアレクサンドリアのハンサムな男友だちなんかじゃないぞ、マリー」エイダンはむっとした。「父親でもおかしくない年だ」

マリーは声をあげて笑っただけで、エイダンの不機嫌には気づかなかったふりをしてキッチンへと戻っていった。

「もしもし?」アレクサンドリアはわざと甘ったるい声でトーマス・アイヴァンからの電話に出た。「まあ、トーマス!」エイダンの顔を見ながら、トーマスの名前を感情たっぷりに呼んだ。「お芝居? 今夜? 急なお誘いね。わたし、夜の外出ができるほど体力が回復してるかしら」

エイダンには電話の相手の柔らかな、説得力のある声が簡単に聞きとれた。「静かに座ってるだけだよ、アレックス。それに、終わったらまっすぐ家まで送る。夜更かしはさせない」

アレクサンドリアは目をつぶった。あらゆる緊張感から解放される一夜。現実世界、わたしの世界で過ごす一夜。そそられる。それに、行くと答えれば、自分が本当に捕虜ではないのかどうかも確かめられる。「すてきだわ、トーマス。でも、終わったら、かならずまっすぐ送ってね——お医者さんにがみがみ言われたくないから」答えながら、エイダンの顔を見つめた。

エイダンは眉を片方つりあげたものの、それ以外は御影石《みかげいし》のように無表情なままだった。不機嫌な表情を見せられるよりも、なぜかアレクサンドリアは心臓がどきどきした。エイダン・サヴィジはなにかたくらんでいる。なにかはわからないが、間違いない。

彼女は電話を切った。「お芝居を観にいくわ」挑戦的な口調で言った。

エイダンはうなずいた。「そのようだな。それは賢明な決断かな?」

アレクサンドリアは肩をすくめた。「お芝居を観にいくぐらい大丈夫よ。体はもとに戻ったみたいだし」

「わたしが心配しているのはきみの健康じゃないんだ、アレクサンドリア」エイダンは柔らかな声で言った。「アイヴァンの健康だよ」

12

「エイダン、子犬を飼っちゃだめ？」エイダンとアレクサンドリアに挟まれて車に乗っているジョシュアは姉の顔を見ないようにして訊いた。

アレクサンドリアが不快そうに体をこわばらせ、顎を突きだした。エイダンはシートの後ろから手をまわし、彼女の細い首をゆっくりとマッサージしはじめた。「ジョシュア、わたしのほうが偉いふりをしてアレクサンドリアをからかうのは楽しいが、きみもわたしも実際はそうじゃないことを知っている。アレクサンドリアはきみのお姉さんであり、保護者だ。どうしていまみたいな質問をわたしにするのかな？」

「えーとね、エイダン」ジョシュアは自分の手を見つめた。「アレックスはいつもだめだって言うんだ。そうだよね、アレックス？　子犬を飼えるアパートを探すのが大変だからって。でも、ぼくたちはエイダンと一緒に住むことになった。あそこなら子犬を飼っても大丈夫だと思わない？」期待に満ちた顔をあげる。「エイダンの家はすごく広いし、子犬の世話はぼくがする。学校に行ってるとき以外は」

「どうかな、ジョシュア」エイダンはよく考えながらまじめに答えた。「子犬はとても手がかかるし、マリーとステファンはたくさんの家事を抱えている。ふたりの意見も聞かないと不公平なんじゃないかな。これは簡単に決められる問題じゃない。とにかく、話を進める前に、まずはお姉さんと話し合うのが順番だと思うよ」

ジョシュアは肩をすくめて愛敬《あいきょう》たっぷりに姉を見あげた。「子犬を飼える家さえ見つかれば、飼ってもいいって前に言ったよね」

アレクサンドリアは意識を集中しようとしたが、エイダンにかけるよう言われた真っ黒なサングラスの奥で目が焼けつくように痛くなっていた。車の窓も日光を遮断するために黒いガラスが使われていたが、それでも顔に日が当たると千本もの針が突き刺さるように感じた。背筋が凍る。エイダンは真実を語っていたという証拠だ。

「エイダンの家には引っ越してきたばかりだし、これからも住みつづけるかどうかわからないでしょ、ジョシュア」首にかけられたエイダンの手に力がはいったが、気がつかないふりをした。「それに、こんなに早くマリーに新しい仕事を押しつけたりしたら悪いわ。もう少しようすを見ましょう。もうすぐわたしの仕事も始まるし、みんな新しい生活に慣れようとしてるところですもの。だめだって言ってるんじゃないのよ。もう少し待ちましょうっていうだけ。いい?」

「でも、アレックス……」ジョシュアがべそをかくような声を出した。

「アレクサンドリアの言うことはとてもフェアだと思うよ、ジョシュア」エイダンが反論を許さない口調で言うと、ジョシュアはすぐにおとなしくなった。

アレクサンドリアの心に不思議な感謝の気持ちが湧いた。ふだんなら、ジョシュアは自分の思いどおりになるまで粘ったはずだ。いまの彼女は疲労のあまり、考えることもなにもかもちゃんとできないような状態だ。涙が止まらないし、かすかな日光に腕と顔を焼かれてしまっている。こんなことになった運命を嘆きたい。声をあげて泣きたい。エイダンの話がでたらめであるようずっと祈っていた。彼はなにか理由があって彼女を騙そうとしているだけだと。

すぐに家へ帰れるよ、カーラ・ミア。

「こんな生活、受けいれられないわ」ジョシュアがふたりのあいだに座り、聞き耳を立てていることを忘れて、アレクサンドリアは声に出していった。「無理よ、エイダン」ジョシュアを驚かせるようなことを言ってしまったのは、それだけ彼女が動転している証拠だった。いつもなら、弟のそばではけっして注意を怠らないのだが。

エイダンは彼女の背中に手を滑らせ、なめらかな髪に指を絡めた。「そんなに心配しなくても大丈夫だ。なにもかもうまくいく」そう言って巧みにその場をおさめた。

車が停まると、ステファンがエイダンの側のドアをあけた。たちまち遮るもののない日光が明るく熱く降りそそいだ。ステファンは彼女の側ではなく、エイダンの側のドアをあけるよう指示されていたにちがいない。いつものことだが、エイダンがアレクサンドリアを彼女自身の愚行から守ってくれたのだ。彼の大きな体が日光をほとんど遮り、大きな影を落としてくれているにもかかわらず、アレクサンドリアは火傷しそうな痛みに歯を食いしばらなければならなかった。サングラスの奥で目をつぶり、ジョシュアの頭のてっぺんにキスをする。

「楽しんでいらっしゃい、ジョシュ。またあとでね」ごくふつうの声が出せたことに驚いた。

「帰ったら、家にいてくれるよね？」ジョシュアが心配そうに訊いた。姉が自分の見えないところへ行くのがまだいやなのだ。いなくなってしまうのではないかと怖くて。このごろ、彼はアレクサンドリアが永久に遠くに行ってしまう夢——というよりも悪夢——を見るようになっていた。

「どうしたの、ジョシュ？」とたんに自分自身の恐怖や肉体的苦痛は忘れ去って、アレクサンドリアの体に腕を巻きつけ、肩に顔をうずめる。

「アレックスによくないことが起きたりしないよね？」小さな体がこわばり、声に不安がにじんでいた。

アレクサンドリアは弟を励まそうとした。

アレクサンドリアは大丈夫だと安心させたかったが、言葉が喉に詰まって出てこない。恐怖と苦痛のいり交じった小さな声が漏れただけだった。

「きみが学校にいるあいだは、わたしがアレクサンドリアと一緒にいるよ、ジョシュア」エイダンが柔らかな声で言うと、信じずにいられなくなる。「誰にも、なにものにも彼女を傷つけたりさせない。約束する。たとえきみが帰ってきたときに休んでいても、お姉さんは夕方には起きて、きみと一緒に過ごす」

姉の腕のなかで、ジョシュアの体から力が抜けたのは一目瞭然だった。少年の頭を軽く撫でたエイダンは、思いがけず愛情がこみあげてくるのを感じた。ジョシュアにしっかりと心をつかまれてしまっていた。

それでも、サングラスの奥の目はあたりを油断なく警戒していた。落ち着かない。朝の日射しには耐えられるが、カルパチアンという闇の一族である代償として、徐々にかなりの体力が奪われていく。

「二時半に戻るからね」小さな大人のような口調でそう言うと、ジョシュアは最後にもう一度アレクサンドリアにキスした。

「ランチボックスを忘れないように」ステファンがジョシュアに思いださせながら、マリーが買っておいたバックパックを渡した。

「ありがと、ステファン」ジョシュアが大きな声で言った。

アレクサンドリアは弟を見送ろうしたが、瞳孔を針で刺されるように感じて、目がほとんど見えなかった。ぎゅっとまぶたを閉じずにいられない。膝を抱え、惨めな格好でシートにもたれる。エイダンが贅沢な革のシートの上を移動した。音はほとんど立てなかったが、となりに彼の体がある安心感と温もりにアレクサンドリアは包まれた。しかし、そんな安心感は欲しくないと思った。彼とはいっさいかかわりたくない。エイダンはわたしの面倒を見る、つねにわたしのそばにいるとジョシュアに約束した。でも、わたしは他人《ひと》から血を奪って生きる生活なんて耐えられない。日光に当たれない。昼間は行動できない。本当の意味でジョシュアとともに生きることもかなわない。彼女は小さくうめき声をあげて、両手で顔をおおった。

ステファンがドアを閉めたので、強烈な日射しは遮断された。エイダンが彼女の細い肩に腕をまわした。「いつもこんなふうになるとは限らない」

「まだ九時にもなっていないわ。太陽はのぼったばかりよ」むせび泣きがやっとの思いで喉から漏れでた。

「きみの肌も徐々に日射しに慣れるはずだ」頭のてっぺんにエイダンの口が軽く触れた。

ステファンが車を出した。

「待て」エイダンが命じると、ステファンは即座に従い、もの問いたげな顔で振り向いた。エイダンは口もとをかすかに歪め、無言であたりを精査した。「ヴィニー・デル・マルコとラスティに警備を頼んだほうがいいかもしれない。すぐにここに来るよう言ってくれ。そして無事うちの敷地にはいるまで、ジョシュアのそばを離れるなと。それから彼らの同僚をひとり、マリーにつけるんだ。彼女が用を足しに出かけるときのために。マリーにはできるかぎり用事を先延ばしさせてくれ」エイダンの声は穏やかで落ち着いていたが、それでもアレクサンドリアは怖くなった。

「どういうこと？」強い口調で訊いた。ステファンはなにも尋ねようとしない。エイダンの命令の重要性をよくわかっているらしい。「教えて。ジョシュアはわたしの弟なのよ。あの子が危険な目にあいそうなの？」

車が走りだすと、エイダンはアレクサンドリアの肩にまわした手に力を込めた。ジョシュアのところへ戻るために、彼女が走行中の車から飛びおりたりしないように。アレクサンドリアは抵抗したが、彼の力は尋常ではなかった。「大丈夫だから」

「ヴァンパイアは日がのぼったら耐えられないって言ったじゃない！　ほかに誰があの子を狙うの？　ジョシュアはまだほんの子どもなのよ、エイダン。あの子を家に連れて帰って！」アレクサンドリアはヒステリーを起こしかけていた。

「ジョシュアはふつうの生活を送る必要がある。彼が危害を加えられる心配はない。ヴィニーとラスティというとても信頼できるボディガードがつく。ジョシュアはわたしたちと違って人間世界の住人だ、アレクサンドリア。われわれは家の寝所に戻り、日没ごろまで待たなければならない」

アレクサンドリアは彼の声が嫌いだった。やさしくて説得力があり、彼女を思いどおりに操ろうとする。彼女のほうは自制心を失っているのに、エイダンはきわめて論理的だ。彼女の葛藤、ヒステリーに気づいていないふりをする。こちらの抗議は子どもっぽく、行動は筋道が通っていないという気分にさせられる。アレクサンドリアは深呼吸をして自制心を取り戻そうとした。「放して、エイダン。もう落ち着いたから」

「もう少しこのままでいたほうがよさそうだ、ピッコラ。わたしはきみの頭のなかにいる。きみが偽りの落ち着きを見せて、おたがいを騙そうとしているのはわかっているんだ。さあ、力を抜いて。わたしと一緒に呼吸するだけでいい。そうすれば、なにもかもきちんと手が打たれていることがわかる。ジョシュアは安全だ」

「わたしはあの子を家に連れて帰りたいの」

「反論すれば、現実が変わると思っているのか？　きみはいまのきみのままだ、カーラ・ミア。それを変える手だてはない」アレクサンドリアが離れようとしても、エイダンの腕がそれを許さなかった。

「この取り決めはうまくいかないわ、エイダン。ジョシュアのことで、あなたにあれこれ指図されるのはごめんんよ。あなたには関係ないことだもの」憤然として、彼女はさらに力を込めてエイダンから離れようと抵抗したが、激しい疲労感に襲われた。

　エイダンは彼女の喉を押さえ、彼の胸に頭をもたせかけさせた。「きみはわたしから離れて生きることができないんだ、アレクサンドリア。きみも心の底ではそれが真実であることを知っている。だからこそ、こんなに激しく抵抗するのかもしれないな。まだ自由をわたしの手にゆだねる心の準備ができていないんだ」

「あなたなんか大嫌い」エイダンはなにもわかっていない。アレクサンドリアは早くからあれこれ取りしきらなければならない環境に置かれ、いまではそれに慣れてしまっている。それが気に入っているし、得意だ。他人《ひと》からあれをしてはだめ、これをしてはだめと指図されるとぞっとする。それに、ジョシュアが徐々に、しかし確実に自分から引き離されていくような気がして怖かった。

　体から力を抜き、エイダンに言われたとおりにする。息を吸って吐いて。心のなかでよく知っている動きを感じたので、抵抗しようとした。でも、それももはや不可能だった。エイダンは彼女の抵抗や心の壁を知りつくしている。アレクサンドリアは黒板からなにもかかき消されるところを思い浮かべ、頭を空っぽにした。

カーラ・ミア、もう少しわたしを信頼してくれ。どうすればジョシュアにとっていちばんいいか、わたしは知っている。彼は自分ひとりでものごとに対処することを学ばなければならない。マリーとステファン、彼らの子どもがそうだったように。身の安全はボディガードがいるから大丈夫だ。

アレクサンドリアは返事をしなかった。わたしの人生はどこへ行ってしまったのだろう？　どうしてこんなに収拾がつかなくなってしまったの？

所有欲と欲望に満ちたエイダンの金色の瞳に見つめられるたび、わたしは体の内側がとろけそうになり、彼が欲しくなる。誰かに強く求められたくなる。セックス。わたしはセックスのために、ジョシュアと引き離されてもいいと思ってしまったのだろうか？　ああ、自分で自分がいやになる。医師に診てもらわなければ。精神科医に。こんなこと、なにもかも現実であるわけがない。わたしは精神科の施設に隔離されるのが当然なのだ。専門家の助けを必要としている。至急。

車はガレージにはいったが、それでも過敏になったアレクサンドリアの目には明るすぎた。ステファンが彼女の側のドアをあけ、手を差しだした。その手をおとなしく握り、反抗的な態度は抑えこむことにした。エイダンのなにもかも見通す目が、探るように彼女の顔を見つめている。でも、彼はなにも言わなかった。

急いで家のなかにはいると、たちまち日光から解放された。肌を焼く熱さも、針が突き刺さるような目の痛みも消え失《う》せた。厚手のカーテンが引かれ、室内が暗くなっている。下唇を噛み、アレクサンドリアはどこへ行くともなく家のなかを歩きだした。大きな正面玄関にたどり着いたが、表には出られない。疲れきり、絶望して、ドアの横にくずおれると膝を抱えた。自分が正気かどうかわからず怖い。

キッチンではエイダンが躊躇していた。アレクサンドリアのあとを追いたかったが、急に彼女の反応に不思議な不安を覚えるようになっていた。

マリーとステファンは心配そうに目を見交わした。エイダンはこれまで迷いやためらいといったものを見せたことがなかった。アレクサンドリアは彼を動揺させた。その気になれば、エイダンがどれほど危険な存在になれるかを、マリーたちは誰よりもよく知っている。「エイダン、わたしがアレクサンドリアと話してみましょうか」マリーは思いきって言った。「彼女はわたしを恐れるあまり、自分の思考や感覚を信じられなくなっている。心の底では、わたしたちは一心同体だと、わたしが彼女を傷つけるわけはないとわかっている。しかし、それを認めようとしないのだ。自分が精神に異常をきたしているのかもしれないと考えている」

「あなたがアレクサンドリアに要求していることは、たいていの人には受けいれられませんよ」マリーが柔らかな声で助言した。「彼女はまだ若くて無邪気で、世間ずれしていません。これまでは行動範囲がとても狭かったんでしょう。生きるのはジョシュアのため。あの子が自分から離れていくのが怖いんです。なにかを自分でコントロールできていないとだめなんですよ」

エイダンの金色の瞳が切りつけるように彼女を見た。「どういうことだ？」

「あなたは強引すぎます。人に指示して、なにもかも決めてしまう。アレクサンドリアはまだ自分の身に起きたことを必死に受けいれようとしている最中です。それを誰よりもよくわかっているはずなのに、あなたは彼女にあなたの言うとおりにすることを要求する」

エイダンは金色の髪に片手を差しいれた。「アレクサンドリアには、ほかの誰にも与えたことがないほどの選択の余地を与えている。きみはライフメイトがどういうものかわかっていない。わたしはもう、まともに考えることができなくなりそうなんだ。どんなに下品に聞こえようとも、自分を解き放たずにいられない。内なるけだものが日に日に手に負えなくなりつつある。そのけだものをいつまで抑えこんでいられるか、自信がない」

「そのけだものはあなたです、エイダン」マリーは容赦がなかった。「アレックスはまだほんの子ども、怯えた子どもですよ。適応するまで待ってあげてください」

「彼女を追っているほかのやつらはどうする？　少なくともふたりはいる。新聞で読んだだろう。連続殺人犯が野放しになっているというが、実際はヴァンパイアだ。わたしには彼らの存在が感じられる。アレクサンドリアを捜しているんだ。彼女がわれわれの仲間で、まだ契《ちぎ》っていないことを感じとっている」

「それは違うんじゃありませんか。あなたはアレクサンドリアのライフメイトです。あなたの血が彼女の体を流れ、彼女の血があなたの体を流れている。彼らがあなたからアレクサンドリアを引き離すことなんてできません。長年一緒に暮らして、わたしもそれぐらいは学びました。カルパチアンの本能のせいで盲目になっているんでしょう、エイダン。ライフメイトをつねに自分の庇護のもとに置きたいという衝動から。外見と違って、あなたはそういうところがまだ野性的で洗練されていませんね。でも、アレクサンドリアはもともとが人間なんですよ。生まれながらのカルパチアンじゃありません。どうしたらいいのか、自分の身になにが起きているのかさえわかっていません。まだ理解できていないんです」

エイダンはため息をついてこめかみを揉んだ。「彼女は必要もない苦しみに苛まれている。わたしと完全に心を重ねてくれれば……」

「それでもまだ、自分が知りえたことを信じられるようにはならないでしょう」マリーは譲らなかった。

エイダンはため息をついてステファンのほうを向いた。「間もなく、わたしたちは寝所に行かなければならない。だが、ジョシュアの学校をなにか穢れた者が見張っている。近いうちにわたしたちを襲撃してくるだろう。きみたちの誰にも危険が及ばぬよう、警戒してくれ」

ステファンはうなずいた。「必要な電話をかけましたし、警備システムを作動させてあります。われわれのことは心配しないでください。前にも経験がありますから」

「多すぎるほどにだな」エイダンの声は悲しげだった。「どうしてきみたちが故郷からこんなに離れ、息子たちにもきわめて危険なこの暮らしを選んだのか、不思議でならない」

「わかっているでしょうに」マリーが静かに言った。

エイダンは顔を寄せてマリーの頰に愛情のこもった軽いキスをした。「そうだな」と認めた。「アレクサンドリアが寝所に行けそうか見てきてくれないか。わたしが〝命令〟しているとは思われたくない」

マリーがうなずくと、ステファンも妻のあとについていった。彼は今後に不安を覚えていた。エイダンは危険で強力な男だ。いざとなると人間よりも獣《けもの》に近い。さらに、アレクサンドリア・ハウトンを奪おうとする相手は何者であれ許さないだろう。彼女のそばにいるときの所有欲と守りたいという気持ちが表われた姿勢を見れば、それは一目瞭然だ。エイダンにとって建前を繕うことが日に日にむずかしくなりつつあることも。

アレクサンドリアは玄関ドアの横にうずくまっているのが見つかった。ひどいいじめを受けた少女のように小さく、途方に暮れて見える。膝を抱え、うつむいているため、髪に隠れて表情が見えない。カルパチアン一族特有の昼間の疲労感が徐々にこたえてきたらしく、ぶるぶると震えている。あらゆるコントロールが永久に失われつつあるかのように体が重くなっていくのは恐ろしいにちがいない。

「アレクサンドリア」マリーが近づき、心配そうに話しかけた。「大丈夫？」

心から気遣っているように聞こえても、アレクサンドリアは幻想に惑わされなかった。マリーが忠誠を誓う相手はエイダン・サヴィジただひとりだ。なにか言えば、すぐさま彼に報告されるだろう。アレクサンドリアは顔をあげなかった。

「アレクサンドリア？」マリーが頭にそっと触れた。「エイダンを呼んできたほうがいい？」

アレクサンドリアはぎゅっと目をつぶった。エイダン。いつも行きつく先はエイダンという気がする。「いいえ、わたしは……ちょっとなにもかもに……圧倒されちゃって。適……応するのに時間が必要なの」自分の声がひどく張りつめて聞こえ、いまにもヒステリーを起こしそうでしゃべるのが怖い。わたしは頭がおかしくなっているのだろうか？　施設に収容されるべき？

この人たちからジョシュアを引き離す方法を見つけなければ。トーマス・アイヴァンに助けを求めればよかった。でも、実を言うとトーマスがエイダンを負かすことを期待するのは無理というものだ。エイダンは絶対にわたしを放さない。理由も方法もわからないけれど、彼は地の果てまでも追ってくるという絶対的な確信がある。叫びださないよう、アレクサンドリアは口にこぶしを押し当てた。わたしはどうやってエイダンと闘うというの？　そもそも彼の助けなしに生きていけるのだろうか？　幻覚障害が認められて、わたしが入院させられたら、ジョシュアはどうなってしまうのだろう？

突然、エイダンに触れたいという衝動が忍び寄り、彼女の心のなかにはいりこんできた。必死に振り払おうとしても、頭から離れない。彼がそばにいることを確かめたい。正気の沙汰じゃないわ！　わたしの心がわたしにはむかっている！　あらがおうとすればするほど、ひどくなる。エイダンにそばにいてほしい。励ますように触れてほしい。

アレクサンドリアの額に血のしずくが浮かんでいるのを見て、マリーは小さく悲鳴をあげた。心配のあまり、ステファンを振り返る。急いでエイダンを呼んでこなければ。心の葛藤がアレクサンドリアを苦しめているのは明らかだ。目に涙を浮かべて、マリーはアレクサンドリアの横にひざまずき、力づけるように肩に腕をまわした。アレクサンドリアがあまりに小さく壊れやすく感じられ、体が激しく震えていたので、こなごなに砕けてしまうのではないかと不安になった。

「力にならせて、アレクサンドリア」そっと懇願するように言った。

「あなたになにができるというの?」アレクサンドリアは絶望していた。「なにかできる人がいる? 彼は絶対にわたしを放さない」悲しげにマリーを見あげる。「そうでしょ?」

沈黙が答えだった。マリーはアレクサンドリアが恐怖に身を震わせたのを感じた。「エイダンはいい人だし、あなたを守りたいだけなの。信じてあげて」

「あなたは信じているの?」

「命も預けられますよ。息子たちの命も」マリーの声は厳かで真摯だった。

「でも、あなたとわたしでは、彼が求めるものが違う。そうでしょ?」アレクサンドリアはいらだたしげに訊いた。「あの男《ひと》はわたしを引き留めるためならなんでもする。なにが真実でなにが違うか、嘘をついてでも」

急に立ちあがったため、もう少しでマリーを倒してしまいそうになった。玄関ドアをあけようと必死になった。ステファンが警告の声をあげた。マリーがエイダンの名前を叫ぶ。つぎの瞬間、アレクサンドリアは重い扉をあけ、苛烈で殺人的な日光が降りそそぐなかへと飛びだした。

たちまち無数の針が目に突き刺さったように感じられ、肌に火ぶくれができ、日に焼かれる彼女のまわりで煙が渦巻いた。悲鳴をあげたのは苦痛のせいか、エイダンの話が真実だったからかわからない。この苦悶は、催眠術にかけられ、操られた結果ではない。

ステファンは急いでシャツを脱ぎ、アレクサンドリアの頭にかぶせてから、倒れた彼女を抱きあげて安全な家のなかに駆け戻った。マリーがむせび泣きながら手を伸ばしたが、エイダンがひと足先に駆け寄り、ステファンの腕のなかからアレクサンドリアを抱きとった。完全なる静寂があたりを制し、エイダンは目を閉じてアレクサンドリアの頭に頭を載せた。彼の心臓は早鐘を打ち、魂は血を流していた。

「二度とするな」苦しげな声で言った。**二度とこういう反抗は許さないぞ、カーラ・ミア。**彼女の心のなかでも警告をくり返す。彼はアレクサンドリアのことが怖いほど心配で、憤りを感じていた。彼女に。自分自身に。エイダンのなかでさまざまな感情が逆巻き、燃えあがり、暴走しそうだった。

アレクサンドリアは彼の怒りを痛いほど感じた。エイダンの腕は鋼のように固く彼女を抱きしめている。

「借りができたな、ステファン」生きもののような激しい怒りと闘っているにもかかわらず、エイダンの声はいつもどおり穏やかで静かだった。

身をひるがえすと、彼は人間の目には留まらぬ超常的な速さでその場から立ち去った。地下室のドアが大きな音を立てたので、アレクサンドリアには自分たちが寝所へと通じる細い石の通路にはいったのだとわかったが、エイダン自身はまったく音を立てなかった。息遣いさえも聞こえない。

アレクサンドリアはじっと動かなかった。とてつもない痛み。大きく醜い火ぶくれ。エイダンは火傷にさわらないよう、彼女に痛い思いをさせないよう気を配っている。アレクサンドリア自身はそんなことを気にしていられなかった。これから恐ろしいことが起きるにちがいない。いつも冷静なエイダンが荒々しい感情のるつぼと化している。

花崗岩《かこうがん》の壁が飛び去り、気がつくとエイダンは彼女をベッドに横たえ、背を向けようとしていた。アレクサンドリアはそろそろと上半身を起こした。「わたしのこと、すごく怒ってるでしょ」

エイダンはなにも言わず、ハーブを瑪瑙《めのう》の器にいれてつぶしはじめた。ハーブのにおいが立ちのぼる。エイダンが蠟燭《ろうそく》に火をつけると、ハーブの香りに煙のにおいが混ざった。

「あなたなんて怖くないわ、エイダン。あなたになにができるっていうの？　わたしを殺す？　わたしはもう死んでるわ。少なくとも、自分で望む人生は生きていない。ジョシュアをわたしから奪う？　あの子を脅す？　危害を加える？　わたしはあなたの頭のなかをのぞいた。あなたはそういうことをする人じゃない」アレクサンドリアは勇気を奮って言った。

エイダンがゆっくりと振り返り、金色の目が彼女の顔を見た。背筋に冷たいものが走る。氷のように冷たく、生気のない目。

「きみはわたしのことをまるでわかっていない。わかろうともしない。わたしと闘おうなどと思うな。きみは赤子のようなものだ。わたしは一族のなかでも長老に属する。きみが思いもつかない力を持っている。きみの足もとの大地を揺るがし、頭上に稲妻を走らせることもできる。霧を呼び、身を隠すことも」自慢げな響きはまるでなく、ただ事実を述べているだけだった。

アレクサンドリアは永久に断ち切ることができないエイダンとの心のつながりを通じて、荒々しく激しい怒りが彼の心の奥底で煮えたぎっているのを感じとった。「きょうわたしがしたことは、誰の迷惑にもなっていないわ」

エイダンが近づいてきて、そびえるように立った。「きみはわたしを裏切った。ジョシュアを裏切った。陽光のなかに出ていったらどうなるかは話したじゃないか。きみはわたしの言うことが真実かどうか、試すふりをした。しかし、本当はすでに真実だと知っていた。きみは自分を殺し、ジョシュアを守る者のいない不安な将来に置き去りにしようとした」

「あの子はあなたが守ってくれるでしょ」

「きみがいなければ、わたしも生きていけない。わたしたちは生きるも死ぬも一緒なんだ。きみが死を選べば、それはわたしたちふたりにとっての死になる」

髪をかきあげるアレクサンドリアの手が震えた。「そんなこと、ありえないわ」

「あってほしくない、だろう」エイダンは彼女の言葉を正すと、右腕をつかんだ。「しかし、そうなんだ。わたしはきみに嘘をついたりしない。ある程度の抵抗を許したのは、なにもかもきみにとっては新しいことばかりだからだ」

彼がアレクサンドリアの腕に塗りはじめたジェルはひんやりとして気持ちよかった。「わたしに選ぶ権利はない、最初からなかったってことね」彼女は思いきって言った。

「きみとわたしの体が代わりに選んだんだ。きみの魂はわたしの魂の片割れだ。わたしの心はきみの心。たがいに安らぎと親密さを求め合う。ひとりでは完全じゃない。もとはひとつだった半身同士なんだ。それが真実だ、アレクサンドリア。気に入ろうが気に入るまいが」

アレクサンドリアは荒々しく息を吸い、額を手で押さえたくなった。「そんなの嘘よ。嘘に決まってるわ」声に出して否定したのは、嘘であってほしかったから、エイダンの言うことと悪夢のような彼の世界を信じたくなかったからだ。

「わたしが火傷に触れながら、きみが苦痛に苛まれずにすんでいるのはどうしてだと思う？わたしがきみの痛みをブロックしているからだ。わたしがいなければ、この手当てはきみにとって拷問となっただろう」

「そんなの嘘よ」アレクサンドリアは小さな囁き声でくり返した。

「きみの愚かさにはほとほと嫌気が差して、嘘じゃないことを証明してやりたい気分だ。口答えはするな。わたしの体はきみを切に求めている。単なる人間的な欲求じゃない。カルパチアンの男がライフメイトを求める欲求だ。きみが欲しくて昼も夜も体が燃えている。苦しみから逃れられるのは、カルパチアン式の眠りに就き、意識がなくなるときだけだ。わたしを挑発するな。二度とあともどりできなくなるぞ」

アレクサンドリアは肩を縮めて、彼から顔をそむけた。エイダンは無謀な気分になって彼女に顔を近づけた。「きみは人間の男に触れられることに耐えられない。快感ではなく嫌悪を感じる。自分でもよくわかっているはずだ。わたしはきみの心のなかにはいり、きみの考えを読んだ。きみはわたしが欲しくてしかたがない」

エイダンが脳裏に送ってきたのはアレクサンドリア自身の映像だった。彼女が実際には経験したことのないセクシーでエロティックなことをしている。エイダンの足もとにひざまずき、彼の体に口で触れている姿。エイダンの下になり、激しく、情熱的に奪われている姿。彼女がエイダンと一緒になることをひそかに思い描いているのを知っていて、からかっているのだ。

「あなたは本当に自分のことしか考えない野蛮人ね」熱くなった顔を押さえながら、アレクサンドリアは囁いた。「あなたなんてちっとも好きじゃないわ。なんとも思わない」

エイダンが彼女の喉をつかみ、親指で顔を上向かせて彼の燃えるような金色の瞳を見つめさせた。「きみを奴隷にすることもできるんだぞ、アレクサンドリア。きみが想像したこともないさまざまな方法で、わたしを悦ばせるよう教えることも」彼女の震える唇に親指でわざと軽く触れる。

アレクサンドリアは欲望に火がつくのを感じながらも、目の奥に涙がこみあげてきた。エイダンの言うとおりだ。この人に触れられると、わたしは思考が停止し、抵抗できなくなる。体が欲望に呑まれ、燃えあがってしまう。もうわたしはわたしじゃない。これまで男性の言うなりになったことなんてなかったのに。エイダン・サヴィジがなにをしたにしろ、わたしはもうアレクサンドリア・ハウトンじゃない。

アレクサンドリアの心を探ると、エイダンの怒りはたちまち溶けていった。彼女はショック状態に陥りつつある。この数日はたくさんのことが矢継ぎ早に起きたため、人間の頭では順応できずにいるのだ。彼は自分の体を呪った。解き放たれることを求めるあまり、ふだんなら考えもしないことを言ったりしたりしてしまった。体の全細胞がアレクサンドリアを欲している。そのせいで彼女の欲求よりも自分の欲求を優先させてしまった。自尊心をかなぐり捨てて。カルパチアンの男は絶対にそんなことはしない。自分はあと少しでヴァンパイアに変異するところだったのだと痛感した。アレクサンドリアが転化で苦しんでいるというのに、自分の身勝手さ、弱さに嫌気が差した。「すまない。わたしを、わたしたちのことを恐れないでくれ」精いっぱいやさしい声で言ったが、アレクサンドリアには聞こえていないようだった。

アレクサンドリアは自分を守るために心を閉ざし、あらゆる苦難と距離を置こうとしていた。顔をそむけ、ベッドにぐったり倒れると、胎児のように丸くなった。エイダンは自分自身に怒りを覚えながら、彼女を見おろした。自分の愚かさからアレクサンドリアを傷つけてしまい、どうしたらいいかわからない。彼女がドアをあけて死の危険がある戸外に飛びだしたとき、彼の魂に永久に消えない恐怖が刻みこまれた。彼女が死んでしまうのではないかという恐怖。

彼は日光に焼かれても耐えられる。長い年月をかけてそのように鍛えてきたからだ。何世紀にも及ぶ研究の結果、無限に近い力を有している。そのひとつが癒しの力だ。そこで、彼は目を閉じ、自分の肉体を離れてアレクサンドリアの体にはいった。皮膚の奥深くまで焼けた重傷の火傷を体の内側から治す。注意深く、適確に治療を終えると、もう一度、彼女の心のなかに戻った。

困惑と恐れ。人間とは言えない存在になったことへの強烈な不安と、そんなことはないと証明したい強い思い。自殺願望はない。ただ、もとの世界に戻れないと彼女を騙したエイダンの嘘を暴きたがっている。彼が嘘をついていると信じたいのだ。

エイダンはベッドに横になり、疲労したアレクサンドリアの体を守るように抱き寄せた。彼女が恐れるのも当然だ。わたしはアレクサンドリアがまだ知らないことを要求し、心の準備ができていないことを感じさせた。性的な感情の激しさだけでも、彼女はわたしから逃げだしたくなるほど動揺した。

アレクサンドリアの頭に顎を載せ、シルクのような髪を撫でた。アレクサンドリアが彼のところに留まるのではなく、人間の医者に治療してもらおうなどと無茶なことを考えたのには驚かされた。傷つきもしたが、彼女が彼を出し抜けると考えたことは愉快だった。アレクサンドリアは意志が強い。それはすばらしいことだ。

「時間が必要なだけだ、ピッコラ。わたしのやり方が不器用ですまない。ただ、きみの安全が心配でしかたがないんだ」アレクサンドリアに聞こえているのは間違いなかったが、彼女は返事をしなかった。エイダンは腕に力を込めた。ぐっすりおやすみ。わたしは一か八《ばち》かの賭けはしない。アレクサンドリアに選択の余地を与えない。エイダンは彼女に彼女自身の心から、生気を奪う不安から距離を置いてほしかった。

13

目が覚めると、エイダンの体は荒れ狂っていた。いつもの滋養を欲する強い衝動、すなわち血の欲求のせいではない。かつて経験したことのない切迫した昂りのためだ。彼はうめき声を漏らした。となりではアレクサンドリアが眠っている。顔色が悪く、彼女の髪がふたりを結びつけるように広がっていた。彼女が欲しい。欲しくてしかたがない。あとほんの少しでもこのままでいたら、奪わずにいられなくなるだろう。

まるで火傷したかのように、エイダンはアレクサンドリアから身を離した。小さく悪態をつく。こんな状態で彼女に血を与えたら、そのままエロティックで奔放な行為に走ってしまうだろう。内なる獣《けもの》がアレクサンドリアを求めて咆哮している。道理とは無縁で、激しく容赦ない疼きだけが日に日に強くなっていく。

おぼつかない手つきで乱れた髪をかきあげる。手に負えない状況だった。アレクサンドリアに血を分け与えたら、きっと体を奪わずにいられなくなる。しかし、けさのようなことがあったあとでは、彼女にはもっと時間を与えなければならない。内なる獣をコントロールすることが、エイダンにはもはやできなくなっていた。マリーはできると信じていた。マリーは彼を信じている。しかし、カルパチアンの男の衝動を、ライフメイトのあいだに燃えあがる情熱の強さを、彼女はわかっていない。彼が変異の寸前まで来ていたことを。

エイダンはもう一度うめいて、ベッドの上にじっと横たわっているアレクサンドリアから離れた。ここはわたしのねぐらだ。その言葉が頭に浮かぶと、彼ははっとした。内なる獣がますます優勢になっている。これを抑えるには、ライフメイトと心を重ね、彼女のやさしさ、明るさによって魂の闇から導きだしてもらうしかない。

アレクサンドリアを目覚めさせる前に、柔らかいシルクのシャツと黒いズボンを身につけ、注意深く身じたくを整えた。古風な品のよさが彼をより魅力的にしてくれることを期待して。長い髪は後ろでひとつにまとめた。シャツのボタンは上まで留めなかったが、セクシーに見せたいからではなく、息苦しかったからだった。

アレクサンドリアを目覚めさせるために彼女の心にはいった。アレクサンドリアが息を吹き返したのを見ると急に体が硬くなり、思わず悪態をついた。汗が胸から下へと、脚のあいだへと伝い落ちる。アレクサンドリアは上掛けの下でなまめかしく体をくねらせ、伸びをした。エイダンは爆発しそうだった。アレクサンドリアが乾いた唇を舐めたので、濡れた唇が誘うように光った。エイダンは目を閉じたが、彼女のにおいが漂ってきたし、シーツのこすれる音が聞こえた。

アレクサンドリアはここがどこか思いだせぬまま、ゆっくりと身を起こした。官能的な夢のあざやかな映像が頭に残っている。胸をつかむ手。重ねられた唇。彼女のなかで動く指。

そして上からおおいかぶさり、彼女を釘づけにする精力的な体。アレクサンドリアの体は欲望に疼き、触れられることを切に願っていた。体をくねらせ、甘美な欲求を感じながら、彼を誘惑する。ゆっくり目をあけると――部屋の反対側からエイダンが金色の瞳を熱く輝かせて見つめていた。

彫りの深い顔、強烈な光を放つ瞳には危険がひそんでいる。アレクサンドリアは身じろぎもせず、彼女を見つめる捕食者から目をそらすこともしなかった。息をするのも怖い。少しでも動いたら、息を漏らしたら、彼が飛びかかってくる。いまの官能的な夢は彼の夢だ。彼は自制心が限界に達しつつあり、本能と必死に闘っている。

「ここを出るんだ、カーラ・ミア」ベルベットのように柔らかくもざらついたエイダンの声は、彼女の敏感になった肌を舌で舐めるように感じられた。「いまのうちに」金色の瞳に赤い炎が揺れているように見え、額に汗が噴きだしていた。動くまいとしているせいで筋肉が盛りあがっている。

アレクサンドリアは彼に駆け寄って慰めたくなった――あるいは、結果などかまわずさらにかきたてるか。彼女の体は生きて呼吸をしている炎のようにコントロールがきかなくなっていた。彼を焚《た》きつけずにいるのは、羞恥心があるからだけだった。羞恥心と不安が。ベッドからおりると逃げだした。あたかも七人の悪魔に追われているかのように。エイダンからというよりも自分自身からの逃走だった。

あとに残されたエイダンは彫像のように立ちつくしていた。少しでも動いたら、痛みと欲望のあまりこなごなに砕けてしまいそうだった。もう長くは持ちこたえられない。早くアレクサンドリアのほうからこちらに来てくれないと、どうなるかわからない。

トンネルにはいったアレクサンドリアは走る速度を落とした。まだエイダンが心のなかにいる。彼女を呼び、コンタクトを求めている。目を閉じ、石の壁にもたれた。脚がゴムになってしまったみたいに一歩も前へ進めない。彼が欲しい。でも、彼女が感じているのは甘く穏やかな切望などではなく、熱く激しいセックスを求める荒々しく野性的な欲望だった。

悩ましい考えや映像を振り払おうとしてかぶりを振った。階段をのぼり、いまの自分をジョシュアに見られずにすんでよかったと思った。シャワーを浴びても激しい渇望は少しもおさまらず、エイダンの感触、刺激的な味わいの記憶は消えない。胸の谷間からおなかへ、金色の短いカールへと流れていく熱い湯は、アレクサンドリアをますます感じやすくさせただけだった。エイダンを呼びたいという衝動と闘わなければならなかった。苦しいほどに彼が欲しい。全身が溶けそうに熱く、欲望に疼いている。肌に彼の唇を、体に彼の手を感じたい。永遠に続く交わりのなか、彼に荒々しく満たされたい。

そう思ったとき、エイダンの言葉が思いだされた。**きみを奴隷にすることもできるんだぞ。**彼は、想像したこともないことをわたしにさせられるとも言っていた。いまはもう想像できる。でも、さっきの映像はどこから来たのだろう。「あなたが憎いわ、エイダン。わたしにこんなことをするなんて」シャワーに顔を向け、エイダンとのコンタクトを断ち切った。彼の絶望の叫び声、手負いの獣の咆哮、獲物を逃したハンターの唸り声が聞こえた。

渇望を焚きつけるエイダンがいなくなったおかげで、切迫した欲望は影をひそめた。しかし、今度は本物の飢えがじわじわと襲ってきた。彼女は顔色が悪く、滋養を必要としていた。エイダンを必要としていた。レディらしからぬ悪態をつき、ジーンズにリブ編みのトップスを着ると、ベッドルームのとなりの居間にはいった。ここは彼女のアトリエになる部屋だ。エイダンに指示されたにちがいないが、マリーとステファンが道具を買いそろえてくれていた。アレクサンドリアには買うことができなかった最高級品ばかりだ。ふつうなら、こんなに気前のいい贈りものは断わるところだが、アーティストとしての彼女は目の前にある道具のすばらしさに興奮せずにいられなかった。

ジョシュアが彼女を捜しに来るよりも先に、まず声が聞こえた。学校から帰宅したジョシュアは、サンルームでステファンと声をあげて笑い、それからキッチンでクッキーを食べながらおしゃべりを始めた。アレクサンドリアは喜びと悲しみを同時に感じた。ジョシュアには人との触れ合いが必要で、マリーとステファンの夫婦は心からジョシュアを愛してくれている。しかし、弟との関係が変わりつつあり、そのうち自分ひとりに頼ってもらえなくなるだろうことが、彼女は悲しかった。

ジョシュアが彼女の名前を大きな声で呼びながら、階段を駆けあがってきたときには、アレクサンドリアは落ち着きを取り戻していた。弟が胸に飛びこんでくると、抱きあげてくるくるとまわった。目がまわったジョシュアはうれしそうに甲高い叫び声をあげた。

「これを見て!」すばらしい道具を見せながら、アレクサンドリアは喜びの声をあげた。

ジョシュアが得意げに胸を張った。「選ぶの、ぼくが手伝ったんだよ。エイダンと一緒に買いものに出かけたんだ。アレックスがいつも手に取るけど、もとに戻しちゃうものを見せてね。アレックスが欲しがってたのはわかってたからさ。エイダンとの買いものは楽しかったよ。これはアレックスをびっくりさせるためだって、エイダンが言ってた」

アレクサンドリアは急に息苦しくなり、デッサン用の炭筆の箱をぎゅっと握りしめた。

「ほんとに？　買いものにはいつ出かけたの？」

ジョシュアはいたずらっぽい笑顔になった。「二、三日前だよ。アレックスの具合がすごく悪かったとき。エイダンは服も買ってた。ベッドルームのクロゼットを見てごらんよ。アレックスにお店の人の顔を見せたかったな。エイダンのことをまるで――」

「信じられない」アレクサンドリアはそっけなく遮った。スキップするジョシュアのあとを追ってベッドルームに戻る。

「エイダンはなにからなにまで考えてたよ。アレックスみたいにきれいでやさしい女の人が病気になったら、男はその人のためにできることはなんでもしなきゃって」ジョシュアは両びらきのクロゼットのドアをぱっとあけた。自分のジーンズとトップスを取りだすためにたんすをあけただけだったアレクサンドリアは、まだクロゼットに触れてもいなかった。

生まれてこの方、こんな大きなクロゼットがいっぱいになるほど服を持ったことは一度もなかった。でも、いま彼女の前にはドレスやコート、スカート、パンツ、そしてブラウスがずらりとつるされていた。彼女は下唇を噛みながら黒いロングのイブニングドレスにそっとさわった。一流ブランドのものだ。彼女はすばやく手を離した。「エイダンはどうしてこんなことを?」ジョシュアに向かって囁き声で訊くのと同時に、頭のなかでもくり返した。**あなたはどうしてこんなことを?**

金を遣っただけだ、カーラ・ミア。わたしにはほかに罪を贖《あがな》う方法がない。エイダンの声は孤独で途方に暮れ、かすれて響いた。

思いがけず、アレクサンドリアの目に涙がこみあげてきた。彼のもとへ駆けつけ、慰めたいと強く感じたが、けさ言われた言葉が頭にこだました。エイダンの策略にはまらないよう、目をぎゅっと閉じた。彼の奴隷。そんなものには絶対になりたくない。

「アレックスったら、赤ちゃんみたいに泣いたりしちゃだめだよ」ジョシュアが姉を叱った。「エイダンはこうしたかったから、しただけだよ。ぼくが買ってもらったかっこいいおもちゃを見せてあげるよ。ねえ、マリーとステファンに訊いたんだ、子犬のこと――どれくらい手がかかると思うかって」

「あきらめない子ね」ここにある服には絶対に袖を通すまいと心に決めながら、アレクサンドリアはクロゼットのドアを閉じた。

「粘り強いといいことがあるって、エイダンが言ってた」ジョシュアはうれしそうに言った。

アレクサンドリアは深く息を吸いこんだ。「彼が言いそうなことだわ」やっぱりここにある服は着ることにしようと考えなおした。一枚残らず。トーマス・アイヴァンと仕事をするときに。トーマス・アイヴァンとデートをするときに。トーマス・アイヴァンに夢中になったときに。

彼女の心のなかでエイダンがかすかに動いたのが感じられた。獲物を狙うヤマネコが筋肉をわずかに波打たせたような動き。でも、つぎの瞬間には感じられなくなった。錯覚だったのだろうか？

「彼のことを考えるのはやめなさい！」自分がエイダンと距離を置けないことにいらだち、アレクサンドリアはきつい口調で言った。

ジョシュアが目を丸くして見あげた。「彼って誰？　子犬のこと？　どうして？　もう見つけてくれたの？　子犬、オスなの？」

「この家には間違いなく猟犬《ハウンドドッグ》のオスの子犬がいるわね」アレクサンドリアは陰鬱な口調で言ってから、弟の巻き毛を軽く撫で、声をやわらげた。「冗談よ、ジョシュ。まだ子犬は見つけてないわ。まだ飼うことに決めてないから。そういう大事な決断は、わたしたちがここで幸せに暮らせると確認できてからにしたいの」

「ぼく、幸せだよ」ジョシュが即座に言いきった。

アレクサンドリアは弟を抱きしめた。「あなたが幸せでうれしいわ、ジョシュア。でも、わたしはわからないの。子どもよりも大人のほうが同居に慣れるのがむずかしいのよ」

「でも、マリーとステファンはすっごくいい人たちだよ、アレックス。それにエイダンはサイコー。宿題を手伝ってくれるって。ぼくたち、いっぱいおしゃべりするんだ。エイダンはかっこいいし。それに――」

「いま、彼の話は聞きたくないわ。わたしには仕事があるのよ、ハニー。食べていくために、お金を稼がなきゃ」

「でも、お金はエイダンがいっぱい持ってるでしょ。アレックスが働きたくなければ、働かなくていいって言ってたよ」

癇癪を起こさないように、ゆっくり息を吐いた。エイダンの意見を聞かされるのにうんざりしてきた。彼がつねに心のなかにいるのにもうんざりだ。「わたしは仕事が好きなの。さあ、黙ってできることを見つけるか、わたしをひとりにして」

ジョシュアはちぇっという顔をしたものの、姉の古い色鉛筆と画帳を持って腰をおろした。姉弟はすぐに慣れ親しんだ時間の過ごし方に落ち着いた。ときどきアレクサンドリアは思いついたことについてジョシュアに意見を求め、ジョシュアは自分の描いた絵を姉に見せた。ジョシュアの絵を、六歳にしてはとてもうまい絵だとアレクサンドリアは思っていた。頼まれればほんの少し手直しをしてやったが、たいていは自由に描くように言った。つかの間だが、自分たちの世界がふつうの世界に戻ったような気がした。

しかし、エイダンを忘れることはできなかった。彼女の心はエイダンとのコンタクトを求めた。耳は彼の美しい声を聞きたがった。彼女は目の前の画用紙をぼんやりと見つめ、いつの間にかエイダンの似顔絵を描いていることが二度もあった。ジョシュアに見られてからかわれる前に、二枚とも急いで破り捨てた。

ジョシュアの鼓動を、体内の血の流れを意識しないよう努めた。マリーがジョシュアを夕食に呼びにきたとき、彼女の脈拍にものすごくそそられたが、そんなことはなかったふりをした。エイダンの体に唇を這わせたときの感触、彼に抱かれて身をくねらせたこと、彼が欲しくてしかたがなかったことを思いだすまいとした。またエイダンの絵を描いてしまうと、うめき声を漏らしながら、顔をそむけた。エイダンの唇はセクシーな笑みを浮かべ、アレクサンドリアを誘惑しながらあざけっているように見えた。

本物そっくりに描かれた唇に指先で触れてみる。「あなたの思うとおりにはさせないわ」小さく囁いた。エイダンが欲しくて、いてもたってもいられない。彼に慰めてほしい。この狂気の世界を筋の通ったものにしてほしい。ジョシュアとの時間を満喫できなくする、このたえまなく恐ろしい渇きを静めてほしい。なによりも、彼とひとつになりたい。彼の唇と手にこの狂おしいほてりを、空虚感を取り去ってほしい。鼓動を重ねたい。彼の心に侵略されたい。究極の親密さが欲しい。彼に体を奪われながら、ともに奔放な空想をめぐらせたい。

その夜をアレクサンドリアはごくふつうに過ごした。ジョシュアの宿題を手伝い、テレビ番組を楽しんでいるふりをして。ワイドテレビの価値について議論になった。ステファンは、老眼には必要なものだと言ってジョシュアの側についた。マリーは究極の浪費だと言うアレクサンドリアに賛成した。しかし、三人の体を流れる血の音が、まるでシンフォニーを奏でているかのようにテレビの音を凌駕《りょうが》し、アレクサンドリアはくつろげなかった。本を読んでやり、少しだけ枕投げをして遊んだあと、弟をベッドにいれた。夜のこうした時間が、彼女は昔から好きだった。ジョシュアはいつも清潔でかわいい。しかし、今夜は鼓動の大きな音が気になって楽しめなかった。まるで悪夢のなかにとらわれたようだ。

弟を寝かしつけてから、トーマス・アイヴァンと出かけるために、念入りにドレスアップした。ドレスの生地が素肌に触れると、熱いベルベットに撫でられたように感じた。髪を結う手が震える。寝所を飛びだして以来、エイダンの姿は一度も見かけていない。つねにすぐそばにいるのを感じるものの、視界にははいってこない。しかし、それをありがたく思う代わりに、アレクサンドリアは落ちこんだ。彼はわたしがほかの男性とデートしても、別にかまわないのかもしれない。気にならないのかもしれない。気にならなければいけないわけがあるだろうか？　わたしは気にしてほしくない。人間の男性、わたしが惹《ひ》かれる男性、愛を交わしたいと思う男性を見つけたいのだから。所有欲が強くて荒々しい男ではなく、やさしくて愛情に溢れた男を。人間のふつうの男性がいい。

爪を検めると、以前は悔しいぐらい短くて幅広だったのに、いまはプロの手にまかせたかのようにきれいにマニキュアが施され、長く美しくなっていた。髪まで前よりも豊かに、つややかに見え、まつげは長く濃かった。しかし肌は赤みがなく、透きとおるようだ。

鏡のなかの自分を見て、ため息をついた。前と変わらないように見えるものの、明らかに違う。もっと……なんと言ったらいいかわからない。ただ、前よりももっと、なのだ。ドレスは第二の肌のように体にフィットし、彼女の豊かな胸と細いウエストを強調している。まるで彼女のために特別にデザインされたかのようだ。柔らかな生地の上から腿を撫でる。目をあげると、彼女を見つめるエイダンの金色の瞳と鏡のなかで目が合い、心臓が飛びだしそうになった。彼はアレクサンドリアの後ろに立っていて、鏡に映るふたりの姿は一幅の官能的な絵のようだった。エイダンは背が高く、筋肉質の体をしていて、渇望を宿した目がきらきらと輝いている。アレクサンドリアは小柄で細く、色が白い。

「きれいだ、アレクサンドリア」エイダンが柔らかい声で言った。

彼の声はベルベットのドレスと同じようにアレクサンドリアの肌をセクシーに撫でた。表情は読めない。

「わたし……そんなに遅くはならないから」片意地なティーンエイジャーのような口調になってしまい、すぐさまいまの言葉を撤回したくなった。エイダンはにこりともせず、表情を変えなかった。

背筋に震えが走った。自分の反抗的な態度が虎を挑発するにも等しい愚かな行為に思えた。エイダンはわたしを出かけさせてくれるだろうか？　ついさっきまでは、外出しても彼がこだわらないだろうと思って、なんとなく落ちこんでいた。でも、いまは命がけで遠くに逃げだしたい気分だ。

エイダンがゆっくりと首を横に振った。「やれやれ、きみはまだわたしをモンスターだと思っているんだな。本当にモンスターにしてしまわないよう、気をつけたほうがいいぞ、ピッコラ《ディオ》」彼はいってきたときと同様、音を立てずに部屋から出ていった。

脅迫の言葉に、アレクサンドリアは震えた。唇にそっと触れる。エイダンは彼女の唇を見つめていた。誓ってもいいが、唇に彼の唇が軽く触れた。目を閉じてその感触を味わってから、エイダンにいとも簡単に支配されてしまう自分を呪った。わたしは人間。人間なのよ。なにがあってもこのままでいる。

わたしはエイダンのセックスアピールに揺らいだりしない。脅迫に負けたりしない。彼女は靴を履き、堂々とした足取りで階段をおりていった。

トーマスは時間どおりに到着して、リビングルームで待っていた。エイダン・サヴィジが威嚇しに出てこなかったのがありがたかった。アレクサンドリアがはいってくると、彼は息が止まりそうになった。彼女は会うたびに美しくなるように思える。トーマスを驚かせ、つねに彼の頭から離れず、ほかのことを考えられなくさせる。結果、トーマスは仕事に悪影響が出ていた。新作ゲームのストーリーラインを完成させなければいけないのに、白昼夢に溺れてしまう。夜は夜で彼女が出てくる情熱的でエロティックな夢を見た。それを現実にする気は満々だったが。

「トーマス、今晩はお誘いありがとう」アレクサンドリアの声は彼の心臓にまっすぐ突き刺さるようだった。彼の下半身も反応を示した。

つぎの瞬間、例のいまいましい金色の視線がトーマスを直撃した。トーマスの体の反応を見てとり、罰するためにちがいない。エイダン・サヴィジが見せかけだけのくつろいだようすで出入口にもたれかかり、腕を胸の前で組んでいた。なにも言葉は発しなかった。必要なかったからだ。いるだけで、トーマスを震えあがらせることができた。

トーマスはアレクサンドリアにケープをはおらせながら、彼女の香水を深く吸いこんだ。

「すばらしく美しいよ、アレクサンドリア。体調を崩していたなんて、誰も想像できないくらいに」

ここでサヴィジがかすかに身動きした。獰猛《どうもう》な捕食動物が筋肉をわずかにふるわせたような動きだった。「それでも、アレクサンドリアはひどく体調が悪かったんだ、アイヴァン。彼女の面倒をしっかり見て、早く送り届けてくれ」

トーマスは愛想よく洗練された笑顔を作った。くそ、こっちは初めてガールフレンドをプロムにエスコートするティーンエイジャーじゃないんだぞ。彼は金髪の番犬をいらだたせる目的で、アレクサンドリアと手をつないだ。「心配しないでくれ、サヴィジ。彼女の面倒はしっかり見るつもりだから」彼女をドアへと急がせる。この生きもののように感じられる奇怪な家から早く逃げだしたかった。

トーマスに劣らず逃げだしたくてしかたがないようすで、アレクサンドリアは表に出た。いったん足を止めて、夜気を深く吸いこむ。「エイダンって、人を圧倒するところがあるわよね」星々にも匹敵するような輝く笑顔を浮かべて言った。自由。なんてすてきな自由。トーマスの顔が歯を剝きだしたサメを思わせる笑みを浮かべていようと、彼の鼓動がジョシュアの鼓動と同じくらい大きく聞こえようと、そのうえ昴りのにおいが鼻を衝こうと関係なかった。いま彼女はエイダン・サヴィジの影響下から逃れられていて、大事なのはそのことだけだった。

「人を圧倒する？　きみはそんな表現でいいのか？　彼は尊大としか言いようがない。まるできみの所有者みたいな振る舞い方じゃないか」トーマスが感情を爆発させた。

アレクサンドリアは柔らかな声で笑った。「慣れるものなのよ。エイダンはどうしてもああいう態度になってしまうの。人に命令するのが習慣になっているから。あなたも、その感じはよく知ってるんじゃないかしら」いたずらっぽくつけ足した。

トーマスは気がつくと声をあげて笑っていた。待たせてある車へとくつろいで歩いていく。後部座席でなにが起きてもいいように、今晩は運転手つきのリムジンを用意していた。

「スケッチは順調よ、トーマス」アレクサンドリアは自分から話題を持ちだした。「でも、キャラクターにどういう性格づけが重要か、具体的に教えてもらってないわね。すべてをわたしにまかせるんじゃなく、それぞれをどう描いてほしいか、前もって決めてほしいわ」

「きみの意見を聞かせてもらうほうがいい」トーマスはそう言いながら、アレクサンドリアのために車のドアをあけた。そうしたいと思ったことに驚いた。彼が慇懃《いんぎん》な態度を取るときは、たいてい効果を狙ってのことだ。しかし、アレクサンドリア・ハウトンの美しさはけたちがいだった。「きみはあの家に不安を感じないのか?」

アレクサンドリアは眉をつりあげた。「不安を感じる? あの家に? とても美しい家よ。なにもかもが美しいわ。どうしてそんなことを訊くの?」

「じっとこちらを見張っているような、わたしを憎んでいるような気がするときがあるんだ」

「トーマス、あなた、自分の作ったテレビゲームの観すぎよ。すごい想像力ね」彼女の笑い

い場所に触れられたように感じた。ふだん親密な行為のときにしか触れられない場所に触れられたような。

手をシートに這わせて彼女のほうへじりじりと近づける。こんなに欲しくてたまらない女性は初めてだ。しかし、ふと窓を見ると、そこに目が映っていた。憎しみと復讐《ふくしゅう》、死の約束に満ちた赤く輝く獰猛な目。まばたきしない猫の目。悪魔の目。トーマスはぶるっと身震いし、うめき声を漏らした。

「どうしたの？」アレクサンドリアの声は流水の柔らかな音のように心地よかった。「教えて、トーマス」

「なにか奇妙なものが見えなかったか？」彼は恐怖のあまり息が止まりそうだった。「窓の外になにか見えないか？」

アレクサンドリアはトーマスをまわりこむようにして反射ガラスを見た。「なにが見えるの？」

例の目は跡形もなく消え去っていた。サヴィジだったのだろうか？　妄想か？　トーマスは咳払いをしてなんとか笑顔を作った。「なんでもない。わたしは自分の幸運が信じられない、それだけだろう」

車という狭い空間にいると、アレクサンドリアは渇望が強くなってくるのを無視できなかった。それは悪性の腫瘍さながら、体内で増殖していくように思えた。トーマスの血管を流れる血の音が増幅されて聞こえる。でも、彼に触れることを考えると、吐き気がこみあげてきた。必死に笑顔を張りつけたままでいるよう努力する。トーマスは口実を見つけては脚、腕、手、髪に触れてくる。いやでいやでたまらなかった。鳥肌が立つ。彼が好色な視線を投げてきたり、触れてきたりするのに応えられない自分にも嫌悪を覚えた。

ほほえみ、適切な対応をしながらも、胃はずっとむかむかしていた。心の奥底で不安が形を成して大きくなりはじめた。裕福で魅力的で有名人のトーマス・アイヴァンは結婚相手として好ましい独身男性だ。ファンタジー好きなところが共通しているし、彼女の作品をすばらしいと思ってくれている。それでも、彼にほんの少し触れられただけで、アレクサンドリアは体の内側がすすり泣きはじめるように感じた。

カーラ・ミア、そっちへ行こうか？　遠くにいるにもかかわらず、エイダンの声が響き、温かなたくましい腕で彼女を包みこんでくれた。

アレクサンドリアは唇を噛んだ。来てと頼みたくてしかたなかったが、誘惑にあらがった。わたしは人間に戻るのよ。そして自分と同じ人間のなかから愛せる男性を見つける。それはトーマス・アイヴァンではないかもしれないけど、かならず。**わたしは最高に楽しい時間を過ごしてるわ。**

アイヴァンは楽しくないようだがな。

エイダンが彼女の心から存在を消すと、魂の一部を持っていかれたような、自分の内面が死んだような錯覚を覚えた。アレクサンドリアは顔をあげ、とりわけ明るい笑顔をトーマスに投げた。彼が差しだした手を取って車からおりた。今夜はなんとしても楽しもうと心に決め、トーマスと腕を組んで劇場にはいる。人々がどっと押し寄せてくるように感じられた。耳に息遣いが大きく響き、鼓動がとどろく。オーケストラが奏でる序曲が人々の熱い血潮の音と交ざり合う。芝居に集中すると、としてもいい舞台だとわかったが、座席の背もたれにまわされたトーマスの腕を、においを意識せずにいられなかった。彼が耳もとで囁き、口が肌に触れると、ぞっとした。二度ほど、彼から逃げるためだけに化粧室に行きたくなった。

でも、彼女はやりとげようと決心していた。たとえ命を失うことになろうとも、人間に戻りたい。拍手喝采が巻き起こったちょうどそのとき、彼女の心のなかで声が響いた。**誰かが命を失うことになるかもしれないな。**

もう、**黙っていて！**　絶望のさなかにあっても、エイダンに笑わされてしまう自分に腹が立った。彼はふたたび気配を消した。エイダンがちょっと心に触れてきただけで、彼女の心は温かくなった。それに、彼のふざけた警告。となりに座っている男性に彼女が嫌悪を感じていることを察知して、わざとからかったのだろう。

となりではトーマスが拍手をしていた。照明がつくと、人々がまわりに群がってきた。美女と腕を組み、おおぜいの知人に囲まれたトーマスはまさに水を得た魚だった。彼がよく憶えてもいない有力者が、舞台についての意見を交換するために足を止めた。ワンランク上の成功を手に入れるために、以前から知り合いになりたいと思っていた相手が向こうから自己紹介をしてきて、トーマスたちを内輪のパーティに招待してくれた。

アレクサンドリア・ハウトンが彼のキャリアに貴重な財産となるのは明らかだ。彼女が自分の連れであることが誇らしく、トーマスはアレクサンドリアを見せびらかした。アレクサンドリアの声に陶然とし、笑顔に魅了されているのは彼だけではなかった。彼女が堂々と魅惑的にほほえみかけると、女性たちまでがうっとりしているように見えた。

多くのファンに囲まれたまま外へ出たトーマスは、肩に腕をまわしてアレクサンドリアを抱き寄せ、自分の所有物であることを示そうとした。アレクサンドリアはトーマスと接近しすぎたためにさらなる吐き気に襲われた。右のほうをちらりと見たトーマスが凍りついた。二メートルと離れていない影のなかに、狼がいたからだ。金色の毛皮におおわれ、とてつもなく大きい。牙と赤い目が輝いている。その赤い目がまっすぐにトーマスを見つめ、筋肉質の体がいまにも飛びかかろうとしているように見えた。

トーマスの心臓は冗談ではなく一瞬止まった。それから早鐘を打ちはじめた。彼はアレクサンドリアの腕をつかみ、劇場のほうに引き戻そうとした。

「トーマス、どうしたの？」

「見えないのか？」彼は興奮して指差した。なぜかあれはサヴィジだと確信していた。「あいつだ。間違いない。あいつがそこにいる」トーマスの興奮した声に、人々が振り向いた。

「トーマス」アレクサンドリアの声は柔らかく、聞く者を安心させる力を持っていた。「なにがおかしいのか教えて。ひどく顔色が悪いわ。なにが見えたの？」

トーマスはいやいやながらも、もっとよく見た。影は濃く、暗く――そこに野獣の姿はなかった。狼がいた場所に大きなプランターが置いてある。トーマスは額から汗をぬぐい、息をついた。

「震えてるじゃないの、トーマス。さあ、車に乗りましょう」心配になったアレクサンドリアはあたりを注意深く見まわしたが、人間しか見えなかった。もう二度と彼を苦しめないで。エイダンに警告したものの、彼に聞こえたかどうかはわからない。

「幻覚を見たんだ、アレックス。あそこのプランターがまるで……」トーマスは途中で口をつぐんだ。妄想のコントロールがきかなくなっていることを認めたくなかった。それにしてもどうしたというのだ？　アレクサンドリア・ハウトンとエイダン・サヴィジについての妄想に、不気味なことを想像する力が相まって、リアルすぎる幻覚が生みだされたのだろうか？

「あれが動いたの？」アレクサンドリアは木製の赤いプランターを警戒の目で見つめた。

「いや」とトーマスは正直に答えた。「ただ……妙に見えたんだ」

「今夜はとても楽しかったわ。すばらしい舞台だった」アレクサンドリアは柔らかな声で言った。

嘘つきめ。からかうような、あざ笑うような声が聞こえた。

アレクサンドリアはわざとトーマスの腕に手をかけ、ふたりのほうに近づいてくるリムジンへと歩きだした。「きょうの舞台、あなたは気に入った？」シロップのように甘い声で尋ねる。エイダンが顔をしかめるのが感じられるようだった。彼はすぐさま気配を消した。

車に乗りこむと、トーマスはアレクサンドリアのほうへ腰を滑らせた。腿と腿が触れ合い、腕に彼女の柔らかな胸のふくらみが感じられるほど近く。アレクサンドリアの顎をつまむ。

「きみがわたしをよく知らないのはわかっているが、わたしはきみに強く惹かれている。きみも同様の気持ちでいてくれるよう願っている」

彼の唇がほんの数センチ先まで迫ってきて、マウスウォッシュとブレスミントを使っているらしいのに、彼が夕食に食べたものがにおいですべてわかった――にんにくを使ったパスタ、タラゴンヴィネガー・ドレッシングをかけたサラダ、赤ワイン、コーヒー、ミント。アレクサンドリアはもう少しで吐きそうになり、トーマスとのあいだに距離を置こうとした。

「わたしたちはこれから仕事を一緒にするのよ、トーマス。こういうことはよくないと思うの。少なくとも、こんなにすぐには」

「でも、わたしはきみにキスせずにいられないんだ。どうしても、アレックス」彼は荒い息をしながら、体を乗りだしてきた。

アレクサンドリアは小さくあえいで後ろにさがったが、夢中になっているトーマスはそれを同意と受けとった。彼が顔を寄せた瞬間、赤くきらりと輝くものが目にはいった。叫び声をあげてドアのほうへ跳びのき、後部座席の窓を凝視する。輝く双眸《そうぼう》が見まがいようのない悪意をたたえてこちらを見つめている。恐ろしいことに、ガラスが内側に向けてふくらんだかと思うとこなごなに砕け、破片が彼に降りかかった。とてつもなく大きな狼が顔を車内に突っこんできて、歯を剥きだし、涎を垂らしながらトーマスの顔目がけて飛びかかってきた。

赤い瞳はまばたきもせず、不気味な光を放っている。白い牙が迫ってくると、熱い息が顔にかかった。トーマスは悲鳴をあげ、顔を両手でおおって頭をさげた。

「トーマス?」アレクサンドリアは彼の肩にそっと触れた。「今夜、ドラッグを使った?」

答えはわかっていた。彼の血がにおいを放っていたからだ。「もしかしたら、病院に行ったほうがいいかもしれないわ。それか、開業医のところへ」

怯えつつ、トーマスはゆっくりと手をおろした。車の窓はなんともなっていない。ガラスの破片も飛び散っていなかった。アレクサンドリアは青い瞳を心配そうに曇らせ、静かに座っている。

「こんなことはこれまで一度もなかったんだが。幻覚が見えるんだ。トイレでちょっとコカインをやっただけだ。質が悪かったのかもしれないが、わからない」声に恐怖がにじんでいる。

「なにが見えたの?」アレクサンドリアはもう一度あたりを見まわし、エイダンか、そのほかの危険が存在した痕跡を探したが、なにも見当たらなかった。やはりドラッグの影響かもしれない。「運転手に病院まで行くよう言ったほうがいい?」

「いやいや。大丈夫だ」トーマスはおびただしい汗をかいていた。

恐怖のにおいを放っている。

「外にはなにもいないわ、トーマス。わたし、なにかが起きるときは予感がしたりするんだけど、いまはなにも変な感じがしないもの」彼を安心させようとして言った。

「すまない」トーマスがかすれた声で言った。「今夜を台なしにしてしまったかな」目が左右に泳ぎ、顎の左がピクピクと痙攣している。今夜会ったときと比べると、ひどく年とって見えた。

「いいえ、もちろんそんなことはないわ。楽しかった。観劇に誘ってくれてありがとう。わたし、外に出たくてしかたがなかったの。でもトーマス、わたし、ドラッグには反対だわ。まだ小さい弟のジョシュのことを考えなくちゃいけないから。あなたがプライベートでなにをしようとわたしには関係ないことだけれど、コカインにしろほかのドラッグにしろ、使ってる人は不安だわ」

「わたしは麻薬依存症なんかじゃない。ときたま気晴らし目的で使うだけだ」

「わたしのそばでは使わないで」この件を考えただけでも、トーマスとはつき合うべきではない。自力では楽しむことができないかのように、気分を盛りあげるために麻薬を使うタイプだと知って、彼に対する評価は落ちた。

「わかった」トーマスはふてくされた口調で答えた。「使わないよ」

車はすでにエイダンの家の弧を描く私道にはいっていた。アレクサンドリアの帰宅を見越して、錬鉄製の門はあいたままになっていた。つかの間、彼女はその重そうな門をじっと見つめた。これは自由喪失の象徴だ。わたしはまだ家に帰って敗北を認める気になれない。トーマス・アイヴァンにはほんの少しも惹かれなかったけれど、だからといって、わたしがほかの男性を見つけられないということにはならない。

しつこいトーマスの手をうまくかわして、彼女はすばやく車をおりた。「本当に今夜はありがとう、トーマス。それじゃまた。デザインのアイディアについてはまた連絡を待ってます」そう言うと、トーマスが車からおりて玄関まで送ろうとするより先に、広い玄関ポーチにあがる大理石の階段を軽い足取りで駆けあがった。一度手を振ってからなかにはいった。

トーマスは悪態をついて、座席に背中をもたせかけた。車のドアを閉めないうちに、筋肉の発達した狼が芝生をそろそろとこちらに近づいてくるのが見えた。「出せ！　出すんだ！」運転手に怒鳴ると、ドアを勢いよく閉めた。

運転手はリムジンの後部を左右に大きく振りながら急いで私道を抜け、敷地から遠ざかった。トーマスは安堵のため息をついた。いまはとにかく家に帰って酔っぱらいたい。

アレクサンドリアは明かりをつけずに家のなかを歩いていき、電話機を見つけて電話を一本かけた。暗闇でも目がものすごくよく見え、階段をやすやすと駆けあがった。エイダンは勝ったと思っている――ひと晩中、彼女を監視していた――が、夜はまだ終わっていない。

ベッドルームに戻ると、ベルベットの黒いドレスを脱ぎ、色褪せて、いい感じにくたびれたブルージーンズと飾り気のない淡いブルーのシャツに着替えた。着替えにはほんの数分しかかからず、テニスシューズを履くと、階下に戻った。電話で呼んだタクシーがまだ来ていなかったので、外の大理石の階段に座って待つことにした。

「今度はどこに行くつもりだ？」エイダンがどこからともなく現われて、柔らかな声で訊いた。そびえ立つ彼を前にすると、アレクサンドリアは自分が小さくか弱い存在に感じられた。

「踊りに行くのよ」禁じられるものなら禁じてごらんなさいと挑戦するようにエイダンを見た。

彼の体がこわばった。「夢のデートはうまくいかなかったのか?」

目に愉快そうな表情がちらりと浮かんだが、アレクサンドリアは真剣な顔つきで口もとを歪めた。「よく知っているくせに。とぼけるのはやめて。似合わないわよ」

エイダンが反省の色なくにやりと笑ったので、心臓が跳びはねた。彼を見ているだけで、体に生気がみなぎる気がする。「行って、エイダン。あなたの顔は見たくないの」

「誘惑を感じるから?」

「あなた、紳士らしい振る舞い方を教えられたことがないの? 行って。あなたがいるといらいらさせられるの」

月光に照らされたアレクサンドリアの横顔は息を呑むほど美しかった。夜の闇に包まれて、この夜に存在するのは彼らふたりだけのように感じられる。エイダンはアレクサンドリアだけが持つ特別な香りを深く吸いこんだ。官能的な口もとに自信に満ちた笑みが浮かび、男性的な顔のセクシーさが際立った。「きみの注意を引けたことだけは確かだな」

「わたしは踊りに行くから」

「自立の宣言というわけか。そんなことをしてもなんにもならない。きみの居場所はここで、きみはわたしのものだ。ほかの男では、わたしと一緒にいるときのような気持ちになれないぞ」

「なれなくて結構よ。あなたは強烈すぎるの、エイダン。荒々しくて強烈。わたしは頭がおかしくなりそうになる。わたしが求めているのはただ……」自分がなにを求めているのか確信が持てずにアレクサンドリアは口をつぐんだ。

「ふつうに、人間らしく感じること」エイダンが彼女の代わりに言った。

「いけないことじゃないでしょ。わたしはあなたが怖くてしかたがないの」ああ、ついに認めてしまった。声に出して。エイダンを見ると欲望にいてもたってもいられなくなってしまうので、夜の闇を見つめた。

「きみはわたしに対する自分の気持ちが怖くてしかたがないんだ」エイダンはやさしく言葉を正した。

「わたしはあなたを信用していないの」タクシーはどうして来ないのだろう？　アレクサンドリアは両手をぎゅっと握った。こんなふうに彼とふたりきりでいたくない。彼と唇を重ねたときの感触、味わいがよみがえってきてしまう。

「完全に心をひらいてくれれば、わたしを信用するようになるはずだ。わたしと完全に心を重ねれば。きみが知りたいと思えば、わたしはなにひとつ隠しごとはできない。過去の記憶も、欲望も」彼の囁き声が肌を撫で、アレクサンドリアを誘惑する。

エイダンの顔を見た。「あなたの欲望なら、もうわたしの頭のなかでひと晩中ダンスを踊ってるわ。だから、結構よ、ミスター・サヴィジ。わたしは誰の奴隷にもなるつもりはないから」

エイダンは両手で顔をおおってうめいた。かと思うと、口もとに魅惑的な笑みが広がった。「いつまであれを根に持つつもりだ？　結局のところ、奴隷になるとしたら、わたしのほうだぞ。わたしはきみのためなら、どんなことでもする。それはきみもわかっているはずだ」

彼の胸に身を投げたくなるのをこらえて、アレクサンドリアはぎゅっと唇を噛んだ。「タクシーが来たわ。またあとで」エイダンはセクシーすぎる。彼が欲しくてしかたがない。

横を通りすぎるとき、エイダンに触れられた。腕に指を走らせただけのごく軽い愛撫だったが、アレクサンドリアは体の芯まで、心の奥底まで衝撃が走った。タクシーに乗っても、興奮がさめなかった。

14

できたばかりで人気のシングルズバーは、洗練と低俗さがごちゃ混ぜになった雰囲気だった。入口にボディガードを置き、客を選別させて高級感を出している。しかし、彼らが賄賂《わいろ》を受けつけているのは明らかだったし、美人はすぐに入店を許された。店の前には長い列ができていたが、アレクサンドリアはそれを無視し、自信たっぷりの足取りで入口まで歩いていった。自分が新たに身につけた影響力、すなわちエイダンの声に劣らず、彼女の声も人を魅了することを自覚していたのだ。

行く手に立ちふさがっている男ににっこりほほえみかけた。男ははっと息を呑んで頭を後ろに引き、ためらうことなく、みずからアレクサンドリアを店内へと案内した。音楽が耳を聾し、体に振動が伝わってくる。たちまちアレクサンドリアは人々にもみくちゃにされた。客たちの鼓動が聞こえ、体を駆けめぐる血の音に圧倒されそうだ。

黒っぽい革の服を着た長身の男がわがもの顔でアレクサンドリアの手首をつかみ、歯を剝きだして笑った。むさ苦しい顎ひげを生やし、コロンとウイスキー、汗のにおいがする。左腕には巣のまんなかに陣取った黒後家蜘蛛のタトゥー。腹部の特徴的な赤い砂時計マークと口から少しだけ突きだした毒牙まで描かれている。男は淫らな目つきでアレクサンドリアをぐいと引き寄せた。「ひと晩中おまえを捜していたんだ」

吐き気以外のなにかを感じたかったが、この男が彼女のタイプでないのは火を見るよりも明らかだった。男の目にほほえみかけ、柔らかな声で言い聞かせるように言った。「あなたとはありえないわ」

男の顔から笑みが消えると、彼が潜在的に乱暴な男であるのがわかった。それに自分の思いどおりにならないと気に入らないタイプだ。手に万力のような力がこもった。

「放して」アレクサンドリアは穏やかに言った。自分がどういう生きものになったにしろ、そのおかげでこの手の出来事ではトラブルにならないという安心感がなぜかあった。

男の笑い声は不快としか言いようがなかった。「表に出ようぜ、ベイブ」アレクサンドリアの手首をきつくつかみ、誘うというよりも命令したとき、男はなにかが腕を這うのを感じた。見おろすと、恐ろしいことにタトゥーの黒後家蜘蛛が前腕から二頭筋のほうへと這いあがってくるところだった。怒ったようすで毒牙をカチカチと合わせているのが見え、毛深い脚が肌に触れた。男は一瞬凍りついてから、大声で叫び、アレクサンドリアの手を放して、自分の腕をめちゃくちゃに叩いたりはたいたりした。

アレクサンドリアはいまこそ離れるチャンスだと思い、人混みのなかにまぎれた。

男はぜいぜい言いながら胸を大きく上下させ、腕を見つめた。しかし、見えたのはタトゥーだけだった。なにも動いていない。髪をかきむしった。「飲みすぎたな」と誰にともなく言った。

アレクサンドリアは音楽のビートに合わせて頭を振りながら、混み合った店内を歩いていった。血は熱くなっているが、肌は氷のように冷たい。人の体が自分にこすれると、胃がむかむかした。栗色《くりいろ》の髪のにこやかでがっしりした男性が肩に触れた。「ぼくと踊ってくれるかな?」

孤独な人だということが感じられた。深い悲しみを抱え、誰かを抱きたくてしかたがない。とっさにアレクサンドリアは笑顔で誘いを受け、導かれるままにダンスフロアへ出た。体に彼の腕がまわされ、抱き寄せられた瞬間、失敗だったと悟った。わたしは人間じゃない。この人が求めている相手じゃない。男性はアレクサンドリアに劣らず追いつめられていた。彼女と同じくらい悲しい絶望を抱えている。アレクサンドリアは男性の思考を読むことができた。半年ほど前に妻を亡くした深い悲しみも。でも、彼女は男性の妻のジュリアではなかった。彼に温もりを与え、今夜を乗りきる手助けをすることもできない。それに、この人はエイダンではない。けっしてエイダンにはなれない。

アレクサンドリアの心に恐怖の衝撃が走った。どうしてそんなことを考えるの? わたしはいい男《ひと》を見つけるのよ。人間の男性を。それはこの人じゃないかもしれないけど、きっとどこかにいるはずだわ。

男性がわずかに身動きした。「ぼくの家に来ないか?」

「あなたが求めているのはわたしじゃないわ」アレクサンドリアはやさしく言って、彼とのあいだに数センチの距離を空けた。

男性は手に力を込め、彼女の体を引き寄せた。アレクサンドリアは胃がむかむかし、苦いものがこみあげてきた。譲らずに首を横に振る。「悪いけど、無理なの」後ろに一歩さがったとき、音楽が狂騒的でリズムの激しい曲に変わり、あおられた男性はアレクサンドリアに手を伸ばした。彼女の背中に腕をまわした瞬間、床から腕へと電気が走ったように感じられた。彼は即座にアレクサンドリアを放し、悪態をついた。驚いたアレクサンドリアは、あとずさりした。「どうしたの？」

「おまえがやったんだろう！」男性は彼女を責めた。

「そうかしら？」アレクサンドリアはじりじりと彼から離れた。自分でも知らないうちに彼に電気ショックを与えたのだろうか？　それともいまのは事故？　わからなかったが、タイミングよく邪魔がはいったことに感謝した。いり乱れて騒いでいる客のなかにまぎれこみ、店内を移動した。音楽が頭に、体に響いてくる。

バーコーナーがあった。スーツ姿の男性数人が彼女を通すために道を空けた。好奇心と期待に満ちたあいさつをかけられた。悪い人たちではなさそうだ。ハンサムな人も、上辺だけでなくやさしそうな人もいる。でも、なにも感じない。まるで彼女の内面は完全に空っぽになってしまったかのよう、死んでしまったかのようだった。

突然、自分がなにをしているのか、なにを証明しようとしているのかわからなくなり、カウンターに背中を向けてもたれ、足もとを見つめた。無理だ。わたしはもともと相手かまわずというタイプじゃない。見た目で惹かれることもないし、なんとなく興味が持てる相手、共通点がある相手にも肉体的に反応することがない。

「なんだか悲しそうだね」スーツ男のひとりが言った。「ブース席に座って話をするかい？話をするだけだ」両手をあげて手のひらを見せる。「本当だよ。変なことをしようってわけじゃない。ぼくの名前はブライアン」

「アレクサンドリアよ」と答えたものの、彼女は首を横に振った。この人はいい人すぎて騙すのに忍びない。話をするだけと言ったものの、彼がもっと深い関心を持っていることも簡単に読めた。「ありがとう、でも、わたし帰るわ」

帰る。どこへ？　わたしに家はない。耐えがたい悲しみに襲われた。顔をあげると、店内の真っ暗な一角に目がいった。金色の輝く瞳が彼女を見つめ返す。アレクサンドリアの心臓が跳びはねた。まばたきひとつしない目の力強さに圧倒されて、視線をそらすことができなかった。

暗がりからゆっくりとエイダンが出てきた。大きなヤマネコを思わせる足取りで。アレクサンドリアは息を呑んだ。長身。セクシー。エネルギッシュ。彼女だけを見つめている。シルクのシャツの下で、筋肉が挑発的に小波を打つ。エレガントで力がみなぎっていて、彼にかなう者はいない。

気がつくと、アレクサンドリアは彼に触れられることを期待して震えていた。エイダンの姿を目にしただけで、体に生気がみなぎった。紅海さながらに、人々が分かれてエイダンを通す。アレクサンドリアにくっついていたスーツ男たちも、脇にどいてエイダンが彼らの縄張りにはいることを許した。エイダンはアレクサンドリアの前に立ち、手を差しのべた。

　心に強制をかけられたのか、自分の執着からだろうか。わからなかったし、わかろうとも思わなかった。理由がなんであれ、自分を抑えられなかった。これは勝ち目のない戦いだ。彼女にはエイダンが必要で、その彼がいま目の前にいる。エイダンの手を取り、彼に引き寄せられると、アレクサンドリアは心の内をさらけだしてしまったように感じた。

「わたしと踊ってくれ、カーラ・ミア。きみの体を感じたいんだ」エイダンの言葉と声はあまりに魅惑的で、とうていあらがえなかった。

　アレクサンドリアは彼の腕に抱かれた。ふたりの体はぴったりとフィットした。エイダンは力強くて温かく、ふたりのあいだにはたちまち電気がみなぎった。彼の肩のくぼみに頭を預ける。体が自然と彼のリズムに応える。わたしは生まれながらにこの人の半身なのだ。

　ここが、彼の腕のなかがわたしの家。彼女は目を閉じてエイダンの体の感触をじっくりと味わった。ダンスフロアは混んでいるのに、誰もふたりにぶつからなかった。エイダンは絶妙のシンコペーションをきかせつつ彼女をリードし、ふたりのあいだの情熱がワンステップごとに高まっていった。アレクサンドリアの肌を舐めた炎が彼に移り、また戻ってくるように感じられた。

　エイダンは顔を寄せてアレクサンドリアを味わった。熱く柔らかい唇が彼女の首をかすめ、血管の上でつかの間、離れがたそうに動きを止めた。熱く濡れた唇の下で血管がぴくんと跳びはね、ものすごい勢いで脈打ちはじめる。「わたしと帰ろう、ピッコラ」エイダンが差し迫った声で囁く。脈の上を行ったり来たりし、やさしく説得するように軽く歯を立てる。アレクサンドリアの血が歌い、彼を求めている。「これ以上、わたしを苦しめないでくれ」しなやかになった体がエイダンに合わせて流れるように揺れる。こんなにもなにかを必要としたことはこれまで一度もなかった。アレクサンドリアは声を出さなかった。出せなかったのだ。しかし、なにも言わなくても、エイダンは彼女の答えを理解した。大きな瞳のなかに読みとったのだ。

ふたりは出口に向かった。アレクサンドリアは周囲のことがほとんどわからない状態だったが、エイダンが群がる人々とのあいだに体をいれて守ってくれた。表に出ると、夜がふたりを歓迎しているように思えた。星がいつもより明るく輝き、夜気は海の芳しい香りを含んでいた。

エイダンが腰に腕をまわし、肩で守るようにして彼女を抱き寄せた。アレクサンドリアは彼を見あげた。「あなたがわたしを守るためについてくるのは当然だったわね。革の服を着た男性になにをしたの？」

エイダンが柔らかな声で笑った。「あの男は黒後家蜘蛛が好きだった。それと女性をいたぶることが。ほかの男がきみに触れるのに、わたしは耐えられないんだ」

「みたいね」

通りの角で、エイダンはアレクサンドリアを立ち止まらせ、胸に抱き寄せると顎をつまんで上を向かせた。金色の瞳が下唇に釘づけになったように見え、アレクサンドリアは息が止まった。エイダンがうめき声とも唸り声ともつかない声を発して顔を寄せてきた。ふたりの唇がしっかり重ねられると、足もとで地面がうねった。アレクサンドリアの体がエイダンの体に溶けこみ、ふたりは夜の一部と化して、この世に存在するのは彼らだけになった。

強烈な渇望と欲望が一気にこみあげてきて、アレクサンドリアはエイダンにしがみついていなければ倒れてしまいそうだった。彼の腕が体にしっかりとまわされ、ふたりは時空のなかを移動していた。アレクサンドリアの髪が風に吹かれ、小さく波打ちながら、晴れた夜空にシルクの糸のように広がる。

エイダンの唇が彼女の唇を貪り、支配する。彼が感じているのは人間の限界を超えた渇望だった。ベルベットのように柔らかな口のなかを舌がくまなく探り、反応を引きだそうとする。アレクサンドリアは自分の低いうめき声、こいねがう声を聞いた。

つぎの瞬間、エイダンは三階のバルコニーに立っていた。手をひと振りすると、ガラスのドアが開く。熱くなった体に海からのそよ風が心地よい。キルトがかけられた四柱式ベッドまで歩き、アレクサンドリアを寝かせると自分の体でおおった。彼女がパニックを起こして逃げる危険は冒せない。もうこれ以上待てなかった。今夜はアレクサンドリアを放さない。柔らかな肌を撫で、魅惑的な胸のふくらみをたどって、シャツを乱暴に脱がせる。熱くなった彼女の肌に、ひんやりとした空気は官能的に感じられたはずだ。エイダンの熱い視線にさらされて、豊かな胸が疼いている。彼は所有欲もあらわに片方の乳房を手で包みこみ、その柔らかな重みを楽しんだ。

「わたしのなかの闇を感じるか、アレクサンドリア？」彼の囁き声はかすれ、疼いていた。「闇がどんどん広がりつつある。さあ、感じてくれ」唇を彼女の目、こめかみ、口の端に這わせる。どれも羽のように軽いキスだったが、焼きごてのように熱く、永久に消えない刻印をアレクサンドリアの魂に残した。「きみをわたしにくれ。いますぐ。永久に。わたしのなかの闇を感じ、消し去ってくれ」

誘惑と痛切な懇願の声。とても拒絶することはできない。アレクサンドリアはエイダンのなかの隠された欲求を、彼女にやさしくしたい、選択肢を与えたいという葛藤をも感じた。彼女の服を引き剝がし、ミステリアスな体に自分をうずめたいという激しい欲望も。彼女自身の体もエイダンの切迫した欲望に反応し、クリームのようにとろけそうだった。エイダンの下で体を弓なりにし、胸のふくらみを彼に差しだす。目をぎゅっと閉じ、彼の熱い口に含まれるとうめき声を漏らした。エイダンの頭を抱えて引き寄せる。彼に吸われるたび、熱いものがこみあげてきた。

エイダンは体がとても硬くなっていて、服を着ているのがうっとうしかった。シャツの前をひらき、アレクサンドリアのジーンズを乱暴に脱がす。彼女の柔らかい素肌をすみずみまで感じたい。アレクサンドリアは彼への欲望に肌を紅潮させ、一糸纏《まと》わぬ姿で横たわっていた。エイダンは彼女の腹部に手を広げ、金色のカールの三角地帯を手のひらでおおった。指先が熱い潤みに触れる。彼の体に、そしてアレクサンドリアの体にも電気が走った。

　空いているほうの手でアレクサンドリアの頭を抱え、エイダンは自分の胸に引き寄せた。**飲むんだ、カーラ・ミア。ゆっくり、たっぷりと。きみはわたしの半身、光のなかに立つ半身だ。永遠にわたしの一部となってくれ。**きつく締まったベルベットの入口を指先で探ると、そこは熱く、彼だけを迎えいれる準備ができていた。エイダンの目に涙がこみあげてきた。

　心臓の上にアレクサンドリアの息がかかる。「わたしは二度と戻れなくなる。そうなんでしょう？」途方に暮れた声で彼女が訊いた。

　誘惑する意図で、エイダンは指をさらに深くくぐらせた。熱いベルベットのような筋肉に締めつけられ、体が解き放たれることを求めて荒れ狂う。「本当に戻りたいのか、カーラ・ミア？　わたしを永遠の闇のなかに残して。もし選べるなら、きみは本当にわたしを置き去りにしたいのか？」声が割れた。指を探るように動かし、アレクサンドリアの体に広がる炎を意図的にあおる。

　エイダンが心を完全に重ねてきたので、つぎの瞬間、アレクサンドリアは彼を呑みこもうと待ちかまえている闇、情け容赦ない殺人者、飛びかかろうと機を狙っている獣《けもの》の存在を感じとった。赤いかすみのような欲望が彼を苛み、血管を炎が駆けめぐっている。エイダンは苦悶している。どのみち、自分は彼女を奪う、自制することはけっしてできないと自覚しているが、自分がアレクサンドリアにそこまで求められていないのではないかと不安を抱いている。

　アレクサンドリアは彼の筋肉を舌で愛撫した。やさしくじらすように肌に歯を立てる。

「あなたを置き去りになんてできるわけがないじゃない、エイダン。わたしがそんなことをするなんて、本気で考えてるの？　あなたはなんでもお見通しかと思ったわ。わたしだってわかっていたのよ。出会った直後から」それは本当だ。彼女は自分自身にもそれを秘密にしていたのだ。

エイダンの手が腿を這い、秘めやかなくぼみや陰を探ると、息を切らして身をくねらせ、弱々しく泣くような声を漏らした。彼女がエイダンの大きな背中の盛りあがった筋肉におずおずと触れると、彼はますます燃えあがった。

エイダンは手でいろいろなことをしていて、その触れ方はまるでアレクサンドリアの体をすみずみまで頭に刻みこもうとしているようだった。アレクサンドリアは彼の胸にキスし、金色の胸毛に鼻先をこすりつけ、乳首を舌でなぶった。エイダンは頭がおかしくなりそうなほど硬くなった。

アレクサンドリアの熱くなっている中心に体を押しつけやすいよう、脚をひらかせる。彼女が欲しくてたまらず、腰を攻撃的に前に動かした。アレクサンドリアは、硬く太い彼がはいってこようとしているのを感じた。大きすぎて、迎えいれられるかどうか自信がない。後ろに引こうとしたとき、エイダンにヒップをつかまれ、彼の体に釘づけにされた。わたしを信じてくれ、アレクサンドリア。囁くような声が脳裏に響く。きみを傷つけるようなことはけっしてしない。きみの体はわたしを求めている。自分の体の声を聞くんだ。体も心も魂も、わたしたちはひとつだ。

彼の声の美しい響きにはあらがえない。アレクサンドリアの口はひとりでに彼の胸を這い、トクトクと打っている脈を見つけて舌でなぶったり、愛撫したりした。ヒップをつかむエイダンの手に痛いほど力がこもった。アレクサンドリアが深く歯を立てると、エイダンが勢いよく腰を前に突きだし、彼女のなかに身をうずめた。あいたままのガラス戸の向こうで稲妻が走り、躍り、空を焦がした。青白い鞭のような光がふたりの体を焼き、ひとつに結びつける。苦痛と歓喜の叫び声を、彼女はあげた。エイダンのかすれた勝利の雄叫びが彼女の声と混ざり合う。

締めつけてくるベルベットの鞘《さや》のようなアレクサンドリアのきつさに耐えられず、エイダンは腰を動かした。病みつきになる快感で、いつまでも彼女のなかでわれを忘れていたくなる。悦びの高みにのぼりつめ、時間と空間の感覚がすべて失われる。目の奥で鮮やかな明い色が躍った。愛の営みによって麝香《じやこう》を思わせる香りと甘い香りが交ざり合い、特別な芳香が生みだされる。エイダンは夢中になってアレクサンドリアのなかに深く激しく身をうずめた。ふたりの心臓と肺もひとつになって引き離すことができなくなるくらい、深く彼女と交わりたい。

アレクサンドリアはどこかへ押し流されてしまうのが怖くて、エイダンの背中にしがみついた。彼の胸の傷を舌で閉じ、野性的で男性的な味わいをじっくりと満喫する。エイダンは彼女のヒップをしっかりと抱え、抜き差しをくり返していた。荒々しい表情、乱れた髪、快感に張りつめた顔。アレクサンドリアは手を腰へと滑らせながら、彼の体をすみずみまで記憶に刻もうとした。

エイダンの喉から低くハスキーなうめき声が漏れた。魂の底から絞りだされたような声だった。頭をあげた彼の瞳は不思議な金色の輝きを帯び、熱く激しい渇望をたたえていた。彼はアレクサンドリアの目、口の端、顎にキスをした。喉に彼の息がかかり、舌で愛撫されたのに反応してアレクサンドリアの体がきゅっと収縮すると、エイダンは死ぬほど快感が高まった。

胸の谷間にごく軽く歯を立て、アレクサンドリアが体をそらして彼の口に押しつけてくるようにする。「きみはこれからずっとわたしのものだ、アレクサンドリア。もうわかっただろう」それは断言、アレクサンドリアにも逆らう勇気が出ない命令だった。

アレクサンドリアはエイダンの肩に顔を寄せてほほえんだ。カルパチアンの女性がどんなふうなのか知るよしもないが、彼女のパートナーはまったくの新種を相手にすることになるだろう。つぎの瞬間、アレクサンドリアは悦びの叫び声をあげた。胸にエイダンの歯が突き立てられ、体を所有欲に満ちた手で抱きしめられ、想像の限界を超えた激しさで奪われて、喉が痙攣する。歓喜の波がつぎつぎと押し寄せ、彼女を自身の体から押しだし、エイダンの体のなかへと流れこませた。どこを向いても、どこに触れても彼がいる。体のなか、心のなかにも。彼女の血は彼の血になり、ふたりは一体となって空へと飛翔《ひしょう》した。

ふたりは固く抱き合ったまま横たわっていた。心臓がありえないほど激しいリズムを刻んでいる。エイダンがアレクサンドリアの胸のふくらみに舌を這わせ、彼女の血管に、彼自身の血管に震えを走らせた。アレクサンドリアの顔を両手で挟み、やさしく愛情を込めて、額から顎へと羽のように軽いキスの雨を降らせる。果てしなく長い生涯で初めて、彼は生きていると、心の底からの平和を実感した。

「きみはかけがえのない贈りものをくれた、アレクサンドリア。わたしは絶対に忘れない。信頼する理由などひとつもなかったのに、きみはわたしを信頼してくれた」心を込めてそっと囁いた。

まだ完全には現実に戻れず、アレクサンドリアは驚きの目でエイダンを見あげていた。彼がなかにいて、わたしの体が彼を包みこんでいる。エイダンの金色の瞳がこんなに強い光を放って輝けるなんて。わたしを、わたしだけを求めて。彼女の口もとにゆっくりと笑みが広がり、サファイア色の瞳がエイダンの瞳に劣らぬ輝きを放った。ふたりはただおたがいを、おたがいの魂を見つめていた。

硬く太いエイダンが彼女のなかで動きはじめた。熱くなめらかな彼。とてもやさしく愛情に満ちた動き。アレクサンドリアはとろけて彼とひとつになってしまいそうだった。エイダンはゆっくりと動き、抜き差しをじっくり味わいながら、アレクサンドリアの顔を貪るように見つめた。彼女の初体験は奔放で熱狂的なものになった。今度は時間をかけてゆっくり楽しませたい。

彼女の髪に指を絡め、サテンのような肌を味わいながら、無防備な喉で脈打っている血管を見つけた。「きみは本当にきれいだ、アレクサンドリア。本当にとても美しい」

「あなたといると、美しいような気がしてくるわ」彼女は打ち明けた。

「きみと出会えたことがまだ信じられない」エイダンは突然頭を持ちあげて彼女を見おろした。腰はゆっくりと気だるい動きを続けている。「あのホラー好きのテレビゲーム業界の大立者とやらとはもう会うな」

アレクサンドリアはエイダンの肩にキスをしてから金色の胸毛に顔をこすらせた。「だめよ。彼はわたしのボスだもの」

「きみのボスはわたしだ」

「ボスになりたいだけでしょ」アレクサンドリアは穏やかにからかった。「わたしは彼の下で働いているのよ」

「きみとふたりで快適に暮らしていく金なら充分にある」エイダンは反論したが、すぐに笑いを含んだ声で続けた。「あんなゲームを考えだすなんて、あの男がどれだけ病んでいるか、わかっているのか?」

「あなたはどうなの? 彼のゲームをやってるんでしょ。それに、もっとたちが悪いじゃない。彼が考えだすよりもずっと奇妙な生活を送っているんだから。わたしはこの仕事がしたいのよ。絵を描くのが好きなの。これは一生に一度のチャンスなの、エイダン。わたしがずっと待ち望んでいた」

エイダンはついに笑いだし、挑戦的に突きだされたアレクサンドリアの顎先にキスをし、続けて胸の谷間にもキスの雨を降らせた。「きみの一生は大幅に延長されたんだぞ、カーラ・ミア。イラストは、別のファンタジー作家のために描けばいいじゃないか。息子も男性秘書もいない、感じがよくて年配の女性作家が理想的だな」

アレクサンドリアも声をあげて笑い、心の内ではエイダンの望むとおりにトーマス・アイヴァンと手を切ることになるだろうと思った。でもいまは、エイダンの体に酔いしれていて、ほかの男性のことなど考えていられなかった。彼のゆったりとしてリズミカルな腰の動きが、彼女の息を奪い、おなかの奥のほうでくすぶっていた火をかきたてる。エイダンに導かれて、抑制を感じることなく一緒に体を動かした。彼の手に乳房を包まれている感触、彼の顎が、唇が胸の先端にこすれる感触がたまらない。やさしくすることで、エイダンはわたしの心を盗もうとしている。

「きみの心ならもう盗んだぞ」柔らかな声でからかい、エイダンは彼女に思考が読まれていることを思いださせた。

「考えていることをあなたに逐一知られてしまうのにはまだ抵抗があるわ」

「感じていることも」エイダンの声が一オクターブ低くなり、黒いベルベットのような誘惑の響きを帯びた。「あるいは空想していることも」

アレクサンドリアは彼の腰をつかんだ。「空想しているのはあなただけでしょ。わたしはあなたが試したいと思っているアイディアを借りてきているだけ」

エイダンは腰を突いてさらに深く彼女のなかに押しいった。「で、わたしの出来はどうかな?」それまでよりも深く強く抜き差しをくり返し、リズムを速め、情熱の熾火《おきび》が炎となって高く燃えあがるまで続けた。「こんなのはまだ序の口だぞ、ピッコラ。きみをちゃんと愛でるにはまるまるひと晩残っている」

思いがけない炎に体を焼かれ、アレクサンドリアは唇を噛んだ。赤いしずくが二滴、にじみでる。エイダンのきらきら輝く瞳が、奥底に荒々しい色をたたえてそこに吸い寄せられた。その目の色を見ただけで、アレクサンドリアは、頭がこなごなになりそうなクライマックスを迎えた。息もきれぎれの叫び声はエイダンのキスに呑みこまれた。彼の舌に唇を愛撫され、快感が信じられないほど高まる。

エイダンの筋肉という筋肉が緊張した。つかの間、彼は動きを止めてから、頭をのけぞらせ、一気にアレクサンドリアのなかに身をうずめた。精が放たれ、世界がぐるぐるまわったが、それでももの足りなかった。いつまでもこのままでいたい。彼女をしっかりと腕に抱いたまま。

ふたりはなにも言わず動かず、この時間を、おたがいをじっくり味わいながら横たわっていた。先に動いたのはエイダンで、しぶしぶながら彼女のなかから出た。彼はあらためてアレクサンドリアを固く抱きしめた。自分がなにを差しだしたかに突如気がついた彼女が、彼から、新しい自分から逃げようとするのを心配するかのように。

きみはわたしのものだと言わんばかりに抱きしめられて、アレクサンドリアは彼の腕を撫でた。「エイダン、あなたにわたしが考えていることがわかるように、わたしにもあなたの考えていることがわかる。わたしは相変わらずわたしなの。どこかのクロゼットに閉じこめられるつもりはないわ」

エイダンは片肘をついて身を起こした。風に乗って海から霧が運ばれてくる。彼が片手をあげると、たちまちガラスの引き戸が閉まった。上掛けを引っぱりあげてアレクサンドリアの体をおおってやりながら、自分の体で温めるためにさらに彼女にすり寄った。「きみをクロゼットに閉じこめるつもりなんてないぞ、カーラ・ミア。きみはわたしのベッドにいるほうがずっとふさわしい」ベルベットのような声からは男性的なユーモアが感じられた。

アレクサンドリアは髪をかきあげて、エイダンの目を見た。「仕事はやめないわ。ここであなたは、自分とステファンとマリーの生活を築いてきた。でも、ジョシュアもふつうの生活をする権利を持ってるの。あの子が慣れ親しんできたものをすべて失うような、大きな生活の変化は経験させたくない。わたしもすべて失うのはいや。なにもかもが怖い。あなたが怖い。わずかでも残されている自分自身は失いたくないの」

「わたしはきみを守りたいだけだ、アレクサンドリア。わが一族において、女性はいちばん大切な存在だ。女性がいなければ、われわれは種として存続していくことができない。朝から晩まできみの安全がわかっていないと気がすまないんだ」

アレクサンドリアは上半身を起こすと、急に自分が裸であることを意識し、上掛けで胸を隠した。エイダンはくつろいだようすで彼女の腿の上に脚を投げだし、アレクサンドリアをその場に釘づけにした。「もうきみの体は一センチ残らずすみずみまで知っている。いまさら恥ずかしがっても遅い」

アレクサンドリアは全身が紅潮し、闇のなかで顔がピンクにほてるのを感じた。脚のかけ方のせいで、エイダンの昂りが彼女に押しつけられている。熱く力強く、どんどん硬く大きくなっていく昂りが。からかわれているのはわかっていても、彼女はこれまでこういう状況に身を置いたことがなかったので、どう応じたらいいか、どう感じたらいいかわからなかった。

「これを……利用して、わたしをコントロールするつもりなのね」

恥ずかしげもなくにやりと笑い、エイダンは挑発的に体をこすりつけてきた。「これ？　これというのはなんのことかな？　わたしがきみとの性的な関係を利用して、自分のやりたいようにすると言いたいのか？」

アレクサンドリアは声をあげて笑いだした。こらえきれなかった。「あなたはなんでも利用するつもりでしょ、ミスター・清廉潔白。自分のやりたいようにするためなら。自覚してるくせに」

エイダンは彼女の胸のふくらみを包みこみ、敏感になっている頂に親指で軽く触れた。「その作戦は効果を発揮してるかな？」

「もう一度欲しいなんて、嘘でしょ、エイダン」彼女はエイダンと彼の体の誘惑から距離を置こうとした。

エイダンが彼女のウエストをつかみ、すでに硬くなっている自分自身へと引き寄せた。ヒップに手を這わせ、愛撫する。「たまらなく美しいよ、アレクサンドリア」囁き声で言いながら、彼女をうつ伏せにし、上からのしかかる。

「エイダン」息を切らして、アレクサンドリアは抗議を込めて彼の名前を呼んだ。エイダンの手は容赦ないと言っていいほど力強く彼女をその場に釘づけにし、身をよじって逃げようとすると、肩に歯を立てられた。その体勢のせいで、彼女はとても無防備に感じた。

アレクサンドリアをコントロールしたいのと同じくらい、彼女に悦びを与えたいと思いつつ、エイダンは体を押しつけた。「わたしが欲しいんだろう、カーラ・ミア。それは伝わってくる」

「こんなにすぐなんて無理よ」

「きみの体なら、そんなことはない」そう言うそばから、彼女の準備ができているかどうか確かめるために手を押しつけると、そこは熱く潤んでいた。「ああ、アレクサンドリア、きみには絶対にあらがえない」もう一度最初から愛さずにいられなくなった。感じたい、生きていることを実感したい、彼女がつねに自分の一部、自分の命であることを確認したい。毎晩目が覚めて最初の息を吸いこむとき、彼女がとなりにいてくれることを、日に日に深みを増していく感情を与えてくれることを、瞳に恐怖以外の感情をたたえて見つめてくれることを。

エイダンの支配的な態度には抵抗できても、燃えるような欲望にはあらがえなかった。彼の思いの強さに圧倒されて、アレクサンドリアの体は彼の体と一緒に燃えあがった。弓なりになって体を押しつけ、エイダンをさらに燃えあがらせる。からかうように柔らかい声で笑ったものの、彼に貫かれると、あっと息を呑んだ。情熱と生気がみなぎる彼をとらえ、締めつける。

力強い腕がアレクサンドリアのウエストにまわされ、エイダンの体が守るように彼女の体にしっかり重ねられた。

「わたしたちはふたりとも頭がおかしいんだろうか？」彼はつぶやいた。

「頭がおかしいのはあなたよ」彼と一緒に動きながら、アレクサンドリアはあえぎ声で言った。早くもまた自制を失いかけている。「わたしは仕事をしなくちゃならないのに、あなたはこうやってわたしを引き留めている。わたしは牢獄にとらわれて、あなたに放してもらえない」確かな激しい動きで彼女を何度も貫きながら、エイダンは炎をすばやくかきたてていく。彼女を両手でしっかりとつかんで逃がさない。「こんなことをあなたに許しているなんて信じられない」本当に信じられなかった。自分が純潔を奪われてベッドに膝をつき、男性に所有されることに快感を覚えているとは。彼のことがもっと、何度も欲しくてしかたがないとは。

ついにベッドに倒れこんだとき、ふたりは全身を薄く汗におおわれて、消耗しきり、満ち足りていた。「あなたがわたしの頭のなかでなにか唱えているのが聞こえたわ。最初に愛を交わしたとき……」アレクサンドリアは途中で口をつぐんだ。「あれはあなたの母国語？」

「きみとの絆をあらためて確かなものにしたんだ」エイダンは打ち明けた。「わたしは自分の愚かさが原因できみを失うことになるんじゃないかと、耐えられないほど不安だった。きみの純潔を奪うとき、ふたりを永遠に結びつけるために誓いの言葉を唱えた」

「よくわからないんだけど」

「誓いの言葉は、わが種族の男性とのあいだにけっして断ち切れない絆を結ぶ。いったん唱えたら、絆は永遠だ」

アレクサンドリアは寝返りを打ち、彼を見あげた。「どういうこと？」

「カルパチアンの男がこの女《ひと》こそライフメイトだと思う相手と出会ったら、彼女と契っていなくても、誓いの言葉を唱えることによって、その女性を自分に結びつけることができる。人間の結婚式に似ているが、もっと深みのあるものだ。わたしたちの心と魂はもともとひとつだったものの片割れで、離れていると完全ではない。誓いの言葉はそれを本来あるべき形に結合させる」

アレクサンドリアは考えをめぐらせながら、目をすがめた。「ライフメイト同士は惹かれ合う気持ちによって、血によって結びつけられるのかと思っていたわ」

「たしかに運命づけられてはいるし、絆はすでに存在する」エイダンは髪をかきあげ、この話は落ち着かないとでもいうようにベッドの片側にさがった。

「つまり、男性が誓いの言葉を唱えないうちは、女性は逃げられるということ？」

エイダンはがっしりした肩をすくめた。金色の瞳の表情が突然、読めなくなった。「彼女の運命は自分とともにある、そうわかっているのに、誓いの言葉を述べないのは愚かなことじゃないか？」

「彼女の気持ちを訊いてくれたら、うれしいと思うわ。人間の男性だって、少なくとも尋ねることは尋ねるもの。これからの人生を一緒に暮らしたいかどうか。カルパチアンの女性も選択肢があれば喜ぶんじゃないかしら」

エイダンはもう一度肩をすくめた。「それは運命、宿命、なんと呼ぼうとかまわないが、すでに決まっていることだ。宇宙の法則と言ってもかまわない。神の法則と言っても。われわれはこのように創られたんだ。誓いの言葉は取り消しがきかない。カルパチアンの男はライフメイトが独身のまま無防備に出歩くのを許さない」

「そんなの暗黒時代の生き方だわ！　相手の同意なしに他人《ひと》の人生を奪うなんて許されないことよ。おかしいわ」ぞっとして、アレクサンドリアは反論した。

「ライフメイトがいなければ、カルパチアンの男は生きていくことができない」

「それなら、あなたはいったい何年生きつづけたいの？」興奮してきつい口調で訊いた。

エイダンの金色の瞳がきらりと愉快そうにきらめき、手のひらがアレクサンドリアのふくらはぎから腿へと這いあがった。「きみと過ごす夜が毎晩今夜のようだったら、あと一世紀は生きられるな」

彼の声には不思議な力があり、アレクサンドリアは彼といるときにたびたび経験したことのある、とろけるような快感を覚えた。怒りたかったが、正直なところ、今夜のような夜をまた過ごすことができるなら、彼と一緒にもう一、二世紀生きたかった。

「きみの考えはわたしに読まれているんだぞ」エイダンはわざと愛撫するような声を出し、

アレクサンドリアをからかった。

「いい加減にして。少しくらいほかにすることを考えられないの？　それに、いまの話はまだ終わりじゃないわよ。本人の意見を聞かずにわたしの人生にかかわる決定をつぎつぎ勝手にくださないでちょうだい」彼女は警戒の目でにらんだ。「わたしの知らないところで、ほかにどんなことができるの？」

エイダンは身を乗りだしてアレクサンドリアのふっくらとした口にキスをし、じっくり味わうためになかなか唇を離さなかった。「なんでも言ってごらん、カーラ・ミア。わたしにできないことなどない」

アレクサンドリアは勢いよく身を引き、彼女のカールのなかに忍びこもうとしていた手を払いのけた。「自慢はやめて。こんなことばかりするべきじゃないわ」

「わたしはすばらしいことだと思うが。きみに言うことを聞かせるにはあの手この手が必要になりそうだな。楽しみにしているよ、アレクサンドリア」

「わたしに不愉快な癖があることを忘れてるわよ。そういう癖がどんどん増えてきてる気がするわ」

エイダンはうめいた。「きみは本気でわたしを変えるつもりなんだな」

「誰かがしなきゃいけないことだもの」アレクサンドリアは彼の手をつかんだ。「わたしはある程度自由な生活に慣れてるの、エイダン。自由が必要なのよ。それを奪われたら、絶対に幸せになれない」

エイダンは彼女の顎を片手でつかみ、力のこもった目で顔をじっと見つめた。「おたがい譲歩しなければならないのはわかっている。きみひとりに譲歩させようとは思っていない。ただ、わたしがいくつか失敗をしても許してほしいんだ」

アレクサンドリアはうなずいた。この男《ひと》にはいとも簡単に心を奪われてしまう。ちらりと見られただけで。黒魔術のような声で二言三言なにか言われただけで。「あなたにこんなにも夢中になりながら、同時にこんなにも怖いと感じるのはどうしてかしら？」

「わたしを愛しているからだ」エイダンは落ち着き払って答えた。

アレクサンドリアはほんの数センチだが後ろにさがった。「愛するほど、あなたのことをよく知らないわ」

「そうだろうか？　きみはわたしの心のなかにはいったじゃないか。わたしの考えと記憶をのぞいた。よいところも悪いところも、わたしのすべてを知っている。それに、きみ自身を捧げてくれた。愛していなければ、あんなことはしなかったはずだ」

アレクサンドリアはごくりと唾を飲んだ。途方に暮れてしまうので、いまはまだこの問題と向き合いたくない。軽薄さを装って言った。「あれはセックスの魅力に負けただけよ」

エイダンが眉をつりあげた。

アレクサンドリアはこれ以上ないほど高慢な表情を作り、上掛けを引っぱって肩にかけ、沈黙を守った。

「わたしを愛していると認めるのはそんなにむずかしいか？」彼の声は安らぎと愛情に満ち

た腕のように彼女を包みこんだ。

「いまこの話をするのがそんなに大事？　わたしはあなたと一緒にいて、どこにも行かないのは明らかなのに」

「きみにとって大事なことだからだ。きみは弟以外を愛せないと思いこんでいる」

「いままではそうだったんですもの」

「だから、わたしに対して抱いている感情は、なんらかの魔法をかけられたせいだと考えている。わたしたちがおたがいに抱いている感情は魔法のせいなんかじゃない。たしかにわたしはわが種族のやり方できみと絆を結んだが、きみがすでにわたしのものでなかったら、それは不可能だった。きみはわたしの真のライフメイトだ。わたしを信頼していなかったときも、わたしのために命を投げだそうとした」

アレクサンドリアは顎をあげた。「どのみち自分は死ぬと思っていたんですもの。それにヴァンパイアみたいな生き方をするのはいやだった。わたしはあなたのことをヴァンパイアだと思っていて、自分もヴァンパイアにされたと思っていたのよ、忘れた？」

「それなら、どうしてヴァンパイアを助けようとしたんだ？　そんなに邪悪な相手を」エイダンが柔らかな声で言い返した。

アレクサンドリアは両手で耳をふさいだ。「わたしを混乱させないで、エイダン」

エイダンはやさしい手つきで彼女の手首をつかみ、下におろさせると、身を乗りだして首にキスした。「心の奥底では、わたしこそ運命の相手だとわかっていたんだ。だからこそ、きみの体はわたしの体に反応した。古来からの魔法のせいでも、きみとジョシュアを救ったことに対する感謝の気持ちからでもない。きみの体と本能がわたしを認識したんだ、頭と心よりも先に。きみの心は一連の出来事のせいでトラウマを負っていた。わたしがきみの安全をひどく心配したこともプラスにならなかった。きみに自分の心のなかがわかるわけがなかっただろう？」

「あなたに対する感情は、とても……」自分のなかで逆巻いている感情をなんと表現したらいいかわからなかった。

「強烈で深い。きみが予想していたのとは違っていた。違いすぎて、本当のところが見えなくなっているんだ。きみはもう人間じゃない。人間の限界に縛られることもない。あらゆる五感が研ぎすまされ、喜怒哀楽も強烈になっている。喜びや苦痛、渇望――慣れるまではすべてがきみを途方に暮れさせるだろう。最初、聴覚が鋭敏になって耐えられないほどじゃなかったか？」

アレクサンドリアはうなずいた。たしかに。しかし、もう気にならなくなっている。

「もうすぐ並みはずれた聴力を抑えられるようになるだろう。あるいは必要なときだけ使えるようになる。そのうち、あらゆる能力を簡単に使いこなせるようになる、わたしと同じように。わたしたちの結びつき、絆はますます強くなる。でも、それは魔法じゃない。愛なんだ」エイダンの声はとてもやさしく、愛情と確信に満ちていたので、アレクサンドリアは心臓が跳びはねた。

15

波が盛りあがり、岸に向かって寄せてきたかと思うと、塩を含んだしぶきをまき散らして崖にぶつかり、また荒れる海へと戻っていく。指のあいだからさらさらと砂をこぼしつつ、アレクサンドリアは自然がくり広げる壮大な光景を眺めていた。遅い時間と強風のせいで、浜辺にいるのは彼女だけだった。彼女は砂丘に座り、膝に顎を載せて波を眺めていた。昔から海は好きだった。しかし、ヴァンパイアとの一件があってから、もう二度と見たくないと思っていた。

エイダンがすべてを変えてくれた。彼女の世界をもう一度美しく、喜びに満ちたものにしてくれた。泣き叫ぶような風が吹き、波が打ち寄せ、頭上に不吉な雲が広がりつつあっても、彼女は闇にひとり腰をおろし、自然の荘厳さを楽しむことができた。エイダンはあまたある仕事のひとつをこなしていたので、彼女はひとりで家から抜けだしてきた。エイダンが求める親密さや、彼がたびたび心にはいってくることをうれしく思う気持ちもあったが、自由な暮らし、なんでもひとりでやることに慣れていたからだ。それに、ただ静かに座り、一連の出来事を自分のなかで整理する時間が欲しかった。

エイダンは不満に思っている。いらだちが重みとして伝わってくる。彼はアレクサンドリアの心の片隅にいるものの、無理やり言うことを聞かせようとはしなかった。

そうしたほうがよかったな。

アレクサンドリアはほほえんだ。しなくてよかったのよ。わたしはジョシュアみたいにあなたに従順じゃないから。

それもきみの悪い癖のひとつか？

アレクサンドリアは声をあげて笑った。愉快げな声が風に運ばれて浜辺に響いた。まだ癖になってなかったら、これから癖にするわ。

きみはわたしに言われたとおりにするようになる。エイダンの声が一オクターブほど低くなり、露骨に誘惑の響きを帯びた。

アレクサンドリアはたちまち体が熱くなった。仕事に戻ってちょうだい、セックス・マニアさん。しばらくわたしをひとりにして。

ほんのしばらくのあいだだぞ。それ以外の時間はきみの体を組み敷いていないと耐えられない。

いけない人ね、エイダン。本当に本当にいけない人だわ。アレクサンドリアは頭をのけぞらせて笑った。とても長く暗い道のりを歩いてきたあとだけに、彼女の心は軽く、喜びに満ち溢れていた。

何キロも先で、白い閃光が黒雲を照らし、つぎの瞬間、遠くで雷鳴がとどろいた。海がさらにしけて、波がつぎつぎと打ち寄せてくる。顔を仰向けると、頬にしずくが落ちてきた。雨か水しぶきかわからない。どちらでもかまわなかった。アレクサンドリアの人生はふたたび形を成しつつある。彼女は生きる力を取り戻しつつあった。新たな自分を受けいれはじめたいま、もう一度人生と向き合う方法を見つけられるはずだ。

闇のなか、頭上でうごめく影があった。目をしばたたき、背筋を伸ばして空を見あげた。なにも見えない。黒雲が一片、ほかの雲の前に出ただけかもしれない。そう思っても、アレクサンドリアは落ち着かなかった。座っている場所からは海中に捕食動物がいるのが見え、彼女は急に不安に襲われた。美しい波の下では、先史からの生きものが絶えず獲物を狙って静かに泳いでいる。

アレクサンドリアの口もとにゆっくりと笑みが浮かんだ。わたしったら、なんにでもびくびくするようになって。こんな夜に誰が外にいると言うの？　海が唸り、波が岩に砕け、空にしぶきが舞いあがる。嵐が激しくなるにつれ、彼女の不安もつのった。

やっぱりライフメイトの言うことを聞いて、家のなかかバルコニーでひとりになったほうがよかったんじゃないかな。嵐のなか外にいるよりも。

からかわれて、アレクサンドリアは少しいらだった。反抗的な気分で砂をもうひとすくいした。まだ帰るつもりはなかったが、胸に重い圧迫感を覚えた。不安な気持ちで空を見わたす。誰かいたら感知できるように落ち着きを保とうとしながら。急に、これといった理由もなく、自分はひとりではない、なにか邪悪なものにつけねらわれていると確信した。

そこを離れろ。即座にエイダンの命令が聞こえた。彼の声は冷静で断固としていた。直感が鋭くなっていたアレクサンドリアは、彼が空に舞いあがったのを感じとった。

立ちあがり、周囲を見まわした。風に吹かれて、髪が鞭のように顔を打つ。長い髪を払うと、崖の上でよろめいている男性が見えた。強風のなか、危機に瀕《ひん》していた。足もとの地面が男性の体重に耐えきれず、ぼろぼろと崩れはじめている。アレクサンドリアは悲鳴をあげて走りだした。男性が崖から落ちるのを防ごうとするかのように、とっさに手を差しのべながら。

どうしてさっきは見えなかったのだろう？　彼の存在を感じなかったのだろう？　どうして危険にさらされているのは自分だなんて、勝手に決めつけてしまったのかしら？　あの男性はいつからあそこで危機に瀕していたのだろう？

どうした？　落ち着いたエイダンの声が聞こえるとほっとした。彼は近くまで来ている。よかった。

アレクサンドリアは命綱をつかむようにエイダンとのコンタクトにしがみついた。**崖の上に男性がいるの――いまにも落ちそう。**自分が変わってしまったことについて、自己憐憫《れんびん》なんかに浸って時間を無駄にしなければよかった。そうすれば、あの男性を救えただろうに。エイダンから学べることをすべて学んでおけばよかった。彼みたいに目にも留まらぬ速さで移動できれば、あの男性が鋸の歯のような岩場に落ちる前につかまえられたはずだ。

もうすぐそちらに着く。その男に近づくな！　それは命令だったが、従えない命令だった。

助けられる可能性は低いけれど、やってみなければ。崖から目を離さず、彼女は裸足のまま濡れた砂の上を走った。一瞬、あたりがいっそう暗くなった気がした。つぎの瞬間、稲妻が走って空を焼き、火の玉がはじけてまっすぐ男性に向かって落下した。

アレクサンドリアは悲鳴をあげた。男性の体が前のめりになったかと思うと、崖から十メートル以上下へスローモーションのようにゆっくりと複雑な軌跡を描きながら落ちていった。悲鳴のこだまが風によって押し返され、彼女の顔を打った。まだ崖まで距離があり、すでに手遅れだったが、それでも彼女は走った。全速力で走っているとき、なんの前ぶれもなく、見えない壁にぶつかった。衝撃で、地面に倒れこんだ。

心臓をどきどきさせながら上半身を起こし、風に吹かれて絡まった髪を乱暴に払う。障害物は見えないし、ぶつかっても痛くはなかった。でも、手を伸ばすと、なにか硬いものに当たった。

どうしてこんなことするの、エイダン？　彼にこんなふうに行動を制限されるとは、あの男性を助けにいくのを邪魔されるとは思いもしなかった。アレクサンドリアは震えながらゆっくりと立ちあがった。

強風に吹かれて、海から霧がするすると進んできた。そのなかから、見えない壁の向こうに男性の姿がゆらゆらと現われた。最初は透明な光の塊だったが、だんだんと実体を帯び、暗い影のようになった。エイダンと同じく長身で、筋肉が発達している。漆黒の長い髪が革ひもでひとつに結ばれていた。美しい顔だちをしていて、口もとは官能的であると同時に残酷そうでもあり、顎はがっしりしている。しかし、アレクサンドリアが目を引かれたのはその瞳だった。淡い色の瞳が水銀のようにきらきらと輝いていて、目をそらすことができない。

突然、ただならぬ恐怖を感じた。エイダンはエネルギーに溢れているが、この男性はエネルギーそのものだ。誰も、なにものも、こんな存在は倒せない。人間ではない、とアレクサンドリアは確信した。守るようにそろそろと手を喉もとにやった。

初めて会う男性が軽く手を振ると、たちまち壁が消えた。最初から目には見えていなかったが、いまはたしかになくなったとわかる。彼とのあいだにあるのは空気だけだ。どうなるのだろう。わたしも、エイダンも。

「きみはエイダンの女、ライフメイトだな。エイダンはどこにいる？　ライフメイトを無防備なまま歩きまわらせるとは」

こんなに魅惑的で有無を言わせぬ声は聞いたことがない。すごく澄んでいて、すごく強い魔力を持っている。柔らかく音楽的なこの声にあらがえる人はいないだろう。彼に荒れ狂う海へ身を投げろと命じられたら、きっとそうしてしまう。アレクサンドリアは両手をこぶしに握った。

「あなたは誰？」心のなかでエイダンに警告する。エイダン、気をつけて。また別の男性が現われたの。わたしがあなたといること、あなたのライフメイトだということを知っている。

体の震えが声から伝わらないように努力した。

彼を見るんだ、ピッコラ。怖がる必要はない。わたしがそばにいる。きみの目に映るものはわたしにも見える。心をひらいたままでいてくれ。エイダンの声はいつもと変わらず穏やかで抑制がきいていた。

見知らぬ男性の幻惑的な口の両端があがったが、輝く銀色の瞳からはまったく温かみが感じられなかった。「エイダンとコンタクトを取っているな。よし。彼にもわたしが見えているにちがいない。しかし、きみを思うあまり、義務をおろそかにするとは愚か者だ」

アレクサンドリアは顎を突きだした。「あなたは誰?」もう一度訊いた。

「わたしはグレゴリ。暗黒の男だ。エイダンから聞いたことがあるかもしれない」

彼はわが種族のなかでいちばん博識で、いちばん強い力を持った人物だ。エイダンが認めた。彼はすぐそばまで来ている。われらが種族史上、最高の癒し手であり、わたしの師でもある。破壊の達人であり、君主ミハイルのボディガードを務めてもいる。

怖いわ。

グレゴリには誰もが恐怖を覚える。彼のことをよく知っているのはわが一族の君主、ミハイルだけだ。

「エイダンはわたしを褒めたたえていることだろう」グレゴリは彼女のほうを向き、魂まで見透かしそうな目をしていたが、本当の関心はどこかよそに向けられているようだった。彼の声があまりに澄んで非の打ちどころがないので、アレクサンドリアはもっと話してほしくなった。

一陣の風が吹き、砂がぐるぐると渦を巻いてアレクサンドリアを包みこんだので、彼女は思わずあとずさりした。ややあってなんとかバランスを取り戻し、目をあけると、エイダンが彼女のまん前に立っていた。

「なかなかみごとだ、エイダン」新来の男性が満足げに言った。

「同族者に会うのはひさしぶりだ」エイダンが低い声で言った。「あなたでよかった、グレゴリ」

「おまえは自分の女をおとりとして使うようになったのか？」口調は穏やかだったが、責めているのは明らかだった。

アレクサンドリアはかすかに身動きした。彼女の独立心が強いことに関して、グレゴリがエイダンに罪悪感を持たせようとしているのが癪にさわったからだ。エイダンが背後にいる彼女の手首をわずかな狂いもなく、万力のような力でつかんだ。やめろ。エイダンに警告された。不穏な空気がみなぎったのを感じとり、アレクサンドリアはすぐさま言われたとおりにした。

「あの男、一族の裏切り者は」グレゴリが岩場に倒れて動かない男を顎で指した。「彼女をおまえから奪うつもりだった」

「そんなことはできなかったはずだ」エイダンが低い声で答えた。

グレゴリはうなずいた。「おそらくは。それでも、彼女は許されざる危険を冒した」白い閃光が空を網状に明るく照らした。力強さがみなぎる光景だった。弧を描いた稲光がグレゴリのハンサムな顔に奇妙な影を落とし、銀色の目を輝かせると、彼は無慈悲に、そして飢えて見えた。

　アレクサンドリアの手首を握っているエイダンの手にさらに力がこもった。**動くな、口をひらくな。なにがあっても。**エイダンが心のなかで静かに警告した。「力を貸してくれて感謝する、グレゴリ」彼は声に出して言った。穏やかで真摯な声だった。「彼女はわたしのライフメイト、アレクサンドリアだ。まだわれわれの仲間入りをしたばかりで、一族の習慣についてはなにも知らない。あなたが一緒にわたしの家まで来て、最近の故郷のようすを教えてくれれば、非常にありがたい」

　正気？　アレクサンドリアはぞっとして、声には出さずに抗議した。そんなことをしたら、野生のヤマネコを家に連れて帰るも同然だ。虎と言ったほうがいいかもしれない。とにかくものすごく危険なもの。

　紹介されて、グレゴリは小さく会釈したが、彼の銀色の瞳を見れば、招待を断るつもりなのは明らかだった。「屋内でおまえたちと一緒に過ごすのは賢明でなさそうだ。檻《おり》にいれられた虎ではないが、わたしは予測がつかず、信頼できない相手になるだろう」淡い色の瞳がちらりとアレクサンドリアに向けられ、彼女は自分が笑われているのをたしかに感じた。グレゴリはもう一度エイダンに目を戻した。「おまえに頼みがある」

　グレゴリがなにを言おうとしているかわかったので、エイダンは首を横に振った。「やめてくれ、グレゴリ。あなたはわたしの友人だ。できないことは頼まないでくれ」アレクサンドリアはエイダンの悲しみ、暗澹《あんたん》たる気持ちを感じとった。彼の心にはさまざまな感情が渦巻いていて、そのなかには恐れも含まれていた。

銀色の瞳が燃えるようにきらりと光った。「おまえにはやるべきことをやってもらう。千年のあいだわたしがやってきたように。わたしがここに来たのは、ライフメイトを待つためだ。彼女は数カ月後、マジックショーの公演でやってくる。公演地にサンフランシスコが含まれているので、わたしは山奥に家を構えようと思う。おまえのところから遠く離れた場所に。わたしは自然に囲まれた高所でなければ暮らせない。それにひとりでいる必要がある。エイダン、わたしは終わりに近づいている。わたしに残されているのは狩ること、殺すこと、それだけだ」

彼が手を振ると、波がそれに応えて一段と高くなった。「ライフメイトが来るまで持ちこたえられるかどうかわからない。わたしは闇に近づきすぎている。内なる悪魔に呑まれそうだ」彼の声は澄んで甘美なままだった。

「彼女のところへ行けばいい。あるいは彼女を呼ぶか。あなたのもとへ呼び寄せればいい」エイダンが動揺したようすで額をこすった。彼が明らかに取り乱していることが、アレクサンドリアをなによりも驚かせた。エイダンはなにごとにもけっして動じないと思っていたのに。「彼女はどこにいる?　何者なんだ?」

「ミハイルとレイヴンの娘だ。しかし、レイヴンは娘に娶《めと》りの日の心構えをさせておかなかった。彼女はまだ十八歳で、わたしが行くと、怯えきっていた。わたしは彼女を本人の意思に反して自分のものにするモンスターにはなれなかった。無理強いはできなかった。五年間の自由を与えようと心に誓った。なにしろ、わたしと一緒になるのは、虎と一緒になるようなものだからな。最高に安楽な運命とは言いがたい」

「あなたにはもう時間がない」エイダンがこんなに取り乱した声を出すのは、アレクサンドリアが出会って以来初めてだった。彼女はエイダンの手首を親指で小さく愛撫し、将来とひとりで向き合う必要はないことを思いださせた。

「わたしは誓いを立てたのだから、それを守る。永遠にわたしと生きることになったあかつきには、彼女の人生は楽なものではなくなる。だから彼女はその運命から、わたしから逃げるのだ」グレゴリの声は美しく、澄んでいて、苦々しさや後悔はほんの少しも含んでいなかった。

「彼女のためにあなたがどれだけ苦しんでいるか、本人は知っているのか？」

ライフメイトが自分勝手であることをほのめかされて、銀色の瞳に光がひらめいた。「彼女はなにも知らない。これはわたしが決めたこと、彼女への贈りものだ。おまえに頼みたいのは、必要が生じた場合、ひとりでわたしを狩らないでほしいということだ。おまえにはジュリアンが必要になる。ジュリアンは暗黒の世界の住人だ」

「ジュリアンはわたしと同じだ」エイダンは即座に反論した。

「いや」グレゴリは魅惑的な声で言いなおした。「ジュリアンはわたしと同じだ。だから高みでの暮らしを好み、つねにひとりでいる。わたしを倒さなければならなくなったら、ジュリアンがおまえを助けてくれる」

「彼女のところへ行ってくれ、グレゴリ」エイダンは懇願した。グレゴリはかぶりを振った。「だめだ。エイダン、わたしが頼んだとおりにすると約束してくれないか。ジュリアンなしでわたしを狩ったりしないと」

「この世でいちばん狡猾《こうかつ》な狼を、助けを頼まず狩ろうとするほど、わたしは愚かではない。どうか踏みとどまってくれ、グレゴリ」エイダンの声には心からの悲しみがにじんでいた。

「できるかぎり持ちこたえるつもりだ」グレゴリは答えた。「しかし、待つあいだには危険が多い。手遅れになっても、わたしはみずから死を選ぶことができないだろう。わかってくれ、エイダン。わたしの決断はおまえに重荷を負わせることになる。それについてはおまえに許しを請いたい。この役割はミハイルが担うことになると昔から考えていた。しかし、彼女はここ、アメリカにいる。ここ、サンフランシスコに来る。わたしの誓いが守られれば」

エイダンはうなずいたが、アレクサンドリアには彼の心を涙が熱くしているのが感じとれた。慰めよう、温もりを送ろうとしたが、彼に求められたため、できるだけ静かにしていた。グレゴリの話を百パーセント理解することはできなかったものの、事態が深刻だということはわかった。

「あの裏切り者の始末はわたしがする。あの男が存在したことを示すものはすべて葬る」グレゴリは崖下の死体を手で指した。「だが、エイダン、あの男はひとりではなかった。もうひとりいた。もうひとりを追うよりも、ここに残っておまえのライフメイトを守るほうが賢明だと判断した。わたしは変異の危険性が高くなっているので、ひと晩にふたり殺すのは避けたかったのだ」柔らかく音楽的な声はまるで天気の話をしているようだった。

「グレゴリ、警告と協力に感謝する。裏切り者のことは心配しないでくれ。わたしの仕事だ。最近は狩りよりもほかのことに心を取られていたが」

「それでよかったのだ」グレゴリはやさしい笑顔で認めた。「ライフメイトはほかのなによりも優先される」

「どうしてあなたはライフメイトが安楽な暮らしを得られないと考えるのか？」エイダンは尋ねた。

「わたしは長いあいだ狩りをしてきたから、今後もやめられないだろう。あらゆる面で自分のやり方を通すことに慣れている。待つ時間が長すぎ、戦いすぎ、苦しみすぎてきたために、彼女が望むような自由を与えることができない。彼女の人生は彼女自身の人生というより、わたしの考えに沿ったものにしかならないだろう」

　これを聞いて、エイダンが笑顔になった。アレクサンドリアは彼がリラックスしたのを感じた。「自分の信じるとおりに、あなたの幸せよりも彼女のことを優先させるなら、あなたは彼女に自由を与えざるをえなくなる」

「わたしはミハイルやジャックとは違う。どうやらおまえもあのふたりと一緒のようだが。わたしは彼女の安全をなによりも優先させるつもりだ」グレゴリの声が刺を含んだ。

　エイダンがにやりとして、金色の瞳から笑いがこぼれた。「あなたがライフメイトのとりこになっているところをぜひ見てみたいものだ。いつか彼女をわたしたちに会わせてくれると約束してもらいたい」

「おまえやミハイルのようになった場合は無理だな。わたしは危険だという評判を壊すわけにはいかない」かすかなユーモアが感じられたかと思ったつぎの瞬間、それはすぐに消えた。まるで風に運び去られてしまったかのように。

「ヴァンパイアの始末はわたしがする」エイダンが言った。「あなたは死と近くで向き合うのを避けたほうがいい」

「あのヴァンパイアは離れたところから殺した。あれを見たら、おまえは……動揺すると思う」グレゴリは警告した。

「あなたはわたしが記憶しているよりもさらに強力になったのか」

「会わずにいたあいだに、多くの知識を身につけた」グレゴリは認めた。淡い色の目が考えこむような表情を浮かべてエイダンの顔に注がれた。「おまえのきょうだいも大きく変わっているはずだ。ジュリアンは学ぶのが早い。闇の奥深くまで踏みこむことを恐れない。わたしは代償について警告しようとしたが、ジュリアンは耳を貸さなかった」

エイダンはやれやれというように首を振った。「ジュリアンは昔から、ルールは破るためにあると言っていた。いつも自分のやり方を通してきた。しかし、あなたのことは間違いなく尊敬していた。ジュリアンが人生で本当に影響を受けたのも、耳を傾けたことがあるのも、あなただけだ」

グレゴリは首を横に振った。「いまはもう言うことを聞かなくなっている。風が、山々が、はるかなる土地が彼を呼ぶ。わたしにジュリアンを止めることはできない。彼は内に暗黒を抱え、なにがあっても満足しない」

「あなたは暗黒と呼ぶが、それを抱えているからこそ、あなたはわれわれに新たな世界を切りひらいてくれた。さまざまな癒しの術を見つけ、わたしやほかの者に伝授してくれた。われわれ一族のためにあなたが演じた奇跡は、その暗黒あればこそだった。ジュリアンについても同じだ」エイダンは静かな声で答えた。

銀色の瞳が鋼のように冷たく、うつろになった。「それがわたしたちふたりを、知ってはならないことへと導いた。知識を習得すると力も身につく。しかし、ルールを無視すれば、感情を持たなければ、善悪の概念がなければ、力を悪用してしまいかねない」

「それはカルパチアンなら誰でも心得ている」エイダンは反論した。「あなたは誰よりも善悪の概念をよく理解している。ジュリアンもだ。ほかの者たちが変異の道を選んだとき、あなたはどうやって持ちこたえ、悪にあらがったのか？ あなたは正義のため、一族のために戦った。あなたには掟があって、それをつねに守ってきたし、いまも守っている。あなたには感情がないと言うが、怯えるライフメイトに対する思いやりはどう説明する？ あなたが変異するはずはない。一瞬が永遠にも思えるのはわかるが、それももうすぐ終わりだ」

グレゴリの冷厳な視線はエイダンを突き刺すようだったが、年下のカルパチアンは動じなかった。グレゴリの視線をまっすぐ受けとめ、ふたりのあいだを炎が行ったり来たりした。グレゴリのきびしい口もとがかすかに緩んだ。「学びを重ねてきたな、エイダン。おまえは心と体、両方の癒し手だ」

褒め言葉を受けて、エイダンは小さく頭をさげた。風が唸り、波が砕ける。グレゴリはうねる黒雲に向かって舞いあがった。天国に不吉な影を落とすように、空に黒い鳥が羽を広げた。それは北へと飛んでいき、まるで最初からいなかったかのように、嵐を連れて消え去った。

エイダンは砂浜に膝をついた。うなだれ、肩を震わせて、感情に押し流されそうになるのを必死にこらえようとした。アレクサンドリアは彼の頭を抱いた。声は聞こえなかったけれど、激しくむせび泣くあまり、彼の喉と胸が引き裂かれそうになっているのがわかった。ひと筋の赤い血の涙が彼の悲しみの深さを表わしていた。

「すまない、カーラ・ミア。しかし、グレゴリは偉大な人物で、われわれ一族は彼を失うわけにいかないんだ。わたしにはグレゴリのうつろな気持ち、彼を呑みこもうと待ちかまえている内なる悪魔を感じることができた。グレゴリとの約束を守るには、わたしは彼を狩らなければならない……」やりきれないようすで首を振る。「一族のために、君主のために身を捧げてきた人物に対して、恩をあだで返すとはこのことだ」

アレクサンドリアは息ができなくなった。エイダンは無敵だとばかり思っていた。ヴァンパイアを狩り、彼らの邪悪な力にも打ち勝つことができると。でも、グレゴリは格が違う。エイダンのようなハンターがふたりがかりで戦っても、彼を倒すのは不可能かもしれない。

「その、彼を救うことができる女性とコンタクトは取れないの？」

エイダンは残念そうにかぶりを振った。「グレゴリは自分の誓いを守り通そうとするだろうし、彼女の存在は状況を悪化させるだけだ」

アレクサンドリアはやさしく愛情のこもった手つきで彼の髪に触れた。「あなたとわたしの場合と同じね」思いやりを込めてエイダンの髪に顎をこすらせる。「グレゴリのライフメイトが怖いと思うのは理解できるわ。わたしもあなたを怖いと思ったもの。いまも思ってる。それに、グレゴリの場合は怖さがけたちがいだわ。わたしだったら、あんな人と生きるのはごめんよ。それに、彼のライフメイトはまだ年端もいかないわけでしょう」

「どうしてきみはまだわたしを怖いと思っているんだ？」エイダンは顔をあげ、アレクサンドリアの顔に畏敬の念を込めて触れた。そのあまりにやさしい触れ方に、彼女は心臓が跳びはねた。

「あなたの持つ能力と激しさのせいよ。わたしもあなたからいくつか学べば、そんなに不安に思わなくなるのかもしれない。でもいまは、ひとりの人に備わっているにはあまりに大きな力に思えて」

「きみの心もわたしと同じ力を持っている。ただ、自分はこうしたいと考えるだけでいいんだ、アレクサンドリア。空を飛びたいと思ったら、その光景を頭に思い描く。そうすれば、きみの体は軽くなり、宙に浮く」

エイダンが彼女のウエストに腕をまわすと、ふたりの体がゆっくりと浮きあがった。「わたしと心を重ねるんだ。自分で確かめるといい。わたしを恐れる必要はまったくない」彼はっアレクサンドリアと一緒に静かに着地した。

「グレゴリが話していた〝娶り〟について教えて。あれはどういうこと？　それにミハイルって誰？」

「ミハイルは一族の最年長者で君主だ。われわれを何世紀にもわたって率いてきた。グレゴリはミハイルよりもほんの四半世紀若いだけだから、われわれの世界ではほぼ同年代ということになる。われわれ一族は長年にわたり迫害されてきたため、隠れ住むことを強いられ、多くが虐殺された。女性の数がとても少なくなってしまい、男たちは闇に光を投げかけてくれるライフメイトを見つけられなくなり、ヴァンパイアに変異する者がどんどん増えている。理由はわからないが、一族の数少ない子どもは男ばかりで、そのほとんどが生まれて一年足らずで死んでしまう。出産し、子どもを失った女性は失望のあまり、しばらくすると子どもを作ることを拒むようになる。そういうわけで、ライフメイトのいない男たちは希望を絶たれ、途方に暮れる。陽光のなかに足を踏みだして死ぬ道を選ぶか、内なる悪魔に屈し、ヴァンパイア、言いかえるなら真の捕食者になる道を選ぶかしかなくなる」

「なんてつらい」アレクサンドリアは心からそう思った。悲しみで胸が詰まった。

「ミハイルとグレゴリは避けがたい運命、すなわち種族の断絶を避ける方法をずっと探してきた。その結果、明らかになったのが、超能力を持つ一部の人間女性が一族の男と惹かれ合えば、絆を結べるということだった」

「わたしみたいに」

エイダンはうなずいた。「きみは人間の男性に肉体的な魅力を感じなかった。どういうわけか、われわれ一族のあいだに生まれなかったが、きみはわたしだけのために創られた女性だ。きみとわたしの体はひとつにならずにいられなかった。きみの心と魂はわたしの片割れだ。ミハイルとグレゴリは、超能力を持つ人間女性は女の子どもを産むことができ、その子どもたちもやはり女の子を産むことができる、もしくはその可能性が高いと考えている。きみたちがとても大切にされるのはそういうわけだ」

「娶りというのは？」

エイダンはゆっくりと息を吐いた。「アレクサンドリア……」彼の声からはためらいが感じられた。

アレクサンドリアは後ろにさがった。「わたしが聞かされていないことがまだいっぱいあるのね。わたしは子どもを産まなきゃいけないの？　女の子を？　わたしの子どもが生きられる確率はどれくらい？」

エイダンは大きな手で彼女の顔を挟んだ。「きみにわが種族の繁殖機械になってほしいわけじゃない。わたしはわたし自身としてきみが欲しいんだ。わたしたちの子どもが生きられる確率はわからない。きみと同じように、わたしも祈ることしかできない。そのときになってから考えよう」

「わたしたちに女の子が生まれて、その子が一年足らずで命を落とさず、成長したとするわよね。そうしたら、なにが起きるの？」サファイア色の瞳が金色の瞳にひたと据えられた。

「カルパチアンの娘はみんな十八歳の誕生日に娶られる。男たちがあちこちから娘に会いにくる。もしライフメイトだとわかれば、娘はその男に娶られる」

「そんなの原始的すぎるわ。セックス相手をあさるクラブと変わりないじゃない。どんな形でも自分自身の人生を生きるチャンスは与えられないのね」アレクサンドリアはショックを受けていた。

「カルパチアンの女性は大人になるまでに、自分たちがライフメイトの運命を握っていることを教えられる。それは子どもを産めることと同様に女性の生得権だ」

「そのかわいそうな娘が逃げだしたのも当然よ。そんなに若くしてあのグレゴリと一緒になる人生なんて、想像できる？　グレゴリは何歳なの？　彼女からすれば、ものすごい年寄りに思えたにちがいないわ。彼女とつり合う若者じゃなく。彼はタフで、きっと残酷よね。それに、この世のことをなんでも、いま生きている誰よりもよく知っている」

「アレクサンドリア、わたしは何歳だと思う？」エイダンは静かに訊いた。「わたしはすでに八百年以上生きてきた。きみは絶つことのできない絆でわたしに結びつけられている。それはそんなにひどい運命か？」

一瞬、沈黙が落ちた。すぐにアレクサンドリアはにっこり笑った。「百年後にもう一度訊いて。そうしたら答えるわ」

エイダンの瞳が燃えるようにきらきらと官能的に輝いた。「先に家に帰っていてくれ、カーラ・ミア。わたしはここで仕事を片づけてから帰る」

「わたし、車に乗ってきたの。わたしのワーゲンのエンジンがかからなかったから、一度も使われていなかったスポーツカーに乗って。ステファンはかまわないだろうって言ってた」

「知っている。きみに文句は言わなかっただろう。きみがどこへ行こうとなにをしようと、すべてわたしに伝わる。わたしたちはひとつなんだ、ピッコラ」子どもに対するように、エイダンはアレクサンドリアの頭をくしゃくしゃと撫でた。彼の体がまた激しく求めはじめていたが、ほんの数メートル先にヴァンパイアの死骸が横たわっている。「家へお帰り。わたしもすぐ帰る」

車へと歩いていくとき、アレクサンドリアは長身のエイダンにぴったりと寄り添った。彼に守ってもらっているという感覚に喜びを覚え、そんな自分を恥ずかしく思った。なんとしても自立心は守らなければ、自分の娘が意に染まない運命を強いられるかもしれないとあっては特に。娘に自分の人生を選ばせたかったら、エイダンに立ち向かうだけの強さが必要になる。カルパチアンの男性は二十世紀の女性解放運動のことなどまったく知らないかもしれない。

小さなスポーツカーが幹線道路へと出るカーブを曲がり、テールライトが見えなくなるまで、エイダンは見送りつづけた。それから、豊かな長い髪をかきあげて、穢れた死骸に向き合うため岩場のほうを向いた。数週間前、この地域に五人のヴァンパイアがやってきた。彼らは好き放題に人を殺しながら、アメリカ大陸を横断してきた。故郷からこれだけ離れた土地なら、ハンターに追われることはないだろうと考えて。しかし、エイダン・サヴィジがサンフランシスコに住んでいることは一族のあいだで知られている。どうして危険を冒してまで、彼らはこの土地に来たのか？　グレゴリのライフメイトが来るからか？　しかし、それはまだ何カ月も先のことだ。それならなにが理由だ？　なにがアメリカのなかでも本物のヴァンパイア・ハンターがいる数少ない街に彼らを引き寄せたのか？

足早に砂浜を歩いた。ヴァンパイアはわたしよりも先にアレクサンドリアの存在を感じとったのだろうか？　なにかほかのものに引き寄せられたのか？　変異した者のうち数人はニューオーリンズに向かった。あの街は放蕩《ほうとう》の街、アメリカでいちばん殺人が多い街として知られているからだ。ロサンゼルスも暴力事件が頻繁に起き、犯行を隠しやすいのでヴァンパイアが吸い寄せられる。しかし、わたしが彼らの犯行に気づけば、すぐに仕事をしに出かける。

彼が岩場に着いてみると、ヴァンパイアの死骸は黒焦げになり、髪はまだくすぶっていた。間違いようのない邪悪な臭気を発している。この男がアレクサンドリアをつけねらっていたなら、わたしたちの家も見張られていたはずだとエイダンは判断した。夜空を見あげ、挑戦状を叩きつけた。黒く不吉な雲が疾走し、復讐を予告する。**かかってくるがいい。おまえはわたしの街、わたしの家、わたしの家族を見つけた。待っているぞ。**風が彼の言葉を街のすみずみまで運ぶと、どこか遠くから、遠雷のような怒号が返ってきた。狂気に駆られたような犬の鳴き声がそれに加わる。

エイダンは捕食者を思わせる白い歯をきらめかせ、声なき笑いを敵に送った。宣戦布告がすんだので、ヴァンパイアの死骸の上に身をかがめた。グレゴリとは長い時間をともに過ごしてきたが、こんな死骸を見るのは初めてだ。ヴァンパイアの胸が吹き飛ばされているのに、穢れた血はいっさいしみだしていない。吹き飛ばされたときに傷が焼灼《しょうしゃく》されたからだ。心臓は真っ黒な、用をなさない灰と化している。グレゴリはこれ以上ない破壊力を手にしたようだ。

エイダンは悲しみと諦念を感じつつ、その忌むべきものからあとずさりした。この堕落した男のことは知っている。幼いころから。エイダンよりも二百歳近く若かった。それなのに変異してしまった。なぜだ？　持ちこたえている者もいるのに、なぜこんなにも早く負けてしまう者がいるのか？　持ちこたえている者は精神力が強いのか？　変異してしまった者は将来への希望を失ってしまったのか？　ミハイルとグレゴリは一族に希望をもたらそうと果てしない努力を続けてきたが、この男はその成果が出ていないことの証だ。変異してしまう者が多すぎる。一世紀ごとにその数は増加している。グレゴリが狩りに疲れているのも当然だ。自分の内につねに存在する悪魔と闘うことにも。来る世紀も来る世紀も、かつての友人を狩っていたら、彼らと同じくらい絶望しても不思議はない。

家に帰らなければ。この体にアレクサンドリアの腕を感じたい。彼女の温もりと思いやりが恋しい。彼女の熱い体に包まれ、生きていることを実感したい。しかし、わたしはほかの多くの者に死をもたらしてきた。変異してしまった者、わたしが狩った者たちに。

エイダン、早く帰ってきて。あなたは死の使いじゃない。やさしくて思いやりのある人よ。

ジョシュアといるときのあなたを思いだして。マリーとステファンといるときのあなたを。いまはグレゴリのせいで憂鬱な気分になっているだけよ。

われわれの一族には生きる道を見失っている者が多すぎる。エイダンは嘆いた。

それなら、ますます戦わなくちゃ、がんばらなきゃいけないじゃない。希望はあるわ。わたしたちはおたがいを見つけたでしょう？　ほかのみんなも見つけられるわ。アレクサンドリアは彼女の映像を送ってきた。セーターが三階のバスルームの床にはらりと落ちる。泡立つジャグジーのせいで主寝室に湯気が立ちこめている。

エイダンは柔らかな声で笑いだした。落ちこんだときと同じくらいすばやく、気分が上向いた。セクシーでやさしいアレクサンドリアがわたしを待ってくれている。闇を照らす光、家へと導いてくれるかがり火が。

わたしはそれだけじゃないわよ。彼女の声は挑発的だった。レースのランジェリーが床に落ちる光景がエイダンの脳裏を満たした。アレクサンドリアの豊かな胸があらわになり、彼を誘惑する。彼女は妖婦のような笑みを浮かべていた。わたし、待ちくたびれそうなんだけど。

じらさないでくれ。彼女の映像で脳裏を満たしたまま、彼は死骸から遠ざかり、嵐をふたたび荒れ狂わせた。

アレクサンドリアがジーンズの前に手をやった。耐えられないほどゆっくりとボタンをひとつずつはずしていく。彼女がウエストバンドに手をかけ、少しずつジーンズをおろしはじめると、エイダンは息を呑んだ。

続きは家に帰ってから見てちょうだい。欲望のにじんだアレクサンドリアの声が少しつかえたのを聞いて、エイダンは血が熱く駆けめぐるのを感じた。天を見あげて命じると、雲が渦巻いてあたりの暗さが増した。唸りをあげて流れる彼の血さながら、波が跳ねて岸に押し寄せ、崖にしぶきが飛び散る。不吉な雷鳴がとどろき、雲の内側で稲妻が血管のようにひらめいた。

帰ってきて、エイダン。彼女は誘惑、彼女は光。いっぽうわたしは闇を作りだす。

稲妻が地面を打ち、砂浜に火花の雨を降らせ、炎の赤い舌がエイダンのすぐ足もとまで達した。彼は心のなかでアレクサンドリアが動いているのを感じることができた。彼女の口が肌を滑る感触に、死をもたらす苦しみを、かつての友人の死を忘れることができた。あまりに多くの仲間を失ってきたせいで、彼は頭がおかしくなりそうだった。

片手を高くあげ、閃光を集めて火の玉を作る。荒々しい風に向かって顔をあげた。これと同じことをグレゴリに対してするのは無理だ。たとえグレゴリを倒せたとしても、こんなことはできない。しかし、グレゴリは何度、友を狩らなければならなかったのか？　身内を？　昔の遊び友だちを？　何度、そのようにして魂を傷つけたら、救済を受けられなくなるのか？

あなたにはわたしがいるわ、エイダン。アレクサンドリアの声は新鮮で清らかな空気のようだった。エイダンの目の前にある邪悪さとは無縁だ。**あなたの魂は穢れてなんていない。**

わたしには見える、感じられる。自分の魂で触れることができる。あなたは必要に迫られてそうしているだけ。望んでじゃないわ。グレゴリは自分を救うために闘っている。もし魂が穢れていたら、彼はわたしを守るために残ったりしなかったはずよ。狩りを、殺しを楽しむためにもうひとりのヴァンパイアを追ったはず。彼は残ったわ。そして暴力と距離を置ける、誓いを守り通せるはずの場所でひとり過ごすために立ち去った。あの誓いひとつを取っても、彼についてわかることがあるわ。グレゴリは利己的なヴァンパイアじゃないし、なりかけてもいない。ライフメイトを思いやってあげているんですもの。あなたは忌むべき仕事を終えて、わたしのところへ帰ってきて。わたしのことを考えて。

わたしはたびたび手を血で穢して帰ることになる。

短い沈黙が流れたのち、アレクサンドリアの手が触れるのを感じて、エイダンは驚いた。なにも教えられていないのに、彼女は自分から手を差しのべてきた。アレクサンドリアの指先が顎に置かれ、首へと滑りながら、愛情を伝える。わたしはヴァンパイアにとらえられたことがあるのよ、エイダン。忘れないで、彼らの醜さなら知ってるわ。あなたが彼らを狩るのはそうしなければならないから。殺すのが好きだからじゃないわ。ヴァンパイアになってしまった男《ひと》たちも、善良だったことがあったのかもしれない。でも、あなたが知っている彼らはとっくの昔にこの世からいなくなってしまったんじゃないかしら。グレゴリとあなたは彼らに平安を与えてあげているのよ。

アレクサンドリアと出会ったからこそ感じる耐えがたい不安と恐れ、悲しみが彼女の言葉によって洗い流されていく。その矛盾にエイダンはかぶりを振った。何世紀ものあいだ、なにも感じなかったというのに、アレクサンドリアとともに生きていくことになったがために、ハンターの悲しみ、荷の重さを知ることになった。

仕事だけに意識を集中して、火の玉をヴァンパイアの死骸目がけて飛ばした。火の玉は穴の開いた胸に飛びこみ、裏切り者は彼の目の前で黒く縮み、地の灰になった。灰を見つめたまま、エイダンは手で風を起こした。疾風が海からではなく陸から吹いてきて、灰を波に向かってまき散らした。これでヴァンパイアはふさわしい安息の地へと運ばれていくだろう。堕落した友と、自分自身を浄化するために、エイダンは古の詠歌を唱えた。背筋を伸ばし、胸をぐいとそらせてから、帰途に就く。

水の音、アレクサンドリアが一段低くなっているバスタブに足を踏みいれ、気持ちよさそうな声を出すのが聞こえてきた。彼女の香りが呼んでいる。ほほえみながら、彼は舞いあがり、空気が体を撫で、さらに浄化してくれるのを感じた。

16

アレクサンドリアは髪を頭のてっぺんでひとつにまとめ、大きな大理石のバスタブのなかに座っていた。泡があまたの指のように彼女の肌を撫でている。帰宅したエイダンがバスルームの入口で立ち止まった。疲れた顔。目には影と悲しみ、取り憑《つ》かれたような表情が宿っていて、アレクサンドリアはその表情を永久に消し去ってあげたいと思った。

先ほど、エイダンの深い悲しみを感じたとき、彼女はわざとエロティックな映像を送った。彼を助けたくて。慰めたくて。離れているときは、顔を合わせずにすむので、奔放なイメージを思い描くのも簡単だった。彼が帰ってきたら、自分がセクシーで生き生きとした映像を送った影響と向き合わなければならないため、不安を覚えていた。

でも、こうして彼の美しい瞳が翳《かげ》り、奥底に深い悲しみをたたえているのを見ると、そんな不安は跡形もなく消え去った。あの深い悲しみを取り除くためなら、なんでもしようと思った。

エイダンはどうしようもなく疲れていて、二度と動けないのではないかという気がした。ただ入口に立ち、アレクサンドリアを見つめることしかできなかった。自分の幸運が、彼女が本当に自分のものになり、永久に自分と一緒にいてくれるということが信じられなかった。なぜわたしなのか？　わたしを見て、大きなサファイア色の瞳が喜びに満ちるのを、なぜわたしはこうして見ていられるのか？　一族のために多くを捧げ、苦しみ、その過程で絶望しかけているグレゴリではなく。わたしのソウルメイト、双子のきょうだい、孤独のあまり暗くねじくれているジュリアンでもなく。なぜ神はわたしを選んだのか？

「なぜなら、わたしたちはおたがいのために生まれてきたからよ」アレクサンドリアが彼の考えを読んで言った。「グレゴリにはライフメイトがいる。ただし、彼女に成長する時間を与えることにした。彼は持ちこたえるわ。がんばれるだけの希望を持っているもの。あなたのきょうだいについては、あなたの思考と記憶をのぞいたけど、あなたと同じ強さを持っているし、必要とあればいつまでも耐えられる人だわ」

エイダンは風で乱れた髪を震える手でかきあげた。ドアの側柱にもたれ、なにも言わず、まばたきもせずにアレクサンドリアを見つめた。なんて美しく、勇敢なんだ。わたしは彼女にふさわしいだけのことを実際になにかしただろうか？　彼女がもたらしてくれた幸せ、喜びにふさわしいことを？

アレクサンドリアが首を横に振った。口もとにゆっくりと笑みが広がり、えくぼがくっきりと浮かんでエイダンを魅了した。「もちろん、あなたはわたしにふさわしくないわ。わたしはすばらしく性格がよくて勇敢で完璧ですもの」彼女のからかうような笑顔はあからさまにセクシーで、泡立つ湯の下で体が動くと、丸い胸のふくらみがのぞいて、エイダンの視線が急に熱っぽさを帯びた。

「そして美しい。美しさを忘れないでくれ」柔らかな声で言うと、彼は突然、背筋を伸ばした。

期待感から、アレクサンドリアの心臓が跳びはねた。「かもしれない。あなたが、わたしは美しいという気分にしてくれるのは確かね」サファイア色の瞳が好奇心に満ちたセクシーな輝きを放った。それを見て、エイダンの体を血が駆けめぐった。

彼はシャツのボタンに手をやり、アレクサンドリアの目を見つめたまま、ひとつひとつはずしはじめた。アレクサンドリアは目をそらしもしなければ、怯えているようすを見せもしなかった。ゆっくりセクシーにほほえみ、露骨に誘ってきた。

「なにか考えがあるようだな、ピッコラ」期待から体が昂り、エイダンは柔らかな声で囁いた。

アレクサンドリアは肩をすくめた。気だるげな動きが泡立つ水面に小波《さざなみ》を立てる。「あなたの夢想のひとつを試してみるのにちょうどいい機会じゃないかと思って」

シャツがふわりと床に落ちたが、アレクサンドリアの目は彼だけに注がれていた。血の流れが速くなり、炎が彼女の体を舐める。

「わたしに夢想があるとは知らなかった」体が欲望で硬くなるあまり、エイダンは話すことも動くこともほとんどできなかった。

アレクサンドリアの笑い声が愛撫のように彼の肌を撫でた。「とっても興味深い夢想よ。

でも、期待しすぎないでね。最初は簡単なものから始めましょ」

エイダンは眉をつりあげて靴と靴下を脱いだ。動作は急がず気だるげだったが、目は熱く輝いている。アレクサンドリアは息を呑んだ。彼は前かがみになっているだけだったが、その顔はとても官能的で、動作はなめらかでいながら抑制がきいていた。彼女は唇を嚙み、目を伏せて、突然こみあげてきた欲望を隠した。

「きみにもわたしを欲しいと思ってほしいんだ、アレクサンドリア」エイダンがそっと叱るような口調で言った。「きみに求められていることを知りたい。欲望を隠さないでくれ」

思わず、アレクサンドリアの口もとに笑みが広がり、えくぼが深くなった。「あなたがあまりに美しいからいけないのよ、エイダン」

「美しいというのは女性に対して使う言葉だ、男に対してじゃない」

「あなたは美しいわ」アレクサンドリアは彼の言葉を正した。「わたしの目を通して見てみて」それはからかいを含んだ挑戦だった。

エイダンは言われたとおりにせずにいられなかった。そして、たしかにアレクサンドリアの見ているように自分を見ると、どことなくセクシーだった。ズボンに手をかけ、わざとゆっくり押しさげる。

「わかった?」アレクサンドリアがバスタブのなかで膝立ちになると、細い胸郭のまわりで泡がさわさわと音を立て、剝きだしの胸に水滴が輝いた。目はエイダンの引き締まった腰と昂りに注がれている。彼が一段低くなったバスタブに足を踏みいれると、肌を舐める小さな舌のように、脚のまわりで泡が渦巻いた。

アレクサンドリアはゆっくりと息を吐いた。エイダンの腿は筋肉でできた柱のようで、細い金色の毛におおわれている。ふくらはぎを撫であげ、もっと近づくように促すと、彼の体に震えが走ったため、彼女は誘惑しているかのようにほほえんだ。

アレクサンドリアにベルベットのような高まりの先端をゆっくり舌で愛撫されると、エイダンは恍惚として目を閉じた。熱く濡れた彼女の口に高まりを含まれたときは、腹部の筋肉が緊張した。体の奥深くからうめき声がこみあげてくる。髪をつかみ、彼女をさらに引き寄せた。アレクサンドリアが彼の腰をつかみ、もっとすっぽりと包みこもうとしたので、体が爆発しそうになった。彼女の口にきつく締めつけられ、腿に柔らかな胸が押しつけられ、ふくらはぎを泡に刺激されていると、脳裏からあらゆる思考が押しだされて、残ったのはアレクサンドリアと強烈な快感だけだった。

アレクサンドリアの手が腰をマッサージして彼を焚きつける。彼はゆっくりと腰を前後させながら、耐えがたいほどの快感に歯を食いしばった。アレクサンドリアの口が彼を含んだまま何度も動く。髪にうずめた手に力がこもり、彼女に痛い思いをさせないかと心配になったが、本能的な反応は抑えられなかった。心を探ると、アレクサンドリアも興奮し、かきたてられて、彼と悦びを完全に共有していた。自分が彼に対して持つ影響力を自覚し、有頂天になっている。分別も注意も心配もすべて吹き飛んでしまった。あるのは彼の体と彼女の口、そしてサテンのような肌の感触、ふたりのまわりではじける泡、それだけだった。気がつくと、彼は頭をのけぞらせ、なすすべもなくアレクサンドリアに向かって腰を突いていた。歓喜を感じているのは彼の肉体だけでなく、魂もだった。

渇望が高まると、彼はカルパチアンとしての欲求に圧倒され、自身の悦びよりもアレクサンドリアの悦びを優先しなければと感じた。所有欲に満ちた低い唸り声を漏らしながら、アレクサンドリアを湯のなかに押し戻し、剝きだしの肌に熱い視線を走らせる。彼女に小さな叫び声をあげる時間しか与えず、喉から胸へと口を這わせ、体中を愛撫した。彼の手にアレクサンドリアはとても小さく、華奢に感じられた。肌は熱く、濡れているせいでつるつると滑る。全身くまなく探ると、彼女が彼を求めて潤んでいるのがわかった。目を見つめながら、指をなかにいれると、さらに欲望が溢れてきた。エイダンはもっと奥深くまで指を押しいれ、胸に、おなかに歯を立てた。アレクサンドリアの熱くすべすべとした筋肉がきつく締めつけてくる。彼を夢中にさせるくびれにキスをしてから、エイダンは彼女の腰を湯から持ちあげた。

落ち着け、落ち着くんだ、と心はくり返したが、体が言うことを聞かなかった。肌に火がついたようだった。アレクサンドリアを自分と同じくらい燃えあがらせようと、指を口に替えた。彼女のうめき声を聞くと、猛烈に興奮した。アレクサンドリアは熱くスパイシーな蜂蜜のような味がして、病みつきになりそうだった。

彼の唇に攻めたてられて、アレクサンドリアは身悶《みもだ》え、叫び声をあげた。バスタブの両側に湯がはね返る。彼女の体はつぎつぎと快感の波に洗われた。コントロールを失い、果てしなく続く恐ろしくてすてきな快楽に身をまかせながら、エイダンにしがみつく。

ようやくエイダンは顔をあげた。目には渇望が色濃く浮かび、口もとは官能的だった。アレクサンドリアのすらりとした脚を腰にまわさせる。「きみはわたしにわれを忘れさせる。きみが欲しいあまり頭がおかしくなりそうだ」彼の声はハスキーで、硬く太い高まりがアレクサンドリアの体を強く押した。彼女の体がゆっくりとひらきはじめ、彼の侵入を許す。なんとも言えない快感だった。燃えるように熱いベルベットがゆっくりと彼をつかみ、締めつける。アレクサンドリアの細いウエストをしっかりつかんで、エイダンは熱く潤んだ彼女のなかにゆっくりと深く身をうずめた。「わたしを見てくれ、アレクサンドリア。わたしはきみのライフメイトで、きみはつねにわたしに守られる」金色の目が彼女の青い目をとらえ、究極の親密さを求める。エイダンは体のすみずみまで彼女を自分のものにし、彼女と完全にひとつになりたかった。体も、心も、魂も。

ゆっくりと腰を突き動かし、毎回深く彼女を貫く。アレクサンドリアが唇を嚙み、血の小さなしずくがにじみでた。それを見て、エイダンの口のなかで牙が刺激された。さらにきつく抱き寄せ、体を弓なりにさせると、アレクサンドリアの頭がのけぞり、喉が無防備にあらわになる。胸のふくらみも劣らず魅惑的だった。硬くなった薔薇色の頂から水滴を舐めとり、張りのある丸みを上へとたどって、首で脈打つ血管の上に口を置く。

期待感から、アレクサンドリアの体がきゅっと締まるのが感じられた。歯をやさしく上下させると、彼女がうめきながらエイダンの頭を抱えこんだ。金色の瞳に満足の光がきらめいた。腰の動きに合わせて舌がアレクサンドリアの首をなぶる。エイダンは腰の突きをさらにどんどん激しくしていった。

「エイダン！」アレクサンドリアが柔らかな懇願の叫びをあげる。

「まだだ、もう少し」彼女を抱いたまま、力強く立ちあがる。湯がふたりの体からバスタブへとどっと流れ落ちる。アレクサンドリアの脚は彼の体に絡みつき、手は首にまわされている。エイダンは何度も激しく腰を突き、彼女のいちばん奥まで侵入しようとした。

背中にアレクサンドリアの爪が食いこみ、痛みとないまぜになったなんとも言えない快感が呼び起こされた。もっと深く突きいることができるように彼女を壁に押しつけ、荒々しく、容赦なく腰を動かす。そして牙をアレクサンドリアの首に深くうずめ、体と同じく貪欲に血を奪うと、アレクサンドリアが甘くセクシーな悲鳴をあげた。

アレクサンドリアにかきたてられたエイダンは、捕食者としての本性が前に押しだされていた。カルパチアンの野性的で所有欲の強い男がライフメイトを自分のものにしようとする。喉に吸いついた口が彼女の体のエッセンスを吸いとる。アレクサンドリアの体がエイダンを引きこみ、きつく締めつけ、あまりの快感に叫び声をあげさせる。ルビー色のしずくが胸のふくらみを流れ落ち、エイダンの舌がその軌跡を追う。

アレクサンドリアは、ぐるぐると回転しながら夜の闇のなかに落ちていくような気分だった。エイダンの凶暴なまでの愛し方に怯えても当然のはずなのに、劣らぬ激しさで応え、金色の髪に指を絡め、肩に顔をうずめてくぐもった叫び声を何度もあげた。

エイダンの情熱にかすれた声が空へと舞いあがり、風に運ばれていく。彼がアレクサンドリアを抱きしめたまま壁にもたれ、荒い息をしていると、遠くから彼に応える声が、怒りの声、憤激の声が返ってきた。風が突然激しくなって唸りをあげ、憎しみに満ちた爪を剝きだす。

アレクサンドリアが怯えて窓のほうを見た。「いまのが聞こえた?」

エイダンはしぶしぶながらゆっくりと彼女を下におろした。腕は彼女の腰にまわしたままだ。「ああ、聞こえたよ」陰鬱な声で答える。

外では不吉な黒雲が集まりはじめていた。こぶし大の雹《ひょう》が屋根を、窓を打つ。とっさにエイダンはアレクサンドリアの前に立ち、雹が飛びこんできても彼女が怪我をしないようにした。

「グレゴリ?」彼が体中から発散させていたエネルギーを思いだし、アレクサンドリアは囁いた。

エイダンはかぶりを振った。「グレゴリが殺したいと思ったら、われわれはとっくの昔に殺されている。いまのは先だってこの街にはいったヴァンパイアの一味の、最後に残ったひとりだ。なにが目的で来たのかは知らないが。われわれは驚くほどの聴力を持つ種族だから、あのヴァンパイアはわたしたちの悦びの声を聞いて、むしゃくしゃしたんだろう」

「危険な感じがしたわ。手負いの熊みたいに」

エイダンはアレクサンドリアの顎をつまみ、所有欲に満ちたやさしい金色の瞳で彼女の顔を眺めた。「危険な相手だ、ピッコラ。だからわたしは彼らを狩り、禍《わざわい》の芽を摘まなければならないのだ」

彼女の仰向けられた顔、彼に愛されて紅潮した頬と腫れあがった唇を見つめていると、エイダンはもう一度顔を寄せてやさしくキスせずにいられなくなった。「ありがとう、カーラ・ミア。わたしから内なる悪魔を追い払ってくれて」

アレクサンドリアはもう一度バスタブに身を沈め、大きな目でエイダンを見あげた。ジャグジーの泡はもう止まっている。「彼は……あなたを殺せるの？」

「たぶん。わたしが不注意になれば」彼がアレクサンドリアの反対側に腰をおろすと、そのせいで水位があがった。「しかし、わたしは注意を怠らないよ、ピッコラ。ほんの一瞬でも。あすの夜は彼を狩らなければならない。向こうもわたしを待っている」

「どうしてそんなことがわかるの？」

エイダンは軽く肩をすくめた。まるで天気の話をしているみたいに。「罠《わな》をしかけていなければ、わたしに挑戦するような真似はしないはずだ。わたしはヴァンパイアたちのあいだで一定の……評判を得ている」

アレクサンドリアは膝を抱き寄せて顎を載せた。「彼がただ立ち去って、人を恐怖に陥れるのはよその街でやってくれるといいのに」

「いや、だめだ。近隣の街でもヴァンパイアが好き勝手に人を殺すのを、わたしは絶対に許せない。務めを果たすために、わたしはときどき家を離れなければならなくなる。それを理解しておいてくれ」

「最近、新聞を賑《にぎ》わせていた連続殺人犯はその男ね？」アレクサンドリアは鋭く推理した。

「そのひとりだ。ほかの者たちはもう死んだが」

アレクサンドリアは不安そうに手をより合わせた。

エイダンは安心しろと言うようにその手を握った。「大丈夫だ、アレクサンドリア。きみはわたしが守る」

「そうじゃないの。あなたが守ってくれるのはわかってる。ただ、あなたのことを知るようになって、グレゴリにも会って、なにが原因でヴァンパイアになるかもわかってみると……ねえ、ヴァンパイアを治療する方法はないの？」

エイダンは悲しげに首を横に振った。「きみが彼らのことを、そして彼らを倒さなければならないわたしたちのことを悲しんでくれているのは知っている。しかし、たいていの場合は本人が選んだ道なんだ。血を飲んでいるときに相手を殺すと、けっしてもとに戻ることはできない」

アレクサンドリアは彼の目をまっすぐ見た。「グレゴリは殺したことがあるわ」

エイダンの目が突然冷たくなり、疑いの色が差した。「ありえない」

「でも本当なのよ。ひどく後悔しているし、罪悪感に苛まれてはいるけど、その方法で誰か邪悪な相手を殺したことがあるわ。本当よ、エイダン。わたしは他人《ひと》について、ふつうは見えないことがときどき見えるの」

「グレゴリは変異しているのか？」彼の声は静かで抑揚がなかった。身じろぎもせずにアレクサンドリアの返事を待つ。

アレクサンドリアは首を横に振った。「本人は自分を邪悪だと考えているけど、グレゴリはものすごく思いやりが深い男性よ。でも、危険。とても危険」

「ヴァンパイアは真実を隠すのが得意だ。嘘をつくのが途方もなくうまい。グレゴリが変異していないというのは確かか？」

アレクサンドリアはうなずいた。「わたしは彼が恐ろしかった。彼は自分自身を恐れている。自分でも言っていたけれど、虎みたいなのよ。予想がつかなくて危険。でも邪悪じゃないわ」

外では夜明けを迎えた灰色の空を、雲がさらに暗くしていた。エイダンがばかにしたような顔で笑い、手を振ると、たちまち雲が散りはじめた。「残ったヴァンパイアは力を誇示して、わたしを震えあがらせようと考えている。わたしはそれを利用して、やつに間違った安心感を抱かせてやる。しかし、夜明けが近いから、やつは地中に身を隠すはずだ」

アレクサンドリアは少し肩の力を抜いた。ヴァンパイアが窓のすぐ外にいて、ふたりの会話を聞いていたらと思うと怖気《おぞけ》が走った。

エイダンが首を横に振った。「そんなに近くにいたら、わたしにわかるよ、ピッコラ」

アレクサンドリアは声をあげて笑った。「いまだに、あなたにはわたしの考えが読めるってことをときどき忘れてしまうのよね」

「おかげで、ときどきとてもおもしろいことがある」不思議な光を放つ彼の目に見つめられて、アレクサンドリアの全身が赤く染まった。

「あなたの頭のなかもおもしろいわ」口の両端をあげてほほえんだ。「あらゆる種類のおもしろいアイディアが詰まっていて」

「まだまだ序の口だよ」エイダンは身を乗りだしてアレクサンドリアの乳房を片手で包み、つんと尖った頂を親指で軽く撫でた。「わたしはきみに触れるのが大好きだ。好きなときにいつでもきみに触れられるのが」彼女の首にわざと残した刻印を指先で撫でる。

アレクサンドリアの全身を悦びが駆け抜けた。「あなたは社会から追放されるべきだわ、エイダン。最近わたしがトーマス・アイヴァンのために描いたキャラクターにはみんなあなたの面影があるの。どうしてもそうなってしまうのよ。トーマスは気がつくと思う？」

エイダンの目がきらりと光った。「トーマス・アイヴァンは間抜けだ」

「彼の発想は革新的だし、人気があるわ。それにトーマスはわたしのボスなのよ」アレクサンドリアはきっぱりした口調で言った。「あなたは嫉妬してるだけ」

「わたしの特にいやな癖のひとつだな、間違いなく。わたしは誰ともきみを分かち合いたくない」彼は突然、彼女を放した。「ほかの男がきみに触れるのは耐えられない」

「一緒に仕事をするからって一緒に寝るわけじゃないわ」アレクサンドリアは辛抱強く指摘した。内心は、もしエイダンにとって本当にそこまでつらいなら、トーマスとの仕事上の関係を切る心の準備があった。

「あの男がそれで納得すると思うのか？」

「納得するしかないわ。わたし、あなたと婚約しているって説明するから」

「あすの朝、結婚する手はずを整えよう。手続きを迅速にできる友人が何人かいるから、結婚許可証を手配すれば片がつく」

アレクサンドリアがわずかに身を引き、サファイア色の瞳が急に燃えあがった。「片がつく？　片がつくですって？」彼がそんな言葉を使ったことが信じられず、彼女は鸚鵡返しに訊いた。いまはエイダンが地球上で最後の男性になろうとも結婚したくないという気持ちになっていた。「わたしはあなたになにかしてほしいとか、結婚の約束をしてほしいなんて思ってなかったわ。それに名誉を守ってほしいとも」

エイダンは急に静かになり、注意深くアレクサンドリアを観察していた。「わたしたちは究極の契約を交わしたんだ、アレクサンドリア。永遠にライフメイトとなったんだから。きみとわたしはずっと一緒だ、一緒に陽光のなかに踏みだそうと決めるその日まで。しかし、空想好きで愚かなきみのボスはそういう絆を尊重しないだろう。理解すらできないにちがいない。だが、人間界の結婚という儀式は理解する」

「わたしだって、このライフメイトとかいうものについては理解できてはいないわ。でも、トーマスと同じく、結婚の誓いは理解している。あなたはプロポーズもしなかった。わたしが信じている制度を尊重する気もない。あなたの態度はひどく侮辱的よ、エイダン」傷ついたことを隠そうと努力したが、感情が顔に出やすいたちであるうえに、目に涙がこみあげているので、たとえ彼が心を読めなかったとしても、わかってしまっただろう。

エイダンは悲しげに首を振った。「わたしたちはすべてを分かち合っている。思考も含めて。わたしは意図せずにきみを傷つけた。本当にそんなつもりはなかったんだ」

アレクサンドリアは立ちあがった。肌から湯がざっと流れ落ちる。「考えていることはおたがいのぞけても、理解し合えてはいないようね」タオルをつかみ、それを体に巻きつける。目は絶対にエイダンを見ようとしなかった。

「いや、わかっていると思う。きみは人間のやり方で結婚を申しこまれたかったんだ」エイダンは手を伸ばし、アレクサンドリアの足首をつかんで鋼の万力さながら、彼女を動けなくした。

その奇妙に親密な行為に、アレクサンドリアの血管を炎が駆けめぐった。エイダンにほんの少し触れられただけで、少し見つめられただけで、体がとろけそうになってしまうのが癪だった。ふたりのあいだに電気がみなぎり、エイダンの目に渇望が宿ったのが見てとれた。

アレクサンドリアは首を横に振った。「やめて、エイダン。これは大事なことよ。好きなときにわたしを傷つけて、そのあとこちらがなにも考えられなくなるまでセックスすればいいって話じゃないわ」

エイダンの表情が即座に変わった。彼が唐突に立ちあがったので、その大きさに脅威を覚え、アレクサンドリアはあとずさりした。「やめてくれ、カーラ・ミア」彼の声は愛撫のようでもあり、懇願でもあった。「わたしを恐れたりしないでくれ。わたしはわざときみを傷

深く強い絆で結びつけるような真似はしない。わたしたちは一心同体なんだ。ずっとたした。もうわかっていると思っていた。きみは一生わたしから逃れられない。きみは結婚の儀式によるよりも、ずっと深く強い絆で結びつけられたのだから。ただし、きみは結婚の儀式を大切に考えるだろうという点を、わたしは考慮すべきだった。わたしは勝手に決めつけてしまった。きみはもうカルパチアンになったのだから、わたしたちはすでに〝結婚している〟、死ぬまでひとつに結ばれたのだと理解しているものと。誓いの言葉を唱えた時点でそうなっていたんだ。わたしたちが血を、心を、体と魂を分かち合ったとき、儀式は完了した。しかし、ふたりをけっして離れられなくしたのは誓いの言葉だ。あれがわが一族の〝結婚式〟なんだ」

彼はアレクサンドリアの硬くこわばった抵抗する体に腕をまわした。「勝手な思いこみを許してくれ、カーラ・ミア。きみにとって大切なことだからこそ、わたしが人間式の挙式もしたいと思っていることをわかってほしい」

魅惑的な声がアレクサンドリアの怒りを、最初からなかったかのように洗い流していく。彼女はエイダンにもたれ、安らぎを求めて体を押しつけた。「この人生が怖くてしかたがないの、エイダン。わたし、できるだけ多くのことをふつうに、あるいは以前と近い形にしたいのよ。単純でわたしが慣れ親しんできた形に。そのほうがうまく対処できると思うの」

「ピッコラ」エイダンは彼女の頰にそっと触れながら、からかうように言った。「カルパチアンの男はライフメイトにプロポーズはしない。ただ娶るだけだ。でも、正式にプロポーズしようか？」

アレクサンドリアは彼の胸に顔をこすりつけた。「そうしてくれたら、すごくうれしいわ」

「それなら、ちゃんとやろう」エイダンは柔らかな声で言い、彼女の手を取ってひざまずいた。「アレクサンドリア、わたしのただひとり愛する女《ひと》、あすの朝、わたしと結婚してくれるか？」

「ええ、エイダン」アレクサンドリアは取り澄まして答えた。だが、つぎの瞬間、つい笑いだしてしまった。「でも、わたしたち、血液検査を受けなきゃならないのよ。すぐ結婚とはいかないわ」

　エイダンは立ちあがった。

「きみはわれわれが持つ、人の心を操作する力を忘れているな。わたしたちはあすの朝、結婚する。さあ、服を着てくれ。きみにはまたすっかりかきたてられてしまう」両手を下へとさまよわせ、アレクサンドリアのヒップを愛撫した。

　彼女は少し困ったような顔をしてほほえんだ。「あなたって男性優越主義的な考え方をするから、わたし、これからものすごく苦労させられそう。違う？」

　エイダンは笑った。「こちらはきみが独立心旺盛だから、わたしがものすごく苦労させられると考えていたんだが」

　アレクサンドリアは顎を突きだした。「譲歩って言葉、聞いたことあるでしょ？　意味はわかってるわよね」

　エイダンは考えこむふりをして、返事をするのに時間をかけた。「わたしの理解だと、譲歩、というのは、わたしが命令したらきみがすぐに従う、という意味だ。だいたい合ってるかな？」

アレクサンドリアは彼の厚い胸板をぐいと押した。「勝手に期待してらっしゃい、ミスター・サヴィジ。そんなことには絶対にならないから」

エイダンは彼女の腕を両脇におろさせ、頭のてっぺんに鼻をこすりつけた。「ようすを見ようじゃないか、マイラブ。ようすを見よう」

笑いながら、アレクサンドリアは体を離して服に手を伸ばした。空が明るくなりはじめていて、それとともに、このごろ感じるようになった猛烈な倦怠感が襲ってきた。ジョシュアのところへ行き、ごくふつうの朝を一緒に過ごしたい。弟に服を着せ、朝食を食べさせ、登校するまで一緒にいたい。

エイダンは彼女が出ていくにまかせ、できるかぎりふつうに過ごすという幻想にも口を出さなかった。幸せそうなアレクサンドリアを見るのが好きだったし、ヴァンパイアの露骨な挑戦にいやな予感がしていた。敵がなにかたくらんでいるのは間違いない。この街に来て人々を脅かし、警察を翻弄していた一団の最後のひとりだ。ばかではない。あんな挑戦をしてくるからには、こちらの強み弱みを研究しつくしているはずだ。いったいどういうことをたくらんでいるのか？

家のなかを静かに滑るように移動しながら、すべての入口、窓、さらにはこの家へと通じる小径も全部検めた。セイフガードがしっかりかかっている。彼が地下の寝所で眠っているあいだも、この家に侵入することは不可能だ。この家は襲撃できない。となれば、どこだ？　鍬《くわ》を使う音が聞こえ、そちらへ歩いていってみると、ステファンが広い庭にいた。落ち着かなかったり、疲れたりすると、彼は植木の手入れをする傾向がある。

エイダンに気づいたステファンは、鍬にもたれて主人の顔をまっすぐ見た。「あなたも感じるんですね。わたしはきのうよく眠れなかった」ステファンは母国語を使った。いまの彼の精神状態を判断する、もうひとつの目安でもある。

「きのうの夜、ヴァンパイアの唸り声が聞こえた。間違いなく復讐を求める声だった。彼らの計画がどんなものだったにしろ、わたしがその邪魔をした。残ったひとりはわたしを倒そうとしている。どうやって倒すつもりかはわからないが」

「わたしたちのひとりを利用してでしょうね」ステファンが悲しげに言った。「わたしたちはあなたのアキレス腱《けん》だ、エイダン。以前から。ヴァンパイアはマリーかジョシュア、あるいはわたしを使ってあなたを倒せる。そこを狙ってくるでしょう」

エイダンは眉をひそめた。「あるいはアレクサンドリアか。避けられない運命に、彼女がどういう反応を示すか心配だ」

「彼女はとても強い。とても勇敢だ。彼女なら大丈夫です。あなたは自分が選んだライフメイトを信じなければ」

エイダンはうなずいた。「わたしは彼女の心と頭のなかを読むことができる。しかし、なによりも彼女に幸せでいてほしいんだ」乾いた笑みを浮かべた。「何年も前、ミハイルを助けに戻ったときのことを憶えている。ミハイルは人間女性のライフメイトを見つけていた。彼女はとても意志が強かったから、ミハイルは彼女をもっとコントロールするべきだ、彼女を安全に保つためにも、つねに彼の言うことを聞くようにするべきだとわたしは思った。われわれは一族の女性をひとりでも失うわけにいかない――それは知ってのとおりだ。わたしからすると、彼女はとても奇異に、わが種族の女性とはあまりにかけ離れて見えた。よく知らないカルパチアンの男であるわたしのことも、まるで恐れなかった。わたしは、もし自分のライフメイトを見つけられたら、ミハイルのようにライフメイトの望みに屈したりするものかと誓った。ところがいま、アレクサンドリアの目に悲しみを見るのが耐えられなくなっている。アレクサンドリアが傷ついたり、わたしに怒りを感じたりしていると、つらくなる」

ステファンの顔に笑みが広がった。「あなたは恋に落ちたんですよ。それこそ、世の男たちが身を滅ぼす元です」

「暗黒の男と言われるグレゴリでさえ、彼を怖がっているという理由でライフメイトに自由を与えている。女性を幸せにすることと、安全に守ることのバランスはどうやって取ったらいいいんだ?」エイダンは声に出して悩んだ。

ステファンは肩をすくめた。「いまは現代ですからね。女性は自分の好きなように生きる。自分で決断を、それもたいていはわれわれ男の頭がおかしくなりそうになる決断をする。ようこそ、二十一世紀へ」

「アレクサンドリアは例のいかれたトーマス・アイヴァンと仕事をするつもりでいる。だが、わたしはあの男が彼女になにを求めているかを知っている」

「彼女が働きたいと言うなら、あなたは許すしかないでしょう」

金色の瞳がきらりと光った。「わたしには選択肢があるぞ、ステファン。とはいえ、いちばん無難なのは、アイヴァンとちょっとした心と心の会話をすることだろうな。あの男をわたしと同じものの見方をするよう変えられると思う」

ステファンは声をあげて笑った。「わたしもその才能が欲しいですよ、エイダン。仕事でなにか取り引きをするとき、役に立つにちがいありませんからね」

「きょうはジョシュアを学校に行かせるな。ヴァンパイアがあの子を通してわたしたちに攻撃をしかけてくるのは間違いない」

「賛成です。ジョシュアがいちばん無防備ですからね」

「ヴィニーとラスティをもう一度呼べ。これから数日、ふたりに警戒させるんだ」エイダンはサングラスを通して空を見あげた。「問題はきょう起きる」

ステファンが同意のしるしにうなずいた。「注意は怠りません。今回はわたしたちが築いてきたものをすべて燃やされたりしませんよ」彼の責任ではなかったにもかかわらず、ステファンは過去の惨事を恥じて目を落とした。

エイダンは彼の肩を叩いた。「あの日を生きのびられたのはきみのおかげだ。わたしも含めて」あの日エイダンは安全な地中にいたが、〝家族〟を失っていたら、打ちのめされたはずだった。何年も前になるが、ヴァンパイアが人間を利用して大火災を起こし、彼らを家のなかに閉じこめようとしたとき、彼は地中にいてなにもできなかったのだ。以来、セイフガードについての研究をさらに深め、自分の能力を強化してきた。二度と愛する者を助けられない状況に追いこまれてなるものか。

ジョシュアの笑い声が聞こえてきた。屈託のない柔らかな笑い声を耳にすると、エイダンの胸が温かくなった。少年はほかの誰とも異なる形で彼の心を動かす。生きる喜びに満ちていて、アレクサンドリアにそっくりだ。目の色も同じ美しい青色をしている。

「あの子には誰にも危害を加えさせません、わたしが生きているかぎり」ステファンがきっぱりと言った。

エイダンはくるりと背を向けた。彼をよく知るステファンに、いまの言葉にどれだけの恐怖を感じたか、知られたくなかったからだ。いかに多くの能力を持っていても、エイダンは陽光のなかでは無防備だった。ヴァンパイアは人間を操り人形や手先として利用して、昼間の彼の弱さにつけこむことができる。一族のほとんどができない、陽光のなかを歩きまわるという能力を身につけていても、昼間のエイダンにとって腕力を行使することは不可能だ。ステファンはもう若くない。ジョシュアを失いたくないのと同様、エイダンは昔からの友人を失いたくなかった。

ジョシュアが金髪をはずませ、笑いながらキッチンから飛びだしてきた。「助けて、エイダン、ぼく、追われてるんだ！」叫びつつ、エイダンたちのほうに走ってくる。

ステファンは賞に輝いたチューリップのまん前に立ち、エイダンは薔薇を守るために移動した。飛ぶように走るジョシュアを片手でつかまえると、肩に抱きあげた。「誰に追われてるんだ、ジョシュア？」わからないふりをして訊く。

「そのわんぱく小僧をかばわないで！」アレクサンドリアが走ってきた。ポニーテールが跳びはね、サファイア色の瞳がいたずらっぽく躍っている。「その小さなモンスターは、ベッドの下に信じられないものを隠していたのよ！」

ジョシュアはエイダンの首の後ろに隠れた。「走って、エイダン！　アレックスはくすぐってぼくにお仕置きをするつもりなんだ、間違いないよ」エイダンは言われたとおりにした。アレクサンドリアがついてくるのを知りながら、少年を抱いたまま車庫まで駆けた。

「ふん！」アレクサンドリアは言った。早朝の日が当たる危険な場所に出たことに気づいてもいない。「くすぐられるならいいと思ってるんでしょ。わたしのお仕置きはもっときびしいわよ」弟を脅した。「その子を下におろしてちょうだい、エイダン。引っぱたいてやるから」

ジョシュアはエイダンのふさふさした髪にしがみついた。「だめだよ！　エイダン、ぼくたち一致団結しなきゃ」

「どうかな」エイダンは思案するふりをして、弟をつかまえようとして跳びはねるアレクサンドリアからジョシュアを守るため身をよじり、ステファンにウィンクした。「お姉さんはすごく怒っているようだぞ。わたしはいまみたいに追いかけられたくない」本気でジョシュアを姉に渡そうと考えているみたいに少し体を動かした。

アレクサンドリアはいたずらっぽく笑いながら、弟をつかまえようとするようにジャンプした。ぎりぎりのところで、エイダンがアレクサンドリアからジョシュアを守るために体の向きを変えた。ジョシュアはますます固くエイダンにしがみつき、驚いたような悲鳴をあげた。

「ぼく、話しちゃうよ！」ジョシュアが叫んだ。「助けてくれなかったら、エイダンも一緒にお仕置きだからね！」瞳がいたずらっぽくきらきらと輝いている。

アレクサンドリアが動きを止めてエイダンをにらんだ。「あなたもこの裏切り行為に加担してるの？」

エイダンは空とぼけた。「なんの話かわからないな」目が笑っていて、それが嘘であることはひと目でわかった。「アレクサンドリア、人は自分が助かるためなら、どんなことでも言うものだろう」

「へん！」ジョシュアが鼻を鳴らした。「ステファン、アレックスに話してよ。全部エイダンのアイディアだったって。だからステファンも手伝ってくれたんだろう？」

アレクサンドリアはステファンのほうを向き、非難を込めて見た。「あなたもなの？　このあからさまな命令無視にあなたも一枚嚙んでいたわけ？」腰に手を置く。「あれは間違いなく命令だったのよ」

そろって頭をうなだれた男三人は小さないたずらっ子にしか見えなかった。「すまない、カーラ・ミア」エイダンはその広い肩で責めをまっすぐに受けとめた。「あの小さな動物があんまりかわいかったから」

「小さなですって？　あれをあなたは小さいと呼ぶの？　ヘラジカみたいに大きいじゃない！」

　ステファンが胸を張った。「いや、アレクサンドリア、エイダンの責任じゃないんだ。わたしがあの小さいやつを見つけて、ジョシュアがあんまりうれしそうな顔をしたもんだから、どうしても手に入れずにいられなかったんだ」

「小さい？　わたしたち、同じ動物の話をしてるのかしら？　あの犬は小さくなんてないわ。巨大よ。ふたりとも、あの犬の足の大きさを見た？　わたしの顔より大きいわよ！」

　ジョシュアが大笑いした。「ありえないよ、アレックス。あいつは本当にかわいいんだ。飼わせてくれるよね？　飼わせてくれなきゃやだよ。ステファンが、あいつはきっといい番犬になるって。ぼくがちゃんとかわいがれば、ぼくの面倒を見て、いい友だちになってくれるって」

「それまでのあいだ、毎日馬みたいにいっぱい食べるでしょうね」アレクサンドリアは髪をかきあげた。笑顔が薄れる。「どうかしら、ジョシュ。わたしはふたり分の生活費を稼ぐのがやっとなの。そこへあんな犬となると」

　エイダンがジョシュアを下におろし、アレクサンドリアの腰に腕をまわした。「忘れたのか、カーラ・ミア？　きみはわたしと結婚すると約束したじゃないか。あの犬の餌代はわたしが出せると思うぞ」

「それ、本当、エイダン？」ジョシュアが跳びはねながら叫んだ。「本当だよね？　アレックスと本当に結婚するの？　ぼく、あの犬を飼ってもいいよね？」

「あなたは犬を飼うためにわたしを売るわけ？」アレクサンドリアはふざけてジョシュアの首をつかんだ。

「犬を飼うためだけじゃないよ、アレックス。このすてきな家とステファンとマリーも一緒だもの。それにアレックスは、あのウドの大木のために働かなくたってよくなるんだよ」

「ウドの大木？」アレクサンドリアはゆっくりと振り向き、青い瞳をきらりと光らせてエイダンを見た。「無邪気な幼い子の口から、どうしてそんなむずかしい言葉が出てきたのかしら？」

エイダンが思わずつりこまれそうなとぼけた笑顔を見せたが、アレクサンドリアは笑いがこみあげてくるのではなく、全身がかっと熱くなった。「あなたって本当に手に負えない男《ひと》だわ」と彼を責めた。

エイダンは彼女の顔を大きな手で包むと、確固たる目的を持ってゆっくり顔を寄せた。

「それはうれしい」そう囁いてから唇を重ねて、アレクサンドリアを彼とふたりだけの秘密の世界へと連れ去った。

しかし、アレクサンドリアはすぐに自分たちがふたりきりではないことを思いださせられた。

「うっわー」ジョシュアがわざとらしい囁き声で言った。「信じられないよね、ステファン？」

「こんなシーンは見たことないね」ステファンも同意した。

17

太陽が異常に大きく、奇妙に赤く輝いている。風はほとんどなく、雲もなく、海は凪《な》いで海面がまるでガラスのように見える。地中で心臓が鼓動を打ちはじめた。エイダンの秘密の寝所で土がうごめき、渦巻き、続いて間歇泉《かんけつせん》のように噴きだした。

エイダンはたくましい体をぐったりと横たえていた。となりには死んだように動かないアレクサンドリアが横たわっている。エイダンの目がぱっとひらいた。眠りを邪魔されたせいで、目の奥底に憤怒《ふんぬ》が燃えている。この平和な午後、家の外、どこか近くに、明るい陽光のなかに邪悪な者がひそんでいる。

深く息を吸って目を閉じ、彼は胸の前で腕を組んだ。みずからの肉体を抜けだして宙に漂いでる。完全に実体をなくすにはたいへんな集中力がいった。寝所の上へと向かい、はねあげ戸を通り抜ける。固体を通り抜けるときは空間の認識が狂ったり、原子や分子がねじれる奇妙な感覚に襲われたりする。エイダンは精神に衝撃を受けた。これは何度も試したことがあるが、心と体を完全に分離させるのはむずかしい。シェイプシフトするときは、姿形は変わっても、肉体は彼とともにある。心と魂だけになると、感覚が変わる。耳がなくなるので、音が妙に歪んで聞こえる。それに実際にはなんにも触れられなくなる。触れようと思ってもすっと通り抜けてしまうのはいささか気持ちが悪い。胃がないだけに、吐き気を覚えるとますます変な感じがする。

しかし、百パーセント意識を集中したままでいることが必要不可欠だった。望まぬ感覚に気をそらされてはならない。彼は地下深くを走る岩のトンネルを進んでいった。いつもは肩が壁にこすれそうになり、狭くてしかたがないと感じるが、肉体がないと、ものすごく広い場所に思えた。これもまた感覚の歪曲《わいきょく》だ。

地下室に通じるドアを通り抜けた。地中深くにいた彼を目覚めさせた、不快で邪悪な敵の悪臭が早くも空気を満たしている。

地下室からキッチンにはいると、歪んだ振動と音がはずみながら彼を通り抜けていった。ジョシュアの笑い声、音楽的なマリーの声、ステファンの低いバリトンの声。三人がまだ安全だとわかって、いくらか安心した。空中にいるのがなにものであれ、彼の愛する人間たちを狙っているのがなにものであれ、まだこの家のセイフガードは破られていない。

大きな窓から日がさんさんと降りそそいでいて、エイダンはとっさに日射しから遠ざかった。目もなければ、焼ける肌もなかったが、それでも身をよじりたくなるような苦痛に襲われた。ありとあらゆる生存本能が、燃える太陽から遠く離れた、安全でひんやりとした土のなかに戻るよう叫んでいたが、邪悪な敵の臭気がエイダンを前へと進ませた。

何世紀にもわたって、彼は一族の大半よりも人間に近いところで暮らしてきた。それでも、人間たちの危険を感知する力の弱さにはいまだに驚かされる。あるいは感知しても、まったく無視してしまうのだ。空中には臭気が満ち、豊饒《ほうじょう》な土を通り抜けて彼の深い眠りを妨げるほどに不穏な空気が漂っているのに、マリーはリビングルームで歌いながらエイダンの翡《ひ》翠《すい》コレクションの埃を払い、ステファンは広々したガレージで鼻歌を口ずさみながら車のエンジンの手入れをしている。エイダンはステファンに呼びかけ、警告したかった。しかし、肉体から離れているときはエネルギーを消耗するのでやめておいた。ガレージを移動し、キッチンにいるジョシュアを目標に定め、家のなかに戻る。

アレクサンドリアとエイダンのふたりを狙う敵が、少年を標的にするのは間違いない。すばやく移動するエイダンから、明るい陽光がエネルギーを奪っていく。心は強い日射しにたじろいだが、無理やり光のなかをジョシュアのところへと急いだ。

ジョシュアは子犬と遊んでいた。目がくるくると躍り、金色の巻き毛が跳びはね、はしゃいだ少年を絵に描いたようだ。生死にかかわる危険が迫っているとは思ってもいない。

犬が戸口へと走り、小さな声で哀れっぽく鳴いた。ジョシュアはあたりを見まわし、ステファンとマリーがいないことを確かめた。外には絶対出てはならないと言いわたされていたからだ。子犬にリードをつけ、ジョシュアはドアをあけて庭に走りでた。

熱い日光がエイダンの魂を貫いた。串刺しにされ、あぶられ、焼かれるように感じる。それでも苦痛を押して少年を追いかけた。

「おいで、バロン」ジョシュアは犬に言った。「急げ」もう一度あたりを見まわし、ほかに誰もいないことを確認する。「バロンなんて退屈な名前だけど、ステファンがどうしてもこの名前がいいって言うんだ。おまえが気高い犬になるからって。気高いってどういう意味か知らないけど。あとでアレクサンドリアに訊いてみるよ。アレックスはなんでも知ってるからね。ぼくはおまえをアレックスって名前にしたかったんだ。そうしたらアレックスは笑っただろうな」

「ジョシュア！」ヴィニー・デル・マルコが現われた。腕を組み、いかめしい顔をしていて、大柄な体には迫力がある。「外に出ちゃだめだって言われただろう？　兵隊だったら、もっと小さな違反をしただけで軍法会議にかけられるぞ」

いまや例の臭気が空気に充ち満ちていた。高い塀に囲まれ、警報装置がフル装備された家の庭で、ヴィニーは少年をからかいながら安全だと思っている。危険が間近に迫っていることをまるで感知していない。彼は体を折って子犬の耳の後ろを掻いた。

一陣の風、音、動き。なにとはわからないものが塀を跳び越えてきて、エイダンを突き飛ばした。毛皮におおわれ、筋肉の盛りあがった獣《けもの》がヴィニーの胸に飛びつき、口を大きくあけて喉にかぶりつく。

「走れ、ジョシュア！　なかにはいれ！」ヴィニーが叫んだつぎの瞬間、けだものが肉と腱を引き裂いた。血が噴きだし、その場に動けなくなっていたジョシュアと子犬の上に降りそそぐ。

少年は醜悪な光景を目の当たりにして、小さく祈るように囁いた。「アレクサンドリア」

けだものがもう一匹壁を跳び越えてきて、牙から涎を垂らしつつヴィニーの脚に嚙みついた。けだものが大きな頭をぐいとねじると、骨が音を立てて砕け、ヴィニーの悲鳴があたりに響きわたった。ラスティが銃を片手に家の角を曲がって突進してきたが、ジョシュアが射線にはいって発砲できなかった。三匹目のけだものが塀を跳び越えてきて、彼の後ろから襲いかかり、肩にがぶりと歯を立てた。

ステファンが走ってくるのが聞こえたが、ヴァンパイアの罠は周到だった。けだものは捨て駒だ。ステファンはボディガードふたりを助けるために獰猛な獣を撃ったが、そのときにはヴァンパイアの操り人形と化したひとりの人間が塀を乗り越えていて、怯える子どもを抱きあげ、ふたたび塀の向こうへと姿を消した。銃声が空気を震わせ、ステファンは妻に大声で叫んだ。

「救急車を呼べ、マリー。そのあとすぐにここに戻ってきてくれ！　手が必要だ！」ステファンはヴィニーの横にひざまずき、いちばん深刻な傷をふさごうとした。血がどくどくと流れだし、地面に吸いこまれていく。

「ジョシュア！　ジョシュアはどこ？」夫の横に来ると、マリーが叫んだ。

「いない」ステファンは陰鬱に答えた。「連れ去られた」

エイダンは人間とジョシュアのあとを追ったので、マリーのむせび泣きの声は背後に遠ざかっていった。ジョシュアを車のトランクに投げこむと、操り人形はヴァンパイアによって催眠術をかけられた人間独特の、ぎくしゃくした動きで運転席へと歩いていった。エイダンはあいていた窓から流れるように車内にはいり、宙に漂ったが、操り人形は彼の存在に気がつかなかった。昼間、地中にもぐっているヴァンパイアにこの襲撃を指揮することは不可能だ。しかし、安全なねぐらに隠れる前に、手先の心に指示を植えつけることはできたはずだ。

車は曲がりくねった道を飛ばしていく。運転手は涎を垂らしながら、操り人形特有のうつろな目で前方を凝視している。

エイダンはその忌まわしい男から離れてトランクにはいった。ジョシュアは呆然として横たわっていた。顔の左側が腫れあがり、目はすでに片方があざになりはじめている。涙が顎へと流れているが、泣き声はあげていない。

少年とコンタクトするために持てるかぎりの力をかき集めて、エイダンは集中した。ジョシュア、わたしがここに一緒にいる。わたしはこれからきみを眠らせる。わたしが迎えにくるまで眠りつづけるんだ。わたしが〝アレクサンドリアにきみの青い目を見せておやり〟と言うのが聞こえたら、目を覚ましても安全だという合図だ。そうしたら、目を覚ましていい。

心を重ねると体力を消耗するし、昼間のこのつらい時間帯は特にエネルギーが欠乏している。さらに、今回はグレゴリから教えられたもっとも複雑で危険なまじないをかける必要があった。エイダンがジョシュアを助けに戻るより先にヴァンパイアが目覚めたとしても、まじないを解くのに時間がかかるように。ジョシュアが危害を加えられたり、さらなるトラウマを負ったりすることがないように。

車は北へ、山地へと向かっていた。グレゴリの新しい住処《すみか》があるのと同じ方角だという考えがひとりでに湧いてきた。

グレゴリのはずがない。そんなことは信じられない、とエイダンは自分に言い聞かせた。グレゴリがこの近辺にいることをヴァンパイアが知らなかっただけだ。あれだけの力があるのだから、グレゴリだったらこんな卑怯《ひきょう》な手を使う必要などない。けだものたちも、言われたとおりに動く操り人形も、ジョシュアでさえ利用する必要はない。必死にそう信じながら、エイダンはまじないをかけた。ジョシュアに危害を加えようとした者をおびやかす古のまじないを。

それがすむと、彼は疲労困憊しきって休んだ。できることはすべてやった。ジョシュアの連れていかれる先がはっきりしたら、家へ帰らなければ。日がさんさんと照りつけるなかを移動することを考えると厭わしかった。彼らの種族にとって、あれほどつらいものはない。

操り人形が古ぼけて荒れたハンティングロッジの前に車を駐めた。材木が腐り、蔓や茂みがはびこっている。ヴァンパイアがすぐそばに、おそらくは腐りかけた床板の下にいるのがエイダンにはすぐにわかった。ヴァンパイアの見張り番の鼠が走りまわっている。みずからの意思を奪われた歩くマリオネット、ヴァンパイアの手先がトランクをあけ、シャツの前をつかんでジョシュアを引っぱりだそうとした。

防護のまじないのせいで、たちまち操り人形の腕から肩へと炎が走り、頭を包みこんだ。もはや生きているとは言えず、ただひとつの任務だけをプログラムされていた人形は、自分の肉体が焼けているにもかかわらず少年をつかもうとした。

ジョシュアが眠っていてよかったとエイダンは思った。鼻がなくてもすさまじく感じるほどの腐敗臭があたりに立ちこめた。まっ黒になった死骸が地面に倒れ、焦げた肉がぼろぼろと剝がれ落ちる。操り人形は低い泣き声のような振動音を発し、なかなか死ななかった。その醜悪な物体は、まだ少年を引っぱりだしてヴァンパイアのところへ連れていこうとがんばっている。ヴァンパイアのよこしまな計略のせいで、これほど苦しむ者が出たことをエイダンは悔やんだ。とはいえ、手先をできるだけ苦しませて楽しむのがヴァンパイアだ。最後の息が肺から吐きだされ、醜悪な物体が動かなくなると、エイダンはそれが本当に死んで、周囲の草木に引火するようなくすぶりが残っていないことを確認した。できることはやったと確信すると、強烈な日射しのなか、帰途に就くときが来た。

疲労困憊の極みに達していたので、家に着くまでには午後の大半を費やした。なんとかがんばり通せたのは、アレクサンドリアへの思いがあればこそだった。さらに、白く厚い霧が彼を包んでくれたのがありがたかった。

ようやく家に着くと、最後の力を振りしぼってアレクサンドリアのとなりの寝場所まで正確に戻った。肉体との再結合は彼の骨をたわませ、筋肉を収縮させ、大きく激しく震わせた。エネルギーを完全に使い果たした無防備な状態で、彼は死んだように横たわった。ひんやりとした土をかぶると、低いシュッという音とともに最後の息が肺から吐きだされた。

上階《うえ》では、ステファンが妻を慰めようとしながらふたりで身を寄せ合い、日没を、エイダンが目覚めるのを首を長くして待っていた。太陽はいつまでたっても沈まないかに思えたが、六時前になると、思いがけずゆっくりと濃い霧が流れてきた。ステファンは耐えがたい緊張が一部取り除かれた気がした。しかし、罪悪感は残った。

地中深くでエイダンが目を覚ました。全身の細胞が乾ききっていて、激しい渇望に襲われた。しかし、最初に頭に浮かんだのはグレゴリのことだった。答えはひとつしかない。グレゴリが手を貸してくれたのだ。彼なら地中にもぐっていても不穏な気配を感じとるだけの力がある。そこで、エイダンが疲れすぎて自分では霧を呼ぶことができなかったとき、彼が送ってくれたのだ。そして霧はここに残り、もうすぐ日没といういま、エイダンが敵に先駆けて行動を起こせるようにしてくれている。

何世紀ものあいだ、彼はグレゴリと同様に知は力なりと信じて、研究を続けてきた。しかし、グレゴリが持つ能力をすべて身につけられてはいない。大地のなかで眠っているとき、彼では肉体を持たない存在を感知できなかっただろう。グレゴリはそれができただけでなく、エイダンを助けるために霧を送ってくれた。エイダンはわれ知らずほほえんでいた。ジョシュアをさらったヴァンパイアはグレゴリではない。

アレクサンドリアの顔を見おろすと、エイダンは彼女の髪に指をくぐらせ、それからふたりそろって地下の寝所へと浮上した。アレクサンドリアはいつもベッドで寝起きをする。しかし、ヴァンパイアがこの街を跳梁《ちょうりょう》しているあいだ、エイダンは毎日彼女を癒しの土のなかへ連れていくことにしていた。彼女が存在を感知されない場所へと。

起きてくれ、ピッコラ。起きてきみのライフメイトを見るんだ。柔らかな声で囁いた。これから彼女が経験する苦しみを考えると、喉が詰まった。

アレクサンドリアが柔らかなため息をつくように最初の息をした。青い目がひらき、エイダンの目をひたと見すえる。たちまち彼女の温もりがエイダンを包み、冷えきった体にしみこんできた。彼女が愛情に溢れたやさしい笑みを浮かべたので、エイダンは魂を射られたような切なさを覚えた。

「どうしたの?」アレクサンドリアは片手をあげてエイダンの唇に指先を走らせた。「あなた、なにをしていたの? 顔色が悪いわ。糧を得ないと」

「アレクサンドリア」彼は彼女の名前を呼ぶことしかできなかった。

いつものように、彼女はエイダンを驚かせた。瞳の色が濃い青色へと暗くなったかと思うと、声が糸のように細くなり、体は身じろぎもしなくなった。「あの子は生きてるの?」エイダンがジョシュアを守りきれなかったことに対する非難や怒りは微塵も感じられない声だった。

彼女の視線を受けとめられず、エイダンは目を閉じ、無言でうなずいた。

アレクサンドリアは深く息を吸い、手のひらで彼の顎を愛撫した。「わたしを見て、エイダン」

「だめだ、アレクサンドリア。ジョシュアを無事にわたしたちの家へ、きみの腕のなかへ連れ戻すまでは」

「わたしは見てと言ったのよ」アレクサンドリアの指が彼の顎を持ちあげた。

言われたとおりにするしかなかった。彼女の寛容さと思いやりの深さ、やさしさにエイダンの心は引き裂かれそうだった。金色の瞳が彼女を見て燃えあがる。つぎの瞬間、アレクサンドリアがすばやく心を重ねてきたので、彼はなにも隠すことができなくなった――ボディガードをけだものが襲ったこと、ステファンとマリーの苦悩、ジョシュアの恐怖、エイダン自身の奮闘と陽光のなかでの惨苦、操り人形と化した人間が黒焦げになったこと。すべてが醜悪な詳細までアレクサンドリアの目の前に明らかにされた。ジョシュアが彼女の名前を囁くのが聞こえたとき、アレクサンドリアは短く声を漏らした。

彼女の悲しみがあまりに深かったので、エイダンのなかで悪魔が頭をもたげて体を駆けめぐり、主導権を握った。喉の奥から殺気を含んだいらだたしげな声がゆっくりと漏れた。金色の瞳が危険な光を放つ。「どうしてこんなことができるんだ?」彼の声も表情に劣らず攻撃的だった。「わたしを表に引きずりだすために、あの子を利用するなんて」

「なにも言わないで、エイダン」アレクサンドリアが彼の口に指を置いた。「自分を責めたりしないで。さあ、来て。ジョシュアを取り戻すために必要なだけ糧を得て」着ているシルクのシャツをゆっくりと押し広げ、細い腕を彼の首にまわして頭を胸へと引き寄せる。

「わたしは狩りをして糧を得る。きみはきみ自身が糧を必要としている」歯を食いしばり、エイダンは激しい渇望をこらえた。

アレクサンドリアが彼の肌に胸のふくらみをこすらせた。「あなたは顔色が悪いし、弱っている。あなたを助けるのはわたしの義務であり、権利でしょう？　あなたのライフメイトなんだから」手が彼の首をマッサージし、唇が髪を、こめかみを撫でる。「わたしに与えさせて、エイダン。あなたを助けさせて」

彼はいらだちもあらわに悪態をついたが、内なる悪魔が血を、体力を求めていた。体は痛いほどに昂っている。みずからの弱さを呪いつつ、エイダンはアレクサンドリアの柔らかくて非の打ちどころがない肌に顔を寄せた。熱く、刺激的な味の血が彼を誘惑する。体に力がこもり、舌がアレクサンドリアの脈打つ血管の上を這った。

彼女は情熱と光を与えてくれる。楽園へと連れていってくれる。エイダンはアレクサンドリアの腰、細いウエスト、細い上半身をまさぐった。柔らかな胸のふくらみが彼の両手に包まれる。「カーラ・ミア」クリームのように柔らかな肌に囁きかけた。「愛している」

彼の舌が触れ、愛撫されると、アレクサンドリアの体に震えが走った。彼を抱く腕に力がこもる。**お願い、エイダン。いまして。**彼の髪に唇をうずめ、彼の心のなかで囁いた。**あなたにもう一度強くなってほしいの。あなたの苦しみを取り除きたい。**アレクサンドリアはエイダンが耐えがたい日射しのなかで過ごした時間を、彼女のために、ジョシュアのためにどれだけ苦しんだかを知っていた。彼に滋養を与えたい、溢れる愛情を示し、彼を助けたい。これほど強くなにかをしたいと思ったことは一度もない。

エイダンの歯が胸に突き立てられると、アレクサンドリアは声をあげて頭をのけぞらせ、体を弓なりにして彼に押しつけた。涙がこみあげてきて、彼の頭をやさしく抱く。彼は苦しくなるほどやさしい。この世でいちばん大切な宝物のように愛情と思いやりを込めて抱いてくれる。アレクサンドリアは彼の体力がみなぎり、自分の体力が失われていくのを感じた。最初は彼の心、つぎに心臓の鼓動、筋肉と腱に力が満ちた。エイダンにこんなふうに力を与えることができるなんてすばらしく幸せだった。彼の舌が傷口を舐めて閉じると、全身がこわばって抵抗した。

エイダンはアレクサンドリアを抱き寄せた。「もう充分だ」彼女の髪を撫でる。「もう行かなければならない。きみはステファンとマリーの気持ちを静めてくれ。ステファンはいつも自分を責めるんだ、ヴァンパイアの手下を自分が止められないと」

「わたしも一緒に行くわ」アレクサンドリアは彼の腕をつかんだ。「ヴァンパイアが手にいれたいのはわたしよ。どうやって彼を見つけたらいいの？　どうすればいいか教えて、エイダン。ジョシュアを取り返すためならなんでもするわ。なんでも」目には涙が浮かんでいるが、顎は勇敢に突きだされている。彼女はふたたび悪夢を見ていた。幼いジョシュアが冷酷なヴァンパイアにつかまってしまったのだ。

「あの子はわたしが取り返してくる」エイダンが静かな声で約束した。

「いいえ、わたしはあなたたちのどちらも失いたくないの。ヴァンパイアの狙いはわたし。わたしが行くわ。ジョシュアとわたしを交換してくれるかどうかやってみる」彼女はなりふりかまわずに言った。「これはステファンの責任でもあなたの責任でもない。わたしが彼のところへ行くわ」

エイダンは無表情な顔で彼女を見おろした。「そんな危険な真似をすることは許さない。これはわたしの戦いだ」

「どうしてそんなことが言えるの？　ジョシュアはわたしにとってすべてなのよ。あの子はわたしの弟、ただひとり残された家族なの。わたしにはあの子を守る権利がある」

エイダンはやさしい手つきで彼女の髪を後ろに撫でつけた。「ジョシュアはわたしにとっても弟だし、家族だ。きみはわたしのライフメイトなんだから。この問題を誰が片づけるか、それについては疑問の余地なしだ、カーラ・ミア。きみはここに留まって、わたしの言うとおりにしてくれ。これに関しては反論は受けつけない」

黒いベルベットを思わせる彼の声はやさしく、いつもならアレクサンドリアは心臓がひっくり返っただろう。でも今回は、彼の魅力に負けるわけにいかなかった。顎を突きだして言った。「いいえ、エイダン、わたしも一緒に行く。わたしたちのうちひとりしか助からないとしたら、ジョシュアを助けないと」

かぶりを振りながらも、エイダンは彼女を愛撫するような目で見た。「わたしの言うとおりにすると約束してくれ。さもなければ、わたしが戻るまできみを眠らせる。カルパチアン式の眠りのなかにいたら、万が一わたしが助けを必要としてもきみは助けられないぞ。もう行かなければ。わたしたちは貴重な時間を浪費している。グレゴリが自分自身の体力を大幅に犠牲にして作ってくれた貴重な時間を」唇をアレクサンドリアと軽く触れ合わせた。「どうする？　わたしが戻るまで眠るか、ここに残って、万が一の場合にわたしを助けられるよう目を覚ましているか？」

アレクサンドリアは彼から身を離したが、従うしるしにうなずいた。「選択の余地はないみたいね、エイダン。行って。でも、気をつけて。さもないと、人間女性が死にものぐるいになったらどんなことをするか知ることになるわよ」

「元人間女性だ」彼は言いなおした。

と思ったら、姿を消していた。あっという間に。たったいまここに実体があったと思ったら、つぎの瞬間には虹色の光となって狭い岩のトンネルを、霧がかかった空へと流れていってしまっていた。

しばらくのあいだ、アレクサンドリアはこぶしに握った両手を膝に置いて座っていた。エイダンなら大丈夫。きっと。そしてジョシュアをわたしのもとに連れて帰ってきてくれる。そう信じずにいられないから信じた。立ちあがろうとすると、脚に力がはいらず、ふらふらした。ジーンズをはくのもひと苦労だった。エイダンと愛を交わしたのがついきのうの夜で、彼はいまモンスターとの戦いに向かっているなんて信じられない。

壁に手をつきながら、ゆっくりとトンネルをのぼり、キッチンに出る扉を震える手であけた。マリーの静かなすすり泣きと、彼女を慰めようとするステファンの低い声が聞こえてきた。

ふたりはリビングルームのソファに座っていて、マリーがステファンの肩に頭をもたせかけ、ステファンが妻の体に腕をまわしていた。どちらもいつもより年とって見えた。アレクサンドリアはソファの前にひざまずき、ふたりのつながれた手に手を重ねた。「エイダンがジョシュアを連れて帰ってくれるわ。あの子の居場所を知っていて、守るためにまじないをかけてくれてるの。近くにもうひとりヴァンパイア・ハンターがいて、必要になったら、エイダンを助けにきてくれるはずよ」彼女の声は低く、説得力があった。「わたしはエイダンを信じてるわ。あなたたちも信じて。今夜、ふたりは無事に帰ってくると」

新たな自分の新たな力が体を駆けめぐるのを感じた。体が弱り、顔色が悪く、糧を得る必要があるにもかかわらず、アレクサンドリアは力を感じた。わたしは心が強いし、以前は夢にも思わなかった能力を手にした。これをよいことに利用できる。たとえば、こうして忠実なマリーとステファンの苦しみをやわらげてあげたり。ステファンとマリーはジョシュアを愛するようになり、あの子が誘拐されたのは自分たちにも責任があると考えている。

ステファンの大柄な体が震えた。「すまない、アレクサンドリア。期待を裏切ってしまって。襲撃はまったく予想外だったが、わたしがジョシュアと一緒にいればよかった。あの子をわたしのかたわらに置いていれば」

「家にいるあいだは安全だと思ったのに」マリーが小さくうめき、エプロンを持ちあげて顔をおおった。

アレクサンドリアはマリーにエプロンをおろさせ、ふたりの体に細い腕をまわした。ふたりの体を血が流れる音が聞こえた。滋養に満ちたにおいにそそられたが、いまでは自分をコントロールできること、自分を信用できることがわかっていた。「誰が悪いわけでもないわ、マリー。あなたもステファンも悪くない。今度のことはみんなで、家族として乗り越えましょう。あなたたちふたりとエイダンとジョシュア、わたしで」

ステファンが彼女の髪に触れた。「それは本心かね、アレクサンドリア？　本当にそう思っているのかね？」

アレクサンドリアはうなずいた。「ジョシュアはわたしたちみんなのものよ。わたしひとりのものにしておこうとしたのは間違いだったわ。あの子が危険な目にあったら、みんなが責任を感じる。エイダンは責任を感じてる。わたしの期待に応えられなかったと考えて。わたしも責任を感じてるわ。すべての発端はわたしにあるはずだから。あなたたちも感じてる。ジョシュアはまだ子どもで、あなたたちが命じたとおりにしなかったから。起きたことは起きたこと。エイダンがあの子を連れて帰ってくれるわ」絶対的な確信を込めて言った。

ステファンが力のない目でアレクサンドリアを見た。「もし……もしもうまくいかなかった場合は？」

アレクサンドリアは胸のまんなかを殴られたように感じたが、反応を外に出さなかった。サファイア色の目で彼の目をまっすぐ見た。「そのときは一緒に考えましょう」

きみを悲しませはしないよ、カーラ・ミア。

エイダンの声が脳裏に響き、彼女にいくらかの安らぎをもたらしてくれた。**いまはわたしのことは考えないで、エイダン。気をつけて。わたしの力が必要になったら、わたしはここ**

であなたと心を重ねてるから。それに空を監視するつもりでいた。ヴァンパイアが罠をしかけていたら、見つけられるように。エイダンひとりに戦わせはしない。なにかあった場合は、これまで彼が何世紀もしてきたようにひとりで重荷を背負わせたりしない。わたしも一緒に背負う。

「ひどく弱っているね、アレクサンドリア」ステファンが低い声で言った。「エイダンに力を貸すつもりなら、力をつける必要が……」彼は途中で言葉を切った。

ここでようやく、アレクサンドリアの顔に笑みが戻った。「大丈夫よ、ステファン。わたし、また外に飛びだすほどばかじゃないから」

「わたしは喜んで志願するよ」ステファンは協力を申しでた。

脳裏で憤怒が逆巻くよりも先に、彼女は首を横に振っていた。エイダンがステファンの志願に抵抗を示したのは、彼に仕えてくれる者の血は飲まないと誓っているからというより、嫉妬したからだった。エイダンの嫉妬についてはまたあとでじっくり考えることにした。

「あなたの申し出は受けられないけど、でもありがとう、ステファン」

「エイダンは緊急時のために蓄えを用意している。以前、きみにも飲ませていた。それほどではないが、きっと助けにはなるはずだ」

アレクサンドリアはもう一度首を横に振った。「それもまだいいわ。どうしても必要になったら、もらうことにするけど。いまは、ほかの人、ボディガードたちについて教えて。エイダンがふたりの具合をとても心配しているの」彼がヴィニーとラスティについて案じているのを、脳裏から読みとっていたのだ。

「ヴィニーは重傷で、出血も大量だった。首だけで百針以上縫った。ラスティはもう少しましだったが、ふたりとも長期にわたって仕事を離れなければならなくなる」ステファンが答えた。「ふたりには可能なかぎり最高の医者がつくようにした。ヴィニーの場合は整形外科医も含めて。どちらにも、医療費はわれわれが負担し、失われた労働時間についてもたっぷり補償すると約束した」

アレクサンドリアはマリーの手をやさしく握った。「ふたりともありがとう。あなたたちがいてくれて、本当に助かるわ」ゆっくりと立ちあがるとリクライニングチェアに歩いていき、腰をおろした。膝を抱えて顎を載せる。目を閉じ、部屋が意識から遠ざかっていくのにまかせて、エイダンと完全に心を重ねた。そこが彼女のいたい場所、いるべき場所だった。

エイダンはグレゴリが呼んだ霧にしっかりと包まれている。暗黒の癒し手は自然を操る力がみごとだった。厚い霧のマントが日光を遮断してくれているおかげで、エイダンは不快感なく移動し、日没まで地下にいなければならないヴァンパイアに先んじることができていた。概して、エイダンの心から耐えがたい重圧は取り除かれていた。

アレクサンドリアは彼とともにいて、彼を、彼のすべてを受けいれていた。内なる獣《けもの》が自由を求めて唸り、主導権を得ようと必死になっている。でも、彼女は怯えて逃げだしたりしなかった。ヴァンパイアの捨てばちの挑戦やジョシュアが誘拐されたことについて、エイダンを責めもしなかった。ジョシュアと彼のことが心配だったが、取り乱してはいない。エイダンに言われたとおり、ステファンとマリーを慰めた。彼女はエイダンの真のパートナーとなりつつあった。

霧のなかを高速で移動しながら、エイダンもまた彼女を無条件に愛していることに気づいていた。こんなに情熱的で深みがある感情を抱くのは初めてだ。アレクサンドリアが心のとても奥深いところまではいりこんできていて、彼は完全に途方に暮れていた。どうしようもなく、恥知らずなほど恋している。どんなに想像をたくましくしても、ここまで幸せに感じることがあるとは思いもしなかった。すべてが計画どおりにいくよう、彼がヴァンパイアを倒すまでジョシュアにかけたセイフガードが持ちこたえてくれるよう、天に祈った。

夕日と競いながら急いだ。霧が稼がせてくれた時間をフルに活用しなければならない。空を、雲のあいだを流れるように飛んでいくと、驚いた鳥の群れが急激に方向転換して虹色の光から遠ざかっていった。眼下の木々が灰色の影を帯び、日没までほんのわずかであることを示していた。高い松の木の陰に建つ古ぼけたハンティングロッジを、エイダンはすでに視界にとらえていた。

18

エイダンにはヴァンパイアが目覚めた瞬間がわかった。土と石、黴の生えた材木が厚く濃い霧を破ってはじけ飛んだ。鼠が甲高い声で鳴きながら、腐った材木のあいだから逃げだす。ゴキブリが朽ちた床板の下からぞろぞろと這いだしてきて、まるで動くカーペットのように見えた。荒れ果てたロッジが震えたかと思うと、悪の化身が宙に飛びだしてきた。憎しみのこもった叫び声をあげ、おぞましい笑い声とともに、車とそこで待っている戦利品のもとへと急ぐ。

虹色の輝きがゆっくりと人の形を取りはじめ、白い霧のなかから長身でたくましいエイダンが歩みでた。

ヴァンパイアは車のトランクの上に身を乗りだし、眠っている子どもをつかもうとしていた。しかし、急に動きを止めて警戒したかと思うと、薄い唇のあいだから長く黄色い牙をのぞかせ、唸った。やせこけた首に支えられ、爬虫類のようにしわが寄った頭をゆっくり前後させる。トランクを、続いて地面の黒い焦げ跡を冷たい目で注意深く検めた。焦げた肉片の跡をたどる。長くいらだたしげな声とともにくさい息が口から漏れ、血走った目が、近づいてくるエイダンをとらえた。

あけ放たれたトランクと眠る子どもから、ヴァンパイアはあとずさりした。「おれがこんな安っぽい罠にはまると思ったのか、ハンターめ」舌打ちしながら言った。かつて美しかった声は堕落した魂のせいで耳障りな声に変わっていた。

エイダンは少し離れたところで立ち止まった。「わたしには罠をかける必要などないことをおたがい知っているだろう」彼の声があまりに澄んでいたため、ヴァンパイアは実際に耳が痛くなった。「どちらかと言えば、罠をかけるのはおまえの手口だ。幼い子どもを駒として利用するとは、堕落したものだな、ディエゴ。昔は立派な男だったのに」エイダンの声が一オクターブ低くなった。ヴァンパイアはエイダンの清らかな声を嫌いながらも、小波を思わせる調べに耳を傾けずにいられなかった。

「おい」ヴァンパイアはせせら笑った。「おれをそんな腑抜《ふぬ》けの名前で呼んで侮辱するのはやめろ。おまえはミハイルに洗脳されているんだ。何世紀にもわたってやつは嘘をつき、われわれを抑えこんできた。しかるべき力を奪い、一族を自滅へと向かわせている。目を覚ませ、ハンター。自分のしていることを見てみろ。おまえがしているのは仲間を殺すことだ」

「ディエゴ、おまえはわたしの仲間ではない。おまえは堕落して、自分よりも弱い者を襲うことを選んだ。女子ども、罪なき人間を。わたしはおまえとは違う」

ヴァンパイアが憎しみのこもった声を漏らして息を吞んだ。「おまえがそう言うのは簡単だな、おまえの女のにおいを体からぷんぷんさせながら」

「わたしはおまえよりも二百歳年上だ。まだライフメイトが現われず、闇のなかにいたときも、わたしはおまえと違い、自分の人生を楽にするために変異したりしなかった。自分の行動に対する責任から逃げるな。おまえがそこまで堕落したのは、ミハイルのせいでもライフメイトがいないせいでもない。おまえがいまの自分を選んだのだ」

薄い唇が横に引っぱられ、やせて血で汚れた歯茎があらわになった。白い肌がぴんと引き攣れて、ディエゴの顔は骸骨のような様相を呈していた。剃刀のように鋭い爪が生えた、ガリガリの手を持ちあげ、彼は車のトランクを指差した。「おまえは自分が強いから、おれになど倒されない、そう信じているんだろう。だが、こっちも力は身につけているんだぞ」

ジョシュアの身を案ずる気持ちを、エイダンは心の奥底に閉じこめ、隠していた。顔は無表情のまま、穏やかでさえあった。何匹もの蛇が車に這いのぼりはじめたとき、アレクサンドリアが息を呑んだのがわかった。エイダンは動きも声を発しもせず、ライフメイトを勇気づけようともしなかった。彼女が沈黙を守り、それまでと変わらず静かに彼を信頼してくれていることに誇りを感じた。

ヴァンパイアが幻を描きだしているとしたら、それは完璧な幻だった。身をくねらせる蛇は本当に生きているように見えた。しかし、ヴァンパイアはどうやってこんなにたくさんの蛇を一度に呼びだしたのか？　エイダンにはわからなかった。蛇に呼びかけ、追い払おうとしても、完全にヴァンパイアのしもべと化していてだめだった。最初の一匹が車のトランクのなかにするするとはいっていった。たちまち数匹がそのあとに続いた。うつろなぱさっという音のすぐあとにジュッという音が聞こえ、肉が焼けるにおいがあたりを満たし、蛇はつぎつぎに死んでいった。とうとうヴァンパイアが片手をあげた。残りの蛇がするすると地面に這い戻り、ヴァンパイアの足首に巻きついた。

「こんな子どもっぽいゲームはやめないか」エイダンは言った。「こっちへ来い、ディエゴ。昔の自分を思いだせ」彼の声はとても説得力があり、魅惑的だったので、ヴァンパイアはもう少しで前に足を踏みだしそうになった。

しかし、つぎの瞬間ディエゴは唸った。エイダンの声とは対照的に耳障りな声で。「おまえを殺し、この子どもを殺し、それからおまえの女を奪う」グロテスクな笑みを浮かべる。「おまえの犯した罪のために、女は長く大きな苦しみを味わうことになるだろう」

エイダンはどうでもいいというように肩をすくめた。「万が一、おまえがわたしを倒しても、わたしのライフメイトはわたしのあとを追うだろう。おまえの手に落ちる可能性はない。その子は安全だ。なぜなら、この近くにもうひとりハンターがいるからだ。わたしよりもずっと強力なハンターが。おまえにわたしは倒せない。彼を倒すことは誰にもできない」百パーセントの自信を持ち、悦に入った口調で言った。

ヴァンパイアがふたたび叫び声をあげた。彼らをふたりとも呑みこみそうなヒステリックな怒りの声だった。「グレゴリだな！　どうしてあいつがこの国にいる？　なんの権利があって？　それこそミハイルの偽善の証だ」ここでヴァンパイアの声が歓心を買おうとするように狡猾になった。「グレゴリはおまえとは違う。エイダン、おまえはフェアな男だ。道徳に沿って行動する。仲間を狩っているのは間違っているが、それでもそうすべきだと感じたからそうしているだけだろう」ヴァンパイアは周囲を見まわし、声を低くした。「グレゴリは冷酷な殺人者だ。良心の呵責を感じない。仲間から、間違いなく真実だという噂を聞いた。あの癒し手は掟で禁じられた殺しを犯したことがある。一族のなかでいちばんの善人のようなふりをしているが、実際はいちばんの悪人だ。ミハイルはやつの忌まわしい行為を容認している」

エイダンが修練を積んでいなければ、ヴァンパイアの奸智《かんち》に長《た》けた話しぶりに騙されていただろう。しかし、エイダンには縮んで頭骨に張りついている灰色の肌、長く黄色い爪のあいだで固まった血、やせた歯茎と目立ちすぎる牙が見えていた。なにより、トランクのなかに、小さく無防備な少年がヴァンパイアの復讐の道具として横たえられていることを知っていた。

「時間稼ぎをしているな、死せし者よ。なぜだ？　友人のふりをして、なにをたくらんでいる？」エイダンが言い終わらないうちに、蛇たちがおぞましいシュ－ッという音とともに身をくねらせながら彼のほうに向かってきた。

エイダンの足に近づくと、蛇は姿を変えた。淫らな女たちが先の割れた舌をちろちろと出しながら這ってくる。エイダンはいったん霧のなかに隠れてから、ヴァンパイアの背後に姿を現わした。きょろきょろしているディエゴに、この戦いを早く終わらせるはずの一撃をすばやく加えようとした。しかし、すんでのところでディエゴは跳びのき、彼の手下の半女半蛇が腹と手脚で這い進みながら毒液を吐きかけてきた。

幻に注意をそらされないで。ヴァンパイアから目を離しちゃだめ。向こうはあなたの隙を狙ってるわ。アレクサンドリアの柔らかく甘美な声が脳裏に響き、エイダンを混乱させる幻影の蜘蛛の巣を振り払ってくれた。

このヴァンパイアは高度な技術を持っている。あなたを倒せるほどじゃないわ。アレクサンドリアは彼を信頼しきっていた。エイダンは正直に言った。

地面を這う女たちが低く悲しげな声をあげると、風が巻き起こった。エイダンは気だるげで自信に満ちた笑みをヴァンパイアに向けた。「われわれのささやかな戦いにグレゴリを引っぱりだすつもりか？　思っていた以上に愚かな男だな。なにひとつ恐れるもののないわたしでも、ひとりを好むグレゴリの邪魔をしようとは思わない。こんな大騒ぎをしていたら、かならずやグレゴリが出てくるだろう」金色の瞳がヴァンパイアの生気のないうつろな目をひたと見すえた。「わたしは何年かグレゴリのそばで技を学んだ。それを知っていたか、ディエゴ？　グレゴリはなんでも冷静に無駄なく処理する。誰ひとり足もとにも及ばない。最期を迎えるとき、偉大な彼におまえのお粗末な技を使ってみるといいぞ」

ヴァンパイアの銃弾に似た形の頭がふたたび前後にリズミカルに揺れだした。彼が耳障りな声で呪文を唱えると、淫らな手下たちはうめきながら後ろにさがった。詠唱しつつ、ヴァンパイアが手を振ると、悲しげな声をあげている女たちがゆっくりとシェイプシフトして蛇に戻った。ごくふつうの無害なガーター蛇に。

ヴァンパイアはゆっくりと慎重に不気味なダンスを踊りはじめた。ゴキブリの硬い外皮を踏みつけながら、エイダンのまわりをまわる。頭は相変わらず前後に揺れ、牙が光り、涎を垂らしている。エイダンは冷静にヴァンパイアから目を離さなかった。音を立ててゴキブリを踏みつける足にも、左から近づいてくるガーター蛇にも注意をそらされまいとする。

あの蛇は無害じゃないわ、エイダン。アレクサンドリアの落ち着いた警告が聞こえた。**また彼が作りだした幻覚よ。あれはガーター蛇じゃない。ヴァンパイアが勝ち誇っているのが感じられるわ。**

エイダンは冷静さを保ち、踊るヴァンパイアから一瞬たりとも目を離さなかった。自分のほうへ滑るように進んでくる蛇は一顧だにしない。ヴァンパイアの動きには催眠作用があった。一連の奇妙なステップと動作は見る者の感覚を麻痺させ、心をとらえることを狙いとしていた。

蛇がエイダンからほんの数センチのところでとぐろを巻き、攻撃の準備を整えると、ヴァンパイアは踊るのをやめた。エイダンの目を食いいるように見つめ、彼を思いどおりに操ろうとする。つぎの瞬間、信じられないほどのスピードで、ヴァンパイアが全面攻撃をしかけてきた。蛇もエイダンの脚に毒牙を突き立てようと襲いかかってきた。しかし、エイダンはもはやそこにいなかった。攻撃を受けとめるために、敵よりもさらに速く跳びあがっていたのだ。彼はヴァンパイアの頭を両手でつかみ、ぐいとひねった。吐き気をもよおすようなボキッという音がして、ヴァンパイアが苦しげな叫び声をあげ、剃刀のような爪がエイダンの厚い胸を引っ掻いた。

鉤爪は深く食いこんで四本の赤い爪痕を残した。エイダンはすっとヴァンパイアから離れ、車のトランクの横に立った。危険を承知で、眠っている少年を一瞥する。ジョシュアが黒焦げになった蛇の死骸でおおわれている光景に動揺した。忌まわしく邪悪な物体をジョシュアからできるだけ遠くへ投げ捨ててやりたい。

エイダン、ヴァンパイアから目をそらさないで。アレクサンドリアが注意してきた。**彼はまだ危険よ。あなたを殺すために体勢を立てなおそうとしている。大丈夫？　傷が痛むのね。**

痛みはない。エイダンは短く答えると、ヴァンパイアに注意を戻した。

ディエゴの頭は片側にかしげ、苦痛の表情は歪んだ愛想笑いのように見えた。目には赤い炎が燃えている。ぜいぜい言っているが、エイダンは騙されなかった。油断は禁物だ。ヴァンパイアの赤い目、手のひらから血が出るほど食いこんでいる爪を見ればわかる。

「おれを静かに死なせてくれ、エイダン。おれはもうおしまいだ」ヴァンパイアは低い声で説得するように言った。「その子どもを連れて去れ。死に際して尊厳を持たせてくれ。おれは一族の者らしく、陽光のなかに出ていって死ぬことにする」

エイダンは微動だにしなかった。肩の力は抜け、両手は脇に垂れ、膝はかすかに曲がって、気だるげと言ってもいいほどリラックスして見える。金色の目はまばたきすらしない。捕食者らしく、ヴァンパイアの動きを見つめている。

ヴァンパイアが下品で不快ないらだちの表情を浮かべて急に罵りだした。「それならかかってこい」とエイダンに挑んだ。

エイダンはじっとしたまま、ただヴァンパイアを見つめていた。道を誤った者に同情はしない。そんなことをすれば、悲惨な結果を招くだけだ。ヴァンパイアはなにをしようが良心の呵責を感じない。エイダンとアレクサンドリアに言うことを聞かせるためにジョシュアを拷問し、そのあとはゴミのように捨てるだけだろう。ヴァンパイアには取り引きも議論も通じない。ハンターは辛抱強く待つしかなかった。

それほど長く待たずにすんだ。ヴァンパイアに忍耐力はない。シェイプシフトしながらエイダンに飛びかかってきた。グロテスクにかしいだ頭が前に伸びて厚みのあるコンパクトな鼻面になり、長く鋭い犬歯が突きだす。空中でサーベルタイガーが咆哮した。

エイダンはぎりぎりまで待った。長い犬歯と大型の虎の重量をよけるのは簡単だったが、近寄れば、強力な鉤爪で引っ掻かれるのは必至だった。あらゆる痛みに対して心を遮断し、アレクサンドリアが苦しみをともにすることがないよう、彼女とのコンタクトも切った。それから虎の折れた首に腕をまわし、鉤爪が届かない背中にまたがった。彼の力をもってしても、身悶え、咆哮する虎をコントロールするのはむずかしかった。

息の根を止めるためゆっくりと慎重に虎の首を絞めつけていく。虎は必死に脚をばたつかせ、背中を丸めてエイダンを振り落とそうとした。獰猛に歯を剝き、この世のものとも思えぬ高く長い鳴き声をあげる。エイダンはしぶとく持ちこたえ、手を下にやって胸の鼓動を探した。

あと少しというところで、ヴァンパイアが身をよじり、毒液のついた鉤爪をエイダンの首に深く突き立てた。ちょっとずれれば頸動脈という場所だった。血が噴きだし、鉤爪が肌を引き裂く。敵があまりに強靭かつ敏捷《びんしょう》なので、一瞬、エイダンは倒せるかどうか自信がなくなった。そのとき、心のなかでなにかが動いた。静かな自信と気力が彼を満たす。残虐な場面を見せたくなかったので、彼はアレクサンドリアを心から閉めだしたつもりだったが、彼女はけっして彼から離れなかった。エイダンの心のなかにいて、彼に力を与えてくれていた。エイダンの手が探していたものを見つけた。暴れ狂う虎の筋肉にこぶしを深く突きいれ、柔らかく無防備な内臓をつかむ。

ヴァンパイアが悲鳴をあげて大暴れし、エイダンを道連れにするため、最後の力を振りしぼって鉤爪を立てようとした。エイダンが脈打つ心臓を取りだすと、サーベルタイガーは身をよじってシェイプシフトし、灰色の肌のしなびたヴァンパイアへと戻った。彼はエイダンの下でじっと動かなくなった。

エイダンは朽ちゆく遺体を急いで投げ捨て、かつてはまともなカルパチアンだった忌むべきものとのあいだに距離を置いた。深く浄化のため息をつくと、木にもたれた。風が起き、強さを増しながら、ヴァンパイアの腐敗臭を彼から遠ざけてくれた。あたりは夜の暗さと謎めいた空気、そして美しさに満ちていた。

わたしもそちらに行ったほうがいい？　血が必要？

アレクサンドリアの声からはエイダン自身に劣らぬ疲労が感じられた。心的コンタクトを取れるようになってから日が浅いのだから、それを保ちつづけるのはむずかしかったはずだ。とりわけ、いまのように熾烈《しれつ》な戦いのあいだは。それにアレクサンドリアは栄養も足りていない。体が弱っているにもかかわらず、彼が貪欲に血を飲むことを許し、彼にためらいなく力を貸してくれた。いまも彼女が心配しているのは彼のことだった。

そこにいてくれ、ピッコラ。すぐ帰るから。ジョシュアを連れて。マリーとステファンに、問題はすべて片づいたと伝えてくれ。アレクサンドリアが心配しないよう、努めて落ち着いた話し方をした。

彼女の柔らかな笑い声が聞こえると、心がほっと温かくなった。**わたしはあなたの心のなかにいるんだから、エイダン。傷を隠そうとしても無駄よ。**

空気がほんのかすかに震えた。それ以外に前ぶれはなかった。大きな猛禽類《もうきんるい》がエイダンの頭上の枝に留まり、翼をゆっくりと閉じた。仲間がそばにいたら気づいてしかるべきなのに、いままで気づかなかった。鳥は枝からぱっと飛びあがったかと思うと形を変え、ひらりとおりたったときにはグレゴリになっていた。

グレゴリはエイダンの横を通りすぎ、地面に倒れているグロテスクな遺骸を検めにいった。「ディエゴは手強かったな。違うか?」グレゴリの声は美しく、エイダンの疲れた体にしみこんで、元気を回復させてくれる癒しの力を持っていた。闇を抱えているにもかかわらず、グレゴリは清らかさと光をオーラのように発していた。「ディエゴはヴァンパイアのなかでも特に邪悪な者たちと学んでいた。故郷の地で団結し、ミハイルを数で負かそうとした。それがうまくいかないとわかると、人間の殺し屋の力を借りた。ヴァンパイアはあちこち移動したり、策略を練ったりする傾向が強くなっている。われわれを打ち負かすためにさまざまな方法を使う。おまえはきょう、よくやった」

「あなたの力を借りて」エイダンは出血している首の傷を手で強く押さえつつ、背筋を伸ばした。

グレゴリはゴキブリとまっ黒になった蛇の上を滑るように動いて車のトランクに近づいた。彼の足は死骸にいっさい触れなかった。

万が一のことを考えて、エイダンは警告せずにいられなかった。「その子が危害を加えられることがないよう、あなたに教わったセイフガードをかけた」グレゴリに変異の可能性があるとは思わなかったが、それでも警戒は怠らなかった。

グレゴリはうなずいた。「独自の工夫を加えたな。会わなかったあいだにおまえは成長した。こちらへ来い」そう言うと、振り向いた。色の薄い不思議な瞳は銀色に輝き、低い声は聞く者を魅了する力を持っていた。

アレクサンドリアが小さく警告の声を発したのにもかまわず、エイダンは前に足を踏みだした。彼女はグレゴリがヴァンパイアに変異しているとは思っていなかった。しかし、グレゴリ自身が自分の魂はすでに失われていると信じている。グレゴリに近づかないで！　彼はすごく危険だわ、エイダン。それにあなたは弱っている。問題は彼の声なの。あなたを呼んでいるのがわからない？

グレゴリは偉大な人物だ、カーラ・ミア。わたしの判断を信じてくれ。

グレゴリがエイダンに触れた。ごく軽くだったが、エイダンの全身に温もりが広がった。癒し手は目を閉じて自分の体を離れると、エイダンの体のなかにはいった。たちまち、彼らの古の言葉が空気に満ち、体を駆け抜け、はるか昔から伝わる癒しの儀式が始まった。一族一の癒し手により、痛みが体内から押しだされていくのをエイダンは感じた。詠唱はしばらくのあいだ続いたが、アレクサンドリアは自分のいるべき場所を離れることを拒み、ずっとエイダンと一緒にいた。グレゴリには彼女の存在も不信感も感じとれるとわかっていたが、グレゴリがどう感じるかよりもエイダンの安全のほうが気がかりだった。

グレゴリはゆっくりと自分の体に戻った。癒しの儀式の疲れがしわとなって顔に刻まれている。しかし、彼は無頓着に自分の手首に歯を立ててから、エイダンに差しだした。

エイダンは躊躇した。グレゴリが与えようとしているのは滋養だけではない。グレゴリの血を飲めば、彼とのあいだに絆ができ、必要が生じた場合に居場所を追跡できるようになる。貴重なルビー色のしずくをぽたぽたと垂らしている太い手首が、さらに彼の口の近くへと差しだされた。ため息とともに、エイダンは避けられない事態を受けいれることにした。彼には滋養が必要だし、家で待つアレクサンドリアも滋養を必要としている。

「この国はこの国なりに美しい、そう思わないか？」グレゴリはエイダンの返事を待ちもしなければ、血を与えていることの影響をどんな形でも外に出さなかった。「故郷の山々のように野性的で荒々しいところはないが、ここには将来の希望がある」エイダンの歯がさらに深く食いこんでも、顔を歪めもしない。

長年感じたことのなかった力がエイダンの体に流れこんできた。グレゴリは古から生きている。彼の血は若い者よりもずっと強力だ。血の滋養がすぐさまエイダンを生き返らせ、痛みと疲れを取り去り、以前には経験したことのなかった活力をもたらしてくれた。エイダンは深い尊敬の念とともにすみずみまで注意を払って傷口を閉じた。

「あなたに借りができた、グレゴリ。きょう、あなたはわたしを救ってくれた」エイダンは礼儀正しく言った。

「おまえにわたしの助けは必要なかった。わたしはことを簡単にしただけだ。少年にかけたセイフガードが、おまえに必要な時間を稼がせてくれたはずだ。たとえ霧がなくても。それにおまえは陽光が差すなか、実体を消した状態で生きのびるだけの力を持っていた。わたしに借りなどないぞ、エイダン。数は少ないが友と呼べる仲間がいるわたしは幸運だ。おまえはそのうちのひとりだ」グレゴリの声は彼がすでに遠くへ去ってしまったかのように聞こえた。

「わが家に来てくれ、グレゴリ」エイダンは言った。「しばらく泊まっていってくれ。少しは安らげるかもしれない」

グレゴリは首を横に振った。「それはできない。できないのはおまえもわかっているだろう。わたしは自然に囲まれた高所、自由を感じられる場所でなければ耐えられないのだ。ここから何キロも離れた場所に住むところを見つけた。そこに家を建て、ライフメイトを待つことにする。わたしとの約束を忘れないでくれよ」

エイダンはうなずいた。心のなかでアレクサンドリアが彼女との絆の強さ、安らぎを感じさせようとして動くのが感じられた。

「少年とおまえの女の面倒を見てやれ。離れていても、彼女がこの少年の心配をしているのがわかる。彼女は糧を得る必要もある。おまえの女の渇きがひしひしと伝わってくる。わたしのことを案じて時間を無駄にするな。わたしは何世紀にもわたって自分の面倒を見てきた」早くもグレゴリの体は揺らめき、実体をなくしてうつろに見えはじめていたが、それでも美しかった。「きょうおまえが真昼の明るさのなかでやってのけたことは、みごとだった。あのようなことができる者はほとんどいないと言っていいだろう。よく学んだな」

エイダンはグレゴリが姿を消し、霧が周囲の森に流れこみ、ついにはそれも見えなくなるまで見つめていた。グレゴリに認められたことが誇らしかった。崇拝する親から褒められた子どものような気分だ。孤独を好み、限られた仲間としか親しくしないグレゴリが相手だけにとりわけうれしかった。

ジョシュアにかけたセイフガードを細心の注意を払ってゆっくりと解いた。それから少年をトランクからそっと抱きあげた。黒焦げになった蛇が足もとにばらばらと落ちる。やらなければならないことは山ほどあるが、これ以上ジョシュアをヴァンパイアが作りだしたものたちと一緒に寝かせておくわけにはいかなかった。

松の下の草におおわれた小山までジョシュアを運び、地面に横たえると、ブロンドの巻き毛をやさしくかきあげた。ジョシュアは無事だよ、アレクサンドリア。まじないがきいて、ぐっすり眠っているだけだ。家に連れて帰ったら目を覚まさせよう。ジョシュアが見たものについてはそのあと対処する。

急いで帰ってきて。ジョシュアの無事をこの目で確かめて、この腕で抱きたいの。それにマリーはわたしがジョシュアはもう大丈夫だと言っても信用しないのよ。アレクサンドリアの声からは弟に会いたくてしかたがないという気持ちと同時に強い疲労も感じられた。エイダンはすやすやと眠る少年をその場に残し、ヴァンパイアを永久に葬り去るという不快な仕事に戻った。死骸とつかみだされた心臓、それに穢れた血は燃やして灰にしなければならない。

空を見あげて空中の電気を集めると、細い電光がしだいに太くなり、雷鳴をともないはじめた。ヴァンパイアの死骸目がけて稲妻を走らせた。死骸が醜くのたうち、夜の空気が悪臭で満たされる。数メートル離れた場所で心臓がかすかに鼓動を刻んでいるように見えたので、エイダンははっとした。

未知の現象に不安を覚え、心臓に炎を飛ばし、あっという間にひとつかみの灰にした。ヴァンパイアの死骸がグロテスクに歪んだかと思うと、上半身を起こしかけ、長く悲しい泣き声をあげた。おぞましい声が夜の闇へと消えていきながら、しだいに耳障りな嘲笑の声へと変わっていく。

エイダンは即座に身を翻し、罠が隠されていないかと地面に、木々に、空に金色の目を走らせた。体を静止させ、怪しい音に耳を澄ませる。心のなかではアレクサンドリアが息をひそめていた。つぎの瞬間、その音が聞こえた。こっそり、そろそろと近づく低い音。松葉にこすれる鱗の音。

ジョシュア！　エイダンが気づくのとほぼ同時に、アレクサンドリアの恐怖の叫びが聞こえた。

エイダンは生まれてこの方ないほどの超自然的な速度で、少年が横たわる草におおわれた小山に飛んでいった。蛇を見つけてつかみ、それが目指していた場所から引き離した。蛇はシューッという音を漏らしながらエイダンの腕に巻きつき、筋肉を締めつけて親指の腹に毒牙をうずめた。何度も嚙みついてエイダンの体内に毒を注入し、ヴァンパイアの復讐を果たそうとする。エイダンは蛇を引き剝がし、ヴァンパイアの死骸を焼いている炎のなかに投げこんだ。有毒な煙があがり、緑色のガスが渦を巻いてから黒煙のなかに消えていった。

エイダンはその場に膝をつくと、ジョシュアを胸に抱いた。肌のすみずみまでゆっくりと注意深く検めて、怪我を負っていないことを確認する。蛇の毒に対する自分の体の反応を待った。まもなく息苦しくなり、吐き気に襲われたが、毒にヴァンパイアの憎しみが込められていたことを考えると、それほどひどくもなかった。グレゴリの血が毒を中和してくれたのだと気づくまでに少しかかった。体内で戦いがくり広げられているのがわかったが、グレゴリの血はヴァンパイアの毒などよりもずっと強力だった。数分のうちにエイダンの体調は回復した。心臓も肺も復調し、毒は毛穴から蒸発していった。

エイダンはジョシュアを抱きあげ、飛びたった。羽を広げ、家へ、彼を待つライフメイトのもとへと空を翔る。彼が三階のバルコニーに着地するやいなや、アレクサンドリアが笑うのと同時に泣きながら弟を腕に抱きとろうとした。

「助けてくれたのね、エイダン！　本当に助けてくれたのね！」彼女は死人のように顔色が悪く、腕は体が弱っているせいで震えていた。

心臓も肺も、血が足りていないためにまともに機能していない。彼女を抱きあげ、糧を与えたいという欲求を抑えこみ、エイダンはジョシュアを彼女の腕に抱かせた。

「かわいそうに。この子の顔を見て」アレクサンドリアは泣きだしていて、涙がジョシュアの腫れてあざができた目にぽたぽたと落ちた。「ああ、エイダン、この子を見て」

「わたしには元気そうに見えるよ」エイダンはそっと言い、彼女のウエストに腕をまわした。ジョシュアの体重のほとんどは彼が引き受けていた。「ジョシュアをベッドにいれて、目を覚まさせよう」マリーとステファンが彼らに加わろうと階段をのぼってくるのが聞こえた。アレクサンドリアの渇きがひしひしと感じられる。ジョシュアはもう安全だ。今度はライフメイトの体力を回復させせなければ。

「ああ、マリー、この子の顔を見て」アレクサンドリアは言った。「あの恐ろしいけだものに殴られたのよ」

マリーは人目もはばからずに泣きながら、少年をアレクサンドリアの腕から抱きとった。ステファンもジョシュアを抱かずにいられなかった。

「ジョシュアは眠っているだけで無事だ」エイダンは三人を安心させるために言った。いま彼が心配なのはアレクサンドリアだった。「ベッドに寝かせてから目を覚まさせよう。今回のことは金目当ての誘拐だったと話す。ジョシュアはその説明を受けいれるだろうし、今後必要な場合はボディガードをつけることに納得するだろう」

ステファンが自分たちの部屋のとなりの小さな部屋にジョシュアを運んだ。マリーがパジャマに着替えさせ、冷たい布であざのできた目を冷やしてやった。アレクサンドリアは弟の小さな手を握ってベッドの端に腰をおろした。エイダンは彼女の横にひざまずき、ウエストに腕をまわした。「ジョシュア、目を覚ましていいぞ。アレクサンドリアにきみの青い目を見せておやり」強制力のある彼の声が少年の心にしみこみ、こちらの世界へ戻ってこいと呼びかける。

ジョシュアが自由になろうとして突然暴れだした。アレクサンドリアが弟に手を伸ばそうとしたが、エイダンが自分の体で彼女をかばいつつ、ジョシュアをなだめた。「聞くんだ、ジョシュア。きみはわたしたちと一緒にわが家にいる。きみは安全だ。誘拐犯はもういない。マリーやきみのお姉さんが怪我をしないうちに暴れるのをやめてくれ」彼の声はいつものように美しく澄み、説得力があったので、少年は暴れるのをやめて、警戒しながらも彼らを見あげた。姉が目にはいると、わっと泣きだした。

アレクサンドリアはエイダンの大きな体の横からジョシュアに手を伸ばし、守るように抱き寄せた。「もう大丈夫よ、おちびさん。誰もあなたに乱暴したりしないから」

「犬が襲いかかってきた。大きな犬が。まわりに血が飛び散って、ヴィニーが食べられそうになった。ぼく、見たんだ」

「ヴィニーはとても勇敢で、あなたを誘拐犯から守ろうとしたのよ」アレクサンドリアはブロンドの巻き毛を額からかきあげてやりながら、ジョシュアを安心させようとした。「いまは入院しているけれど、命は無事だし、きっと元気になるわ。ラスティもね。二、三日したら会いに連れていってあげる。あなたに話しておけばよかったわね、あなたをわたしたちから奪おうとする人がいるかもしれないって」指先でそっと弟のまぶたに触れる。「ちゃんと話さないでごめんね。あなたはもうこういうことを教えられていい年ごろだったわ」

「それだから、アレックスはここに住むことを怖がってたの?」

「それもあったわ。エイダンはたいへんなお金持ちなのよ。あなたを、わたしたちふたりをとても愛してくれているから、わたしたちにはいつも危険がつきまとうことになるの。ときどきボディガードが必要になることもあるはず。わたしが話してること、わかる、ジョシュア? 危険にさらされる可能性について、あなたに話しておかなかったのはわたしの落ち度だわ」

「泣かないで、アレックス」突然、ジョシュアは大人びた話し方になった。「エイダンがぼくを助けにきてくれたんでしょう?」

アレクサンドリアはうなずいた。「そのとおりよ。もう誰にもあなたをわたしたちの手から奪わせたりしない。もう二度と」

「つぎにマリーとステファンから、なにがあっても外に出ちゃいけないって言われたら、ぼく言うこと聞くよ」ジョシュアは宣言した。心配そうな目で姉を見る。「なにがあったの、アレックス？　顔が真っ白だよ」

「われわれはみんな、すごく怖い思いをしたんだ、ジョシュア」エイダンが言った。「さあ、きみの面倒はマリーとステファンが見てくれるから、アレクサンドリアをベッドに行かせよう。きみのお姉さんには休息が必要だ。バロンのことは心配しなくていい。ステファンがきみの代わりにしっかり世話をしてくれていたからね。わたしがアレクサンドリアをベッドに連れていくから、きみは子犬と一緒にいていいぞ」

アレクサンドリアは首を横に振った。「わたし、この子のそばを離れないわよ、一分だって。ジョシュアが眠るまで、わたしはここにいるわ」

「だめだ、カーラ・ミア」エイダンはきっぱり言いきった。流れるような優美な身のこなしで立ちあがる。アレクサンドリアを軽々と胸に抱きあげた。「お姉さんには休息が必要なんだ、ジョシュア。またあとで連れてくるから」

「まかせたよ、エイダン」ジョシュアが大人の男同士のような口調で言った。「ぼくよりもアレックスのほうがベッドで寝る必要がありそうだ」

エイダンはにやりと笑い、アレクサンドリアがもがいてもかまわずに部屋をあとにした。

「ジョシュアの言うとおりだ」彼女の首に口を寄せて囁く。「きみはベッドで寝る必要がある。わたしのベッドで」温かくて性的に刺激するような彼の息は、アレクサンドリアにとってあらがいがたい誘惑を帯びていた。

「あなたって飽くことを知らないのね」そう責めながらも、彼女はエイダンの首に腕をまわし、体から力を抜いて彼にもたれた。

「きみが相手となると、それは真実だ」エイダンは同意した。すばやく家のなかを通り抜け、トンネルにはいる。彼の体は早くも期待感から硬くなりはじめていた。アレクサンドリアの手がシャツの下に滑りこみ、彼の胸を愛撫する。口が首を這い、胸へとさがって舌をさまよわせ、彼の勇気ある行動に対して愛情を込めて感謝する。

寝所にはいるやいなや、エイダンは彼女をベッドにおろした。目を見つめたまま、シャツのボタンをはずしはじめる。アレクサンドリアはセーターを頭から脱ぎ、脇に投げた。

エイダンは彼女の胸の下に両手を広げてぐいと引き寄せ、唇で思うがままに貪れるよう、彼女の体を弓なりにした。アレクサンドリアはさわやかでいいにおいがし、肌はサテンのようだった。たちまちエイダンの体が解き放たれることを求めて荒れ狂った。彼が最近になって知るようになった切迫感だ。アレクサンドリアの手が彼のズボンの上に置かれ、ボタンをはずしてファスナーをおろし、布地を押しさげる。

彼女の手に包まれ、愛撫されると、エイダンはうめき声を漏らした。アレクサンドリアの熱い肌を自分の肌で感じるために、彼の手はもっと荒々しく彼女の服を引き剝がした。「きみといると、われを忘れてしまう。完全に」そう囁きながら、エイダンは彼女を抱きあげた。

「腰に脚をまわしてくれ」

アレクサンドリアは顔をうつむけ、エイダンの胸に口を滑らせ、脈打つ血管の上を舌でなぶった。「糧をちょうだい」と囁き返した。その言い方があまりにセクシーだったので、エイダンは脚から力が抜けそうになった。

アレクサンドリアのベルベットのような体に押しいることができるように、彼女の腰をしっかりとつかんだ。そしてゆっくりとなかにはいっていき、熱く柔らかい彼女に締めつけられると叫び声をあげた。「きみが望むもの、きみが得てしかるべきものをわたしから奪え」体を深くうずめ、ふたりを炎と情熱でつなぎながら彼は囁いた。「さあ、アレクサンドリア。わたしはきみに奪ってほしいんだ」

彼女が歯を突き立てた瞬間、エイダンの全身が白熱し、感覚の塊となった。彼は切迫感とともに激しくアレクサンドリアのなかに突きいった。全力を振りしぼりながら、空高く舞いあがりたいと思いながら。アレクサンドリアの髪がふたりを包むように絡みつき、何百本ものシルクの糸さながらエイダンの敏感になった肌を刺激する。両手が彼の背中を滑り、筋肉をひと筋ずつたどっていく。彼女に血を吸われているせいで、エイダンはさらにかきたてられた。

少しペースを落として腰を力強く前後させながら、アレクサンドリアとの絆を深めた。彼女はわたしのもの。何世紀ものうつろな日々に耐え、ようやく出会ったライフメイトだ。彼女こそわが世界、闇を照らす光、永遠に失われたと思っていた色彩。存在すら知らなかった至福そのもの。永遠に彼女はわたしとともにある。

訳者あとがき

闇の一族カルパチアン・ファンのみなさま、たいへん長らくお待たせいたしました！『愛をささやく夜明け』『愛がきこえる夜』（二見文庫）に続くシリーズ第三弾、『夜霧は愛とともに』をお届けいたします。

前作から本作の邦訳刊行まで時間が空いてしまったので、まずはシリーズの主人公たちが属するカルパチアンという種族（一部では〝カルパちゃん〟という愛称で知られているようです）について、簡単におさらいしたいと思います。

カルパチアンは人間の血を糧としますが、命は奪いません。不死身の体を持つシェイプシフターで、狼やフクロウ、霧など、さまざまなものに変身できます。しかし、カルパチアンの男性は二百歳を超えると色覚を失い、喜怒哀楽を感じられなくなってしまうという悲しい宿命を背負っているのです。彼らの心には徐々に闇が広がり、その闇に負けた者は、糧を得る際に人間をいたぶり、殺すことに喜びを覚えるヴァンパイアへと変異してしまいます。カルパチアンの男性がヴァンパイアに変異するのを防げるのは、〝ライフメイト〟と呼ばれる運命の伴侶だけです。

しかし、カルパチアンはもともと子どもの数が非常に少ないうえ、ここ数世紀は女児がひとりも生まれませんでした。そのため、男性の大半はライフメイトに出会えないという深刻な問題を抱えています。


本書のヒーロー、エイダンもライフメイトに出会えず、苦しんでいるひとりです。齢八百歳――もう六百年ほど苦しんでいる計算です。これは、不死身のカルパチアンといえどつらい！

カルパチアンはほとんどが濃い色の髪、瞳をしていますが、エイダンは髪も瞳も金色という、まさに異色の存在。ヴァンパイアに変異してしまったかつての仲間を退治する使命を帯び、故郷カルパチア山脈を離れ、サンフランシスコに居を構えています。性格的には、ヒロインに〝癪にさわるほど穏やか〟と言われたりして、このシリーズのヒーローにしてはなかなか理性的です。前作の主役で、人間に拷問された結果、狂気のふちに追いやられていたジャックと比べると紳士と言ってもいいでしょう。

ヒロインのアレクサンドリアは、一種の予知能力を持つ人間のグラフィック・デザイナーで二十三歳。両親を交通事故で亡くし、まだ六歳の弟を女手ひとつで育てています。フィーハンの描くヒロインは独立心がかなり強めですが、アレクサンドリアも例外ではありません。ただ彼女の場合、ヒーローにあらがうのは、自分の生き方を変えたくないからというだけでなく、弟との生活を守りたいという気持ちが根底にある点が特徴です。

本書にはエイダンのほかにもうひとり、魅力的なカルパチアン男性が登場します。と書くと、シリーズ・ファンのみなさんはもうおわかりですね。そうです、第一作目から謎めいた〝暗黒の男〟〝一族最高の癒し手〟として強烈な印象を残してきたグレゴリです！　彼のライフメイトは第一作のヒーロー&ヒロインだったミハイルとレイヴンの娘。でも、まだ結ばれてはいません。なぜなら……と書いてしまうと、これから本書を読まれる方の興をそいでしまうので、ここはぐっと我慢いたしましょう。あ、でも、なんだかんだ言ってライフメイトにメロメロになってしまうカルパチアン男子の片鱗を、グレゴリもかいま見せていることだけお知らせしておきますね。

そしてそして、シリーズ第四作ではついにグレゴリが主役を張ります！　第四作も二見書房から刊行予定ですので、どうぞお楽しみに！

シリーズ第一作の訳者あとがきにも書きましたが、本シリーズがスタートしたのは一九九九年――アメリカでもパラノーマル・ロマンスがいまほどメジャーではなかった時代です。先駆け的作品だけにちょっと荒削りなところもありますが、本シリーズからはこのジャンルの黎明期《れいめいき》の息吹のようなものが感じられます。パラノーマル・ロマンス・ファンのみなさんにはぜひ一度、お手に取ってみていただきたい作品です。本シリーズは各巻が独立した物語として楽しめるので、本書を最初に手に取られてもまったく支障はありません。そして本書をお読みになったら、きっと後日譚や前日譚が気になって、第一、第二作、もしくは第四作へと進みたくなることでしょう。

最後になりましたが、本シリーズの邦訳刊行にあたっては、ゾン子さんこと二見書房の尾髙純子さんにたいへんお世話になっています。〝カルパちゃん〟の愛称も最初に使いはじめたのはたしかゾン子さん。この場を借りてお礼を申しあげます。

二〇一三年二月

ザ・ミステリ・コレクション

夜霧《よぎり》は愛《あい》とともに

著者　クリスティン・フィーハン
訳者　島村浩子《しまむらひろこ》

発行所　株式会社 二見書房
東京都千代田区三崎町2-18-11
電話　03(3515)2311［営業］
　　　03(3515)2313［編集］
振替　00170-4-2639

印刷　株式会社 堀内印刷所
製本　株式会社 村上製本所

落丁・乱丁本はお取り替えいたします。
定価は、カバーに表示してあります。

ISBN978-4-576-13033-0
http://www.futami.co.jp/